KB030980

러시아 전도
영국
네덜란드
덴마크
노르웨이
스웨덴
독일
라트비아
러시아
핀란드
에스토니아
폴란드
상트페테르부르크
리투아니아
벨로루시
북서연방관구
모르도바
모스크바
중앙연방관구
우크라이나
우랄산맥
니주니노브고로트
돈강
볼가강
볼가연방관구
우랄연방관구
카잔
오피강
로스토프나도누
사마라
예카테린부르크
흑해
볼고그라드
츄메니
스타브로폴
그루지야
북 카프카스 연방관구
옴스크
터키
그로즈니
노보시비르스크
아르메니아
카스피해
우랄해
이라크
카자흐스탄
발하슈호
아제르바이잔
투르크메니스탄
우즈베키스탄
이란
키르키스
타지키스탄
0
1000
아프가니스탄

북 극 해
추코트산맥
베링해
극동연방관구
레나강
러 시 아
오 호 츠 크 해
시베리아연방관구
하바로프스크
브라츠크
크라스노야르스크
바이칼호
일본
동 해
조선민주주의
인민공화국
대한민국
몽 골
황 해
중 국

푸틴의 제국

Putin's Russia

PUTIN NO TEIKOKU by EGASHIRA Hiroshi
Copyright © 2004 EGASHIRA Hiroshi
All rights Reserved.

Originally published in Japan by SOSHISHA CO., LTD., Tokyo.
Korean translation rights arranged with SOSHISHA CO., LTD., Japan
through THE SAKAI AGENCY and BOOKCOSMOS.

이 책의 한국어 판 저작권은 북코스모스와 사카이 에이전시를 통한
저작권자와의 독점 계약으로 달과소에 있습니다.
저작권법에 의해 한국 내에서 보호를 받는 저작물이므로 무단전재와 복제를 금합니다.

푸틴의 제국

Putin's Russia

에가시라 히로시 지음 ◆ 이정환 옮김

달과소

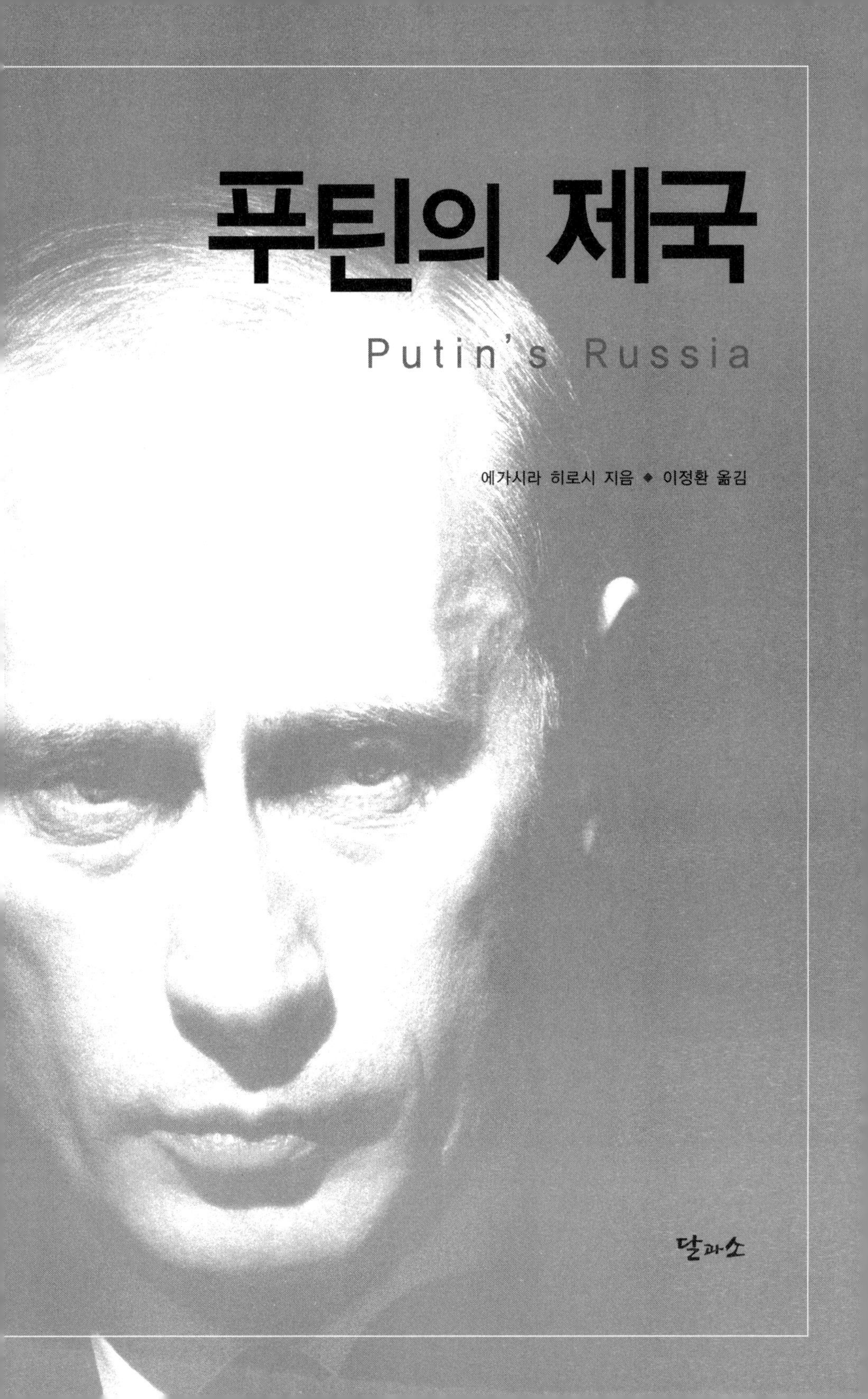

프롤로그

2004년 3월에 실시된 러시아의 대통령 선거에서 푸틴정권은 2기 째를 향하여 간단히 허들을 넘었다. 재선된 대통령 블라디미르 푸틴(Vladimir Vladimirovich Putin)의 투표율은 71%로 지난번 대통령선거에서의 득표율보다 20%나 향상되었다. 4개월 전의 하원 선거에서는 푸틴의 여당 통일러시아가 압도적인 강세로 의석을 확대, 지지정당 전체의 의석은 헌법개정도 가능한 전체의 3분의 2이상에 달했다.

서방측에서는 러시아의 민주주의가 대폭으로 후퇴했다고 비판했다. 텔레비전을 비롯한 언론은 정권의 지배 아래에 놓여 투표에 막대한 영향을 끼쳤다. 야당 측 후보자의 선거활동에는 치안기관의 방해 공작이 이루어졌다. 러시아 개혁파로서 잘 알려진 전 제1부수상 아나톨리 츄바이스(Anatoly Chubais)는 러시아의 이런 정치상황을 자유주의 제국이라고 긍정적으로 형용했다. 러시아의 주요경제 각료로 츄바이스의 영향을 받은 인물들이 배치되어 있다는 것이 서방측에 어느 정도 안도감을 주었다.

정권의 안정도는 인상적이다. 1990년대에 일반적이었던 급료와 연금 미지급 문제는 거의 모습을 감추었다. 국제 석유 가격의 폭등으로 자원국가 러시아는 윤택해졌다. 국내총생산의 신장률도 높은 편이어서 '국내총생산을 10년 만에 두 배로 높인다'는 목표를 설정할 정도다. 2000년에 푸틴정권이 발족될 당시에 내세운 '강건한 러시아의 부활'이라는 슬로건도 실현 궤도에 오르기 시작한 것처럼 보인다.

그러나 이런 러시아를 주의 깊게 관찰해 보면 많은 의문이 느껴진다. 하나는, 체첸문제다. 푸틴이 정치가로서 부각되는 계기를 붙잡은 것은 1999년, 그가 수상 시절에 주도한 체첸진공작전 때문이었다. 러시아는 이 작전을 통해서 민주적 선거로 체첸공화국 대통령으로 선출된 아슬란 마스하도프(Aslan Maskhadov)를 밀어내고 실질적으로 독립을 약속한 체첸공화국을 다시 지배 아래에 두었다.

그 후, 러시아에서는 체첸 독립파의 테러가 빈발하게 되었다. 2002년 가을, 모스크바의 극장에 여성을 포함한 독립파 무장 세력이 시민을 인질로 잡은 사건은 국제적인 주목을 모았다. 테러의 기세는 수그러들지 않아 2003년 여름에 모스크바 교외의 옥외 록 콘서트에서 발생한 자폭 테러를 포함하여 같은 해 러시아 국내에서 발생한 테러 사건의 건수는 전년도의 50%를 더 웃도는 5백 건 이상에 달했다. 이 정도로 심각하게 테러의 위협을 받고 있는 러시아가 강국이라고 말하기는 어렵다.

푸틴정권은 2001년 9월 11일의 미국 동시다발테러 이후, '테러와의 전쟁'에 미국과 동맹을 맺었다고 선언했다. 그 후, 아프가니스탄 공격을 위한 미국의 중앙아시아에 대한 군사진출을 인정하고 카스피 해와 흑해 사이에 있는 카프카스 지역의 요충지 그루지야에도 미군부대 파견을 허락했다. 그 결과, 2003년 후반에 그루지야에서 무혈쿠데타가 발생하여 친미정권이 성립되었다.

한편, 체첸독립파의 테러에 대한 대책에서는 미국과 유럽의 협력을 얻지 못하는 딜레마 때문에 고민하고 있다. 서방측은 체첸으로부터 배제된 마스하도프 파에 정신적인 지지를 보내며 체첸 문제를 해결하는 데에 있어서 러시아와 교섭을 벌이는 주체가 되어주기를 기대하고 있다. 마스하도프 파까지도 테러리스트로 규정하고 교섭을 하지 않겠다고 주장하고 있는 푸틴정권은 체첸 문제 때문에 막다른 길에 몰렸다. 동시에, 서방측으로부터 배신을 당했다는 러시아의 반감은 외교정책에도 서서히 영향을 끼치기 시작했다.

다음으로, 올리가키로 불리는 국내의 신흥재벌에 대한 대책이다. 2003년 후반에는 국내 대기업인 석유기업 유코스에 횡령과 탈세를 조사하는 등 부정부패 추방이 국제적인 관심을 모았다. 젊은 나이에 러시아 최대 부호가 되어 있던 이 회사 사장 미하일 호도르코프스키(Mikhail Khodorkovsky)의 체포는 국민의 공감을 얻으면서 지지율이 잔뜩 떨어져 있던 정부 여당의 반격과 연결되었다.

한편, 푸틴정권은 과거에 민영화 과정에서 부정한 수단을 사용하여 국가의 자산을 획득한 올리가키를 처벌하고 그 재산을 국가로 되돌리는 정책을 추진하고 있다는 인상을 국민에게 심어주고 있지만 그 내용은 정확하지 않다. 푸틴정권 쪽에도 전력, 천연가스, 철도와 관련된 독점기업이 있고 자산의 이권을 둘러싼 항쟁이 되풀이되고 있는 것이 현실이다.

그 이권항쟁의 배후에는 올리가키의 대표적인 정치사업가 보리스 베레조프스키(Boris Berezovsky)를 중심으로 전 대통령 옐친의 가족을 포함하는 측근 그룹과 구소련 KGB의 중령이었던 푸틴을 둘러싸고 있는 치안기관출신자 그룹의 대립이 있다. 여기에 츄바이스 중심의 개혁파 그룹이 가담하여 푸틴정권 아래의 러시아는 이들 그룹의 대립과 항쟁이 어느 방향으로 진행되는가에 따라서 언제 어느 때 정치적, 경제적 혼란에 빠질 지 알 수 없는 불안정한 상황에 놓여 있다.

이런 대립은 러시아의 외교에도 영향을 끼치기 시작했다. 국내의 불안이 지속되는 가운데, 한반도를 둘러싼 문제와 일본과의 북방 영토문제가 푸틴 정권의 실리외교를 시험하는 무대였다. 러 · 일 관계의 현안이었던 북방 영토 문제는 한 때 타개될 기미가 보였다. 1956년에 조인된 '소 · 일 공동선언'이 그 지렛대 역할을 했다. 평화조약 체결을 조건으로 하보마이, 시코탄 등, 두 섬을 먼저 반환한다고 약속한 이 선언을 근거로 러시아와 일본은 일단 이 두 개의 섬을 먼저 반환하는 문제를 놓고 협상을 진행 중이었지만 일본에서 네 개의 섬을 일괄적으로 반환해야 한다는 주장이 나오면서 이 교섭은 실질적으로 좌절되었다.

그 대신 러 · 일 관계는, 원유 파이프라인 건설을 중심으로 삼는 러 · 일 에너지 협력 쪽으로 축을 옮겨갔다. 러시아는 중국의 대경(大慶)까지 원유 파이프라인을 부설하여 중국에 원유를 공급한다는 교섭을 추진 중이었는데, 이와 경합하는 의미에서 극동 나호트카까지 파이프라인을 부설하여 일본을 포함한 서방측에 원유를 공급하는 프로젝트를 제안한다. 이 제안에 일본도 전향적으로 대응하는 모습을 보이자 푸틴정권은 일본으로부터 거액의 자금협력을 목적으로 나호트카 루트를 실현할 수 있다는 가능성을 보였다. 이것은 한편으로, 중국을 대상으로 삼는 수출 교섭의 주체였던 석유기업 유코스로부터 이권을 탈취하는 의미를 가지고 있었다.

또한 한반도에 대한 러시아의 영향력 확대문제는 대일 외교와 더불어 푸틴 정권의 중요한 현안으로 대두된다.

이러한 과정에서 실질적으로 러시아의 중재아래 역사적인 남북정상회담이 개최되었다. 이 남북정상회담에 대한 러시아의 역할에 대해서는 본문에서 자세히 다루겠지만, 과거 소련시대와 같이 북한에 대한 대규모의 원조 없이도 러시아는 북한에 대한 영향력과 한반도에 대한 지분의 끈을 놓지 않겠다는 의지를 분명히 드러내고 있다.

푸틴정권에는 많은 수수께끼가 있다. KGB조직 출신자를 포함하여 상트페테르부르크 출신 인물들이 왜 이렇게까지 정권의 중심을 장악하게 된 것일까?

민주주의가 후퇴하고 '제국'으로 바뀌는 양상을 보이고 있는 상황 속에서 개혁파 각료들이 여전히 주도권을 움켜쥐고 있는 것처럼 보이는 이유는 무엇일까?

그리고 무엇보다, KGB의 중령에 불과했던 인물이 모스크바로 들어가 짧은 기간 안에 러시아의 대통령으로 군림하게 된 배경에는 어떤 권력적 메커니즘이 작용한 것일까?

이 책에서는 이런 수수께끼들을 파헤쳐 보기로 한다.

| 차례 | contents

| 주요 등장인물 |

보리스 옐친 (Boris Nikolayevich Yeltsin)
1931년 출생. 우랄(Ural) 공과대학 졸업. 85년에 모스크바 시 당 제1서기. 90년 러시아 최고회의 의장. 91년 6월 러시아 대통령. 96년 6월 재선. 99년 12월 임기를 반년 남기고 사임.

예브게니 프리마코프
1929년 출생. 모스크바 동양연구대학 졸업. 저널리스트로서 중동에서 활약. 91년 소련 국가보안위원회(KGB) 제1부의장, 같은 해 러시아 대외정보국 장관. 96년 러시아 외무장관. 98년 9월 러시아 수상. 99년 5월 해임. 같은 해 12월 하원의원. 2001년 12월 러시아 상공회의소 회장.

세르게이 스테파신 (Sergei Vadimovich Stepashin)
1952년 출생. 소련 내무성 부속 고등정치학교 졸업. 91년 연방보안국(FSB) 페테르부르크(Peterburg) 지역 관리국장. 92년 러시아 국가안보성 차관. 94년 대외방첩국 장관. 97년 법무장관. 98년 4월 내무장관. 99년 4월 제1부수상 겸무. 같은 해 5월 수상. 같은 해 8월 해임. 같은 해 12월 하원의원. 2000년 4월 회계감사원 장관.

유리 스쿠라토프 (Yuri Skuratov)
1952년 출생. 스베르들로프스크(Sverdlovsk) 법과대학 졸업. 대학에서 교직을 담당한 후 89년에 소련 공산당 중앙위원회 법무부장. 91년 국가안보상(國家安保相) 고문. 95년 검찰총장. 99년 2월 건강문제를 이유로 사표 제출. 같은 해 3월 사의 철회. 같은 해 12월 헌법재판소에 의해 해임이 정당하다는 판결. 2000년 3월 대통령 선거에 입후보했다가 낙선.

블라디미르 푸틴 (Vladimir Vladimirovich Putin)
1952년 출생. 레닌그라드 대학(현, 상트페테르부르크 대학) 법학부를 졸업하고 KGB로. 80년대 동독에서 첩보활동에 종사. 90년 레닌그라드 시(市. 이듬해에 상트페테르부르크 시로 개칭)의 소브차크(Anatoly Sobchak) 시장 고문. 91년 레닌그라드 시 대외관계위원회 의장. 94년 레닌그라드 시 제1부시장. 96년 6월 모스크바로 거주지를 옮겨 대통령부 총무국 차장. 97년 3월 대통령부 부장관 겸 감독국장. 98년 5월 대통령부 제1부장관. 98년 7월 연방보안국 장관. 99년 3월 안전보장회의 서기를 겸무. 같은 해 8월 러시아 수상. 같은 해 12월 31일 옐친 대통령이 사임하면서 대통령 대행. 2000년 3월 대통령 당선. 2004년 3월 재선.

아나톨리 추바이스 (Anatoly Chubais)
1955년 출생. 레닌그라드 기술경제대학 졸업. 82년 레닌그라드 기술경제대학 조교수. 90년 레닌그라드 시장 고문. 91년 상트페테르부르크 시장 경제고문. 91년 11월부터 러시아국가자산관리위원회 의장으로서 민영화에 착수. 92년 부수상 겸무. 94년 11월 제1부수상. 96년 1월 해임. 같은 해 3월부터 옐친 재선 본부장. 같은 해 7월 대통령부 장관. 97년 3월 제1부수상 겸 재무장관. 97년 11월 재무장관 해임. 98년 4월 전력독점기업 통일에너지 시스템즈(UES) 사장.

파벨 브로딘
1946년 출생. 울리야노프(Ulyanov) 농업대학 졸업. 88년 야쿠츠크(Yakutsk) 시장. 93년 대통령부 사회생산관리국장에서 대통령부 총무국장. 2000년 1월 러시아 벨로루시 동맹 서기. 2001년 1월 미국에서 구속. 후에 스위스로 이송되었다가 같은 해 4월에 석방.

발렌틴 유마셰프
1957년 출생. 모스크바대학 졸업. 저널리스트로 활동한 뒤에 95년 아가뇨크 사장. 옐친회고록을 대신 집필하고 보리스 베레조프스키를 대통령에게 소개. 96년 8월 대통령 고문. 97년 3월 대통령부 장관. 98년 11월 대통령 고문. 99년 옐친의 사임으로 크렘린을 떠남. 2001년 옐친의 둘째딸 타치아나 디야첸코와 재혼.

로만 아브라모비치 (Roman Abramovich)

1966년 출생. 모스크바 석유가스전문학교 졸업. 92년부터 석유중개업무 개시. 95년 베레조프스키와 공동으로 PK트러스트 설립, 석유기업 시브네프트(Sibneft)를 담보입찰을 통해서 낙찰 받음. 96년 시브네프트 모스크바 지부장 겸 이 회사 이사. 99년 12월 하원의원. 2000년 12월 추코트(Chukot) 자치관할구역 지사. 2003년 영국 축구클럽 첼시 매수.

알렉산드르 볼로신 (Alexander Voloshin)

1956년 출생. 모스크바 수송기술전문학교 졸업. 93년 에스터 코르프 사장. 95년 연방기금회사 사장으로 민영화 입찰 등을 운영. 97년 대통령부 장관 보좌관. 98년 9월 대통령부 부장관. 99년 3월 대통령부 장관. 2003년 10월 사임.

알렉산드르 마무트

1960년 출생. 모스크바 대학 법학부 졸업. 90년 법률사무소 ALM컨설팅 설립. 93년 프로젝트 금융회사 사장. 98년 대통령부 경제고문. 99년 대통령부 장관 보좌관. 99년 MDM은행 감사위원회 의장. 2001년 카시야노프 내각부속 기업가평의회 위원. 2002년 투자은행 트로이카 다이얼로그 이사장.

보리스 베레조프스키 (Boris Berezovsky)

1946년 출생. 모스크바 대학 기계수학과 졸업. 응용수학 학자로 일하다가 89년에 자동차판매회사 로고바즈(LogoVAZ)를 설립하여 기업계에 입문. 96년 안전보장회의 부서기. 97년 11월 해임. 98년 4월 독립국가공동체(CIS) 서기. 99년 3월 해임. 99년 12월 하원의원. 2000년 7월 하원의원 사직. 이후, 영국에서 생활하다가 2003년 9월에 망명.

니콜라이 악쇼넨코 (Nikolai Aksenenko)

1949년 출생. 노보시비르스크(Novosibirsk) 철도수송전문학교 졸업. 94년 철도청 차관. 97년 철도장관. 99년 5월 스테파신과 수상 지명을 다투는 제1부수상 겸 철도장관. 2000년 1월 제1부수상 해임. 같은 해 가을, 부패혐의로 최고검찰에 소환. 2002년 1월 철도장관 해임. 2003년 10월 출국.

알렉산드르 쥬코프 (Aleksandr Dmitrievich Zhukov)
1956년 출생. 모스크바 대학 경제학부 졸업. 81년부터 소련 재무성 통화경제 대외경제관계 금융부에서 이코노미스트, 부장. 91년 미국 하버드 비즈니스 스쿨에 단기 유학. 같은 해 애프트트랙트로 익스포트 부사장. 93년 하원의원. 95년 하원 예산 · 세제 · 은행 · 금융위원회 부위원장. 97년 이 위원회 위원장. 2004년 3월 부수상.

미하일 카시야노프 (Mikhail Kasyanov)
1957년 출생. 모스크바 자동차도로전문학교 졸업. 81년부터 90년까지 소련국가계획위원회(고스플랜, Gosplan)에 근무. 90년 대외경제관계위원회 부장. 91년 러시아경제성 대외경제관리부장. 93년 대외채무문제 국장. 95년 재무성 차관. 99년 2월 재무성 제1차관. 99년 5월 재무장관. 2000년 1월 제1부수상. 같은 해 5월 수상. 2004년 2월 해임.

빅토르 크리스텐코 (Viktor Borisovich Khristenko)
1957년 출생. 첼랴빈스크(Chelyabinsk) 공과대학 졸업. 94년 첼랴빈스크 주(州) 제1부지사. 97년 츄바이스 재무장관 밑에서 재무성 차관. 98년 4월 부수상. 같은 해 10월 재무성 제1차관. 99년 5월 제1부수상. 2000년 1월 부수상. 2004년 3월 산업에너지장관.

유리 루시코프 (Yurii Mikhailovich Luzhkov)
1936년 출생. 모스크바 석유화학가스전문학교 졸업. 화학공업성에 근무한 이후 87년 모스크바시 집행평의회 제1부의장. 91년 모스크바 부시장. 92년 시장. 98년 중도정당 조국(祖國) 결성. 2001년 12월 통일(統一) 등과 합병하여 통일러시아 결성. 2003년 12월 모스크바 시장으로 당선. 3선.

블라디미르 구신스키 (Vladimir A. Gusinsky)
1952년 출생. 모스크바 연극대학 졸업. 89년 모스트(Most) 뱅크를 설립하여 은행장. 92년 모스트 그룹 회장. 95년 미디어 모스트 사장. 2000년 6월 횡령혐의로 체포되었다가 석방. 같은 해 7월 스페인으로 출국.

샤밀 바사예프 (Shamil Salmanovich Basayev)

1965년 출생. 모스크바대학 법학부 중퇴. 91년 체첸대통령 선거에 입후보했다가 낙선. 94년 제1차 체첸분쟁에서 독립파 야전사령관. 97년 대통령선거에서 아슬란 마스하도프에 패배. 99년 8월 다게스탄(Dagestan)에서 봉기. 2002년 2월 지뢰 때문에 부상.

아슬란 마스하도프 (Aslan Maskhadov)

1951년 출생. 레닌그라드 군사아카데미 졸업. 군인으로서 헝가리, 발트(Baltic) 군사관할구역에서 활동한 이후, 90년에 라트비아의 독립운동에 참가. 91년 체첸공화국 방위군 사령관. 92년 러시아군 대령으로서의 군적 박탈. 94년 12월부터 제1차 체첸분쟁에서 러시아 측과의 교섭 단장. 96년 8월 러시아와의 평화협정에 조인. 97년 1월 체첸대통령선거에서 당선하여 대통령. 99년 8월의 제2차 체첸분쟁에서 러시아군의 체첸 진공에 저항한 후 체첸을 떠남.

아나톨리 소프차크 (Anatolii Aleksandrovich Sobchak)

1937년 출생. 레닌그라드대학 법학부 졸업. 대학에서 교수생활을 한 뒤에 90년에 레닌그라드 시 평의회 의장(시장)이 되면서 푸틴, 츄바이스를 고문으로 초청. 91년 상트페테르부르크 시장. 96년 시장선거에서 낙선. 97년 가을, 부패혐의로 검찰당국의 추궁을 당하자 군사의학아카데미부속병원에 입원했다가 프랑스로 출국. 99년 7월 귀국. 같은 해 12월 하원선거에서 낙선. 2000년 2월 푸틴의 선거운동을 지원하다가 체류 중이던 칼리닌그라드(Kaliningrad) 주에서 사망.

알렉세이 쿠드린 (Alexei Leonidovich Kudrin)

1960년 출생. 레닌그라드대학 경제학부 졸업. 83년 소련 과학아카데미 부속 사회경제연구소 회원. 츄바이스가 이끄는 개혁파 이코노미스트그룹에서 활동한 뒤에 90년 레닌그라드 시 경제개혁위원회 부의장. 92년 상트페테르부르크 시 금융위원회 의장. 94년 상트페테르부르크 시 제1부시장. 96년 6월 대통령부 부장관 겸 감독국장. 97년 3월 재무성 제1차관. 99년 1월 통일에너지 시스템즈(UES) 제1부사장. 같은 해 6월 재무성 제1차관으로 복귀. 2000년 5월 부수상 겸 재무장관. 2004년 3월 재무장관.

아흐마드 카디로프 (Akhmad Kadyrov)
1954년 출생. 타시켄트(Tashkent)의 이슬람전문학교 졸업. 89년 북 카프카스(Kankaz. 코카서스 Caucasus)에 첫 이슬람전문학교를 설립하고 학장. 96년 체첸의 이슬람교 법전 설명관. 99년 가을의 제2차 체첸분쟁 당시에 러시아연방군에 협력. 2000년 6월 체첸행정장관. 2003년 10월 체첸공화국 대통령. 2004년 5월 폭파테러에 의해 사망.

니콜라이 파트루쉐프 (Nikolai Platonovich Patrushev)
1951년 출생. 레닌그라드 조선대학 졸업. 75년 KGB직원. 92년 카렐리아(Karelia) 공화국 보안장관. 94년부터 모스크바의 연방보안국에 근무. 98년 8월 대통령부 부장관 겸 감독국장. 같은 해 10월 연방보안국 부장관. 99년 8월 연방보안국 장관.

빅토르 이바노프 (Victor Petrovich Ivanov)
1950년 출생. 레닌그라드 전기기술전문학교 졸업. 기사로 생활한 뒤에 77년 KGB직원. 87년 아프가니스탄에서 활동. 94년 상트페테르부르크 시 총무국장. 98년 푸틴 장관 밑에서 연방보안국 개인안전보장국장. 99년 연방보안국 부장관. 2000년 1월 대통령부 부장관. 2004년 3월 대통령 보좌관.

이고르 세친 (Igor' Ivanovich Sechin)
1960년 출생. 레닌그라드대학 문학부 졸업. 앙고라(Angora)에서 소련군 통역 등을 담당한 후, 레닌그라드대학 대외부에서 근무. 90년대 초 상트페테르부르크 시 의전과 근무. 소프차크 시장의 통역을 담당했던 인연으로 푸틴과 알게 되면서 푸틴의 비서. 이후, 개인비서로 일하다가 2000년 5월 대통령부 부장관. 2004년 3월 대통령 보좌관 겸무.

보리스 그리즐로프 (Boris Vyacheslavovich Gryzlov)
1950년 출생. 레닌그라드전기기술전문학교 졸업. 전기기구 제조회사 일렉트론 프리볼에서 약 20년 동안 근무한 뒤에 99년 가을에 정당 통일의 상트페테르부르크 지부장. 99년 12월 하원의원. 2001년 3월 내무장관. 2004년 1월 하원의장.

세르게이 쇼이그 (Sergei Kuzhugetovich Shoigu)
1955년 출생. 77년에 크라스노야르스크(Krasnoyarsk) 공과대학을 졸업한 이후 시베리아 각 지역의 기업합동업체에 감독관으로 근무 . 90년 모스크바 건설정부 위원회 부의장. 91년 비상사태정부위원회 의장. 94년 비상사태장관. 99년 정당 통일(統一)을 설립.

게르만 그레프 (German Oskarovich Gref)
1964년 출생. 옴스크 대학(Omsk State University) 법학부 졸업. 상트페테르부르크 시에서 국가자산관리위원회 지부장을 역임한 뒤에 94년 이 시의 부동산관리국장. 97년 부시장 겸 시 보유자산 관리위원회 의장. 98년 국가자산위원회 제1부의장. 99년 싱크탱크 전략책정센터 소장. 2000년 5월 경제발전무역장관.

일리야 크레바노프
1951년 출생. 레닌그라드공과대학 졸업. 77년부터 레닌그라드광학기계합동(LOMO)에서 기사로 근무. 92년 이 회사 사장. 97년 12월 상트페테르부르크 부시장. 99년 5월 스테파신 내각에서 부수상. 2001년 10월 산업과학기술장관 겸무. 2002년 2월 부수상직에서 물러나 산업과학기술장관 전임. 2003년 11월 북서연방관할구역 대통령 특사.

올레그 데리파스카 (Oleg Vladimirovich Deripaska)
1968년 출생. 모스크바대학 물리학부 졸업. 92년 알루미늄 프로덕트(Aluminium Product)를 설립하여 알루미늄제품 판매에 종사. 94년 11월 사얀(Sayansky) 알루미늄 공장 사장. 97년 시베리아 알루미늄(Sibirsky Aluminium. 후에 바조브 엘레멘트)를 설립하여 사장. 99년 러시아산업기업가 동맹 부회장. 2000년 4월 러시아 알루미늄 사장. 2001년 전 대통령부 장관 유마셰프의 딸과 결혼.

이고르 이바노프 (Igor' Sergeevich Ivanov)
1945년 출생. 모스크바교육대학 졸업. 69년 세계경제국제관계연구소. 73년 소련 외무성 입성. 91년 주 스페인 대사. 94년 러시아 외무성 제1차관. 98년 9월 외무장관. 2004년 3월 안전보장회의 서기.

드미트리 코자크 (Dmitri Nikolayevich Kozak)

1958년 출생. 레닌그라드대학 법학부 졸업. 89년까지 레닌그라드 검찰국. 90년 레닌그라드 시 법무국장을 거쳐 상트페테르부르크 시 법무위원회 의장. 98년 상트페테르부르크 부시장. 99년 정부총무장관. 2000년 대통령부 부장관. 2003년 11월 대통령부 제1부장관. 2004년 3월 정부관방장관.

알렉산드르 로슈코프 (Alexander Losyukov)

1943년 출생. 모스크바 국제관계대학 졸업. 68년 소련 외무성 입성. 97년 러시아 외무성 아시아 제2국장. 2000년 3월 외무차관(아시아태평양 담당). 2004년 3월 주 일본 대사.

세르게이 이바노프 (Sergei Borisovich Ivanov)

1953년 출생. 모스크바국제관계대학 졸업. 90년 국제경제협력은행 근무. 91년 인테로스(Interos) 그룹을 설립하고 사장. 93년 오넥심방크(Oneksim Bank) 은행장. 96년 3월 석유기업 시단코(Sidanco), 비철금속기업 노릴스크니켈(Norilsk Nickel) 등을 지배하에 둠. 96년 8월 러시아 제1부수상. 97년 8월 전신전화국 스뱌지인베스트를 민영화로 불하받음.

알렉세이 밀레르

1962년 출생. 레닌그라드 금융경제대학 졸업. 90년 레닌그라드 집행평의회에서 츄바이스가 이끄는 경제개혁위원회 회원. 91년 푸틴이 이끄는 상트페테르부르크 대외관계위원회 회원. 96년 상트페테르부르크 항만 개발투자 부장. 99년 발틱 파이프라인 시스템(Baltic pipeline system) 사장. 2000년 6월 에너지성 차관. 2001년 5월 가즈프롬(Gazprom) 사장.

아흐메드 자카예프 (Akhmed Zakayev)

1959년 출생. 모스크바 연극대학 졸업. 배우활동 이후에 체첸공화국 문화장관. 94년부터 제1차 체첸분쟁에서 야전사령관. 97년 체첸공화국 부수상. 2001년 마스하도프 파 특별대표로 모스크바에서 평화교섭에 참가. 2002년 10월 덴마크에서 구속, 12월에 영국에서 구속. 2003년 11월 석방 후에 망명.

알프레드 코흐 (Alfred Kokh)

1961년 출생. 레닌그라드 금융경제대학 졸업. 92년 상트페테르부르크 국가자산관리위원회 부의장. 93년 국가자산관리위원회 부의장. 95년 3월 국가자산위원회 제1부의장. 96년 12월 국가자산위원회 의장. 97년 3월 부수상 겸임. 같은 해 8월 두 직책에서 모두 해임. 2000년 6월 가즈프롬 미디어(Gazprom-media) 사장. 2001년 4월 독립텔레비전(NTV) 이사장. 같은 해 10월 사임. 2003년 정당 우파세력동맹 선거대책본부장.

보리스 조단

1966년 출생. 미국 뉴욕대학 졸업. 92년 영국 투자은행 크레디트 스위스 퍼스트 보스턴(Credit Suisse First Boston. CSFB) 모스크바 지점장. 95년 투자은행 르네상스 캐피탈 설립. 97년 MFK르네상스 사장. 97년 석유기업 시단코 이사장. 2001년 4월 독립텔레비전(NTV) 사장. 같은 해 10월 가즈프롬 미디어 사장. 2003년 1월 해임.

블라디미르 우스티노프 (Vladimir A. Ustinov)

1953년 출생. 하리코프(Kharkov) 법과대학 졸업. 92년 크라스노다르(Krasnodar) 지방 소치(Sochi) 시 검사. 97년 최고검찰국 차장. 99년 7월 검찰총장 대행. 2000년 5월 검찰총장.

세르게이 푸가초프

1963년 출생. 레닌그라드대학 졸업. 85년부터 90년까지 소련 공업건설은행 근무. 92년 국제산업은행 은행장. 95년 하원의원 선거에 입후보했다가 낙선. 2001년 12월 상원의원.

드미트리 메드베제프 (Dmitrii Anatolievich Medvedev)

1965년 출생. 레닌그라드대학 법학부 졸업. 90년 레닌그라드대학 법학부 강사. 91년 푸틴이 이끄는 상트페테르부르크 대외관계위원회 법률스탭. 99년 11월 정부총무국 부장관. 2000년 6월 대통령부 제1부장관. 2003년 10월 대통령부 장관.

미하일 호도르코프스키 (Mikhail Khodorkovsky)

1963년 출생. 모스크바화학기술전문학교 졸업. 86년 공산청년동맹 프룬제(Frunze) 지역 부서기. 89년 과학기술발전상업혁명은행(후에 메나테프 Menatep로 개칭) 은행장. 92년 연료에너지산업투자기금 회장. 93년 러시아 연료에너지성 차관. 96년 유코스 사장. 2002년 미국 〈포브스〉 지로부터 러시아 최고의 부호로 지명됨. 2003년 10월 횡령과 탈세 등의 혐의로 체포. 같은 해 11월 유코스 사장직 사임.

미하일 프라드코프 (Mikhail Yefimovich Fradkov)

1950년 출생. 모스크바공작기계대학 졸업. 73년 주 인도 소련대사관 부속 경제문제고문기관 근무. 75년부터 소련 대외경제관계 국가위원회에 근무. 81년 해외무역아카데미 수료. 84년 대외경제관계 국가위원회 공급 본청 차장. 88년 소련대외경제관계성 대외경제거래조사국 차장. 91년 주네브의 관세와 무역에 관한 일반협정(GATT) 러시아 대표. 92년부터 대외경제관계성 차관, 제1차관. 97년 4월 대외무역장관. 98년 5월부터 러시아 손해보험회사 이사장, 사장. 99년 5월 스테파신 내각에서 무역장관. 2000년 5월 안전보장회의 제1부서기. 2001년 3월 세무경찰장관. 2003년 3월 주 유럽연합(EU) 대사. 2004년 3월 수상.

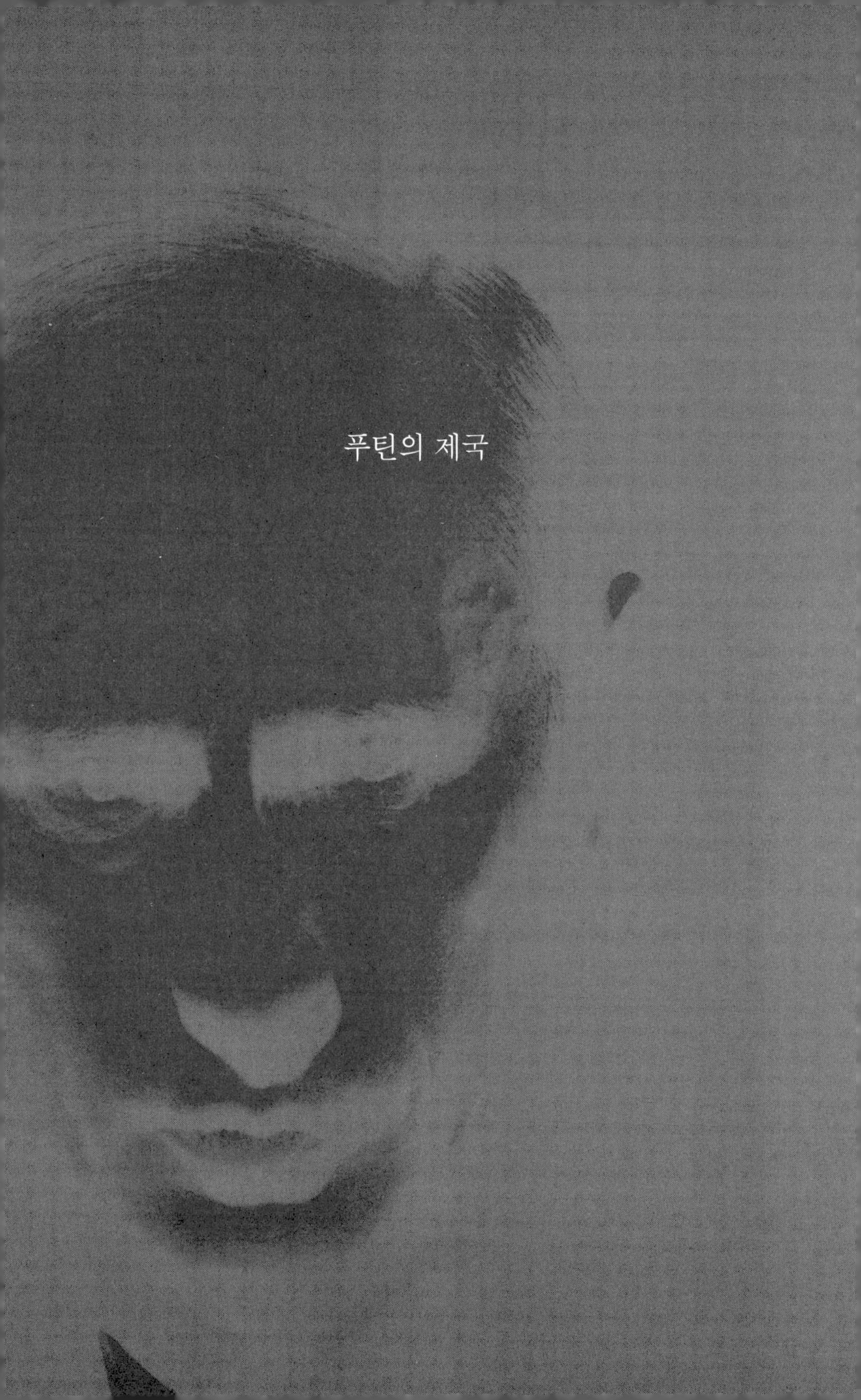

푸틴의 제국

PUTIN'S RUSSIA | 01

프리마코프 해임

섹스 거짓말, 그리고 비디오테이프 사건

1999년 5월 5일, 크렘린에서는 대통령 보리스 옐친과 정부의 수뇌들이 한 자리에 모여 회의를 개최하고 있었다. 밀레니엄 위원회라는, 연말에 한 세기가 바뀌게 되면 새로운 세기를 어떤 방식으로 축하할 것인지 기획을 하기 위한 모임이었다. 노동절 휴가를 끝낸 이후에 모인 회의기기 때문에 자리를 차지한 대통령부 간부들과 정부의 각료들은 모두 기분 좋은 표정이었다.

그런데 개회사를 하기 위해 천천히 자리에서 일어선 옐친이 갑자기 입을 다물더니 의미 있는 눈빛으로 주위를 둘러보았다. 그 입에서 뜻밖의 말이 튀어 나왔다.

"순서가 바뀌었어."

대통령은 비난하는 눈초리로 옆자리에 앉아 있는 수상 예브게니 프리마코프를 노려보았다.

"스테파신이 제1부수상이야. 스테파신, 자리를 옮기게."

내무장관 스테파신에게는 지난달에 제1부수상이라는 직함이 주어져 있었다.

프리마코프 옆자리에 앉아 있던 대통령부 제1부장관 올레그 시수예프(Oleg Nikolaevich Sysuyev)가 서둘러 자리에서 일어났다. 스테파신은 조용히 자리를 옮겨 프리마코프의 옆자리를 차지했다. 옐친의 간단한 개회사가 끝나자 본론으로 들어가서 프리마코프가 보고서를 읽기 시작했다. 그러나 옐친은 옆자리에 앉아 얼굴을 옆으로 돌린 채 줄곧 그 옆모습을 노려보고 있었다. 경축행사를 의논하는 회의로서는 매우 이상한 광경이었다.

이 상황은 텔레비전으로도 전해졌다. 국민은 물론이고 그 회의에 참석한 모든 사람들이 머지않아 정변이 일어날 것이라고 예감했다. 마치 연기를 하는 듯한 대통령의 그 퍼포먼스는 그 때까지도 자주 그런 예고를 하는 역할을 담당해 왔기 때문이다. 그것은 또, 몇 개월 동안 정권을 뒤흔들고 있던 스캔들이 막을 내리려 하는 징조였다.

한 달 보름 전인 3월 17일 한밤중, 러시아 국영텔레비전 RTR의 뉴스프로그램이 갑자기 이상한 영상을 흘려보내기 시작했다. 침대 위에서 두 명의 여성과 노닥거리는 중년의 남자. 세 사람 모두 실오라기 하나 걸치지 않은 알몸이다. 화질이 좋지 않은 흑백 비디오 영상은 분명히 몰래 촬영했다는 사실을 알려주었다. 중년의 남자는 당시의 검찰총장 유리 스쿠라토프와 비슷했다. 프로그램은 코멘트를 거의 넣지 않고 영상을 흘려보냈는데, 그 영상 자체가 끼치는 충격을 계산에 넣은 듯한 행동이었다. 시청자들은 당연히 깜짝 놀랐고 다음날에는 그 진위와 방영의 목적이 전국적으로 화제가 되었다.

이 비디오의 존재는 이미 한 달 이상 전부터 정계에 소문으로 떠돌고 있었다. 그래서 일부 국회의원들은 이미 이 사태를 예상했다. 이 비디오 영상을 방영한 것이야말로 검찰당국이 정권 내부의 부패를 추방하려 하는 데에 대한 정권 측의 반격이었기 때문이다. 이 스캔들은 러시아에서도 인기를 모았던 미국영화의 이름을 따서 '섹스, 거짓말, 그리고 비디오테이프 사건'으로 불리게 되었다.

검찰총장 스쿠라토프의 반격

국민들은 이맛살을 찌푸리며 이것은 KGB의 수법이라고 수군거렸다. 구소련 국가보안위원회, 즉 KGB는 소련이 붕괴된 이후 몇 번인가 조직을 개편한 끝에 연방보안국(FSB)으로 명칭을 바꾸었지만 소련 시절부터 고관의 프라이버시까지 간섭하고 감시했을 뿐 아니라 경우에 따라서는 협박을 하는 경우도 있었다. 사회주의체제가 붕괴된 이후에 그 활동이 미약해진 것처럼 보였는데 이 사건에 의해 일반인들은 KGB가 부활했다는 인상을 받았다. 이 때의 연방보안국 장관은 후에 러시아 제 2대 대통령이 되는 블라디미르 푸틴이었다.

다음 날인 18일, 옐친은 크렘린으로 스쿠라토프를 불러 들여 간단히 사정을 물었다. 그 후, RTR텔레비전의 프라이버시 침해에 대하여 조사하도록 지시를 내림과 동시에 스쿠라토프의 활동에 대해서도 안전보장회의에 조사를 요청했다. 한편, 연방보안국 장관 푸틴은 내무장관 스테파신과 공동기자회견을 갖고 비디오테이프는 고의로 만들어진 가짜가 아니라 사실을 있는 그대로 포착한 진짜라고 조사결과를 발표했다. 모두 사전에 짜여진 각본대로의 행동이었다.

스쿠라토프는 비디오를, 자신이 주도하는 범죄조사를 방해하려는 목적의 협박행위라고 비난했다. 그는 이미 자신의 스캔들이 담긴 비디오 방영을 각오하고 있었다. 비디오가 방영되기 전 달, 그는 갑자기 병에 걸렸다는 이유로 약 3주 동안 병원에 틀어박혀 있었다. 자신의 수치스런 비디오가 존재한다는 것과 그것으로 인하여 협박을 당한 충격 때문이었다. 그 이후, 건강상의 이유로 대통령에게 사직서를 제출했다. 그러나 퇴원했을 때에는 마음을 바꾸어 맞서 싸우겠다는 쪽으로 결심을 굳혔다. 스쿠라토프에게는 정권 당국자로부터 중앙은행, 그리고 올리가키에 이르는 부정부패 혐의자들의 이름이 적혀 있는 리스트가 만들어져 있었다.

옐친은 이미 스쿠라토프의 사표를 수리하고 상원에 사임을 승인해달라는 요청을 해 놓았다. 헌법에 의하면, 검찰총장의 인사는 상원의 승인사항이다. 이 재빠른 행동은 부정부패를 폭로하려 하는 검찰총장을 정권이 내쫓고 싶어 한다는 소문을 더욱 증폭시켰다.

직장으로 복귀한 스쿠라토프는 사직서를 제출한 사실을 잊어버린 듯 정력적인 행동에 나섰다. 비디오 방영에 앞선 17일의 상원심의에서는 옐친의 검찰총장 해임제안이 압도적 다수로 부결 처리되었다.

그 때까지 상원은 대통령의 뜻에 반대한 적이 없다. 이것은 옐친의 입장에서 볼 때 상원의 첫 반역이었다. 〈모스코프스키 콤소몰레츠(Moskobsky Komsomolets)〉 지는, 상원심의 전에 상원의원들에게 51분짜리 테이프 복사본이 이미 나누어졌다고 보도했다.

그 상원심의 자리에서 스쿠라토프는 올리가키를 포함한 강력한 세력, 각료, 그리고 두 명의 제1부수상 출신자들이 자신을 내쫓기 위해 압력을 가하고 있다고 호소했다. 여기에서 굳이 '제1부수상 출신자' 들이라고 말했다는 데에서 인물을 특정 지으려 하는 스쿠라토프의 의도를 느낄 수 있었다. 이 중 한 명은 러시아의 전력독점기업 통일에너지' 시스템즈(UES)의 사장인 아나톨리 츄바이스라는 사실은 쉽게 알 수 있었다. 츄바이스는 옐친의 재선거 본부장을 담당했던 96년의 대통령 선거 당시에, 부하가 재무성으로부터 현금을 반출한 사건을 조용히 넘기기 위해 검찰총장 스쿠라토프에게 압력을 넣었던 과거가 있다는 사실이 널리 알려져 있었기 때문이다.

3월 18일, 러시아의 뉴스미디어는 일제히 전날 밤의 비디오 방영에 관하여 보도했는데 스쿠라토프를 비방하는 정권 측의 목적은 역효과를 낳을 것이라는 해석이 적지 않았다. 상원의원들은 스쿠라토프에게 동정하면서 비열한 수단으로 스쿠라토프를 몰아내려 하는 정권에 강한 반발을 느꼈다. 비디오 방영이 오히려 스쿠라토프의 인기를 높인 것이다. 이것은 정권 측에서 전혀 예상하지 못한 결과였다.

옐친 일가의 수뢰의혹

스쿠라토프는 옐친의 가족을 포함한 주변의 부정부패 사건을 적발하기 위해 열을 올리고 있다고 알려져 있었다. 혐의는 같은 해 1월에 세상에 알려졌다. 러시아검찰당국의 의뢰를 받은 스위스검찰총장 카를라 델 폰테(Carla del Ponte)는 스위스 루가노에 본거지를 두고 있는 마베텍스(Mabetex) 건설회사에 대해 강제압수수색을 하라는 명령을 내렸다. 압수한 자료 중에는 러시아 대통령의 두 딸에게 발행된 신용카드가 있었다.

러시아 대통령부 총무국장 파벨 브로딘이 중심인 대통령 측근 및 가족에게 마베텍스로부터 거액의 뇌물이 건너갔다는 의심이 들었다. 이 회사는 크렘린을 비롯하여 러시아 정부와 관계가 있는 건물의 수리, 증개축 사업을 폭 넓게 수주하고 있었다.

브로딘과 이 회사 사장 베제트는, 브로딘이 야쿠티야(Yakutiya : 사하공화국)의 수도 야쿠츠크의 시장으로 재임했을 때부터 알고 지낸 친숙한 관계였다. 알바니아(Albania) 출신의 베제트는 모스크바에서 기자회견을 갖고 유창한 러시아어를 구사하며 의혹을 부정했다. 브로딘도 저널리스트들의 추궁을 받자 자신의 방 금고를 활짝 열어 보이고 뇌물을 받은 증거 따위는 없다는 연기를 해 보였다. 그러나 발주의 보답으로 적어도 수백만 달러의 뇌물을 오갔다는 보도가 나왔다.

몇 개월 후, 8월이 되어 이탈리아의 〈코리에레 델라 셀라(Corriere dela Sera)〉 지는 베제트가 옐친과 그의 차녀 타치아나에게 신용카드를 주었다고 보도했다. 그들이 자유롭게 사용할 수 있도록 헝가리의 은행에 백만 달러의 구좌를 개설해 주었다는 것이다. 1994년 가을, 옐친이 유럽안보협력기구 정상회의에 참석하기 위해 헝가리의 수도 부다페스트를 방문했을 때에 이 뇌물이 건너갔을 것이라는 설명도 덧붙여져 있었다.

옐친의 가족을 포함한 측근 그룹은 특별한 이익공동체라는 이유에서 매스컴으로부터 '세미야'라고 불리기 시작했다. 세미야는 러시아어로 가족이라는 의미로, 영어로는 패밀리 즉 옐친 패밀리라는 뜻이다. 그 이후, 서방측에서도 세미야는 러시아의 정치를 이야기할 때에 빼 놓을 수 없는 용어가 되었다.

이 세미야의 부정혐의를 러시아에서 처음으로 매스컴에 흘린 사람이 스쿠라토프였다. 그는 몇 번에 걸쳐서 스위스를 방문하여 직접 증거를 수집했고, 비디오 사건이 발생한 이후에도 스위스 쪽의 여성검찰총장 폰테를 모스크바로 초청하여 양국 검찰당국의 긴밀한 협력을 과시했다. 폰테는 나중에 헤이그 국제형사재판소의 판사로 취임하게 되는데 이 시기 그녀는 러시아정권을 위협하는 매우 유명한 인물이었다.

브로딘은 크렘린의 금고지기 역할을 담당하고 있었다. 크렘린 내부의 이권을 담당하는 본부는 대통령부 총무국으로 국가소유의 부동산 관리, 다양한 형태로 들어오는 뇌물, 현금 등은 모두 총무국에서 처리했다. 해외부동산 투자에도 손을 뻗어 옐친의 차녀 타치아나가 오스트레일리아에 부동산투자를 하는 것도 총무국이 도와주고 있었다. 1999년 5월에는 주네브 시 검찰당국이 브로딘을 자금세탁혐의로 고발했다.

자신의 주인을 받드는 충성심과 적에 대한 치졸할 정도의 중상모략 능력은 브로딘이라는 인물을 구성하는 두 가지 요소였다. 그러나 매스컴을 대할 때에는 부드럽게 농담까지 건네는 인기 좋은 관료로 알려져 있었다. 아버지의 이름 파벨 파블로비치(Pavel Pavlovich)를 약칭하여 부르는 팔 파리치는 그 자신의 애칭이 되었다.

브로딘은 자신의 인터넷 사이트에서 1990년에 옐친이 야쿠츠크를 방문했을 때에 시장으로서의 자신의 관리 능력을 대통령이 인정해 준 것이 크렘린으로 입성하게 된 계기라고 밝혔다. 그러나 실제로는 전년도인 1989년에 러시아최고회의에 참석했을 때에 옐친의 측근이며 나중에 대통령 경호국장의 자리에 오르는 알렉산드르 코르자코프(Aleksandr Vasil'evich Korzhakov)를 알게 되면서부터 브로딘의 크렘린 입성 공작은 시작되었다. 그 후 1년 동안, 모피와 한국산 텔레비전 등, 야쿠츠크에서 손에 넣은 여러 종류의 뇌물이 브로딘의 손에서 코르자코프에게 건너갔다.

브로딘은 그 보수로, 사우나에서 옐친을 만날 기회를 얻었고 편안한 분위기 속에서 술잔을 나누며 농담을 주고받는 사이에 옐친의 마음을 사로잡는 데에 성공했다. 1993년, 대통령부 총무국장으로 취임하면서 그 때까지 5년 동안 근무했던 야쿠츠크 시장 시절의 마베텍스 사와의 끈끈한 관계는 더욱 확대되었다.

러시아의 대통령부라는 권력기구가 구체적으로 어떤 기능을 가지고 있는지 아직 아무도 명확한 이미지를 그릴 수 없었던 시기, 브로딘은 총무국장으로서 천재적인 관리능력과 운영능력을 발휘했다. 단순한 관리부문에 지나지 않았던 대통령부 총무국은 브로딘 휘하에서 강력한 경제기구로 변모해 갔다. 옐친정권 말기에는 총무국 산하 직원 수가 12만 명 이상, 연간 수입은 30억 달러에 달했다. 러시아에서 이 수입을 웃도는 경제사업체는 천연가스독점업체인 가즈프롬뿐 이었다.

마베텍스 사건이 발각된 이후, 스쿠라토프가 이끄는 최고검찰은 브로딘의 딸 에카첼리나 의 방을 강제로 수사해서 그녀 명의로 200만 달러가 개설되어 있는 통장을 압수했다.

무명의 새로운 장관 볼로신 취임

브로딘에 대한 혐의는 명백했고 그것은 크렘린, 즉 옐친의 위기를 의미했다. 사태를 타개하기 위해 3월 20일에 옐친이 던진 수는 대통령부 장관 니콜라이 보르쥬쟈를 해임하는 것이었다. 보르쥬쟈는 수상으로 취임한 프리마코프에 의해 대통령부로 들어온 KGB출신의 인물이었다. 반년 전에 수상으로 취임한 프리마코프가 대통령부 장관을 전임자인 발렌틴 유마셰프에서 보르쥬쟈로 바꾼 것 자체가 프리마코프의 권한이 확대되고 있다는 사실을 이야기하고 있었다. 국민적인 인기가 높은 수상이 차기 대통령 자리를 노리고 검찰총장을 이용하여 옐친의 측근을 몰아내려는 것이라고 생각해도 이상하지 않은 묘한 상황이 러시아 정국에 나타나 있었다.

보르쥬쟈를 해임하면서 내세운 표면적인 이유는 건강문제였다. 보르쥬쟈는 저항했지만 방패막이인 프리마코프는 이 때에 미국 방문을 앞두고 유고슬라비아의 코소보(Kosovo) 문제를 둘러싼 대미교섭에 바쁜 나날을 보내고 있었다. 3월 23일, 미국을 방문하기 위해 출발한 프리마코프의 특별기는 북대서양조약기구(NATO)가 유고 공습을 시작한다는 소식을 듣고 대서양 상공에서 비행기를 돌리는 대미항의행동에 나섰다. 즉, 건강이 좋지 않은 옐친을 대신하여 실질적으로 대통령의 직무를 수행하고 있던 수상의 입장에서는 국내 문제에 할애할 시간이 그만큼 줄어들어 있었다.

해임을 이야기하는 옐친에 대해 보르쥬쟈는 대담하게 반박했다.

"해임은 당신 자신이 결정한 것이 아닙니다. 그룹으로부터 조언을 들은 당신의 딸, 타치아나에게 강요당한 것 아닙니까? 내가 베레조프스키를 독립국가공동체(CIS) 서기라는 직함에서 해임시킨 데다 프리마코프에 대한 공세에는 가담하지 않았기 때문에 미움을 산 것이지요."

그리고, 타치아나, 유마셰프 이외에 석유기업 시브네프트를 소유하고 있는 로만 아브라모비치, 경제담당 대통령부 부장관 알렉산드르 볼로신, 대통령부 장관 보좌관 알렉산드르 마무트의 이름을 들먹이며 그들이 보리스 베레조프스키의 승인을 얻어 프리마코프에 반대하는 활동을 하고 있다는 점을 지적했다. 그들이야말로 세미야 그룹의 핵심 멤버였다.

이 중에서 보르쥬쟈를 대신하는 대통령부 장관으로 기용된 인물이 볼로신이었다. 그 때까지 크렘린에서의 활동은 매우 미약해서 러시아의 정치가들 중에도 그를 알고 있는 사람은 별로 없었다.

벗겨진 이마에 구레나룻을 기른 새로운 장관은 당시 43세라는 나이보다 훨씬 늙은 인상을 주었다. 그는 원래, 보르쥬자의 전임자인 유마셰프의 고문으로서 97년에 대통령부로 들어와 98년 9월에 대통령부 부장관으로 승격되었다. 저널리스트 출신의 유마셰프는 옐친의 회고록을 대필해 주는 일을 하다가 옐친에게 기용되어 정치를 이용한 상인, 즉 정치상인(政治商人)으로 알려진 보리스 베레조프스키를 옐친에게 소개한 인물이다.

볼로신을 장관으로 기용했다는 것은, 유마셰프와 마찬가지로 베레조프스키와 가까운 인물에게 대통령부의 주도권이 돌아갔다는 사실을 의미했다. 볼로신에게 비즈니스를 가르쳐 준 사람이 베레조프스키였기 때문이다.

볼로신의 과거 경력에는 분명하지 않은 부분도 많았다. 1956년에 모스크바에서 출생. 일찌감치 아버지를 여의었는데 이름이 스탈리에비치인 볼로신의 아버지는 러시아에서는 보기 드물게 스탈린이라는 이름을 사용하는 사람이었다. 1993년, 러시아에 민영화 바람이 불 때 베레조프스키로부터, 민영화 수표(Voucher : 증표)를 민간으로부터 매입하는 네 개의 투자회사를 이끌어달라는 의뢰를 받았다. 그 후, 민영화 경매를 운영하는 연방기금회사의 사장이 되었고 베레조프스키가 민영화를 이용하여 석유회사 시브네프트를 손에 넣는 일을 도와주었다고 알려져 있었다.

볼로신이 정치 무대에 처음으로 선을 보인 것은 4월 21일, 대통령이 스쿠라토프 해임을 제안한 이유를 설명하기 위해 상원심의에 출석했을 때였다. 호기심으로 가득 찬 상원의원들의 눈앞에 나타난 사람은 자신감이 없고 말도 서투른, 어디를 보나 정치가와는 거리가 먼 타입의 인물이었다.

연단에 서 있는 그는 한시라도 빨리 크렘린 밖으로 도망치고 싶어 하는 듯한 태도를 보였다. 실제로, 그는 상원의원들의 질문을 뿌리치듯 할 말만 하고 즉시 연단에서 모습을 감추었다. 결국, 상원의원들은 검찰총장 해임에 반대표를 던졌다.

볼로신은 그 직후에 보도진을 상대로 회견을 하면서 프리마코프가 실질적으로 스쿠라토프를 옹호하고 있다고 비난했다. 이 대담한 발언에 보도진은 깜짝 놀랐다. 그러나 볼로신이 세미야 그룹으로부터 크렘린의 위기를 구하는 거대한 역할을 부여받은 인물이라고 간파하는 사람들도 있었다.

프리마코프 수상 해임

스쿠라토프 해임문제를 둘러싼 상원심의가 크렘린의 패배로 끝나자 대통령부 내부에는 대통령이 당장 신임 장관을 해임할 것이라는 견해가 퍼져 나갔다. 그러나 해임된 인물은 볼로신이 아니라 대통령부 국가정부관리국장인 루슬란 올레호프였다. 해임 이유는 볼로신의 연설 원고 초고를 제대로 작성하지 못했다는 것이었다. 그 후, 볼로신이 3년 반 이상이나 대통령부 장관의 자리를 유지하리라고는 아무도 예상하지 못했다.

옐친 주변의 스캔들이 밝혀지자 공산당 세력이 강한 하원도 활기를 띠었다. 이전부터 옐친을 탄핵하기 위한 수속을 추진하고 있던 하원특별위원회는 이미 2월 중순에 소련연방을 해체한 책임 등, 다섯 가지 항목에 대하여 탄핵소추가 타당하다는 결정을 내린 상태였다. 공산당은 당초 4월로 예정되어 있던 하원본회의의 탄핵심의를 유리한 투표방법으로 변경하기 위해 5월 중순으로 연기해놓고 있었다. 정원 4백50명인 하원은 3백 명의 찬성표가 나와야 대통령 탄핵이 성립된다. 옐친 진영의 위기감이 고조되었다.

이런 상황 속에서 대통령 탄핵심의를 다음날로 앞둔 5월 12일, 프리마코프가 해임되었다. 대통령 집무실로 불려간 프리마코프에 대해 옐친은 직접 사표를 쓰도록 요청했다. 프리마코프가 거절하자 옐친은 미리 준비해 둔, 대통령령으로 수상을 해임한다는 내용의 서류에 서명했다.

"돌아갈 때 차는 뭘 타고 가겠나? 앞으로도 친구로 남아야지."

옐친이 프리마코프에게 던진 마지막 말이었다.

새로운 수상으로는 제1부수상 겸 내무장관으로 있던 세르게이 스테파신이 승격되었다. 1주일 전의 밀레니엄 위원회에서 옐친이 스테파신의 자리에 얽매였던 일을 생각해보면 자연스러운 인사라고 할 수 있었다.

정계에 억측을 낳은 에피소드가 있다. 옐친이 하원의장에게 전화를 걸었을 때 처음 전달한 수상후계자의 이름은 스테파신이 아니라 철도장관이었던 니콜라이 악쇼넨코였다.

옐친은 나중에 회고록 〈대통령의 마라톤〉에서 이 실수에 대해 다음과 같이 설명했다.

"하원이 바라지 않는 악쇼넨코를 들먹여 깜짝 놀라게 해 주고 싶었다."

그러나 정계에서는 당시에 수상후계자를 둘러싸고 옐친 진영 내부에서 대립이 있었다는 소문이 전해졌다. 따라서 옐친의 '실수'는 의도적인 것이 아니라 수상을 인선하는 데에 많은 문제가 있었던 것인지도 모른다.

유력한 경제지 〈코메르산트(kommersant)〉는 프리마코프를 해임하기 전날 밤, 악쇼넨코가 수상으로 등용될 것이라는 정보를 들은 츄바이스가 스테파신을 수상으로 지명하는 데에 강력한 반대 공작을 편 경위를 보도했다. 그리고 츄바이스는 미국 CNN과의 인터뷰에서 3주일 전부터 옐친과 몇 차례에 걸쳐 협의를 했다는 사실을 밝히면서 프리마코프의 해임은 "과거 몇 년 동안 대통령이 실시한 인사 중에 최고의 인사"라고 칭찬했다. 또, 다른 언론에는 프리마코프와 스쿠라토프를 해임으로 몰아가기 위한 비밀회의에 참가했었다는 말도 흘렸다.

개혁파 츄바이스와 정치상인 베레조프스키의 밀약

수상후계자 쟁탈전에서 패배한 악쇼넨코는 제1부수상으로 취임했다. 철도의 이권을 움켜쥐고 있는 그는 베레조프스키와 긴밀한 관계를 유지하고 있다는 사실이 이전부터 지적되고 있었다. 매스컴은 수상후계자를 둘러싸고 츄바이스와 베레조프스키의 대립이 있었을 것이라고 추측했다. 그러나 그 이전에 그들이 프리마코프를 해임시키기 위해 손을 잡았던 것 자체가 정변의 커다란 요인이었다.

1996년 2월, 츄바이스와 베레조프스키는 스위스의 휴양지 다보스(Davos)에서 개최된 세계경제포럼에 참석했을 때에 일종의 제휴를 맺었다. 넉 달 후의 대통령선거에서 다른 신흥재벌과 함께 옐친이 재선할 수 있도록 서로 협력하자는 약속이었다. 그들 덕분에 옐친은 불리하다고 여겨졌던 대통령선거에서 극적인 승리를 얻어냈고 다보스는 러시아의 정치역사에서 특별한 의미를 가지는 단어가 되었다.

츄바이스는 90년대 러시아가 시장경제로 이행되는 상황에서 급속한 민영화를 주도한 개혁파의 선두주자였다. 한편 베레조프스키는 응용수학 분야의 학자에서 자동차 딜러로 전환하여 민영화의 특혜를 입고 러시아의 최대 부호로 성장한 정치상인이다. 정치적으로 영향력을 행사하여 이권을 움켜쥐는 경제인을 의미하는 올리가키라는 말은 베레조프스키의 행동에서 탄생한 것이라고 말할 수 있다. 두 사람은 서로 옐친에 대한 영향력을 경합하는 라이벌이었지만, 한편으로는 정권을 존속시킨다는 공통된 목적을 가지고 있었다. 그들은 프리마코프를 해임시키기 위해 제 2의 다보스 제휴를 맺었던 것이다.

그들의 입장에서 볼 때 프리마코프는 공동의 적이었다. 전년도 가을에 수상이 된 프리마코프는 그 때까지 정권 내부에서 외무장관을 담당한 인물이었지만 옐친 진영이 바라는 수상은 아니었다. 옐친이 수상으로 지명한 빅토르 체르노미르딘(Victor Chernomyrdin)이 하원에서 거부를 당하자 공산당의 승인을 얻기 위해 어쩔 수 없인 선택한 타협의 산물이 프리마코프였다. 프리마코프는 공산당의 유리 마슬류코프를 제1부수상으로 입각시켜 경제정책을 담당하게 했고 러시아 중앙은행총재로는 일찍이 지폐증쇄로 엄청난 인플레이션을 초래한 빅토르 게라시첸코를 복귀시켰다. 두 사람은 각각, 소련 시대의 국가계획위원회(Gosplan), 소련국가은행(Gosbank)의 총재라는 경력을 가지고 있었다. 신흥재벌이나 개혁파 정치가들과 공통적인 기반이 별로 없었던 프리마코프는 정권의 방향을 확실하게 바꾸기 시작한 것이다.

부정부패 추방에 나선 프리마코프

프리마코프의 야심이 드러난 것은 1998년 12월 5일, 모스크바에서 세계경제포럼 출장회의가 개최되었을 때였다. 이 회의에서 연설을 하면서 프리마코프는, "지금까지 정부의 민영화는 혼란을 초래했다. 따라서 앞으로 재검토해야 할 필요가 있다."고 말하면서 기존의 민영화노선을 수정하겠다는 방침을 밝혔다.

"그렇다고 지금까지 실시해 온 민영화의 결과를 뒤집는 일은 없을 것이다."

이런 말을 덧붙이기는 했지만 민영화에 의해 이익을 얻은 신흥재벌이나 정치가들에게 경계심을 안겨주기에는 충분했다.

1999년 1월 중순에 옐친이 출혈성위궤양으로 갑자기 입원을 하게 되자 프리마코프는 며칠 뒤에 치안기관대표를 가담시킨 각료회의를 개최하고 3년 동안에 이르는 범죄와 부정부패 단속 계획을 결정했다. 이 때에 프리마코프가 부정부패 추방의 주역으로 지명한 인물은 내무장관 스테파신도, 연방보안국장관 푸틴도 아닌 검찰총장 스쿠라토프였다.

이 회의가 개최되기 전날, 독립국가공동체(CIS) 집행서기였던 베레조프스키가 대통령 일가의 전화를 도청하도록 지시했다는 혐의가 매스컴에 보도되었다. 그리고 2월 초에는 이 혐의에 관하여, 석유회사 시브네프트에 강제 수사의 손길이 뻗쳤다. 그리고 이틀 후인 2월 4일에는 항공회사 에어로프로트(Aeroflot)와 관련된 기업이 가택수색을 당했다. 베레조프스키가 지배하는 에어로프로트의 이익을 해외로 반출하여 횡령했다는 혐의였다. 이것은 4월 6일, 파리에 체류 중인 베레조프스키에게 최고검찰청이 체포영장을 발부하는 사태로까지 발전되었다.

그로부터 12일 후, 최고검찰청은 체포영장을 취소했다. 이 이해할 수 없는 행동은 베레조프스키 추방을 둘러싸고 정권 내부에서 암투가 되풀이되고 있다는 사실을 잘 보여주었다. 베레조프스키는 이미 3월 초에 독립국가공동체 서기라는 직책에서 해임되어 있었다.

프리마코프는 크렘린의 흑막들로부터 거의 독립되어 있는 입장에서, 과거의 경제범죄 추궁, 민영화 재검토 등의 수를 두기 시작했다. 구체적으로는 크라스노야르스크 지방 지사(知事)인 알렉산드르 레베지의 요청을 받아들여 내무성 수색 팀을 파견, 그 지역의 보스이며 크라스노야르스크 알루미늄 공장의 사장인 아나톨리 비코프(Anatoli bykov)가 국외로 도망칠 정도로까지 몰아친 사례가 있었다.

프리마코프는 의회를 자기편으로 만들어갔다. 또, 여론조사에서 81%가 수상해임을 지지하지 않는다는 결과가 나올 정도로 국민들의 신뢰도 매우 높았다. 5월 12일에 프리마코프가 해임된 다음 날, 러시아 하원은 옐친에 대한 탄핵개시의 시비를 둘러싼 본회의 심의에 들어갔다. '체첸분쟁에서의 인명손실' 등, 다섯 가지 항목에 이르는 대통령의 죄상이 거론되었는데 이 중에서 단 한 가지 항목이라도 가결에 필요한 의원 정수의 3분의 2, 즉 3백 표 이상의 찬성표가 나온다면 탄핵은 성립되며 대통령은 하원의 해산권을 잃는 것이었다. 그 후에 최고재판소에 의한 범죄사실 확인 등 몇 가지 관문이 남아 있지만 대통령과 의회는 대립하게 되어 무슨 일이 일어날 지 알 수 없는 불안정한 상황이 펼쳐질 수밖에 없었다.

그러나 15일, 하원에서 실시된 투표에서 다섯 가지 항목 모두가 부결되었고 대통령은 위기를 모면했다. 그 직후, 신문보도에서는 탄핵찬성표를 줄이기 위해 의원 50명에게 1인당 30만 달러의 돈이 뿌려졌다는 소식이 전해졌다.

19일, 스테파신의 수상 취임은 하원에서 한 번의 투표만으로 승인이 되었다. 대통령 진영에서는 스테파신을 밀어 온 츄바이스가 승리를 거둔 양상을 띠었다.

단, 상트페테르부르크 출신이라고 해서 스테파신이 츄바이스와 특별히 친했던 것은 아니다. 해군 사관의 가문에서 태어나 구소련 내무성 고등정치학교와 군사정치아카데미를 졸업한 스테파신은 타고난 내무성 관료였다. 연방보안국의 전신인 대외방첩국(KGB) 장관에서 법무장관, 내무장관을 역임하기는 했지만 정치기반은 매우 약했기 때문에 불안을 끌어안은 상태에서 정부를 형성하게 되었다.

대통령 진영은 프리마코프를 강제로 밀어내는 것으로 정치적 위기를 모면했다. 스쿠라토프도 가을까지 검찰총장의 자리에 머물렀지만 실질적인 권력은 이미 잃어버린 상태였다. 대통령 임기 두 번째인 옐친은 헌법으로 3선이 금지되어 있었기 때문에 수상은 당연히 대통령 후보 1순위가 된다. 그러나 스테파신은 수상이나 대통령 후계자로서는 개성이 약한 인물이었다. 그 때문에 스테파신을 수상으로 추천한 츄바이스의 승리감도 석 달 뒤에는 사라져버린다.

PUTIN' S RUSSIA | 02

카시야노프의 대두와 '러시아게이트'

재무장관 인사를 둘러싼 싸움

스테파신 수상은 단명으로 막을 내렸다. 조각도 크게 좌절되었다. 특히 재무장관 인사에서의 세미야 그룹의 반대는 결정적이었다. 세미야는 스테파신이 정치가로서는 너무 나약하다는 사실을 간파하고 수상을 교체하기 위한 계책을 세우고 있었다.

1999년 5월 24일, 휴양지 소치로 옐친을 방문한 새로운 수상 스테파신은 뜻밖의 마중을 받고 깜짝 놀랐다. 옐친과의 회담은 조각을 협의하기 위한 것이었는데 대통령부 장관인 볼로신, 그리고 제1부수상으로 결정되어 있던 악쇼넨코가 미리 도착해서 기다리고 있었기 때문이다. 반나절 정도면 조각이 끝날 것이라고 예상하고 있던 스테파신의 생각은 크게 빗나갔고 네 사람의 회담은 난항을 거듭하여 다음날 오전까지 이어졌다.

옐친은 사흘 전부터 휴가에 들어갔지만 흑해 연안의 이 휴양지에 머무르게 된 것은 세미야 그룹의 베레조프스키와 유마셰프의 조종 때문이라는 신문보도가 있었다. 대통령과 조각 작업을 하는 과정에서 세미야 세력이 유리한 입장에 놓일 수 있도록 볼로신과 악쇼넨코가 스테파신에게 압력을 가할 목적이 있었기 때문이라는 지적도 나왔다.

초점이 된 것은 재무장관 인사였다. 그리고 스테파신의 입장에서는 악쇼넨코와 어깨를 나란히 하는 제1부수상을 누구로 삼을 것인가 하는 문제도 매우 중요했다. 수상으로 지명된 자신을 제쳐두고 직접 경제정책과 관련된 모든 문제를 담당하겠다고 공언한 악쇼넨코의 권력을 억제하려면 반드시 또 한 사람, 제1부수상을 두어야 할 필요가 있었기 때문이다.

스테파신은 자신을 수상으로 추천한 츄바이스로부터 제1부수상 후보로 하원예산위원회의 위원장인 알렉산드르 쥬코프를 선택하는 것이 좋겠다는 추천을 받았다. 알렉산드르 쥬코프는 모스크바대학 경제학부를 졸업하고 하버드 비즈니스 스쿨에도 유학을 한 경험이 있는 개혁파 이코노미스트로 잘 알려져 있었다. 그러나 쥬코프를 제1부수상으로 앉히는 데에는 반대가 너무 심해서 스테파신은 일찌감치 설득을 포기했다. 차선책으로서 프리마코프 내각에서 재무장관으로 일했던 개혁파 미하일 자도르노프를 제1부수상으로 앉혀 재무장관을 겸임하게 한다는 제안을 내고 옐친에게 동의를 구했다.

25일 낮에 소치를 떠나 모스크바로 돌아올 때 스테파신은 기자단에게, “자도르노프가 재무장관을 겸임하는 제1부수상”이라고 말했다.

그러나 같은 날 저녁, 대통령부는 자도르노프 재무장관의 제1부수상 임명에 따르는 후임 재무장관으로 제1차관인 미하일 카시야노프를 임명한다는 대통령령에 옐친이 서명을 했다고 발표했다. 카시야노프는 1993년부터 재무성에서 대외채무문제를 담당하는 실무에 능한 경제 관료로 알려져 있었다. 이 때문에, 자도르노프에게 재무장관과 제1부수상을 겸임시키겠다는 스테파신의 제안은 파기된 것처럼 보였다.

그런데 26일 저녁, 휴가지인 소치에서 모스크바로 돌아온 옐친은 수상인 스테파신, 대통령부 장관인 볼로신과 긴급협의를 가졌고 그 후에 자도르노프가 재무장관과 제1부수상을 겸임한다는 대통령령에 서명했다. 언론은 그 이유에 대해, 전날 저녁의 인사에 대해 자도르노프 자신이 불만을 드러내면서 제1부수상의 자리를 고사하자 다시 재무장관을 유임시키기로 결정한 것이라고 전했다.

이 때, 카시야노프는 런던에서의 대외채무 연장교섭을 중단하고 서둘러 귀국했는데 "내일 모든 질문에 답하겠다."는 코멘트만 했을 뿐이다. 민간 라디오 방송 모스크바의 메아리는 카시야노프가 자도르노프에게 재무장관직을 양보하고 취임을 사퇴한다고 전했다.

대립의 양상이 분명하게 드러났다. 츄바이스가 뒤를 밀어준 스테파신은 개혁파 자도르노프를 재무장관에 앉혀야 할 책임을 지고 있었다. 한편, 카시야노프의 재무장관 취임에 얽매여 있는 쪽은 볼로신의 대통령부, 즉 세미야 그룹이었다. 그 사이에 끼인 옐친은 직접 결단을 내릴 수 없었다. 판단력이 부족했다기보다는 직접적인 판단을 내리기 어려운 상황이었던 것이 인사 문제가 반전을 거듭하게 된 이유였다.

27일, 스테파신 내각은 첫 각료회의를 개최했는데 재무장관 인사는 여기에서 결말이 났다. 카시야노프가 재무장관으로 참석했기 때문이다. 자도르노프는 제1부수상 자격으로 참석했지만 "재무장관을 겸임할 수 없다면 내각에서 나가겠다."고 말했다. 재무장관 자리를 잃은 이상, 자도르노프의 입장에서는 더 이상 내각에 머무를 장소가 없었다. 다음날인 28일, 자도르노프는 기자회견을 가졌다.

"저는 대통령에게 사표를 제출했습니다. 재무장관을 겸임하게 한다는 약속이 제대로 지켜지지 않았기 때문입니다."

대통령부가 카시야노프의 재무장관 취임에 이상한 집념을 보인 것이 인상적이었다. 표면적으로는 스테파신과 볼로신의 인사문제와 관련된 대립이었지만 그 배후에 존재하는 것은 츄바이스와 베레조프스키였다. 베레조프스키에게는, 어떻게 해서든 카시야노프를 재무장관 자리에 앉혀야 할 이유가 있었다.

결국, 자도르노프가 물러난 뒤, 제1부수상 자리에는 재무 제1차관인 빅토르 크리스텐코가 승격되었다. 매크로 경제와 재정담당을 맡게 된 크리스텐코는 츄바이스가 재무장관이었던 시절에 지방에서 재무성 차관으로 승격해 온 츄바이스의 측근이었다. 츄바이스의 입장에서는 제1부수상으로서 "경제 전반을 담당한다."고 호언하고 있던 악쇼넨코의 권력을 억제하기 위해 매크로 경제를 담당하는 제1부수상 자리에 측근을 앉혀야 할 필요가 있었다.

결국, 자도르노프는 국제금융문제담당 대통령 특사로 임명되었지만 9월에는 그것도 사퇴하고 12월의 하원선거에서 본래의 정당 야블로코(Yabloko) 소속 하원의원으로 복귀했다.

인사이더 정보를 흘리는 미샤

카시야노프는 8월의 푸틴 내각에서 재무장관에 재임된다. 그리고 2000년 1월에는 재무장관을 겸임한 상태에서 제1부수상으로 승격, 같은 해 5월에는 푸틴정권에서 수상의 지위를 움켜쥐게 된다.

1957년에 태어난 카시야노프는 경제 분야의 길만 걸어온 전형적인 경제

분야 출신 관료로 알려져 있었다. 모스크바 주 손체보에서 태어나 모스크바 자동차도로전문학교를 졸업한 이후, 소련국가계획위원회(Gosplan)에 들어갔다가 신생 러시아에서는 경제성, 재무성에서 대외채무문제 전문가로서 외국과의 교섭에서 능력을 발휘했다. 유창한 영어와 핸섬한 외모, 그리고 세련된 행동도 성공하는 데에 도움이 되었다. 단, 서방측 금융계의 평판은 반드시 좋은 것만은 아니었다. 어딘가 모르게 거만하고 만만치 않은 듯한 인상 때문이기도 했지만 그의 주변에 부정과 관련된 소문이 끊이지 않았기 때문이다.

2000년 봄에는 카시야노프에 대해 '2%의 미샤'(카시야노프의 퍼스트네임인 미하일의 애칭)라는 별명이 러시아 신문에 자주 등장하게 되었다. 그 유래에 관하여 〈노바야 가제타(Novayagazeta)〉 지는 다음과 같이 전했다.

"1995년부터 재무성, 은행 및 금융기관에서는 카시야노프에 대해 '2%의 미샤'라는 별명을 사용하게 되었다. 그는 러시아의 공적채무와 민간채무 문제에 종사하면서 서명한 문서에 표시된 총액의 2%에 해당하는 금액을 관계자들에게서 받았다."

구조는 이렇다.

우선 서방측 금융계에 러시아가 어떤 채무를 변제하고 어떤 채무를 변제하지 않는지 정보를 흘린다. 서방측의 은행은 변제하지 않는다는 정보가 나온 러시아의 채권을 시장에서 팔기 시작한다. 카시야노프로부터 정보를 얻은 금융기관이 그 채권을 싼 가격에 매입한다. 그리고 카시야노프는 자신의 재량으로 그 채무를 변제우선리스트에 올려놓고 액면가 전액을 변제한다. 변제 가능성이 낮은 채권이라는 이유에서 싼 가격에 매입한 관계금융기관은 그 차액을 남긴다.

이 인사이더 거래가 가장 왕성했던 것은 1996년 전반기, 즉 대통령 선거 직전이었다. 올리가키의 한 명으로 당시에 상업은행 프로젝트금융회사 은행장이었던 알렉산드르 마무트가 카시야노프의 파트너였다. 카시야노프는 마무트를 통하여 어떤 채무를 변제하고 어떤 채무를 변제하지 않을 것인지 인사이더정보를 팔았다. 마무트는 석유회사 시브네푸치의 지배자인 로만 아브라모비치와 함께 서방측의 러시아 채권을 싼 가격에 매입하는 인사이더거래로 큰 이익을 남겼다.

구체적으로는, 재무차관으로서 러시아의 채무 변제 결정권한을 가지고 있는 카시야노프가 어떤 채무에 대하여 변제가 불가능하다는 정보를 국제금융시장에 흘린다. 그럴 경우, MDM은행, 소빈방크(Sobinbank), 그 밖에 마무트가 관련되어 있는 은행들이 서방측 은행이나 러시아채권을 소유하고 있는 채권자들로부터 그 채권을 매입한다. 그것도 액면가의 25%에서 30%정도의 가격으로. 이렇게 매입한 러시아채권의 리스트가 마무트에게서 카시야노프에게 전달되면 러시아재무성은 이 '새로운 채권자'에게 액면가 전액을 변제를 해 준다. 이렇게 얻은 액면가 70%이상에 해당하는 이익은 세미야 그룹의 자금으로 들어갔다.

IMF융자 48억 달러의 행방

카시야노프에게는 또 한 가지 큰 의혹이 있었다. 국제통화기금(IMF)으로부터 러시아에 제공된 루블화 안정을 위한 융자금 48억 달러를 '훔쳤다'(이탈리아의 〈라 레프블리카〉 지)는 지적이다. 〈라 레프블리카〉 지는 카시야노프를 러시아게이트의 연출자라고 표현하기까지 했다. 러시아게이트란, 1999년 여름에 미국의 뱅크 오브 뉴욕에서 발각된 러시아의 대규모 자금세탁의혹이다.

1998년 8월 17일, 러시아는 금융위기에 빠져 대외채무변제를 동결한다는 발표를 했다. 그 전달에 IMF는 러시아의 요청을 받아 루블화 안정 자금 110억 달러의 제1차 융자금으로 48억 달러를 미국 뉴욕연방은행의 러시아중앙은행 구좌에 입금했다. 그 후, 48억 달러는 러시아정부가 지정한 외국의 구좌에 분산되어 입금되었다. 그런데 금융위기가 진행되는 상황 속에서 이 거액의 자금이 행방불명이 되어버렸다.

2000년 7월, 〈라 레프블리카〉 지는 스위스의 판사 로렌이 스위스의 금융기관에 송부한 편지를 바탕으로 이 자금의 흐름에 관한 상세한 내역을 밝힌 내용을 소개했다.

"1998년 7월 20일, IMF가 총액 110억 달러의 러시아 융자를 결정했다. 이것을 세 차례에 나누어 지불하기로 하고 첫 융자는 48억 달러로 결정, 7월 22일에 뉴욕연방은행의 러시아중앙은행 구좌에 입금했다. 그리고 8월 14일, 48억 달러는 뉴욕연방은행에서 내셔널 리퍼블릭 뱅크 오브 뉴욕으로 이전되었다. 입금을 한 대상은 이 은행의 오스트웨스트 한델스뱅크 명의의 구좌다. 오스트웨스트 한델스뱅크는 동서상업은행이라는 의미로, 러시아중앙은행이 서방측에 가지고 있던 자회사의 하나였다."

판사의 편지에 의하면, 오스트웨스트 한델스뱅크가 재배하고 있던 스위스의 은행 크레디탄슈탈트 뱅크베레인에서 같은 날인 8월 14일, 몇 개의 서방측 은행에 거액의 금액이 입금되었다. 23억5천만 달러가 오스트레일리아의 뱅크 오브 시드니, 21억1천5백만 달러가 런던의 내셔널 웨스트민스터 은행, 14억 달러가 뱅크 오브 뉴욕, 7억8천만 달러가 스위스의 크레디 스위스에 각각 이전되었다. 러시아중앙은행과 관계가 있는 은행에서 서방측 은행으로 분산된

총액 66억8천만 달러의 대부분은 IMF에서 러시아에 융자한 48억 달러였을 가능성이 높았다. 금융위기 때문에 러시아중앙은행에는 달러 자금이 거의 바닥을 드러내고 있었기 때문이다.

두 가지 사실이 확인되었다. 첫째, 48억 달러는 결국 모스크바에는 도달하지 않고 중간에 사라져버렸다. 둘째, 모든 자금의 이동은 IMF와의 채무관계를 담당하고 있던 재무차관 카시야노프의 지시에 의해 이루어졌다. 이 때문에 카시야노프의 이름은 IMF융자의 행방을 좇고 있던 스위스 당국의 수사대상으로 부각되었다.

유태계 은행가의 의문의 죽음

그리고 2000년 7월의 러시아 〈노바야 가제타〉 지는 카시야노프와 베레조프스키가 어떤 은행가의 죽음과 관계가 있다는 기사를 게재했다.

이 신문에 의하면 98년 8월 14일, IMF의 러시아 융자가 입금된 내셔널 리퍼블릭 뱅크 오브 뉴욕의 소유자는 에드몬 사프라라는 레바논 출신의 유태계 미국인이었다. 부호로 잘 알려져 있던 그가 1999년 12월에 모나코의 별장에서 의문의 죽음을 당한 것이다.

이미 설명했듯 48억 달러는 이 은행을 경유한 뒤에 즉시 서방측 은행으로 분산되어 서방측 금융시장의 어둠 속으로 사라졌다. 사프라는, 러시아 자금세탁에 자신이 협력했다고 비난하는 소문이 나돌자 그 자금의 행방에 관심을 가졌다.

그래서 미연방수사국(FBI)에 연락을 넣고 48억 달러의 자금세탁 구조를 설명하겠다고 약속했다. FBI와 사프라의 주기적인 협의는 1년 동안 이어졌다. 사프라는 자신의 은행을 의혹의 대상에서 제외시킬 수 있는 길을 찾았다. 1999년 여름까지 사프라와 FBI의 관계는 매우 협력적이었고 러시아의 자금세탁 방법과 그 배후에 존재하는 고관의 이름을 밝혀내기 시작했다. 스위스 검찰당국도 여기에 가담했다.

1999년 9월의 어느 날, 당시 프랑스에 체류 중이던 베레조프스키가 프랑스 남부에 있는 사프라의 별장을 방문하여 3시간 정도 긴 이야기를 나누었다. 회담이 끝난 후, 베레조프스키는 매우 낙담한 모습으로 서둘러 자신의 별장으로 돌아갔다.

사프라도 무엇인가에 쫓기는 듯한 모습으로 FBI에게 폭로한 문제 때문에 목숨을 잃을지도 모른다고 주위 사람들에게 이야기하고 다녔다. 프랑스에 있는 그의 별장은 최신 방범설비가 갖추어져 있었지만 사프라는 가족을 데리고 서둘러 몬테카를로의 별장으로 거처를 옮겼다. 그곳은 더욱 튼튼한 방범설비가 갖추어져 있는 저택으로 작은 핵폭발에도 견뎌낼 수 있는 능력을 갖추고 있었다.

그러나 그로부터 3개월이 지난 12월에 화재가 발생했고 욕실에서 사프라의 사체가 발견되었다. 수사 결과, 무장공격에 의해 사망했다는 판정이 내려졌다. 이른 아침에 검은 마스크를 쓴 두 명의 무장괴한이 침입하여 건물에 불을 지르고 모습을 감추었다고 한다. 사프라는 욕실에 숨어 있다가 연기에 질식해서 목숨을 잃은 것이었다.

자금세탁의혹 '러시아게이트'

1999년 8월 중순, 미국 〈뉴욕타임스〉 지가 뱅크 오브 뉴욕을 거친 러시아의 엄청난 자금세탁의혹을 보도했다.

"러시아 범죄조직의 거물인 러시아계 미국인이 98년 12월부터 99년 3월까지 조직범죄를 통하여 얻은 42억 달러를 세탁했다."

이런 내용이었다. 이것만이라면 단순한 마피아의 범죄에 지나지 않았겠지만 이어서, 〈월스트리트 저널〉 지가 "IMF의 러시아 융자금 일부가 세탁 되었다."는 보도를 냈고 〈USA투데이〉 지가 "자금이 세탁된 것은 백50억 달러이며 그 중에서 백억 달러가 IMF의 러시아 융자금이었다."고 잇달아 보도를 내면서 소란이 일기 시작했다.

이런 보도 중에는 러시아대통령 측근과 정부각료도 관여되어 있다는 지적이 있었다. 미국 FBI와 CIA도 움직이기 시작했고 러시아 정부와 수사당국도 참가하여 국제적인 수사가 전개되었다. 매스컴에서는 이 사건을 러시아게이트라고 불렀다. 일찍이 닉슨대통령을 몰아세웠던 미국 워터게이트사건과 마찬가지로 러시아대통령의 지위까지 뒤흔들 수 있다는 예측이 있었기 때문이다.

뱅크 오브 뉴욕에서 자금세탁에 직접 관여한 사람은 이 은행의 런던지점 동유럽 부문을 담당하고 있는 두 명의 러시아계 여성 간부였다. 이 중 한 명, 루시 에드워드는 남편 피터 베를린과 짜고 자택의 컴퓨터를 사용하여 남편에게 거액의 자금을 이전했다. 나중에 재판에서 밝혀진 내용에 의하면 1999년 2월부터 의혹이 발견된 1999년 8월까지 다양한 고객의 주문을 받은 것처럼 꾸며 합계 16만 건 이상의 송금을 받았고 다른 은행의 다른 구좌에 송금하는 수법으로 자금을 세탁했다는 사실이 판명되었다. 그녀는 그 수수료로 약 백80만 달러를 받았다.

수사진이 주목한 것은 이 은행의 또 한 명의 여성 간부인 나타샤 카가로프스카야였다. 그 남편 콘스탄틴 카가로프스키(Konstantin Kagalovsky)가 1992년부터 1994년까지 러시아정부 대표로 IMF이사를 역임한 러시아의 대사 격 거물 관료였기 때문이다. 러시아에서 개혁파의 논객으로도 잘 알려져 있던 카가로프스키는 IMF이사직에서 물러난 뒤에 러시아 민간은행 메나테프의 제1부회장으로 취임했다. 이후, 그의 아내가 일하고 있던 뱅크 오브 뉴욕과 메나테프 사이의 자금이동이 활발해졌다. 카가로프스키에게는, 주로 러시아의 공적자금을 해외로 이전하는 일을 담당했다는 의혹이 있었다.

물론, 자금이전 구조는 단순하지는 않았다. 수사당국의 관심은 카가로프스키가 오프쇼어시장(offshore市場: 국내 시장과 단절된 형태로 비거주자에게 외환관리상, 또는 세제상의 규칙을 줄여주어 자유로운 거래를 인정하고 있는 국제금융시장)의 해외자회사 네트워크를 어떻게 구축했고 그것이 러시아로부터의 자금유출과 세탁에 어떻게 이용되었는가에 집중되어 있었다.

예를 들면, 영국이 통치하고 있는 만(Man) 섬에 근거지를 두고 있는 바르메트(Valmet)라는 투자고문회사가 주목을 받았다. 이 회사는 키프로스, 지브롤터, 취리히 등에 많은 자회사를 가지고 있었다. 메나테프는 이 회사의 주식 20%를 보유하고 있었다. 이 오프쇼어 회사의 네트워크를 이용한 자금 이전 상황을 수사하는 것은 매우 어려운 일이었다.

러시아로부터의 자금유출 구조

메나테프는 전년도의 금융위기 여파에 의해 99년 5월에는 은행면허가 취소되었지만 카가로프스키는 같은 그룹의 석유회사 유코스로 자리를 옮겨 자금을 해외로 이전하는 일을 계속 담당했다. 당시, 러시아는 매년 수십억 달러 규모의 불법적인 자금유출 때문에 고민하고 있었는데 그 대부분을 차지하는 것은 석유기업의 자금유출이었다.

구조는 비교적 단순했다.

러시아의 석유기업은 해외에 자회사를 비롯한 관계회사를 설립해두고 있었다. 석유기업은 우선 이런 자회사나 관계회사에 원유나 석유제품을 싼 가격에 판다. 그 후에 이 기업들은 서방측에 국제시장 가격으로 매각한다. 그 이익은 실질적으로는 러시아 석유기업이 챙기는 것이지만 외국 자회사의 이익으로 계산된다. 유코스는 1998년, 7천9백만 달러의 손실을 보고했지만 사실은 해외에 있는 자회사를 통하여 이익을 올리고 있었다. 러시아에서는 세금을 면제받는 이런 탈세행위는 일반적인 현상이었다.

뱅크 오브 뉴욕은 이런 부정자금을 세탁하는 루트로 이용되었다. 예를 들면, 1996년 4월 18일, 앞에서 소개한 알렉산드르 마무트의 프로젝트 금융회사로부터 천2백만 달러가 뱅크 오브 뉴욕을 통하여 발바도스 제도(Barbados諸島)에 등록되어 있는 오프쇼어 기업에 송금되었다. 이 직전에 러시아정부는 카시야노프 재무차관의 지시에 의해 서방측 담배회사에 대한 일련의 채무를 변제하고 있었는데 이 러시아 채권은 이미 마무트 휘하의 은행이 매수한 상태였기 때문에 천2백만 달러는 카시야노프와 마무트 콤비가 인사이더거래로 벌어들인 이익의 일부분이라고 여겨졌다.

결국, 러시아게이트 수사는 뱅크 오브 뉴욕에서 몇 명을 체포하는 것만으로 종결되었다. 뱅크 오브 뉴욕은 반성한다는 뜻을 발표하고 앞으로는 이런 거래에 절대로 손을 대지 않겠다고 약속했다. 러시아에서는 마무트가 지배하는 중견 은행 소빈방크에 한때 강제수사가 실시되기는 했지만 모두 유야무야한 상태로 막을 내렸다.

마무트는 세미야 그룹의 재무담당 역할을 맡고 있었다. 주로, 정비가 미숙한 러시아 금융시스템의 허점을 발견하고 그것을 이용하여 그룹의 이익을 올렸다. 카시야노프와 마무트는 러시아의 대외채무변제 구조를 이용하여 거액의 이익을 올리는 비즈니스 파트너였다. 카시야노프에게, IMF의 러시아 융자금 48억 달러의 행방을 알고 있을 것이라는 의혹의 눈길이 모아졌다. 그 48억 달러 중에서 일부의 행선지는 뱅크 오브 뉴욕이었을 가능성이 높았다. 그러나 러시아 국내에서는 이런 의혹이 덮여버렸다.

1960년에 태어난 마무트는 모스크바대학 법학부를 졸업했고 1993년에 동료와 함께 프로젝트 금융회사를 설립, 1998년부터 대통령부의 경제고문, 이듬해부터는 대통령부 장관보좌관으로서 정권의 중추에 들어가 있었다. 그 후, 민간인이 된 이후에도 카시야노프내각 부속 기업가평의회 간사를 담당하는 등, 카시야노프와의 밀접한 관계는 계속 이어졌다. 내각의 총무장관 이고르 슈바로프(후에 대통령보좌관)는 마무트의 법률사무소에서 일한 경력이 있었다.

폭을 넓혀가는 반 옐친 연합

재무장관 인사에서 세미야의 후원을 받은 카시야노프의 등장을 허락한 수상 스테파신은 불안정한 입장에 놓였다. 수상으로서 옐친을 이을 대통령후보자 1순위로 부각되기는 했지만 옐친의 인기는 물론이고 정치가로서 스테파신 자신의 지지율도 매우 낮아져 상승할 기미를 보이지 않았다.

대통령 진영이 위협을 느끼고 있던 대항세력은 모스크바 시장인 유리 루시코프가 전년도에 결성한 정당 조국과 지방의 유지들이 중심을 이루는 '전 러시아 중도연합'이었다. 수도 모스크바에서 압도적인 인기를 유지하고 있던 루시코프는 대통령에 대한 야심을 감추지 않았다. 자신의 영향력을 지방으로 확대하기 위해 지방의 유지들과 손을 잡은 것이 중도연합 결성이었다.

루시코프는 6월, 2000년 6월에 실시될 예정인 시장선거를 연말로 앞당겨 하원선거와 동시에 진행하도록 결정을 내리라고 모스크바 시의회에 요청했다. 대통령선거와 시장선거가 동시에 진행되면 양쪽에 함께 출마할 수 없다. 그러나 시장선거를 앞당겨서 먼저 재선에 선출된 이후에 대통령선거에 임한다면 러시아에서는 대통령선거에 패배하더라도 시장의 직무에는 복귀할 수 있다.

옐친이 스테파신에게 준 과제는 이 중도연합을 붕괴시키라는 것이었다. 그러나 스테파신은 이 일에 실패했다. 8월 중순, 루시코프와 전 러시아 측의 상트페테르부르크 시장 블라디미르 야코브레프, 그리고 타타르스탄(Tatarstan) 공화국 대통령 민티미르 샤이미예프는 연합결성에 합의했다.

그리고 이 때, 그들은 국민의 지지를 결정짓기 위한 인기정치가를 영입하는 데에 성공했다. 3개월 전에 수상직에서 해임당한 프리마코프에게 조국·전 러시아를 이끌어달라는 요청을 하고 승낙을 받아낸 것이다. 프리마코프는 이 시점에서도 여론조사 지지율이 17%로, 옐친은 물론이고 루시코프나 공산당위원장인 겐나지 주가노프 등을 누르고 1위를 달리고 있었다.

그 반면에 옐친연합에 가담한 것은 블라디미르 구신스키가 이끄는 미디어·모스트의 미디어 그룹이었다. 구신스키는 90년대 초반에 모스트 뱅크를 모스크바 시의 세입지정은행(歲入指定銀行)으로 만든 이후, 루시코프와 긴밀한 관계를 유지하면서 발전해 온 올리가키였다. 루시코프의 입장에서 볼 때에는 대통령자리를 노릴 수 있는 좋은 기회였기 때문에 측면에서 지원을 하기 위해 정부비판에 열을 올렸다.

그리고 조국 · 전 러시아는 옐친 진영을 흔들기 시작했다. 수상인 스테파신에게 이례적인 요청을 한 것이다. 중도연합의 비례대표자 명부의 상위에 랭크되는 인물로서 전 수상인 프리마코프와 함께 스테파신의 이름을 올리고 싶다는 요청이었다. 실질적으로, 스테파신이 대통령 진영을 배신하도록 유도한 것이다.

불과 3개월 만에 수상직에서 해임

스테파신은 마음이 흔들렸다. 수상으로서 차기 대통령 후보로 손꼽히고 있기는 하지만 선거에서 이길 수 있는 전망은 매우 엷었다. 8월 초에 타타르스탄 등 세 지방을 잇달아 방문한 스테파신은 지방의 지지를 바탕으로 선거전에 적극적으로 참가하겠다고 발언했다. 그리고 12월에 예정된 하원의원선거, 이듬해의 대통령선거를 노리면서 적군인 중도연합의 접근을 엿보았다. 볼로신 등 크렘린의 세미야는 스테파신을 의욕이 없는 사람이라고 손가락질하고 있었는데 그 평가를 증명하는 듯한 언행이었다.

1999년 8월 9일, 스테파신의 수상 해임과 연방보안국 장관 푸틴의 후계자 지명이 발표되었다. 옐친은 후에 회고록 〈대통령의 마라톤〉에서 이 인사만큼은 자신이 결정한 것이라고 주장했지만 러시아 정치가들 대부분은 이 주장을 믿지 않았다.

나흘 전인 8월 5일, 옐친은 스테파신을 집무실로 불러 볼로신이 동석해 있는 자리에서 수상직에서 해임하고 푸틴을 수상으로 임명하겠다는 뜻을 전했다. 그러자 스테파신은 뜻밖으로 강한 저항을 보였다. 잠시 후, 볼로신을 내보내고 두 사람만이 대화를 하게 되자 불과 3개월 만에 수상직에서 해임시키는 이유를 설명하라고 따졌다. 옐친은 그 이유를 분명하게 설명할 수 없었다.

옐친이, 루시코프와 프리마코프가 손을 잡고 현 정권에 대하여 정치적 공세를 펴고 있는 데도 스테파신이 그것을 막지 못하는 이유가 무엇이냐고 비난하자 스테파신은, 그들의 정치적 공세를 제대로 막아내지 못한 이유는 볼로신 때문이라고 주장했다. 대통령부 장관이 루시코프를 지원하는 미디어 모스트와 적대했기 때문이라는 것이었다.

옐친은 그 주장을 확인하기 위해 통신정보장관인 레신을 불렀다. 레신도 모스트와의 대립이 국내 상황을 불안정하게 만들었다면서 스테파신의 주장을 옹호했다.

같은 날, 츄바이스가 옐친에게 전화를 걸어와 둘이서 이야기를 나누고 싶다는 요청을 했다. 정국이 중요한 국면에 접어들 때마다 츄바이스가 취해 온 행동이었다. 스테파신을 수상으로 추천한 츄바이스는 이렇게 빠른 해임에는 반대였다.

츄바이스는 개인적으로 푸틴을 만나 옐친의 수상지명을 받아들이지 말라고 설득했다. 그러나 푸틴은 이렇게 말하면서 그 조언에 응하지 않았다.

"미안하지만 이것은 대통령의 결정이기 때문에 따르지 않을 수 없어. 자네도 내 입장이었다면 마찬가지였을 거야."

푸틴 수상 탄생

8월 8일 일요일, 모스크바 교외의 대통령부 부속 휴양지에서 수상에 관한 인사를 결정하는 최종 모임이 개최되었다. 츄바이스와 볼로신, 유마셰프, 타치아나 이외에 아브라모비치 등 세미야 그룹이 모두 참가했다.

츄바이스가 자신의 주장을 이야기했다.

"물론 푸틴이 수상으로 잘 어울리기 때문에 대통령의 결정은 올바른 것이라고 생각합니다. 하지만 이렇게 빨리 수상을 교체해야 할 정치적, 도덕적인 근거가 없습니다."

그러자 볼로신이 반박했다.

"만약 스테파신을 수상으로 계속 남겨둔다면 당신이 대통령부 장관으로 복귀해야 합니다. 우리는 스테파신을 지지할 자신이 없기 때문입니다."

츄바이스는 할 말이 없었다. 자신은 현재 앉아 있는 전력독점업체의 사장직에서 물러날 생각이 없었다.

최종적으로 세미야 측의 주장이 받아들여졌고 츄바이스는 주장을 굽히지 않을 수 없었다.

그러나 볼로신은 아직 신중했다. 츄바이스가 9일 오전 9시15분에 옐친과 회견을 한다는 약속을 잡아 놓았기 때문이다. 스테파신과 대통령의 회담은 같은 날 10시에 설정되어 있었다. 이 45분 동안의 옐친과의 회담에서 츄바이스는 다시 옐친을 설득하여 결정을 뒤집을지도 모른다.

9일, 예정보다 훨씬 일찍 크렘린에 나타난 옐친은 예정을 앞당겨 8시 전에 스테파신을 불러들여 무조건 해임한다고 전했다. 그 직후, 츄바이스에게 전화를 걸어 수상을 교체했다는 사실을 전하고 "아직도 질문할 게 남아 있나?"

하고 물었다. 그 말에는, 9시 15분의 약속은 더 이상 필요 없지 않느냐는 의미가 담겨 있었다. 이렇게 해서 스테파신은 불과 3개월 만에 수상직에서 물러나게 되었다.

프리마코프는 회고록 〈8개월 플러스〉에서, 옐친이 자신의 회고록에서 밝혔듯 스테파신을 수상으로 기용한 시점에서부터 푸틴으로 교체할 생각을 하고 있었다고는 생각하기 어렵다고 말했다. 그리고 이렇게 덧붙였다.

"스테파신을 수상, 그리고 대통령 후보로 추천한 것은 츄바이스와 그 그룹이다. 어쩌면 푸틴은 츄바이스의 영향력이 지나치게 확대되는 것을 두려워한 옐친의 반격이었을 지도 모른다. 세미야에 연방보안국 장관을 영입한 것은 푸틴이야말로 세미야의 안전을 보증할 것이라고 믿었기 때문일 것이다."

그 이후 푸틴은 세미야의 후원을 받으며 수상, 그리고 대통령 후계자로서의 지위를 구축해 간다. 그러나 푸틴을 마음껏 조종할 수 있다고 생각한 세미야 그룹의 기대는 어이없이 무너지게 된다.

PUTIN'S RUSSIA | 03

제2차 체첸분쟁과 옐친의 퇴진

체첸 무장 세력의 봉기

1999년 8월, 제2차 체첸분쟁이 발발했다. 러시아의 수상 교체와 시기가 일치했다기보다 오히려 그 도화선이 된 느낌도 강했다. 체첸작전은 연방보안국 장관에서 수상으로 등용된 푸틴의 입장에서 볼 때 정치가로서의 능력을 심사받는 운명적인 사건이 되었다.

1999년 8월 3일, 다게스탄(Dagestan) 공화국 당국은 이런 발표를 했다.

"이슬람과격파가 공화국 내부의 츠마딘스키 지역의 네 개 마을에서 이슬람자치구를 설립했다."

그 즈음, 이슬람과격파라고 하면 다게스탄과 이웃해 있는 체첸공화국의 무장 세력을 의미했다. 그 무장 세력과 민간경찰의 충돌로 합계 11명의 사망자가 발생했다는 사실이 전해졌다.

그리고 8일에는 수상 스테파신이 다게스탄으로 들어갔는데 러시아연방군이 처음으로 무장 세력을 공격했다는 사실이 보도되었다. 다음 날인 9일에는 무장 세력이 10일에 독립 국가를 선언할 예정이라고 보도되었고 스테파신은 각료들에게, “러시아는 다게스탄을 잃을지도 모른다.”는 나약한 말을 입에 담았다. 그 직후, 스테파신의 수상 해임이 발표되면서 수상 대행이 된 푸틴에게 작전을 수행하는 실질적인 지휘권이 맡겨졌다.

10일에는 다게스탄 당국이 승인하지 않은 이슬람 회의가 현지에서 개최되었고 다게스탄의 보트리프 지역에서는 이슬람국가 부활, 계엄사령부 설치와 관련된 선언이 이슬람 회의에 의해 채택되었다. 이 회의를 지도한 인물은 체첸 무장 세력의 지도자인 샤밀 바사예프였다. 다음 날인 11일, 이슬람 회의는 바사예프를 새로운 이슬람국가 지도자로 임명한다고 발표했다.

베레조프스키 암약설

러시아군은 11일에 츠마딘스키 지역의 점령구역을 무장 세력으로부터 탈환하는 등, 반격에 나섰다. 체첸 무장 세력 소탕 작전은 약 2주일 동안 계속되었고 26일에는 수상 푸틴이 이렇게 선언했다.

“다게스탄에서의 무장 세력 소탕작전 제 1단계가 종료되었다.”

그러나 왜 이 시기에 체첸 무장 세력이 다게스탄에서 봉기한 것인지 러시아 측에는 의문이 남았다. 표면적으로 알려진 것은 아니었지만 체첸공화국 내부에서는 꽤 오래전부터 당시의 대통령 아슬란 마스하도프와 무장 세력의 대립이 심각해지고 있었다.

1999년 3월에는 인접한 잉구시 공화국 블라디카프카스(Vladikavkaz)에서 도로에 강력한 폭탄을 장치한 마스하도프 암살미수사건이 발생했다. 모두 실패로 끝나기는 했지만 폭탄을 이용한 마스하도프 암살시도는 몇 번이나 계속되었다. 이것은 마스하도프에 반대하는 무장 세력이 저지른 소행으로 여겨졌다. 공화국 독립을 목표로 삼고 있던 마스하도프이지만 자신에 대한 잇따른 테러행위가 견디기 어려워지자 러시아에 화해를 요청하는 자세까지 보이기 시작했다.

러시아에서는 무장 세력과 마스하도프 측의 내전발발을 예측하는 견해가 적지 않았다. 바사예프가 봉기한다면 우선, 체첸 국내에서 마스하도프로부터의 정권 탈취를 노릴 것이라는 것이 러시아 측의 관측이었다. 그러나 바사예프는 무슨 이유에서인지 러시아 측의 공격을 받기 쉬운 다게스탄에서 봉기했다.

그러자 러시아의 언론은 보리스 베레조프스키의 암약설을 전했다. 〈모스코프스키 콤소몰레츠〉 지는 9월, 베레조프스키와 무장 세력 측의 체첸 외무장관 출신인 모블라디 우두고프(Movladi Udugov)의 전화회담 도청기록을 게재하고 무장 세력의 봉기에 베레조프스키가 관련되어 있을 가능성을 시사했다. 이 보도에 대해 베레조프스키는, 도청내용이 과거의 몇 가지 테이프를 이용하여 합성한 가짜라고 주장했다. 그러나 다게스탄에서의 봉기 전에 바사예프는 체첸의 텔레비전에서 베레조프스키로부터 3백 만 달러를 받았다고 고백했다.

베레조프스키는 제2차 옐친정권에서 한 때 안전보장회의 부서기를 역임했다. 체첸에 대한 대책이 주요 임무였는데 체첸의 마스하도프 정부나 무장 세력과도 교섭을 하여 독자적이고 긴밀한 관계를 구축해 놓고 있었다. 매스컴에는 1999년 연말의 하원선거, 2000년의 러시아대통령 선거를 앞두고 베레조프스키가 체첸 무장 세력을 이용하여 국내에 불안정한 상황을 만들어내는 방법으로 옐친정권 쪽에 유리한 상황을 이끌어내려 했던 것이 아닌가 하는 억측까지 나왔다.

아파트 폭파사건의 진짜 범인은?

러시아군에 의한 다게스탄에서의 체첸 무장 세력 소탕 작전은 계속 이어졌다. 무장봉기 이후 한 달 정도가 지난 시점에서는 그 이후의 체첸에 대한 군사행동은 아직 예정되어 있지 않았다.

9월 4일, 다게스탄의 부이나크스크(Buinaksk)에서 군인주택이 폭파되어 64명의 사망자가 나오는 사건이 발생했다. 이 사건에 대해 푸틴은 다음 날 5일에 텔레비전에서 이렇게 말했다.

"체첸공화국을 상대로 보복 행동을 할 가능성은 검토조차 하지 않고 있다."

그러나 푸틴의 이런 자세는 모스크바에서의 연속적인 민간고층주택 폭파사건에 의해 완전히 바뀌었다.

9월 9일, 모스크바 시내 글리야노바 거리의 9층 건물 아파트가 폭파되어 92명이, 이어서 13일에는 카시르스키 거리의 8층 건물 아파트가 폭파되어 백21명의 사망자가 발생했다. 그날 저녁 민영독립텔레비전 NTV는 체첸 야전사령관 중의 한 명인 하타브와의 인터뷰를 방영했는데 하타브는 다음과 같이 밝혔다.

"가능한 한 모든 장소에서 주택과 아파트를 폭파하라는 명령을 받았다."

러시아 국내에서는 체첸 무장 세력의 테러에 대한 공포가 확산되었다.

수사 결과에 의하면 폭발물로 사용된 것은 헥소겐(Hexogen, RDX)이라고 불리는 흰색 광택이 나는 입자모양의 폭약으로, 폭발물이라는 사실을 감추기 위해 진짜 설탕이 섞여 있었다고 했다. 큰 건물을 쓰러뜨릴 수 있을 정도의 대량의 헥소겐이 설탕공장 자루에 담겨져 트레일러를 이용, 북 카프카스에서 모스크바로 반입되었다. 그 자루는 모스크바 남쪽에 임대되어 있던 무인주택에 숨겨져 있었다.

범인들은 가명을 사용하여 집주인에게 몇 개월 치 집세를 미리 지불하고 설탕을 다른 상품과 교환하기 위해 일시적으로 보관해둘 것이라고 설명했다고 한다. 범행 이후, 그 집주인의 진술을 근거로 즉시 몽타주가 작성되었고 범인 중의 한 명은 우즈베키스탄의 카르시(Karshi) 시 출신의 데니스 사이타코프라는 인물로 압축되었다.

사이타코프로 압축된 것은 타타르스탄공화국 치안당국의 협력에 의해서였다. 99년 7월, 바사예프와 하타브는 기자회견을 갖고 러시아에서 들어온 38명의 스파이를 구속하고 있다고 발표하면서 그 증거로 비디오를 보여주었는데 그 중에 러시아인 스파이처럼 가장을 하고 앉아 있는 인물이 바로 사이타코프라는 사실이 밝혀졌다.

치안당국은 범인들이 메드레세(Madrassah)라고 불리는 이슬람교 중학교 출신자였다는 사실을 알아냈다고 발표했다. 이 발표에 의하면 그들은 이슬람 원리주의인 와하비즘(Wahhabism)에 빠져 하타브의 게릴라훈련시설로 보내졌다. 사이타코프는 그 중의 한 명이며 비디오에서 바사예프가 보여준 동료들의 얼굴도 역시 몽타주의 폭파범들과 일치한다는 것이 당국의 주장이었다.

그러나 모스크바에서는 당국의 발표와는 달리 이 폭파가 체첸 무장 세력이 아니라 오히려 정부에 의해 조작된 것이 아닌가 하는 의문이 제기되었다. 이 폭파사건을 정권의 소행이라고 대담하게 주장한 사람은 크라스노야르스크 지방 지사인 알렉산드르 레베지였다. 9월 하순, 레베지는 방문지인 파리에서 〈휘가로〉 지와 회견을 가지고 이렇게 말했다.

"대통령과 세미야 세력은 현재 완전히 고립되어 있다. 그들에게는 선거에서 승리할 힘이 없기 때문에 이 상황을 타개할 수 있는 유일한 길을 선택했다.

즉, 사회를 불안정하게 만들어 어떤 선거도 치르지 못할 정도의 상황을 연출하는 것이다. 그런 시기에 폭파사건이 발생했다."

그의 생각은, 폭파사건의 범인은 체첸사람들이 아니라 당국의 의뢰를 받아 실행에 옮긴 무국적 용병이나 도적들이었다는 것이다.

그리고 2000년 초에는 영국의 〈인디펜던트〉 지가 다음과 같이 전했다.

"무장 세력에게 사로잡힌 러시아 장교가, 폭파사건은 당국의 소행이었다고 고백했다."

이 내용은 당연히 러시아 쪽에도 널리 전해졌지만 강요에 의해 거짓 자백을 했을 가능성도 부정할 수 없다는 이유에서 러시아 쪽에서는 무시하는 형식을 취했다. 레베지의 발언도, 〈인디펜던트〉의 보도도 러시아 국민에게는 받아들여지지 않았는데 그 바탕에는 이런 모략은 믿고 싶지 않다는 강한 심리가 작용한 듯했다.

1999년 11월 말, 미국 주간지 〈타임〉은 미국과 러시아의 정보당국자들은 이 폭파사건에 오사마 빈 라덴(Osama Bin Laden)이 간접적으로 관여한 증거를 찾고 있다는 정보를 전했다. 미국이, 국제테러리스트의 지도자라고 지적하고 있는 이 사우디아라비아 인에 관해서는 러시아에서도 체첸 무장 세력과의 관계가 주목을 받고 있었다.

〈타임〉지는 폭발물이 빈 라덴의 부하들에 의해 아프가니스탄의 근거지에서 조합된 것과 일치한다는 사실을 러시아 연방보안국이 알아냈고 미 당국자도 그 사실을 확인했다고 전했다. 그 때까지 미국은 체첸 무장 세력에 대한 빈 라덴의 관여에 대해서는 증거가 없다고 보고 있었다. 〈타임〉 지의 보도대로라면 미국은 그 견해를 바꾸었을 가능성이 높았다.

무장집단을 섬멸하기 위해 체첸으로 진공

옐친은 두 번째의 아파트폭파사건이 발생한 직후인 9월 13일, 텔레비전을 통해서 다음과 같이 말했다.

"테러리즘은 러시아 국민을 상대로 전쟁을 선언했다."

뉴질랜드에서 개최되고 있던 APEC정상회의에 참석해 있던 푸틴은 일정을 앞당겨 귀국했다. 15일부터는 러시아 국내에서 카프카스계열 인물을 구속하여 취조하는 대 테러작전 '비 프리(질풍)'가 실시되어 인권침해도 마다하지 않는 취조가 시작되었다. 국방장관 세르게이예프(Sergeyev)는 다게스탄이 무장 세력의 손에서 완전히 해방되었다고 보고했다. 그러나 푸틴은, "테러리스트는 체첸 내부에 숨어 있다."면서 범죄자를 넘겨달라는 뜻을 체첸공화국에 전했다.

로스토프(Rostov) 주 볼고돈스크(Volgodonsk)에서도 같은 날인 16일에 아파트가 폭파당했다. 러시아 공군이 체첸 영내의 무장집단기지를 공습한 것은 다음 날인 17일이었다. 이 공습을 시작으로 러시아는 체첸을 직접 공격하는 쪽으로 작전을 전환했다.

9월 20일, 연방참모본부 당국자는 이렇게 말했다.

"군은 무장집단 섬멸을 목적으로 하는 체첸 영내에서의 지상 작전 가능성을 부정하지 않는다."

23일에는 그로즈니(Groznyi) 공항에 대한 공습이 실시되었고 27일에는 전력독점기업인 통일에너지 시스템즈(UES)의 사장인 츄바이스가 체첸으로의 전기송출을 정지시키자는 제안을 했다. 30일에는 연방군 전차부대가 체첸공화국 안의 나우르스카야, 쇼르코프스카야 두 지역으로 진공했다.

수상 푸틴은 새로운 체첸진공 이유를 다음과 같이 설명했다.

“(94년부터 96년까지) 과거의 체첸 작전 이후, 다양한 방면에서 체첸을 가만히 내버려두어야 한다는 조언을 들었다. 러시아는 실제로 그렇게 행동했지만 결과적으로 체첸에는 주권공화국다운 국가는 나타나지 않고 도적들의 소굴이 되었을 뿐이다. 그리고 흑해에서 카스피 해에 이르는 카프카스의 영토를 러시아에서 잘라내어 그곳에 독립 국가를 만들겠다는 환상까지 등장했다.”

10월 16일, 러시아군은 체첸의 다게스탄 및 잉구시의 경계에 있는 고지를 제압하는 것으로 체첸 영내를 남북으로 가르는 테레크(Terek) 강의 북쪽을 굳히고 세 개의 지역을 러시아 쪽 지배지역으로 확보했다. 이 직후 러시아군은, 체첸의 테러리스트에 대한 1단계 작전을 종료한다고 선언했다.

이 시점에서, 작전은 이듬해 봄까지 중지될 것이라는 견해가 많았다. 러시아 국방성의 계획은, 동절기의 체첸 봉쇄작전은 전기와 가스 공급을 중단하고 포병대와 공군이 무장 세력을 피폐화시키는 역할을 담당할 것이며 봄이 되면 체첸 중심부로 진격하여 무장 세력을 섬멸할 것이라는 내용이었다.

이것은 누가 보아도 합리적인 작전이었다. 우선, 가을부터 겨울에 걸쳐서의 체첸은 안개와 눈 때문에 군사작전에 적합하지 않다. 특히 작전의 중요 부분을 차지하는 하늘로부터의 공격은 큰 제약을 받는다. 둘째, 러시아 각 지역에서 불러 모은 러시아 쪽 병력은 인구가 집중되어 있는 대도시 및 산악지대에서의 본격적인 전투준비가 갖추어져 있지 않아 막대한 희생자가 나올 가능성이 있다. 젊은 병사들의 훈련도 충분히 이루어지지 않아 일시적인 정전상태에서 새로운 훈련을 해야 할 필요가 있다.

또, 일시적인 정전은 푸틴의 입장에서도 정치적으로 중요한 의미를 가진다. 체첸작전을 펼치면서 푸틴의 정치가로서의 지지율은 눈부신 속도로 상승하고 있었다. 2000년 6월에 예정되어 있던 대통령선거까지 체첸작전을 끌고 가야 한다면 이 단계에서 일시적으로 작전을 중지하는 쪽이 이득이다. 체첸의 수도 그로즈니를 제압하는 '결정적인 승리' 는 연말이나 연초보다는 대통령선거 직전이 가장 바람직하다.

하지만 테레크 강 북쪽에 있는 러시아군은 쉬지 않았다. 그들은 5개월 동안의 중지가 아니라 불과 5일 동안 진격을 멈추었을 뿐이다. 10월 20일, 체첸작전사령부가 설치되어 있던 북 오세티아(North Ossetia)의 모즈도크(Mozdok)를 방문한 푸틴은, 대 테러작전 제 2단계를 시작한다고 선언했다. 다음 날, 러시아군은 테레크 강을 건너 체첸 중심부를 향하여 다시 진격을 개시했다.

체첸을 러시아의 품 안에

러시아군은 지난번의 체첸분쟁에서 얻은 경험이 있었다. 새로운 체첸작전은 지난번의 분쟁을 경험한 장군들이 담당했다. 1995년부터 96년에 걸쳐 북카프카스 군사관할지역 사령관이었던 참모총장 아나톨리 크바슈닌은 지난번의 작전에 참가한 부하들을 불러 모았다. 모스크바 안전보장회의에서 체첸문제를 담당한 서기 블라디미르 포타포프는 지난번에 크바슈닌의 부관이었다. 참모차장인 발레리 마닐로프는 지난번에 안보회의 부서기로서 체첸진공작전을 책정한 인물이었다.

그들은 지난번의 실패를 경험삼아, 특히 작전의 전 단계에서는 지난번 작전과는 전혀 다른 전략을 폈다. 전차와 보병이 전진하는 방식을 주체로 삼는 소련스타일보다 미사일이나 폭격기를 이용하여 하늘에서 공격을 퍼붓는 작전에 중점을 두었다. 99년 초반, 북대서양조약기구(NATO)가 유고슬라비아를 공습한 것과 비슷한 작전이었는데 차이점은 육상진공을 동시에 진행한다는 것이었다. 또, 지난번에 체첸작전에 투입한 3만 명의 병력에 비하여 투입 병력은 10만 명으로 세 배 이상의 규모였다.

러시아군 내부에서는 이 작전을 논 콘택트(비 접촉) 작전이라고 불렀다. 무장 세력과 러시아군 병력의 직접적인 충돌을 최소한으로 억제하는 것이 이 작전의 기본이었는데, 예를 들어 적을 만날 것 같으면 병력을 후방으로 후퇴시키고 스커드, 토치카 같은 단거리 미사일이나 항공기를 이용하여 멀리에서 공격을 한다는 전법이었다. 또, 전선에는 경험이 풍부한 병력을 투입하여 희생자를 줄인 결과, 12월 초까지 러시아군의 전사자는 464명으로 비교적 적은 편이었다. 러시아군의 사망자 수가 급증하게 되는 것은 그로즈니로 진공을 강행하기로 결정한 12월 하순 이후다.

푸틴은 이미 9월 중순에 하원을 상대로 나름대로의 체첸해결방책을 밝혔다. 그 근거는, 96년 여름에 체첸 쪽과 러시아가 맺은 하사뷰르토(Hasabyuruto) 평화합의의 내용과 실행에 대한 푸틴의 분석이었다. 푸틴은 이 합의에 대해 체첸 쪽에서 일방적인 분리주의 방향으로 해석하려 한다고 주장했다.

하사뷰르토 합의에는, 2001년 연말까지 체첸의 독립 문제를 논의한다는 약속이 이루어졌는데 체첸의 마스하도프 정권은 이 약속을 내세워 실질적인 독립을 기정사실화시키기 위해 애쓰고 있었다. 그런데 푸틴은, 이것을 뒤집어 다시 체첸을 러시아연방의 범위 안으로 끌어들이겠다는 방침을 분명히 밝혔다.

또, 체첸의 모든 경계지역에 일시적인 엄격한 봉쇄작전으로 체첸 무장 세력에게 전달되는 무기반입을 비롯한 모든 물자의 반입을 저지하고 체첸에 대해 특별한 경제체제를 도입하여 경제력을 도구로 주민들에게 러시아의 직접적인 영향력을 강화, 마스하도프 정부를 고립시키겠다는 생각도 시사했다. 체첸 주민을 분단시켜 일종의 꼭두각시정권을 만든다는 의도를 명확하게 한 것이다.

이슬람원리주의 와하비즘의 대두

체첸작전 2단계에서 가장 큰 전과는 11월 12일의 체첸 제 2의 도시 구데르메스를 제압한 것이다. 푸틴은 이것을 체첸작전의 큰 전환점이라고 평했다. 단 한 발의 총성도 없는 조용한, 그야말로 무혈진압이었기 때문이다. 그 다음날 푸틴은 군부대표자와 회담을 가진 뒤에 자신의 대통령선거출마를 확인했다. 그 이전에는 수상해임설도 나돌았지만 구데르메스를 진압했다는 보고가 들어오자 옐친도 푸틴이 대통령후계자 후보라는 사실을 인정했고 해임설은 자취를 감추었다.

구데르메스 무혈진압에는, 이슬람교도 내부의 대립을 적절하게 활용했다는 데에 러시아 측 전략의 신선함이 있었다. 러시아가 구데르메스에서 이용한 것은 체첸의 이슬람 지도자 아흐마드 카디로프였다. 이 인물은 체첸 무장세력이 교리로 삼고 있던 이슬람원리주의 '와하비즘'을 달갑게 생각하지 않았다. 그래서 러시아 측은 그와 진지하게 대화를 나누는 한편, 현지의 반 무장세력 대표와의 합의를 통하여 무장 세력을 그들의 손으로 몰아내게 한 뒤에 구데르메스로 진입한 것이다. 이것이 무혈진압의 진상이었다.

그 즈음, 체첸이나 중앙아시아에서의 이슬람 원리주의자에 대해서는 와하비트(와하비즘을 신봉하는 사람)라는 말이 사용되었다. 소련 시절에 와하비트라는 말이 나돌기 시작한 것은 1990년대 초의 타지키스탄(Tadzhikistan) 내전 때였다. 타지키스탄공화국의 반 정부세력은 그 당시에 와하비트들과 함께 싸우고 있다고 주장했다. 실제로 이슬람무장 세력은 와하비트의 이데올로기에서 몇 가지 요소를 받아들였는데 예를 들면, 화려한 결혼식이나 장례식 습관을 폐지하라고 주장했다.

러시아에서는 와하비즘을 원래 사우디아라비아의 공적 이데올로기로 보았다. 그 교리가 북 카프카스로 들어온 것은 1980년대 소련의 페레스트로이카(개혁) 시기였다. 소련의 철의 장막이 거두어지자 아랍 권으로부터 수많은 선교사들이 들어왔고 카프카스의 젊은이들에게는 외국의 이슬람국가로 유학을 떠날 기회가 찾아왔다. 그 결과, 원리주의적인 교리를 갖추고 고향으로 돌아온 그들은 와하비트라고 불리게 되었다.

사우디아라비아의 모스크바대사관 개설은 와하비즘의 러시아 침투를 가속화시켰다. 1990년 9월, 구소련과 국교가 수립되면서 사우디아라비아의 외교단이 러시아에 등장하게 되자 러시아의 이슬람교 단체와 외국의 관계가 부활되었다. 사우디아라비아대사관은 1993년까지 모스크바와 그 밖의 도시에 이슬람연대조직 등 다양한 명칭의 조직을 만들었다. 수천만 부 규모의 코란을 무상으로 배포하고 이슬람유학생의 외국파견이나 지원에 사우디아라비아의 풍부한 자금이 투입되었다. 1992년부터 94년에 걸쳐 체첸이나 카라차예보-체르케시야(Karachayevo-Cherkesk), 다게스탄을 비롯한 여러 지역에서 이슬람의 원리를 연구하는 연구소가 사우디아라비아 조직에 의해 만들어졌다. 이 연구소에서는 젊은이들이 장래의 이슬람 수호자로서 이데올로기에 머무르지 않고 군사교육까지 받았다.

와하비즘과 스피즘의 대립

1991년 연말에 체첸에서 조하르 두다예프(Dzhokhar Musayevich Dudaev) 정권이 성립된 것은 이 공화국에서의 종교생활에 극적인 변화를 초래했다. 구소련의 공군장교에서 대통령이 된 두다예프는 자기 정권의 정통성을 확립하기 위해 이슬람교도들을 기용했다. 체첸 지도부가 정권의 안정을 위해 이용한 것은 이슬람신비주의를 받드는 스피즘 그룹이었다. 결과적으로, 체첸은 종교적으로 양분되는 형태를 띠었고 1994년 여름에는 스피즘, 와하비즘의 두 종파 사이에서 유혈사태도 발생했다.

체첸의 와하비트들에게 1994년의 제1차 체첸분쟁 이전에는 구체적인 정치프로그램이 아무것도 없었다. 분쟁에서는 공통의 적인 러시아에 대해 전통주의자와의 이해관계가 일치되어 있었고 와하비트가 가지고 있는 외국과의 커넥션은 체첸의 지도부 입장에서 보면 많은 도움이 되었다. 두다예프 정권 자체에는 원조를 하지 않았던 이슬람권 국가들은 와하비트 세력을 통하여 자금 원조를 실시하여 분쟁 중에 영향력을 크게 확대했다.

그러나 스피즘과 와하비즘의 협력관계는 제1차 체첸분쟁 이후에 변화했다. 와하비트는 성전을 계속하기를 바랐고 이슬람세력의 군사력 정비를 주장했다. 그들의 리더들은 북 카프카스에 새로운 전쟁 위협이 존재하며 이슬람 민족은 항상 침략의 위험에 대비해야 한다고 주장했다.

제1차 체첸분쟁부터 참가했던 무장 세력의 야전사령관 하타브는 외국으로부터 체첸으로 들어온 와하비트 중의 한 명이었다. 스스로는 요르단 출신이라고 하지만 사우디아라비아 출신이라는 정보 쪽이 신빙성이 있었다. 하타브는 빈 라덴과 함께 아프가니스탄에서 전쟁을 치른 뒤에 무엇인가 목적을 가지고 체첸으로 들어왔다는 보도가 나왔다. 하타브는 체첸에서 함께 싸운 야전 사령관 샤밀 바사예프를 아프가니스탄의 알 카에다 기지로 안내, 빈 라덴을 만나게 했다. 이 때, 빈 라덴은 바사예프에게 2천만 달러의 자금을 원조하기로 약속했다고 러시아에서 보도되었다.

한편, 세속적 스피즘의 기반에 서 있는 마스하도프 정권은 서방측에 접근하는 정책을 폈는데 특히 영국으로부터의 투자를 도입하기 위해 힘을 기울인 것으로 알려져 있었다. 그러나 1998년에 체첸 영토 안에서 영국인통신기사 네 명이 유괴를 당한 뒤에 목이 잘린 사체로 발견된 사건은 영국과 마스하도프정부의 관계에 찬물을 끼얹었다. 마스하도프 자신은 여행을 떠난다고 말하고 비공식적으로 미국을 두 번 방문하여 미국무성과도 접촉하고 있었다.

바사예프는 1997년 1월에 실시된 체첸대통령선거에 출마했다가 마스하도프에게 패배한 뒤에 마스하도프 정부의 부수상으로 입각했다. 처음에는 정부에 협력적이었지만 얼마 지나지 않아 공직에서 물러나 마스하도프와 대립하는 자세를 분명히 드러냈다. 마스하도프는 무장 세력들에게 암살을 당할 위기를 몇 번이나 겪었다. 1999년에 들어서자 마스하도프는 다시 러시아와의 관계를 재구축하기 위해 노력했고 러시아대통령과의 회담을 통해서 자신의 신분을 보장받기 위해 필사적인 모습을 보였다. 그러나 옐친과의 회담은 실현되지 않았고 마스하도프는 어정쩡한 입장에 놓이게 되었다.

마스하도프는 무장 세력과 러시아군의 싸움에 처음에는 방관자 같은 태도로 임했지만 푸틴의 마스하도프 제거 의도가 명확해지면서 무장 세력 쪽으로 태도를 바꾸었다. 마스하도프는 유럽 제국과 미국으로 특사를 보내어 지지를 요구했다. 그 자세는 서방측이 적시하는 와하비트와는 분명히 달랐다.

옐친의 앞당긴 퇴진

1999년의 새로운 체첸분쟁은 북 카프카스에서 중앙아시아에 걸친 이슬람 원리주의세력의 대두가 배경에 깔려 있었다. 무장 세력의 인적공급원은 아프가니스탄이었다. 에너지자원이 풍부한 카스피 해를 둘러싸고 있는 카프카스와 중앙아시아는 원리주의세력의 입장에서는 매우 중요한 전략적 목표가 되었다. 아프가니스탄은 그들의 입장에서 볼 때 최초의 성공이었다. 카프카스와 중앙아시아에 제2, 제3의 아프가니스탄을 만드는 것이 그들의 목적이 되었고 그런 상황에서 제2차 체첸분쟁이 일어났다.

러시아군은 1999년 12월 25일에 체첸의 수도 그로즈니 진압작전을 개시했다. 그 때까지 러시아 측에는 군이 지구전을 펼칠 것이라는 전망이 강했다. 희생자를 내는 것을 극도로 두려워해 온 러시아군의 전술을 보면 3천 명에서 5천 명의 용병을 포함한 무장 세력이 사수하고 있는 그로즈니를 겨울에 공격한다는 것은 상당한 희생이 요구된다. 그러나 러시아 연방군은 이 전망을 역으로 이용하듯 군이 강인한 진압작전에 나섰다.

12월 31일, 옐친이 갑자기 사임한다는 뜻을 발표했다. 임기를 반년 정도 남겨둔 상태에서 앞당겨 퇴진한다는 것은 국내외에 이상한 인상을 주었다. 러시아국내에서는 푸틴의 대통령 당선을 확실하게 하기 위한 결정이라고 보았다. 대통령이 사임을 하면 3개월 안에 대통령선거를 실시해야 한다. 푸틴의 입장에서는 체첸작전에서의 승리가 확실한 시점에서 대통령선거에 임할 필요가 있었다. 러시아 진영에는 체첸진공을 결정했을 때부터 체첸작전과 대통령선거를 연관시킨 예정표가 만들어져 있었다. 그로즈니공격과 옐친의 퇴진은 모두 그 예정표에 포함되어 있었다.

옐친이 앞당겨 퇴진하게 된 배경에는 권력의 자리를 떠나는 당사자에 대한 설득 공작이 있었다. 옐친은 이 문제를 스스로 결정했다고 말하지만 설득력이 없는 주장이다. 푸틴은 장래에도 옐친에 대한 형사소추는 있을 수 없다는 점을 보증하는 것으로 옐친에게 사임 승낙을 얻어냈다. 또, 옐친의 딸 타치아나를 비롯한 옐친의 가족도 일정한 안전을 보장해주기로 약속했다. 옐친의 입장에서는 퇴진을 앞당기라는 설득에 저항할 방법이 없었다.

푸틴에게 절호의 기회를 안겨준 그로즈니 함락

그로즈니 공격은 체첸 진공에서 가장 힘든 작전이었다. 무장 세력은 도로와 빌딩에 폭탄을 설치하는 등, 시 중심부를 요새처럼 만들어놓았기 때문에 공략이 진행될수록 연방군의 희생자는 늘어만 갔다.

2000년 1월 9일에는 무장 세력이 각 요충지에서 일제히 반격을 했고 18일에는 연방군 북부 방면 부대의 말로페예프 부사령관이 전사하는 상징적인 사건이 발생했다. 말로페예프 부사령관은 수도 북서부에서 내무성 군부대를 지휘하고 있다가 전진하라는 명령을 받았지만 부대가 따라주지 않았기 때문에 저격을 당한 것이었다.

이 시기가 되자 연방군은 처음과 같이 세련된 전법을 구사할 수 없게 되었다. 지난번의 분쟁 때와 마찬가지로 전투경험이 없는 징집병사들이 주체를 이루는 보병부대를 전선에 투입하는 어리석은 전술을 구사하여 고도로 훈련된 무장 세력의 표적이 되도록 만들었다. 러시아군의 사망자 수는 급격하게 늘어갔고 1월 25일에는 진공 이후 군의 사망자 수가 천1백 명 이상에 이르렀다.

한 때, 무장 세력이 반격을 해오자 공격을 중단했던 러시아군은 1월 17일부터 다시 총공격에 나섰다. 2주일 동안의 공방 이후 2월 1일, 무장 세력은 그로즈니에서 철수하겠다는 발표를 했다. 바사예프와 하타브 등, 야전사령관도 그로즈니를 탈출했는데 이 때 바사예프는 지뢰를 밟아 한쪽 다리를 잃었다.

대통령 대행인 푸틴은 2월 6일, 텔레비전을 통하여 만족스런 표정으로 그로즈니 진압작전이 완료되었다고 발표했다. 수도를 탈출한 무장 세력은 거점을 남부 산악지대로 옮겼는데 전투지역도 남부로 이동하게 되면서 소기의 목표를 달성한 러시아군은 체첸에서 일부 철수했다. 2월 상순의 그로즈니 함락은 3월 26일의 대통령선거를 앞둔 푸틴의 입장에서는 절호의 타이밍으로 작용했다. 푸틴은 이 승리를 얻기 위해 굳이 막대한 희생자를 예상하면서까지 그로즈니 공략 작전을 선택했던 것이다.

푸틴은 국민적 영웅이 되었다. 러시아는 지난번 분쟁 때에 체첸과의 평화합의를 통하여 체첸의 독립을 실질적으로 인정하고 있었다. 그런 체첸을 푸틴이 러시아로 되돌려 놓았다. 체첸의 무장 세력을 추방하는 과정에서 체첸 국민이 민주적으로 선출한 대통령 마스하도프조차도 무장 세력과 동일시하여 추방해버렸다. 푸틴은 체첸작전을 통하여 대통령에 당선할 수 있는 확실한 조건을 갖추었다.

전년도 8월, 수상으로 취임했을 때의 여론조사에서 푸틴의 지지율은 불과 2%에 지나지 않았다. 9월의 시점에서도 여론조사에 의한 대통령 후보로서의 지지율은 전 수상인 프리마코프가 1위, 모스크바 시장인 루시코프, 공산당위원장인 주가노프가 뒤를 이었고 푸틴은 그 뒤를 이었을 뿐이다. 체첸은 무명의 정치가를 불과 반년 만에 대통령 자리에 앉히는 마술을 부려 주었다.

그러나 러시아의 체첸 탈취는 국제적인 동의를 얻지 못했다. 주민들에 대한 인권침해행위가 수반되었기 때문이다. 무엇보다, 미국과 영국 등 서방측의 입장에서 볼 때 마스하도프는 카프카스지역에 서방측이 원하는 독립 국가를 수립할 수 있는 희망의 별이었다. 푸틴정권은 체첸 독립파를 상대로 국제적으로 고립된 테러와의 전쟁을 각오해야 할 운명에 놓였다.

PUTIN'S RUSSIA | 04

푸틴의 비밀에 싸인 얼굴

수수께끼에 싸인 새로운 대통령

2000년 3월 26일에 실시된 러시아의 대통령선거에서 블라디미르 푸틴은 러시아의 제2대 대통령으로 당선되었다. 반년 전부터의 체첸 진격, 지난달의 수도 그로즈니 진압에 의해 그 인기는 정점에 달해 있었다. 대통령선거의 초점은 단순히 푸틴이 결선투표에 나가지 않아도 되는 50%이상의 득표율을 얻느냐 그렇지 못하느냐 뿐이었다. 선거 직전의 정세에서는 체첸에서의 러시아 측 사망자가 급격히 증가하는 등의 영향도 있어서 중앙선거위원회 의장인 베시냐코프는 결선투표 가능성도 있다고 지적했지만 결국은 53%정도의 득표로 제1차 투표에서 승리가 결정되었다. 2위는 29%의 득표율을 얻은 공산당 위원장 겐나지 주가노프였다.

푸틴을 지지한 사람들의 마음속에는 이런 기대감이 있었다.

"푸틴이야말로 부패에 물든 러시아 정치를 바로 세우고 러시아를 다시 강국으로 만들어 줄 것이다."

그러나 대통령으로 당선된 뒤에도 러시아 국내에서는 아직 푸틴이라는 인물에 대해 정확하게 아는 사람이 별로 없었다. 정치적으로 거의 무명에 가까운 존재에서 불과 반년 만에 민주적으로 대국의 대통령이 된 인물은 세계 역사상 유례를 찾아보기 어렵다. 특히 푸틴을 더욱 수수께끼에 싸인 인물로 보이게 한 것은 1980년대에 구동독에서 보낸 스파이생활이었다.

드레스덴(Dresden) 거리의 엘바(Elbe) 강이 내려다보이는 작은 언덕 위의 앙게리카슈트라세 4번지의 회색 2층 주택이 구소련 KGB의 소령이었던 푸틴의 활동 거점이었다. 이곳에서 80년대 후반을 보낸 그는 동독과 소련의 일반인을 스파이로 만들기 위해 노력했는데 학자, 저널리스트, 기술자 등, 서방측으로 여행을 할 가능성이 있는 동독 국민이 주요 대상이었다. 독일의 정보당국자에 의하면 당시 푸틴이 스파이로서 한 일은 서방측의 기술이나 북대서양조약기구(NATO)의 군사기밀을 훔쳐내는 것이었다. 확실하게 드러난 자료에 의하면 푸틴은 스파이생활을 하던 마지막 시기에 무선통신 훈련을 받은 스파이를 발굴하고 양성하는 일에 열중했다고 한다.

푸틴은 자서전에서, 소련 시절의 정보활동에 관한 변호도 했다. 모스크바에서 작가 그룹과 만났을 때에는 스탈린 시대 스파이의 역할까지 옹호하려 했는데 그 이유로, 오랫동안 일한 기관을 공격하는 행위는 불성실한 태도라고 설명했다. 그리고 독서 경향을 묻자, "조국을 배신한 사람의 책 따위는 읽지 않습니다."라고 말하는 등, 열렬한 애국주의자의 얼굴을 보여 주었다.

동독에서 KGB기관원으로 활동

푸틴이 모스크바로 올 때까지의 경력은 둘로 나뉜다. KGB의 스파이와 고향 상트페테르부르크 시의 공무원시대다.

푸틴은 1952년, 공장장의 외아들로 태어났다. 마침 독재자 스탈린이 사망하기 직전이었다. 1970년에 레닌그라드대학 법학부에 입학했는데 그 즈음, 그를 가르쳤던 발레리 무신은 이 대학 법학부가 KGB와 내무성 관료를 양성하는 장소였다는 사실을 인정했다.

1975년에 대학을 졸업하기 전에 이미 푸틴의 직장으로 KGB가 결정되어 있었다. 그 자신도 이 직장에 강한 희망을 가지고 있었다. 이미 재학 중일 때부터 KGB와의 유대관계가 형성되어 있던 그는, 학창시절에 갑자기 생활에 여유가 생기면서 학생의 신분으로 승용차를 타고 다녔다는 증언도 있다. 푸틴 자신도, "사회를 위해 내 능력을 최고로 살릴 수 있는 직장으로 KGB를 선택했다."고 술회했다.

KGB로 들어가서 몇 년 동안, 레닌그라드(현재의 상트페테르부르크)에서 외국인에 대한 스파이 활동을 한 뒤에 1980년대 초에 대외외국정보훈련대학의 강의에 참석하기 위해 모스크바로 온 푸틴은 그곳에서 훈련을 마친 뒤에 동독으로 파견되었다. 드레스덴에서 스파이생활에 들어간 것은 32세 때였다. 당시, 동독에는 38만 명이나 되는 소련군이 주둔해 있었고 중거리미사일도 배치되어 서유럽을 노리고 있었다. 수도 동 베를린은 그야말로 냉전의 중심지이며 긴장의 발생지이기도 했다.

그 즈음, 동 베를린 교외의 칼스호르스트에 있는 본부에는 KGB기관원 수천 명의 보고서가 들어오고 있었다. 소련군 정보부도 역시 동독에서 활동했다. 그러나 동독 첩보활동의 중심을 이루는 것은 비밀경찰 슈타지로, 이 조직은 수만 명의 시민을 감시하고 수백만 가지에 이르는 자료를 관리하고 있었다. KGB는 이 광범위한 슈타지의 네트워크를 자주 이용했다. 소련에서는 페레스트로이카가 시작되었지만 호네커(Erich Honecker)가 이끄는 구 동독지도부는 아직도 엄격한 통제 아래에 정보활동을 하고 있었다.

푸틴의 활동거점이었던 드레스덴의 KGB지부는 슈타지의 건물과 길을 사이에 두고 마주보고 있었다. 드레스덴에서의 푸틴의 상세한 활동에 대해서는 정보가 거의 없지만 스파이활동에 협력하는 인물을 발굴하고 양성하는 일을 포함한 몇 가지 업무가 거론되었다. 드레스덴에는 당시 로보트론이라는 일렉트로닉스 대기업이 있었는데 이 컴퓨터회사도 푸틴의 정보수집활동의 대상에 포함되어 있었다. 푸틴의 활동은 구소련의 스파이로서는 매우 흔한 것으로 그를 아는 당시의 드레스덴 시장도 푸틴의 인상에 대해 평범한 스파이라고 말했다.

슈타지의 협력자 리스트는 동독 내부에서만 수만 명에 이르렀다. 그들은 당연히 KGB의 협력자로서도 일했을 것이다. 그 도움을 얻어, 배경이 확실한 외국과 사업을 하는 사업가나 외국의 학회 등에 참석하는 학자 등이 푸틴의 정보수집 대상이 되었다.

1989년 3월, 슈타지의 드레스덴 지부장이었던 홀스트 베임은 푸틴의 상관이었던 블라디미르 시로코프에게 KGB의 활동에 대한 항의 메모를 전달했다. 후에 발견된 그 메모에는 몇 개의 이름이 검은색으로 지워져 있었다. 소식통에 의하면 그 안에 푸틴의 이름이 있었다고 한다.

베임은 KGB기관원이 동독의 퇴역군인을 스파이로 끌어들이고 있다면서 불만을 터뜨렸다. 어떤 퇴역군인은 드레스덴에서 두 명의 KGB스파이로부터 소련의 정보활동에 협력하라는 제안을 받았다. 그 내용은 무선통신 훈련과 3개월에 한 번의 업무수행이었다. 베임은 그 사람이 이미 슈타지에서 활동하고 있다면서 KGB에 그 인물에게서 손을 떼라고 요청했다. 베임은 후에 자살했는데 베임의 편지는 당시의 푸틴의 활동상을 잘 보여주는 것이었다.

푸틴은 또, 일상적인 활동에 필요한 것이라 해도 슈타지에 원조를 요청했다. 입수가 제한되어 있던 전화나 아파트 등이다. 그는 표면적으로, 라이프치히에 있는 소련의 시설 우호(友好)의 집을 운영하는 역할을 담당하고 있었다. 전문가들에 의하면 푸틴은, 호네커 정권이 붕괴될 것에 대비하여 당시의 소련공산당 서기장인 고르바초프에게 공감하는 동독의 인물과 접촉하는 임무를 띠고 있었을 것이라고 한다. 1987년, 푸틴은 슈타지와의 협력관계에 공헌을 했다는 이유로 동독 치안당국으로부터 브론즈 메달을 받았다. 그러나 그 메달은 최저수준에서 두 번째 정도의 상으로 어디로 보든 스파이로서의 푸틴의 평가가 높았던 증거는 없다.

그러나 동독에서 공산정권이 붕괴되었을 때, 푸틴은 스파이로서 처음으로 그 능력을 보여주었다. 공산정권이 붕괴되자 드레스덴에서도 사람들이 슈타지 지부로 밀려들어와 자기들의 전화를 도청하고 감시한 기록을 압수했다. KGB지부에도 자료를 압수하기 위해 시민들이 밀려들었지만 푸틴은 민중들 앞을 가로막고 더 이상 가까이 접근하면 발포하겠다고 경고했다. 시민들은 나중에, 얼음장처럼 차가운 푸틴의 눈을 보고 싸늘한 공포를 느꼈다고 술회했다.

상트페테르부르크에서의 공무원 시대

1990년, 푸틴은 레닌그라드로 돌아와 레닌그라드대학의 부학장 보좌라는 직함을 얻었는데 실제로는 KGB를 위해 학생을 선발하고 양성하는 것이 주요 업무였다. 그는 나중에 그 사실을 인정하면서 학장 역시 승인을 마친 KGB 장교이며 비밀요원이었다고 고백했다.

푸틴이 대학 재학 중이었을 때의 법학부 교수 아나톨리 소프차크는 고르바초프 시대의 개혁파 정치가 대표 중의 한 명이었다. 소프차크가 레닌그라드 시의 평의회 의장(시장)으로 선출되자 푸틴은 중령으로 KGB를 사임하고 소프차크의 정치담당고문이 되었다. 푸틴은 나중에, 당시에 학위논문을 쓰고 싶었지만 소프차크를 만나 생각이 바뀌었다고 술회했다. 그러나 KGB의 협력을 바라는 소프차크에게 KGB레닌그라드 지부가 제자 중의 한 명이었던 푸틴을 측근으로 보낸 것이 그 진상이었다.

레닌그라드는 91년에 상트페테르부르크로 개칭되었다. 같은 해 6월에 소프차크가 상트페테르부르크 시장으로 선출되자 푸틴은 시의 대외관계위원회 의장으로 지명을 받았다. 94년 3월에는 제1부시장으로 승진하는 등, 소프차크의 오른팔이라는 평가를 얻었다. 이것은 그가 소프차크 옆에 있던 6년 남짓한 세월 동안 변하지 않았다.

푸틴은 91년 8월, 고르바초프정권에 대한 보수파의 쿠데타 사건이 발생했을 때, 조용히 소프차크를 돕는 주요인물로서의 역할을 담당했다. 당시 모스크바에 있던 소프차크는 러시아 최고회의 빌딩에 틀어박혀 보수파와 대결하는 옐친을 지지했고 상트페테르부르크로 돌아와서도 같은 행동을 하려 했다. 푸틴은 상트페테르부르크의 KGB지부와 손을 잡고 공항으로 소프차크를 마중 나가 호위했다.

'회색의 추기경' 푸틴

1992년, 푸틴은 어떤 스캔들의 당사자가 되었다. 당시, 상트페테르부르크는 식료품이 부족해서 고민에 잠겨 있었다. 단, 항만도시이면서 군수생산 도시이기 때문에 공장에는 군수용으로 필요한 희소금속이 충분히 있었다. 그래서 푸틴의 대외관계위원회 주도로 식료품과 희소금속의 교환계약이 이루어졌다. 그러나 희소금속은 싼 값에 팔았지만 식료품은 도착하지 않았다.

그 즈음, 시의 식료품위원회의 멤버였던 마리나 살리에는 이렇게 말했다.

"푸틴이 그 거래를 설정하고 실제로 거기에 관여했던 것은 아닐까요?"

그녀는 조사를 요구하고 모스크바의 감사위원회에까지 이 일을 알렸지만 감사위원회에서는 아무런 설명 없이 이 문제를 각하했다. 이 사건에 대해서는 뒤에서 자세히 설명하기로 한다.

독일어를 구사하는 푸틴은 독일의 드레스너(Dresdner) 은행을 포함한 몇 개의 기업을 상트페테르부르크 시에 유치했다. 외환교환소가 개설되었고 호텔도 민영화되었다.

"상트페테르부르크의 민영화는 모두 푸틴에 의해 지시되었다."

전 부시장이며 하원의원도 되었던 알렉산드르 베라예프의 말이다.

당시, 모스크바에서 러시아의 민영화를 담당했던 사람은 부수상이며 러시아국가자산위원회 의장인 아나톨리 츄바이스였다. 츄바이스도 상트페테르부르크에서 소프차크의 경제담당 고문으로 일했던 경험이 있어 푸틴과는 동료관계다. 두 사람이 같은 시의 민영화를 위해 연휴(連携)를 했을 가능성은 충분했다. 러시아 중앙부의 민영화와 마찬가지로 상트페테르부르크에서의 민영화도 많은 부정 의혹이 있었다.

푸틴의 영향력은 소프차크 시장 밑에서 증대했지만 그늘에서의 역할만 했다. 다른 부시장이 시장 옆에 나란히 앉아 있는 상황에서도 푸틴은 항상 말석을 차지했다. 그러나 소프차크에 대한 영향력은 절대적이었다. 소프차크는 시행정과 관련된 거의 모든 결정을 푸틴에게 맡겼다는 소문도 있었다. 러시아에서는 권력을 그늘에서 조종하는 인물을 흔히 '회색의 추기경'이라고 부르는데 상트페테르부르크에서는 푸틴이 그렇게 불리고 있었다.

푸틴은 이 시기에 몇 개의 대외무역회사를 만들어 이익을 올렸다. 물론 직접 경영한 것은 아니고 과거에 KGB와 유대관계를 가지고 있는 블라디미르 야쿠닌이라는 인물을 경영자로 내세웠다. 야쿠닌은 교외의 호수 근처에 있는 별장도 푸틴과 이웃해 있는 사이이다. 푸틴은 후에 야쿠닌을 철도성 제1차관으로 발탁하여 이권을 맡길 정도의 신뢰를 두고 있었다.

그러나 푸틴과 소프차크 콤비에게도 위기가 찾아왔다. 95년 5월 소프차크가 어느 건설회사로부터 호화로운 아파트를 제공받았다는 수뢰혐의가 발생한 것이다. 같은 해 10월에는 검찰총장 유리 스쿠라토프가 상트페테르부르크 시장을 둘러싼 수뢰혐의를 수사하는 수사팀을 만들라는 명령을 내렸다. 푸틴 측에서 보면 이듬해의 시장선거를 겨냥한 소프차크에 대한 공격이었다. 소프차크와 대립하는 후보였던 야코브레프는 모스크바 시장인 루시코프가 지원을 하고 있었다.

푸틴은 소프차크를 재선에 당선시키기 위해 부시장인 동료, 알렉세이 쿠드린과 함께 분투했다. 시의 유력기업 경영자와 마피아 보스에게도 부탁하여 선거자금을 지원해달라고 요청했지만 그들의 반응은 냉담했다. 수뢰혐의의 초점이 되어 있는 소프차크를 지원하는 것은 위험이 너무 컸기 때문이다. 자금이 부족한 소프차크 진영은 선거를 코앞에 둔 상황에서도 텔레비전 광고도 하지 못했고 결국 1996년 6월의 시장선거에서 비참한 패배를 맛보았다. 낙담한 푸틴은 시에 남아 달라는 새로운 시장 야코브레프의 요청을 뿌리치고 상트페테르부르크를 떠났다.

모스크바에서의 승진

푸틴을 모스크바로 불러들인 인물은 대통령선거에서 옐친을 재선시킨 공로자 츄바이스였다. 츄바이스는 재선본부장으로서 선거운동을 지휘하면서 선거기간 중에 대통령경호국장인 코르자코프와 제1부수상 올레그 소스코베츠 등, 라이벌인 옐친의 측근을 크렘린에서 추방시키고 승리감에 도취해 있었다. 심근경색으로 쓰러진 옐친 밑에서 대통령부 장관으로 취임할 예정이었던 그는 나름대로의 목적을 가지고 푸틴을 대통령부 총무국 차장으로 임명했다.

당시 총무국장인 파벨 브로딘은 크렘린의 금고지기 역할을 담당하고 있었다. 크렘린을 둘러싼 모든 이권의 구입이 브로딘을 중심으로 모였다. 그 실태를 알고 싶었던 츄바이스는 푸틴을 브로딘의 차석으로 앉히는 방식으로 총무국으로 보낸 것이다. KGB출신의 푸틴은 스파이로서 대통령 총무국으로 들어가는 것을 받아들였다.

그러나 츄바이스와 푸틴의 목적은 이루어지지 않았다. 브로딘이 푸틴에게 해외의 자산관리를 맡겼기 때문이다. 그 사무소는 니키토니코비 거리의 대통령부 총무국 본부와 떨어진 와르와르카 거리에 있었다. 푸틴은 브로딘과 얼굴을 마주칠 기회조차 없었다.

푸틴은 나중에 자서전 〈제일의 얼굴에서〉를 비롯한 다른 서적에서 자신을 크렘린으로 불러들인 사람은 브로딘이었다고 반복적으로 설명했지만 그 말을 믿는 사람은 별로 없다. 옐친의 은퇴에 의해 푸틴이 대통령 대행이 된 2000년 초에 가장 먼저 크렘린에서 배제된 인물이 브로딘이었기 때문이다. 또 1년 후, 러시아 벨로루시동맹 서기로 취임해 있던 브로딘이 부정부패혐의로 국제적으로 수배를 당하다가 미 당국에 구속되었을 때에도 푸틴은 적극적인 석방교섭에 나서지 않았다. 이처럼, 두 사람은 동지가 아닌 적이었다.

푸틴은 반년 후인 1997년 봄에 스타라야 광장의 구소련 정치국 직원이 사용하고 있던 호화로운 사무실로 이동했다. 대폭적인 승진을 했기 때문이다. 푸틴에게는, 브로딘을 추월하여 대통령부 부장관 겸 감독국장이라는 자리가 주어졌다. 주요 담당업무는 지역문제였다. 대통령부 장관이었던 츄바이스는 푸틴의 전임자였던 알렉세이 쿠드린을 데리고 재무성으로 자리를 옮겼다. 츄바이스가 제1부수상 겸 재무장관, 쿠드린이 재무 제1차관으로 정권 내부의 상트페테르부르크 그룹으로서는 푸틴만이 대통령부에 남은 꼴이 되었다. 푸틴은 츄바이스의 후임으로 대통령부 장관이 된 발렌틴 유마셰프와 대통령의 차녀 타치아나 등의 세미야 그룹에도 환심을 사고 있었다.

츄바이스와 푸틴의 관계

1997년 가을, 2년 동안 제자리를 맴돌았던 전 상트페테르부르크 시장 소프차크의 수뢰혐의가 최종단계로 접어들었다. 이 혐의는 츄바이스를 선두로 하는 상트페테르부르크 그룹에 커다란 위협이 되었다. 만약 소프차크가 체포된다면 수뢰문제에 머무르지 않고 상트페테르부르크의 민영화와 관련된 수많은 부정이 폭로될 가능성이 있었기 때문이다.

이미 소프차크 시대의 세 명의 시 간부가 체포되어 있었다. 소프차크의 아내 나르스와는 러시아 하원의원이 되어 있었는데 틈이 날 때마다 푸틴을 방문하여 둘이서 대책을 의논했다. 나르스와에게서 최고검찰이 소프차크에 대한 체포영장을 준비했다는 정보를 전해들은 푸틴이 움직이기 시작했다.

10월, 소프차크는 심장질환을 이유로 상트페테르부르크의 군사의학아카데미 부속병원에 입원했다. 한 달 남짓 병원에 틀어박혀 지낸 어느 날, 소프차크를 태운 구급차가 공항에 나타나 활주로로 직접 들어갔다. 소프차크와 아내는 기다리고 있던 핀란드의 소형 전세비행기에 올라타 파리를 향해 출발했다. 그리고 그 후 2년 가까이 러시아로 돌아오지 않았다.

이 소프차크 탈출극을 연출한 사람은 푸틴이었다고 전해졌다. 그 때 푸틴에게 협력한 군사의학아카데미 소장인 유리 셰프첸코(Yuri shevchenko)는 스테파신 내각에서 보건장관이라는 자리를 받았다. 그를 추천한 사람은 푸틴의 의향을 받아들인 츄바이스였다.

1998년 5월 하순, 푸틴은 대통령부 제1부장관으로 승진했다. 장관인 유마셰프를 비롯한 세미야 그룹으로부터 푸틴이 지지를 받고 있다는 사실을 알리는 인사였다. 그 즈음, 정부는 수상 세르게이 키리엔코(Sergei Vladilenovich Kirienko)를 중심으로 하는 젊은 개혁파들로 이루어져 있었다. 후에 개혁파 정당인 우파세력동맹을 결성하여 츄바이스와 함께 행동한 점을 보아도 알 수 있듯 키리엔코는 츄바이스의 영향을 강하게 받고 있었다. 츄바이스는 그 즈음, 공직에서 물러나 전력독점기업인 통일에너지 시스템즈(UES)의 사장으로 취임해 있었지만 대통령에게도 강력한 영향력을 행사하는 입장이었다. 푸틴의 승진은 츄바이스의 추천에 의한 결과이기도 했다.

그리고 7월에는 푸틴의 직장이 크렘린에서 루비앙카(Lubuanka) 거리로 바뀌었다. KGB의 기능을 이어받은 연방보안국 장관으로 취임했기 때문이다. 연방보안국이라는 조직의 특성으로 볼 때에는 매우 이례적인 기용이었다. 푸틴의 이름이 서방측에도 알려지게 된 것도 이 시기다. 그 때까지는 치안기관의 톱이 되는 인물은 장군 급의 계급을 가지고 있었다. 예를 들어, 수상 전임자인 스테파신은 대장이었다. 그러나 푸틴의 경우에는 KGB에서의 최종 계급이 중령이었다.

이 인사도 츄바이스의 도움이 없으면 불가능했을 것이라는 추측이 나왔다. 연방보안국 장관의 전임자였던 니콜라이 코와료프도 츄바이스에 의해 그 자리에 앉았던 인물이다. 1996년 대통령선거 기간 중, 대통령부 경호국장 코르자코프와의 정쟁에서 승리를 거둔 츄바이스는 코르자코프를 크렘린에서 추방했는데 이 때, 코르자코프의 친구였던 연방보안국 장관 미하일 바르스코프(Mikhail Barsukov)도 해임되면서 그 후임으로 코와료프가 앉은 것이다.

그렇기 때문에 코와료프를 대신하여 연방보안국 장관으로 취임한 푸틴에게도 츄바이스와의 관계에 대한 질문이 나왔다. 〈코메르산트〉 지와의 인터뷰에서 푸틴은 츄바이스와의 개인적 관계를 다음과 같이 부정했다.

"상트페테르부르크 시절, 츄바이스와는 개인적으로 잘 모르는 사이였다."

푸틴은 츄바이스와의 관계가 공적으로 드러나는 것을 경계하고 있었다.

푸틴 측근 그룹 실로비키(Siloviki)의 탄생

연방보안국에서 푸틴이 신경을 쓴 부분은 인사 문제였다. 푸틴에 의해 KGB의 상트페테르부르크 지부 시절의 인맥이 모스크바로 집중되었다. 상사였던 빅토르 체르케소프, 니콜라이 파트루쉐프, 상트페테르부르크 시에 있던 시절부터 이미 시의 총무국장으로 기용되었던 빅토르 이바노프 등이 푸틴의 협력자로서 연방보안국을 움직이기 시작했다. 인사 기용에서 그들이 중시한 점은 상트페테르부르크 출신의 지연과 푸틴에 대한 충성심이었다.

이 중에서 푸틴의 보좌관이 된 이고르 세친만이 그때까지 치안당국에서 일을 한 경험이 없는 인물이었다. 그는 레닌그라드대학 문학부 출신으로 상트페테르부르크 시청에서 일을 했을 때에 푸틴의 눈에 띄어 비서가 되었다. 그 이후, 푸틴이 모스크바로 옮길 때도 행동을 함께 했고 대통령부 시절을 통하여 비서로서 항상 푸틴의 곁에 있었다.

〈코메르산트〉 지의 크렘린 담당기자였던 엘레나 트레그보아는 저서에서, 그 당시에 연방보안국 장관인 푸틴으로부터 식사 초대를 받았는데 초대 전화, 레스토랑에서의 마중, 배웅까지 모든 일을 세친이 비서로서 기계적으로 담당했었던 일이 인상적이라고 썼다.

대통령부에 있을 때, 푸틴에게는 아직 측근 그룹이 없었다. 세미야 그룹에 소속되어 있는 대통령부 장관 유마셰프의 충실한 부하로 행동하면서 세미야에서 벗어나 자신의 그룹을 만든다는 것은 매우 신중해야 할 필요가 있었다. 그러나 연방보안국으로 자리를 옮기자 KGB시절의 동료와 상사를 주체로 삼아 자신의 측근 그룹을 형성하기 위해 열을 올리기 시작했다. 이 그룹은 후에 실로비키로 불리는 정치 · 경제 세력으로 발전한다. 실로비키는 무력과 관련이 있는 관공서 출신자를 총칭하는 말이었지만 푸틴정권 아래에서 특별한 의미를 가지게 된다.

검찰총장을 밀어낸 공훈

푸틴이 당면한 적은 검찰총장인 유리 스쿠라토프였다. 전년도 가을, 자신의 상트페테르부르크 시절의 보스였던 소프차크를 추방하려 한 장본인이었기 때문이다. 소프차크 추방은 자신과 츄바이스 등, 상트페테르부르크 그룹 전체의 입장을 위험하게 만든다. 최고검찰의 손에 의해 소프차크가 밀려나지 않게 하기 위해 푸틴은 위험한 다리를 건넜다. 그 때문에 푸틴의 가슴 속에는 스쿠라토프에 대한 복수심이 불타고 있었다.

상트페테르부르크에서의 연방보안국 활동이 활발해졌다. 시민들의 증언에 의하면, 상트페테르부르크 시에서는 이 시기에 모스크바로부터 연방보안국의 공작원이 찾아와 소프차크 시대의 부정부패와 관련된 증거를 없애기 위해 총력을 기울였다고 한다.

한편, 스쿠라토프의 개인적인 스캔들과 관련이 있는 자료를 모으는 일도 연방보안국의 새로운 임무가 되었다. KGB로부터 이어온 능력과 전통을 고려해 볼 때 어려운 일은 아니었다. 그런 과정에서 스쿠라토프가 매춘부와 성적 유희를 즐기는 비디오영상을 입수했다. KGB다운 수법을 사용했다면 매춘부를 이용하여 몰래카메라를 설치한 방으로 고관을 유혹하는 일도 어려운 일이 아니었을 것이다.

푸틴은 스쿠라토프를 밀어내기 위해 이 영상을 매우 효과적으로 사용했다. 1999년 3월, 러시아국영텔레비전 RTR은 이 비디오영상을 방영했다. 마침 스쿠라토프가 크렘린의 부정부패를 추방하는 데에 열중해 있던 시기다. 이것을 계기로 크렘린은 반격으로 돌아섰고 스쿠라토프가 사표를 쓰게 하는 데에 성공했다. 사임 승인권을 가지고 있던 상원은 계속 저항했지만 스쿠라토프를 지원하고 있던 프리마코프가 5월에 해임되면서 일은 마무리 지어졌다.

푸틴은 자신이 속해 있는 상트페테르부르크 그룹과 세미야 그룹의 위기를 구한 최대의 공로자가 되었다. 99년 3월부터는 안전보장회의 서기도 겸임하게 되었는데 8월에 수상으로 취임하고 12월 31일에는 옐친의 앞당긴 퇴진에 의해 대통령 대행을 하게 되는 등, 급속도의 출세를 하게 된 이유는 이런 공훈 덕분이었다.

서방측에 대한 러시아 개혁파의 보증

푸틴이 세미야 그룹에 의해 수상으로 추천되었을 때 반대했던 츄바이스도 즉시 태도를 바꾸고 푸틴을 대통령으로 만드는 데에 열중하기 시작했다. 전력독점기업의 사장으로서 체첸으로의 전력 공급을 중지하는 등, 체첸작전에도 협력했다.

1999년 11월 하순, 중도우파인 야블로코의 당수 그레고리 야블린스키(G. Yavlinsky)와의 텔레비전 토론에서 츄바이스는 체첸에서의 정치적 해결을 주장하는 야블린스키를 조국에 대한 배신이라고 비판했다. 체첸작전에서 푸틴이 급속도의 지지율을 올렸을 때에도 선거대책본부장이라는 직함으로 텔레비전에 출연하여 이렇게 발언했다.

"대통령 선거에서 푸틴이 승리할 것은 확실하다. 문제는 1회 투표로 결정이 나느냐 2회까지 가느냐다."

서방측에서 주목을 한 것은 2000년 초의 미국 주간지 〈뉴스위크〉에 게재된 츄바이스 인터뷰였다. 옐친의 갑작스런 사임, 푸틴의 대통령대행 취임과 관련된 인터뷰에서 츄바이스는 이렇게 잘라 말했다.

"개혁파라는 말이 듣기에 좋든 나쁘든 푸틴은 개혁파가 되는 수밖에 달리 선택이 없다."

그리고 푸틴과의 관계도 보충했다.

"푸틴과 나는 경제 방면에서의 역할을 포함한 국가의 역할, 러시아를 개방된 국가로 만들 필요성, 또 유럽 및 세계에서의 러시아의 위치에 대한 이해를 공유하고 있으며 이런 문제들에 대해 우리는 많은 이야기를 나누고 있다."

츄바이스의 이 말은 큰 의미를 가지고 있었다. 츄바이스는 러시아개혁파의 대표로 미국에서 최대의 신용을 유지해 왔다. 무명의 KGB출신 정치가가 나타나자 불안감을 느끼고 있는 미국에 대해 미국 정부가 가장 신뢰하는 인물이 '나와 같은 생각을 가지고 있는 인물이니까 안심하라.' 라고 실질적으로 보증을 서 준 결과를 낳았기 때문이다. 실제로 그 후, 미국 클린턴정권의 푸틴에 대한 관점은 매우 부드러워졌고 대통령연차교서를 비롯하여 러시아에 대한 클린턴의 언급은 미국 내부에서 '너무 부드럽다' 는 비판을 받을 정도로 변했다.

평범하고 고독한 KGB의 중령에 지나지 않았던 푸틴은 상트페테르부르크 시청에 근무했던 시절에 츄바이스 중심의 그룹과 강한 유대관계를 맺었다. 다음에, 대통령부 시절에는 세미야 그룹과도 가깝게 지냈고 연방보안국에서는 자신의 측근 그룹을 만드는 데에 열을 올렸다. 그러나 이것이 후에 정권 내부의 심각한 대립으로 발전하게 될 줄은 아무도 예상하지 못했다.

PUTIN'S RUSSIA | 05

푸틴정권의 출발과 전략

신당 '통일'의 하원선거에서의 승리

2000년에 푸틴의 새로운 정권이 발족되면서 가장 우선적인 과제로 등장한 것은 '어떻게 해야 안정적인 정권을 만드는가?' 하는 것이었다. 그 배경에는 옐친 전 정권에 대한 반성이 있었다. 상원세력과 하원세력의 저항은 옐친정권을 자주 위기에 빠뜨렸고 1998년의 금융위기에서 볼 수 있듯 시장경제도입에 있어서 좌절을 경험했다. 그러나 푸틴에게는 강한 자부심이 있었다.

"나는 젊다. 옐친 같은 대통령은 되지 않을 것이다."

1999년 12월 19일에 실시된 러시아 하원의 선거 결과는 새로운 정권을 만들기로 결심한 푸틴에게 도움이 되는 쪽으로 나타났다. 그 때까지 하원을 주도하고 있던 공산당의 의석이 대폭으로 줄어든 것이다. 의석 수 백14석으로 간신히 제1당의 지위를 지키기는 했지만 40석 이상이나 의석이 줄어들었다. 위원장인 주가노프가 좌파세력을 모아 놓고 대통령거부권을 행사할 수 있는 3백 의석(하원의석 총 수 4백50석의 3분의 2)을 확보하겠다고 큰소리를 친 것과는 엄청난 차이가 있는 결과였다.

큰 승리를 거둔 이유는 선거가 실시되기 불과 두 달 전에 결성된 신당 '통일' 덕분이었다. 애칭은 메드베지(곰)이었다. 메주게이노나리노에 드비제니에진스토아(지역간 통일운동)를 약칭하여 부르는 것이라고 국민들은 받아들였다. 푸틴은 이 정당을 자신의 여당으로 인정했다. 과거의 정권여당이 몇 번이나 민중들의 지지를 정착시키려 했지만 모두 실패했던 것을 생각하면 통일의 승리는 기적처럼 보였다. 체첸작전으로 푸틴의 인기가 급속도로 상승한 것은 푸틴 현상이라고 불렸다. 통일의 승리는 그야말로 푸틴 현상의 하나였다.

그러나 정당으로서의 실태는 매우 궁핍했다. 비상사태장관인 세르게이 쇼이그, 레슬링 슈퍼스타인 알렉산드르 카렐린이라는 이름 이외에는 거의 무명의 후보자로 구성되어 있었다. 이 중에, 후에 내무장관이 되는 보리스 그리즐로프가 있었지만 지방조직도 없고 당의 강령도 없어서 푸틴을 지지하기 위해 여기저기에서 대충 모여든 것 같은 인상이 강했다.

사실, 이 정당은 세미야 그룹이 정성을 들여 만든 것이었다. 그룹의 실질적인 리더였던 보리스 베레조프스키는 푸틴을 대통령으로 만들려면 그 일을 담당할 수 있는 여당이 필요하다고 생각했다. 실제로는 대통령부 장관인 볼로신이 사람들을 모았다. 따라서 하원선거의 실질적인 승리자는 베레조프스키였다.

푸틴을 지지하는 하원의 보좌 체제

츄바이스가 전 수상인 키리엔코와 결성한 정당 우파세력동맹도 푸틴의 여당을 표방했다. 체첸작전에 확고한 지지를 보탠 츄바이스가 그렇게 주장하자 우파세력동맹의 인기는 급속도로 올라갔다. 그리고 푸틴도 통일에 이어 자기가 지지하는 정당으로서 우파세력동맹을 들었다.

푸틴에 대한 츄바이스의 강력한 지지는 대통령선거 전, 우파세력동맹 내부의 분열에도 나타났다. 대통령선거에 입후보한 사마라 주의 주지사 티토프는 우파세력동맹의 리더 중의 한 명이었다. 처음에는 당의 입장에서 지지후보를 결정하지는 않는다는 방침을 세워놓고 있었는데 대통령선거를 코앞에 둔 시점에서 츄바이스가 갑자기 당의 입장에서 푸틴을 지지한다고 독단적으로 결정해버린 것이다.

2000년 1월 18일에 소집된 새로운 하원에서는 하원의장 인사가 초점을 모았다. 푸틴 측 진영이 두려워했던 점은 전 수상 프리마코프가 의장으로 선출되는 것이었다. 프리마코프는 대통령이 되겠다는 야심을 버리고 조국 · 전 러시아에서 하원의원에 당선되었다. 공산당은 당연히 전 하원에서 의장을 맡았던 조국 · 전 러시아의 겐나디 셀레즈뇨프를 밀었다. 사전의 예상으로는 각 정당이 대립한 결과 프리마코프가 의장이 될 것으로 보였다.

여기에서 통일은 푸틴을 지지한다고 표명한 국민의원 그룹을 설득하여 공산당의 셀레즈뇨프를 지지하기 위해 움직였다. 공산당과 합하여 세 개의 파가 셀레즈뇨프를 지지했는데 그 배후에는 대통령부 장관 볼로신의 "셀레즈뇨프야말로 하원의장으로 유망한 인물이다."라는 발언이 있었다. 세 파의 회합에는 대통령부 부장관인 블라디슬라프 수르코프가 동석하여 조정역할을 맡았다. 셀레즈뇨프는 그 후에 푸틴 쪽으로 자세를 바꾸어 공산당과도 헤어지게 되었다. 이 인사로, 푸틴정권을 측면에서 지원하는 하원의 보좌 체제가 굳어졌다.

각료들의 인사를 둘러싼 계책

2000년 1월 옐친의 퇴진으로 대통령대행이 된 푸틴은 세미야 그룹과의 상담을 통하여 다음 수상을 실질적으로 결정해두었다. 재무장관이었던 미하일 카시야노프를 제1부수상으로 임명하고 수상대행으로 삼았기 때문이다.

그 때까지 제1부수상은 두 명이 있었다. 철도장관을 겸임하고 있던 악쇼넨코와 제1부수상직만 가지고 있던 크리스텐코였는데 둘 다 제1부수상직에서 물러났다. 악쇼넨코는 철도장관이라는 직함만 가지게 되었고 크리스텐코는 제1이라는 명칭이 사라진 부수상직에 머물렀다. 악쇼넨코는 푸틴정권에서 처음으로 격이 떨어지는 인사의 대상이 되었다.

푸틴 신정부의 포진은 5월에 결정되었다. 수상은 제1부수상 겸 재무장관에서 승격한 카시야노프였지만 각료들의 인사는 그가 정할 수 없었다. 각료들의 인사는 크렘린에 영향력을 가지고 있는 실력자와 푸틴의 교섭에 의해 정해지는데 특히 경제관계 각료로 어떤 파의 인물이 앉는가 하는 문제는 이권을 확보한다는 데에 있어서 매우 중요했다. 옐친 전 정권 시대부터의 이런 습관은 새로운 정권에도 이어졌고 그 때문에 경제 각료를 둘러싼 인사에서는 보이지 않는 항쟁이 되풀이되었다.

새로운 수상 카시야노프는 표면적으로는 경제인 같은 인상을 강하게 풍기는 정치가였다. 소련 국가계획위원회의 주임이코노미스트에서 재무성 차관으로서 대외채무문제를 전문으로 담당해 온 경력 때문이다. 그러나 그의 실체는 세미야의 대표로, 국민들 사이에서도 올리가키의 베레조프스키나 로만 아브라모비치 두 사람과의 친밀한 관계가 소문으로 나돌고 있었다. 러시아의 채무변제 정보를 세미야 측에 흘려 인사이더거래로 돈을 벌어 왔다는 정보도 나돌고 있었다. 정권 내부에서 일찍이 베레조프스키와 사업 파트너였던 대통령부 장관 알렉산드르 볼로신과 협력적인 관계에 있다는 사실도 당연히 잘 알려져 있었다.

경제 각료 자리를 차지한 츄바이스 파

새롭게 각료가 된 인물은 그렇게 많지는 않았다. 푸틴 자신이 전 정권의 정책을 지속한다는 점을 중시했기 때문에 많은 각료를 교체하여 파란을 일으키고 싶지는 않다는 의식을 가지고 있었다. 1999년 5월에 프리마코프 수상을 밀어낸 이후의 스테파신 내각에는, 베레조프스키나 츄바이스 등 영향력을 갖춘 그룹의 각료 자리 배분이 실질적으로 정해져 있었다. 새로운 정권 아래에서도 그 각료들의 얼굴이 크게 바뀌지 않았던 이유는 이 시점에서 흑막들의 영향력과 관련된 비중도 크게 바뀌지 않았기 때문이라는 사실을 보여주었다.

그래도 재무장관에는 제1차관에서 승격하여 부수상도 겸임하게 된 알렉세이 쿠드린, 국가자산위원회 제1부의장에서 경제발전무역장관으로 승격한 게르만 그레프, 그리고 각료는 아니지만 경제담당 대통령보좌관 겸 대외경제교섭담당 대통령 대표가 된 안드레이 일라리오노프 등 세 명이 새로운 정권의 경제정책에서 핵심 부문을 담당하는 인물들로 주목을 받았다.

그들은 수상이었던 푸틴의 지시를 받아 1999년 12월에 설립된 싱크탱크 전략책정센터에서 10년 동안, 러시아의 경제발전전략을 책정하는 일에 관여해 왔다. 그레프가 새로운 내각에서 이끌게 된 경제발전무역성은 그 때까지의 경제성과 무역성을 통합한 것으로 국가경제의 핸들에 해당하는 부문으로서 꽤 강력한 권한을 가지게 되었다.

푸틴의 경제조언가로서 실질적으로 경제정책의 방향을 정하는 중요한 역할을 담당한 것이 그레프였다. 그 존재가 각광을 받은 것은 2000년 4월에 전략책정센터인 싱크탱크의 소장으로서 개혁성이 강한 보고를 정리했기 때문이다. 이 보고는 러시아를 높은 성장궤도에 올려놓을 수 있는 기대를 포함하고 있는 정권의 자랑거리였다.

그레프는 순수한 독일인으로, 스탈린 시대에 민족격리정책으로 부모님이 강제이주 당한 카자흐스탄에서 태어났다. 옴스크대학을 졸업한 뒤에 레닌그라드대학 대학원으로 진학하면서 상트페테르부르크가 제2의 고향이 되었다. 상트페테르부르크 지역의 소비에트(구청)에서 일한 뒤에 1992년에 츄바이스에 의하여 민영화가 시작되면서 전국에 국가자산을 관리하기 위한 위원회와 기금이 창설되었을 때, 국가자산관리위원회의 상트페테르부르크 페트로드보레츠(Petrodvorets) 지부장으로 취임했다.

〈독립신문〉은 그 즈음, 츄바이스의 사고방식에 물든 그레프가 열렬한 츄바이스 신봉자가 되었다고 지적했다. 그 때문인지 1994년에는 상트페테르부르크 국가자산관리위원회 부의장 · 부동산관리 국장으로 급속도의 승진을 보였다. 그리고 1997년, 츄바이스의 후원을 받으며 상트페테르부르크 시 보유자산관리위원회 의장, 그 1년 뒤의 8월에는 모스크바의 국가자산위원회 제1부의장으로 발탁되었다. 그는 당시에 아직 36세의 젊은 나이였지만 민영화의 사령부였던 국가자산성(국가자산위원회에서 다시 짜여진 조직)을 정치적 아성으로 삼고 있던 츄바이스의 지지를 확실하게 받고 있었다.

재무장관 겸 부수상 수준으로 발탁된 알렉세이 쿠드린도 츄바이스의 심복이었다. 상트페테르부르크 시절, 개혁파 이코노미스트의 연구 그룹에서 츄바이스와 친해졌고 츄바이스가 그 능력에 감탄한 것이 계기가 되어 상트페테르부르크 시장 소프차크의 경제담당고문을 맡게 되었는데 그 후에 이 시에서 제1부시장을 역임할 때까지 줄곧 푸틴의 동료였다.

1996년에는 소프차크가 시장선거에서 낙선하자 푸틴과 함께 대통령부로 들어가 대통령부 부장관 겸 감독국장으로 취임했다. 이 자리는 이듬해 1997년 3월에 푸틴이 차지하게 된다. 그 후, 츄바이스와 함께 재무성으로 자리를 옮겨 제1차관을 담당했는데 프리마코프 내각에서는 재무장관이 된 미하일 자도르노프와 관계가 나빠서 고통을 받았다. 그러자 전력독점기업 통일에너지 시스템즈(UES)의 사장이 되어 있던 츄바이스는 쿠드린을 빼내어 1999년 1월에 이 회사의 재무담당 제1부사장으로 앉혔다.

그러나 프리마코프가 해임된 이후, 스테파신 내각에서 자도르노프가 재무장관에서 물러나자 쿠드린은 다시 재무성 제1차관으로 복귀했다. 이 때문에 정계에서는 쿠드린을 츄바이스의 그림자라고도 불렀다. 러시아의 주간지 〈블라스티〉는 재무성 간부의 증언을 이렇게 소개하고 있다.

"쿠드린이 재무성으로 들어온 뒤부터는 어떤 일이든 독자적으로 결정을 내린 적이 없고 항상 츄바이스의 허가를 기다리는 자세를 취했다."

카시야노프는 대통령부 장관인 볼로신과 제휴하여 가능하면 베레조프스키의 인맥을 경제 각료로 앉히기 위해 노력했지만 뜻대로 되지 않았다. 그들의 입장에서 볼 때, 한 가지 커다란 후퇴는 연료에너지장관이었던 빅토르 칼류즈니가 해임되어 카스피 해 문제 담당자인 외무차관으로 격하된 것이었다. 1월에 베레조프스키 정부에서 대리인으로 여겨졌던 악쇼넨코가 산업담당 제1부수상에서 해임되어 전임철도장관으로 격하된 데에 이어진 이권분야에서의 베레조프스키 파의 후퇴였다.

여기에 비하여 츄바이스 파는 경제관계의 중요 부문을 거의 모두 장악했다. 부수상 수준으로는 매크로경제 에너지담당자인 빅토르 크리스텐코, 군수산업복합업체 담당인 일리야 크레바노프, 사회정책담당인 발렌티나 마트비엔코, 그리고 쿠드린 등 네 명이 배치되었다.

내각 안에도 그레프 이외에 징세장관에서 노동·사회발전장관으로 이동한 알렉산드르 포치노크, 그리고 반 독점정책·기업지원장관인 일리야 유자노프 등이 옐친정권 시절부터 츄바이스의 인맥으로 주목을 받고 있었다. 그렇기 때문에 러시아에서는 새로운 내각의 진용에서 '츄바이스가 없는 츄바이스 노선'을 읽는 경향도 적지 않았다.

이런 인상이 국내외에 전해지는 것은 푸틴정권의 입장에서 볼 때 마이너스는 아니었다. 미국을 비롯한 서방측은 KGB출신의 새로운 대통령이 어떤 정부를 만들 것인지 특별히 주목하고 있었는데 결과는 스테파신 내각을 기본적으로 인수하여 개혁성을 한층 더 강화한 것으로 나타났다. 이 시점에서, 정권을 형성하는 푸틴의 균형 감각은 일단 서방측의 인정을 받았다.

올리가키를 배제한 경제발전전략

국내외에서 주목을 모으며 분석 대상으로 떠오른 것은 2000년 5월 중순에 발표된 2010년까지의 경제발전전략이었다. 이 전략문서는 약 반년 동안에 걸쳐 전략책정센터에서 구상에 참여하고 이 센터의 소장으로 일한 그레프의 손에 의해 수상 카시야노프에게 제출되었다. 츄바이스 파의 경제정책에 대한 영향력을 경계한 카시야노프는 이것이 초안에 지나지 않으며 내각에서의 협의를 통하여 상당한 수정이 실시될 가능성을 지적했지만 푸틴정권 경제정책의 기둥으로 자리 잡을 것은 분명했다.

이 10년이라는 기간 동안의 전략을 책정하는 데에는 국제통화기금(IMF)으로부터도 전문가들이 의견을 제시하는 형태로 참여했다. 또한, 어둠의 참가자로서 츄바이스의 이름도 거론되었다. 얼마 후에 발표된 경제전략은 급진개혁파로서의 사고방식이 짙게 깔려 있는 내용으로 이루어져 있었다.

우선 첫 머리에, 러시아 경제성장의 열쇠가 되는 것은, 창업가적 주도권의 인위적 제한정책 폐지와 국내외의 투자를 끌어 모으기 위한 바람직한 투자환경 창설이라는 설명이 있었다. 그렇게 하려면 사유권, 시장경쟁 보장, 독점금지, 상품, 자본, 노동력의 국내에서의 자유로운 이동을 보장하는 시장적 인프라를 정비해야 할 필요가 있다고도 했다.

경제의 근대화를 위한 모든 시책으로는 비문명적인 국유화를 배제하는 법률을 제정할 것을 들었다. 사유권 보장에 대해서는, 국가는 모든 소유권을 등록하고 아무리 작은 소유권의 이동도 책임을 지고 보장하며 기업을 재편할 때에는 자신의 자금을 잃는 일이 없도록 한다고 했다.

세금, 가격형성 면에서의 지금까지의 특혜조건, 은전에 해당하는 부분들은 하루 빨리 축소하거나 폐지. 자본의 국외도피에 관해서는 오프쇼어시장에서의 활동규제, 수출입에서의 가격형성의 왜곡 배제, 또 은행에 대해서는 정보공개를 엄중하게 요구하면서 일반외환면허를 가지고 있는 은행의 수를 20분의 1에서 30분의 1로 삭감하기로 했다. 또, 기존의 러시아에서 신흥재벌, 즉 올리가키가 누렸던 특권적인 우대조치를 배제한다는 내용도 들어 있었다.

한편으로, '자연적 독점기업'의 분할 · 해체에도 중점을 두었다. 자연적 독점기업이란 국민생활을 보장하기 위해 전력, 가스, 철도 등 낮은 요금으로 묶어두어야 하는 분야에서는 필연적으로 독점기업 형태를 취할 수밖에 없다는 이유에서 사용하게 된 말이었다. 그러나 국제경쟁력을 강화하기 위해 정부관리를 강화하고, 가격형성 면에서는 소비자에 대한 다양한 보조금이 폐지되어야 한다고 설명하면서 장래의 가격 인상을 시사했다. 자연적 독점기업은 국가의 입장에서 볼 때 커다란 이권기반이기도 했기 때문에 그것을 분할하고 해체한다는 것은 이권분할경쟁이 시작된다는 예고였다.

국제적으로 주목을 받은 것은 러시아를 고성장 궤도에 올려놓겠다고 선언한 내용이었다. 인프라 비율 저하나 국제경쟁력을 보장하는 루블화 가치 유지 등의 정책을 통하여 10년 동안 연 평균 5, 6%의 국내총생산(GDP) 신장을 보장할 것이며 한 해만으로는 10%의 성장도 가능하다고 했다. 또, 2004년까지의 GDP의 신장률은 30%, 2010년까지의 신장률은 70%가 될 것이라고 했다.

이런 전략을 꿈같은 낙관주의라고 비판하는 것은 쉬운 일이었다. 예를 들면, 공산당의 대표적 이코노미스트로 알려진 전 제1부수상 유리 마슬류코프가 중심이 된 분석 그룹은 2010년까지의 GDP신장률은 2000년 대비 13%라고 예상하고 있었다. 그러나 새로운 정권의 핵심정책이라고 말할 수 있는 경제전략에는 당연히 그 이하의 숫자가 제시될 리 없었다. 이런 점에서 보면 이 전략의 현실성을 따져보아야 아무런 의미가 없다는 지적도 있었다.

경제전략에 제시되어 있는 과제에 정말로 손을 댈 것인가 하는 점은 불투명했지만 푸틴정권은 그 예고라고 말할 수 있는 개혁을 즉각적으로 제시했다. 연방을 일곱 개의 관구(管區 : 관할구역)로 나누는 연방관구제(連邦管區制) 및 상원의 개혁이다.

푸틴의 정치개혁

푸틴은 2000년 5월 13일, 일곱 개의 연방관구창설에 관한 대통령령에 서명했다. 러시아 전체를 일곱 군데의 연방관구로 분할하여 각각 대통령의 전권을 행사하는 특사를 둔다는 내용이었다. 이어서 18일에는 일곱 명의 대통령 전권특사를 일제히 임명했다. 연방 안에서 가장 독립성이 강하고 개혁의 열기도 뜨거웠던 볼가(Volga) 연방관할구역의 특사로는 전 수상인 세르게이 키리엔코가 기용되었다. 푸틴의 고향 상트페테르부르크을 포함하는 북서연방관구에는 푸틴의 KGB시절 상사이며 연방보안국 제1부장관을 역임한 빅토르 체르케소프, 극동연방관구에는 제1차 체첸분쟁에서 사령관이었던 콘스탄틴 풀리코프스키를 발탁하는 등, 일곱 명 중에서 군 · 치안기관 출신자가 다섯 명을 차지했다.

또 17일에는, 상원개혁을 내세웠다. 연방을 구성하는 공화국 대통령과 주지사가 자동으로 상원의원이 되는 제도를 개선하기로 한 것이다. 또, 연방법을 위반한 지방자치단체장을 해임할 수 있도록 한다는 방침을 제시했다.

사실, 상원의 구성에 대해서는 러시아 헌법에 이렇게만 씌어 있었다.

"연방의 각 구성단체에서 두 명의 대표로 구성한다."

옐친 시대에는 89개의 자치단체(연방구성단체)에서 행정기관과 의회의 단체장 두 명이 자동으로 상원의원으로 취임했다. 지방의 지사들은 이 자동취임 관습을 이용하여 중앙정치에 관여했다. 1999년 봄에는 옐친이 제안한 검찰총장 스쿠라토프의 실질적 해임에 대해 상원이 강하게 반항한 적이 있다. 푸틴도 스쿠라토프를 추방하는 데에 깊이 관여하고 있었던 만큼 상원을 개혁하여 그 힘을 꺾는 것은 정권을 잡은 사람으로서 중요한 과제였다.

"지방지도자는 각각 자신의 지역 문제에 집중해야 한다."

푸틴은 지극히 정당한 이 논리를 내세우며 상원을 개혁해야 할 필요성을 강조했다. 상원개혁법안은, 그 때까지 지방의 단체장과 의장으로 구성되던 것을 단순히 지방자치단체의 입법과 행정 기관으로부터 두 명씩 선출하여 구성한다는, 쉽게 표현하면 상원을 상설화 하는 내용이었다. 물론 자신의 특권을 잃어버리게 된 상원은 크게 반대했다. 의원으로 남아 있는 한 불체포 특권이 있었기 때문이다.

두 달 뒤, 푸틴은 그 때까지의 상원의원들로 구성되는 새로운 대통령 직속 자문기관 국가평의회 창설에 동의했다. 국가평의회라고 하면 다른 나라에서는 최고입법기관의 입장에 놓여 있는 경우가 많지만 러시아에서의 이 기관은 의원에게 불체포 특권도 없고 그 결정에 구속력도 없는, 단순한 장식에 지나지 않았다. 단, 지방 단체장들의 체면을 간신히 살려 주는 효과는 가지고 있었다.

세미야 그룹의 불만

지방 단체장의 권한을 줄인다는 목적에서 제시된 상원개혁관련법안은 5월 31일의 하원총회에서 압도적인 다수의 지지를 얻어 채택되었는데 이 때 한 의원의 반대가 주목을 모았다. 전년도 12월의 하원의원 선거에서 하원의원이 된 보리스 베레조프스키였다. 베레조프스키가 공격의 대상으로 삼은 것은 푸틴이 상원개혁법안 등과 함께 제출한 국가기능강화법안이었다. 5월 30일, 베레조프스키는 대통령에게 보내는 공개서한을 발표하고, 이것은 개인의 자유를 제한하여 소련 체제로 되돌리려 하는 의도라고 비판했다.

베레조프스키의 눈에는 세미야 그룹의 영향력을 저하시키려는 푸틴의 의도가 확실하게 보이기 시작했다. 자신이 정부에서 대리인으로 인정하고 있던 철도장관 악쇼넨코는 제1부수상 직에서 물러났고 경제관련 부문에서는 자파의 칼류즈니 연료에너지장관도 해임되었다. 나아가 검찰총장 인사에서도 푸틴과 세미야는 충돌했다. 푸틴은, 1999년 7월부터 검찰총장 대행을 맡고 있어 당연히 검찰총장으로 승격될 것이라고 여겨졌던 블라디미르 우스티노프에 대해 상트페테르부르크 부시장 출신이며 법률가인 드미트리 코자크를 대립후보로 내세워 검찰총장의 자리에 앉히려 했다. 결국, 검찰총장이 되지 못한 코자크는 대통령부 부장관으로 취임했다.

우스티노프는 대통령부 총무국장이었던 브로딘에게서 아파트를 제공받았다는 소문도 있어서 세미야와 매우 가까운 사이라는 소문이 정계에 나돌고 있었다. 최고검찰청은 외부에서 검찰총장 기용한다는 데에 강하게 저항하면서 우스티노프의 지위를 지켰다.

이런 일을 포함한 푸틴의 인사정책은 베레조스프스키의 입장에서는 배신으로 비쳤다. 푸틴을 수상에서 대통령으로 밀어올린 것은 베레조프스키가 그늘에서 활동했던 세미야였다. 물론, 베레조프스키는 상트페테르부르크 인맥인 푸틴에게 전폭적인 신뢰를 기울였던 것은 아니지만 이렇게 빨리 푸틴이 자신의 뜻에 위배되는 행동을 했다는 데에 심각한 불안감을 느낄 수밖에 없었다.

러시아경제의 회복

한편, 츄바이스는 푸틴정권의 경제전략을 실행하는 선구자로서의 역할을 담당하고 나섰다. 경제전략 초안에는 자연적 독점업체의 분할과 해체의 방향성이 명확하게 명기되어 있었다. 그 내용을 즉시 구체적으로 이행하려는 기업이 나타났다. 가즈프롬에 이어 러시아 제2의 기업이며 츄바이스가 사장으로 앉아 있는 전력독점업체 통일에너지 시스템즈(UES)다.

츄바이스는 1990년대, 정부에서 개혁노선을 주도하고 있던 시기부터 국제통화기금(IMF) 등의 지시를 따라 자연독점업체를 정부가 컨트롤하여 분할하고 해체한다는 데에 의욕을 불태우고 있었다. 이 회사가 2000년 봄에 제시한 재편계획에서는, 분할과 해체를 주장하는 이 회사에 대해 연료에너지성이나 지방의 지사들이 반대하는 형식으로 국내에서 큰 논쟁이 벌어졌다. 츄바이스는 이 회사를 재편하는 것으로 경제전략을 수행할 수 있는 돌파구로 삼겠다는 목표가 있었다.

4월 상순, 정부 측도 가담하여 크렘린에서 개최된 UES사의 이사회는 이 회사의 재편계획을 승인했다. 그래서 이 계획은 정부에 제출되었고 츄바이스는 1년 후부터 실행에 옮기겠다고 밝혔다.

이 계획의 목적은 각 지역 전력기업을 실질적으로 잘라냄으로서 이들 기업에 러시아 내외의 전략적 투자가의 투자를 도입한다는 것이었다. 츄바이스는 이 계획을 바탕으로 3백 억 달러에서 5백 억 달러의 자금을 도입할 예정이라고 영국의 〈파이낸셜 타임스〉에 밝혔다.

이런 움직임의 배경이 되는 푸틴정권 발족 당시의 러시아 경제는 '과거 10년 중에서 가장 양호하다' 고 말할 수 있을 정도의 눈부신 개선을 보이고 있었다.

국내총생산(GDP)에서는 1999년 3.2%, 2000년에는 전년도 대비 6%의 신장률을 보였다. 구소련 시대인 1974년 이후 이런 성장을 보인 적이 없었기 때문에 4반세기만의 성장과정에 놓여 있었다. 물론 신중한 사람들은 이런

'반발' 은 1998년에 금융위기를 겪은 이후이기 때문에 당연히 나타날 수 있는 현상이라고 말하기도 했다.

그러나 러시아의 대부분의 경제전문가들은 러시아경제가 전환점을 맞이했거나 바닥을 쳤다는 견해를 보였다. 물론 러시아의 공업생산은 10년 전인 90년 수준에도 미치지 않았다. 그러나 러시아 경제는 이미 상승과정에 놓여 있었다.

러시아 경제의 이런 회복 기미는 경제위기를 맞이했던 국가로서는 보기 드물 정도로 강력하다고 말할 수 있었다. 이 성장은 모든 경제 분야에서 찾아볼 수 있었는데 국가통계위원회 등의 발표 수치에 의하면 공업은 1999년 8.1%, 경공업의 신장률은 1년 동안에 64.8%에 달했다. 2000년으로 접어들어 다시 가속이 붙으면서 공업의 경우에는 전년도 같은 시기와 비교할 때 11.9%증가, 수송은 7%, 소매 매상고도 역시 7%의 신장률을 보였다.

국민의 실질소득도 그 때까지 1년 반 동안 15%가 증가해 있었다. 또 적자기업의 수도 절반으로 줄어들었다. 나아가 1999년에는 12년 만에 처음으로 투자 증가 현상을 보였다.

재정수지도 균형이 잡혔다. '2000년의 러시아국가예산' 이 균형을 회복한 것이다. 1990년대에는 찾아보기 어려운 일이었다. 96년부터 98년에 걸쳐서는 예산의 적자폭이 GDP의 6~8%에 달했는데 그 이후 2년 동안, 국가재정은 빠른 속도로 건전화 과정을 밟고 있었다.

국제석유가격의 동향이 러시아경제에 유리하게 작용했다. 석유와 석유제품은 러시아 전체 수출의 4분의 1을 차지한다. 석유가격 상승 이상으로 중요한 것은 천연가스 가격이 1.5배로 뛰었다는 것이다. 또, 비철금속을 비롯한 수출제품의 가격도 높은 수준으로 향상되었기 때문에 러시아의 수출품 가격은 30%가 상승했다. 물론, 이것은 국가의 세입도 증가했다는 사실을 의미했다. 루블화 안정과 석유가격의 상승으로 러시아의 무역흑자는 1999년에 3백 50억 달러에 달했다. 2000년의 흑자는 백 20억 달러에 달해 있었다.

경제 전략을 펼 때에 필요한 조건은 투자의 증가다. 자금원으로서는 두 가지, 우선 국내, 그것도 국외로 유출되고 있는 것을 포함한 국내 자본, 이것을 국내로 들여올 수 있다면 러시아의 국내투자는 증가한다. 또 하나는 외국으로부터의 투자다. 그렇기 때문에 푸틴정권의 과제는 이 두 가지 자금을 어떻게 국내에 투자하도록 만드는가 하는 문제와 관련된 조건, 환경을 정비하는 것이었다.

이 목적을 달성하려면 법제적인 측면과 구조적인 측면의 개혁이 이루어져야 하는데 개혁파는 새로운 정권의 발족이 좋은 기회라고 생각했다. 푸틴의 인기는 높은 편이고 의회도 대통령지지파가 다수를 형성하고 있다. 개혁에는 자금이 필요하지만 정부의 세입이 예산을 50억 달러 이상이나 웃돌 가능성이 있는 등, 자금의 여유도 발생하기 시작했다.

푸틴의 입장에서 볼 때, 석유가격이 상승하는 상황 속에서 새로운 정권의 막이 오른 것은 행운이었다.

PUTIN' S RUSSIA | 06

한반도에 대한 야심

재개된 북한 외교

푸틴은 2000년 여름, 극동지역을 순방했을 때 이렇게 발언했다.

"이대로 가면 장래에 러시아의 극동부에서는 사람들이 러시아어보다 중국어, 일본어, 한국어를 더 많이 사용하게 될 것이다."

극동지역에서 러시아의 영향력이 저하되고 있다는 부분에 대하여 그가 심각한 걱정을 가지고 있다는 사실을 보여주는 말이었다. 대통령부에서 지역 문제를 담당하고 있던 푸틴이 극동지역의 상황을 이해하지 못해서 이런 말을 할 리는 없었다.

이런 일종의 위기감을 기초로 푸틴정권은 새로운 동북아시아외교를 전개하기 시작했는데 그 대상은 한반도였다. 러시아는 2000년 2월에 북한과 국가간의 새로운 기본조약에 조인, 7월에는 푸틴 자신이 소련 시대를 지나 러시아 정상으로서는 처음으로 북한을 방문했다. 그 전에는 남북한 정상끼리의 역사적인 회담이 있었고 김대중 대통령에게는 노벨평화상까지 주어졌다. 그 동안의 러시아와 남북한의 움직임을 보면 푸틴의 러시아가 한반도에 영향력을 행사하게 되었다는 것은 분명한 사실이다.

2000년 2월, 신생 러시아의 외무장관으로서 처음으로 북한을 방문한 이고르 이바노프는 북한 외무장관인 백남순(白南淳)과 회담을 갖고 러시아와 북한의 새로운 기본조약인 우호선린협력조약에 조인했다. 이 때, 러시아와 북한의 한반도긴장완화전략이 세워졌다.

러시아의 한반도 외교는 1990년대에 우여곡절을 겪었다. 고르바초프정권 말기인 1990년에 구소련은 서방측 제국과의 관계를 추진하기 위한 일환으로서 한국과의 국교수립에 나섰다. 물론, 이 배경에는 한국과의 경제협력에 대한 큰 기대가 있었다. 그러나 이것은 북한의 신경을 자극하는 외교였기 때문에 북한과의 관계가 급속도로 악화되었다.

신생 러시아가 등장한 이후에도 개선의 기색은 보이지 않았다. 1996년에는 한반도에서의 군사충돌에 휘말리는 것을 기피한 러시아의 사전 통고에 의해 북 · 러 우호협력상호원조조약이 파기되었고 이것을 대신하는 새로운 조약의 교섭이 외교적 수준에서 개시되었다.

그러나 이 조약 교섭은 옐친이 정권을 잡고 있는 동안에는 거의 진전이 없었다. 북한은 과거의 조약을 군사동맹에 가까운 것으로 해석하고 있던 '유사시 지원' 조항을 새로운 조약에 포함시키지 않는다는 점에 대해서는 원칙적으로 동의했지만 북한과 러시아의 새로운 양국 관계가 어떤 것이어야 하는가 하는 명확한 이미지가 없었다.

예를 들면, 북한 측은 러시아의 핵 그늘 아래에서 자국의 안전보장을 도모해야 하는 만큼 어떤 형태로든 군사협력의 요소를 남겨주기를 바랐지만 러시아는 여기에 반응을 보이지 않았다. 이렇게 해서 양국의 관계를 규정하는 기본조약이 존재하지 않는 상태가 이어졌다.

그런 상황에서 러시아가 협력을 기대하고 있던 한국의 경제상태가 악화되었다. 1997년부터 98년에 걸쳐 양국이 모두 금융위기에 빠지면서 러시아의 입장에서는 한국의 경제력에 대한 기대심리가 점차 줄어들었다.

북한과는 1999년 3월에 비로소 우호선린협력조약에 가조인(假調印)을 하면서 양국의 관계가 기본적인 방향을 정했다. 새로운 조약은, 과거의 '유사시 지원' 조항 대신 '한쪽 국가에 대한 침략 위험성이 발생하는 경우, 쌍방은 즉시 접촉을 가진다'는 문구가 들어갔다. 이 접촉 조항은 러시아가 나중에 중국과의 사이에 체결하는 우호조약에도 명기될 예정이었다. 중국과의 무기무역이나 군사적 측면에서의 협력 등을 보아도 러시아는 북한에도 무기매각 등의 군사협력을 예정하고 있었을 가능성이 있었다.

북한이 요구한 경제원조

러시아와 한반도의 관계는 19세기 말의 청일전쟁 이후, 일본에 대해 삼국간섭(三國干涉)을 한 역사를 굳이 거론할 필요도 없이 매우 깊다. 러시아는 다시 한반도의 권익을 추구하는 외교를 시작했다.

2000년 2월 9일부터 이틀 동안, 평양을 방문한 외무장관 이바노프 일행에 대해 북한 측이 대폭적인 경제협력을 요구한 것은 당연한 흐름이었다. 구소련으로부터 도입한 이후 수십 년이 지나면서 노후화되어 가동률이 떨어지고 있는 산업시설을 갱신하는 일이 매우 급한 문제였기 때문이다. 북한은 러시아에 이 시설들의 근대화를 요구했다.

그러자 이바노프는 "자금 면에서 한계가 있다."고 지적했다. 러시아도 아직 금융위기의 후유증 때문에 자금부족에 허덕이고 있었다. 따라서 과거의 소련 시대처럼 사회주의 형제국가에 대하여 융자형식의 자재공급을 한다는 것은 생각도 할 수 없는 상황이었다.

그러나 이 때 러시아 측에서는 북한에 뜻밖의 타진을 했다.

"러시아 정부 이외의 자금, 예를 들면 한국정부로부터의 자금제공도 고려할 수 있는가?"

이런 질문이었다. 북한 측의 회답은, "그것도 상관없다."는 것이었다. 그 후, 러시아 외무성은 갑자기 러시아, 북한, 한국의 3개국 협력구상을 일부 매스컴에 흘리기 시작했다. 그 설명은 러시아가 북한에 공급하는 산업자재 대금을 한국이 대신 떠맡는다는 내용이었다.

러시아의 사전 교섭이 시작되었다. 외무성은 모스크바의 한국대사관에 북한의 반응을 전하고 이 구상에 협력해 달라고 요구했다. 한 달 후인 3월 9일, 당시 한국대통령이었던 김대중은 베를린에서 북한의 경제재건을 정부 수준에서 지원할 용의가 있다고 표명했다. 이 베를린 선언은 러시아와 북한의 요구를 한국이 받아들인다는 의사표명이었다.

조건은 북한 총서기 김정일 총서기와의 남북정상회담 실현이었다. 김대중 대통령은 베를린 선언에 근거하여 남북정상회담을 준비하도록 한국정부에 지시했는데 그 배후에는 러시아의 사전 교섭이 있었다. 러시아 쪽에서 정상회담을 추진하여 한국에서 자금을 끌어내려 했을 가능성도 있다. 4월 하순에는 푸틴이 김대중 대통령의 초청을 받아 2000년 안에 한국을 방문하겠다는 뜻을 밝혔다. 러시아의 사전 교섭이 결실을 거두었다는 증거였다.

푸틴정권의 러시아는 이미 남북한 사이의 접착제 역할을 적극적으로 완수하는 것이 국익을 위한 행동이라는 인식을 확립하기 시작했다. 한반도에서 잃어버렸던 영향력 회복을 목표로 삼으면서 경제적 이익과 연결시키겠다는 생각이었다. 북한의 산업시설 근대화에 협력하는 것은 러시아 극동지역의 경제 진흥과 연결된다. 북한이 러시아 자본재의 큰 고객이 되기 때문이다.

문제는 자금 면에서의 난관이었다. 북한에 대해 구소련 시대처럼 원조나 차관공여 형식으로 경제협력을 할 여유는 없다. 그래서 생각해낸 것이 한국의 자금을 이용하는 형식의 3개국 협력 방식이었다.

이 3개국 협력에 대해 적극적으로 보도한 언론은 일본의 교도통신(共同通信)이었다. 주로, 러시아 외무성으로부터의 정보가 중심을 이루었다. 3개국 협력 계획에 대한 모스크바의 설명을 교도통신은 다음과 같이 보도하고 있었다.

'북한의, 구소련 시대에 도입한 산업시설의 근대화 요구를 러시아가 받아들이고 한국이 자금을 제공하는 3개국 협력 구상에 대하여 러시아 정부는 4월 11일, 이것이 대규모 프로젝트라는 점을 강조하고 이미 자금규모에 대한 검토에 들어갔다고 밝혔다.'

'러시아 외무성은 4월 21일, 북한의 이인자인 김영남(金永南) 최고인민회의 상임위원장과 백남순 외무장관이 20일에 모스크바를 방문하여 한반도 정세와 양국 관계를 협의했다고 발표했다. (중략) 북한은 이바노프 외무장관이 북한을 방문했을 때에 한국 정부의 자금제공을 받아들이겠다는 뜻을 표명했고 러시아와 남북한의 3개국 협력 구상에 대해서도 논의를 마쳤을 가능성이 있다.'

러시아와 한국의 각각 다른 생각

구소련의 지원을 통해서 건설되었다가 노후화하여 설비보수와 근대화 작업이 필요한 산업시설은 평양화력발전소, 승리화학기업소, 김책제철소 등이었다. 그리고 한국과 북한의 철도, 시베리아철도와의 연결 구상, 러시아에서 장래에 산출될 천연가스를 파이프라인을 이용해서 러시아 극동, 중국 북동부를 통하여 한반도에 공급하는 프로젝트가 검토되었다.

러시아는 북한의 기간산업을 보수하고 근대화하는 데에 협력하는 것이 경제적으로 이익이 될 것이라고 예상했다. 평양화력발전소는 구소련의 지원으로 1970년에 완성된 발전소로 50만 킬로와트의 발전능력을 가지고 있지만 시설의 노후화와 석탄부족 현상 때문에 발전능력이 절반 이하로 떨어져 있었다. 완전히 보수를 하면 수도 평양을 중심으로 지역의 전력사정이 상당히 개선될 것으로 기대되었다.

승리화학기업소도 구소련의 지원으로 1973년에 완성된 북한 최초의 원유정제시설이었다. 소련이 붕괴되면서 원유공급이 정지되자 1990년 이후에는 조업중단상태에 놓였고 97년에는 완전히 가동을 멈춘 상태였다. 같은 해, 북한은 가동을 재개하기 위해 필요하다는 이유에서 러시아에 원유공급을 요청한 경위가 있었다.

김책제철소도 북한 최대의 제철소로 일제시대부터의 시설을 구소련의 원조를 받아 확대한 것이다. 생산능력은 연간 5백만 톤 이하인데 에너지 사정 때문에 조업이 중단될 위기에 놓인 적도 있었다.

이처럼, 북한은 한시라도 빨리 러시아의 경제협력이 필요했다. 그러나 북한과 러시아 모두 이것을 실현시킬 수 있는 자금 여유가 없었다. 그래서 한국으로부터 자금협력을 받자는 아이디어가 나왔다.

한국의 입장에서도 장래에 러시아와의 협력에 대한 큰 기대가 있었다. 남북한 사이의 철도, 즉 경의선을 복구하는 작업은 남북한 사이에서 착실하게 진행되고 있었다. 이것이 완성된 뒤에는 다시 시베리아철도와 연결함으로서 유라시아대륙을 횡단하는 철도수송로가 실현될 전망이 있다.

또, 당시에는 사할린의 천연가스를 한반도에 공급한다는 구상도 있었다. 이것은 나중에 동 시베리아의 코비크타 천연가스전에서 파이프라인을 이용하여 중국을 경유, 한반도에 공급하는 계획으로 변경되었지만 김대중 대통령은 러시아로부터의 천연가스 공급에 대한 기대를 자주 입에 담았다. 즉, 에너지문제가 남북한이 접근하게 된 중요한 요소였다. 북한과의 화해가 없는 한, 한국은 이 파이프라인을 자국으로 끌어들일 수 없었기 때문이다.

그러나 자금제공을 포함한 이 3개국 협력 구상은 이상하게도 한국에서는 거의 보도되지 않았다. 한국 정부의 입장에서 볼 때 북한에 자금을 제공한다는 것은 공적인 루트를 통해서는 어려운 일이었다. 그리고 얼마 후, 러시아 외무성으로부터도 3개국 협력 구상에 대해서는 언급이 거의 없었다. 그 때문에, 실제로 그것이 실행될 것인지 아닌지는 확실하지 않았다.

북한의 이미지를 바꾼다는 목적

2000년 6월 13일, 김대중 대통령을 태운 한국대통령 전용기는 평양의 순안공항에 착륙, 북한 총서기 김정일 총서기와의 역사적인 남북정상회담이 실현되었다. 김대중 대통령에게는 후에 노벨평화상을 안겨준, 정치가로서의 생애를 장식해주는 화려한 날이었다. 이보다 나흘 전에는 푸틴이 러시아의 국가원수로서는 처음으로 북한을 방문한다는 일정이 발표되었다. 푸틴은 텔레비전 인터뷰에서 강한 결심을 보였다.

"러시아는 모든 수단을 통하여 한반도평화를 위한 노력을 가속화 할 것이다."

7월, 중국을 경유하여 처음으로 북한을 방문한 푸틴은 그 직후에 오키나와 서미트(주요국 정상회의)에 참석한 자리에서 놀라운 말을 전했다.

"북한은 조건부로 미사일 개발을 중지할 용의가 있다."

이런 김정일 총서기의 발언을 전한 것이다. 이 말은 즉시 화제를 불러 일으켰다. 이 발언에 대해, 북한이 부드러워졌다는 점을 푸틴이 국제적으로 어필하기 위해 김정일 총서기의 발언을 지나치게 왜곡하여 전한 것이 아닌가 하는 의문이 제기되었다. 김정일 총서기의 입에서는 한 동안 이 말을 확인할 수 있는 말도 나오지 않았을 뿐 아니라 한때는 그 말을 농담으로 처리하는 듯한 발언도 전해졌기 때문이다.

푸틴의 입장에서는, 이 새로운 동북아시아외교를 전개하는 데에 있어서 북한의 국제적인 이미지를 바꾸어놓아야 할 필요가 있었다. 함부로 미사일을 개발해서 미국까지도 위협하는 '불량국가' 인 상태에서는 러시아의 실리적 외교에 마이너스가 된다. 또, 미국의 당시 NMD(본토 미사일 방위) 계획에 타격을 준다는 목적도 있었다. 당시의 미국 클린턴정권은 국내의 NMD반대 목소리를 설득하는 자료로 북한의 미사일 위협을 들었다.

북한이 미사일 개발을 중지하면 미국의 NMD추진에서 전제조건 하나가 사라진다. 정상회담에서의 푸틴의 이 발언 효과는 일시적으로 북한과 미국의 관계 개선을 초래했다. 클린턴도 대통령으로서의 업무의 일환으로 북한을 방문할 가능성을 찾았지만 결국 임기가 다하여 실현되지는 않았다.

러시아의 목적은 2001년 유럽연합(EU)을 비롯한 여러 국가들과 북한이 국교를 수립하는 것으로 결실을 맺기 시작했다. 1월에는 네덜란드와 벨기에, 2월에는 스페인과 캐나다, 3월에는 독일과 브라질과 뉴질랜드 등이 잇달아 북한과 국교를 수립했는데 그 수는 2001년에만 26개국에 이르렀다.

그러나 러시아가 북한과의 국교회복을 가장 기대했던 국가는 일본이었다. 정상회담 때문에 일본을 방문한 푸틴은 당시의 모리 요시로(森喜郎) 수상에게 김정일 총서기의 말을 전하면서 스스로도 북한과의 국교회복 교섭을 서두르라고 재촉했다. 러시아가 북한과 일본의 국교회복을 바란다는 것은 명백했다. 국교가 회복되면 경제협력 형태로 일본으로부터 북한으로 적어도 수십억 달러 규모의 자금이 들어갈 것이라고 전망했기 때문이다. 그 결과, 북한의 구매력이 증가하면 러시아는 무기와 산업자재 등을 북한에 공급하여 커다란 이익을 손에 넣을 수 있다.

그러나 북한과 일본 사이에는 '납치문제'가 가로막고 있었다. 당시, 일본 측은 남녀 11명이 다양한 형태로 북한으로 납치되었다고 주장, 이 문제가 해결되지 않는 상황에서는 국교회복 교섭은 있을 수 없다는 태도를 보였다. 따라서 러시아는, 북한과 일본의 납치문제해결은 동북아시아외교의 숙제라고 인식하지 않을 수 없었다.

러시아에 더욱 의지하는 북한

2001년에 김정일 총서기가 러시아를 방문하면서 양국의 관계는 한층 더 긴밀해졌다. 김정일 총서기는 7월 하순부터 특별열차를 이용하여 시베리아 철도를 경유, 1주일 뒤에 모스크바로 들어갔다. 모든 여정을 접대한 사람은 극동관구 대통령 전권특사인 콘스탄틴 풀리코프스키였다. 제1차 체첸분쟁에서 사령관이었던 군인이지만 러시아대통령선거 때에는 크라스노다르 지방에서 푸틴 쪽의 선거대책본부장을 담당하여 대통령으로부터 두터운 신임을 받고 있는 그가 김정일 총서기와의 파이프 역할을 담당한 것이다.

김정일 총서기는 8월 4일의 푸틴과의 회담에서 다시 북한의 미사일 위협을 조건부로 철회하겠다고 말했다. 또, 미국과 러시아의 탄도탄요격미사일(ABM) 제한조약 유지 등을 포함한 모스크바 선언에 조인했다. 상트페테르부르크에서는 군수산업을 중심으로 시찰, 돌아가는 길에도 철도를 이용해서 8월 18일에 귀국했다.

2002년 1월 이후, 북한은 미국의 군사적 위협을 강하게 의식하지 않을 수 없게 되었다. 미 대통령 조지 부시가 이란, 이라크, 북한을 '악의 축'이라고 지명했기 때문이다. 전년도 9월 11일에는 뉴욕과 워싱턴에서 동시다발 테러가 발생했는데 미국은 그 보복으로서 아프가니스탄을 공격하여 이슬람원리주의의 탈레반 정권을 붕괴시켰다.

미국의 위협이 이어지자 북한은 러시아 쪽에 더욱 의지하게 되었다. 김정일 총서기 체제의 존속이 북한 외교의 가장 중요한 우선과제로 떠올랐다. 이런 상황 속에서 2002년 여름, 갑자기 한국과 북한과의 관계가 나아질 수 있는 길이 열렸다.

2002년 6월 하순, 북한의 꽃게 잡이 어선과 경비정이 북방한계선을 넘어 남하, 황해에서 남북한 사이에 격렬한 총격전이 발생했다. 이 사건은 국제적으로 큰 충격을 주었다. 북한과의 융화정책을 추구하고 있던 한국의 대통령 김대중 대통령도 반년 후에는 임기가 종료됨과 동시에 정계에서 은퇴할 예정이었기 때문에 남북한의 관계가 냉각된다는 것은 바람직한 현상이 아니었다.

이 때, 러시아의 한반도 외교가 다시 가동되었다. 우선, 7월 하순에 외무장관 이바노프가 한국과 북한을 잇달아 방문하는 조정외교 일정이 발표되었다. 주목을 받은 것은 이 때의 외무차관 알렉산드르 로슈코프가 타스통신에 대해 일본과의 납치문제를 포함한 다양한 대화가 이루어질 수 있도록 북한을 설득하겠다는 방침을 이야기한 것이다. 그리고 7월 25일, 즉 이바노프가 한국을 방문하기 전날에 북한은 총격전 사건에 대해 전례 없이 한국에 유감 표명을 하면서 중단되었던 남북한 각료급 회담을 재개하자는 제안을 했다. 이것은 분명히 러시아의 요구에 의한 북한의 사과였다.

김대중 대통령과 회담을 가진 이바노프는 남북대화를 추진하기 위해 적극적인 역할을 담당하겠다고 말하고 김대중 대통령으로부터 전면적인 지지를 확보했다. 그리고 한국에서 북한으로 날아가 김정일 총서기와 회담을 가진 이바노프는 회담을 마친 뒤에 이렇게 말했다.

"북한은 일본, 미국과 아무런 전제조건 없이 대화에 응할 준비가 되어 있다."

미국과 일본 양국은 이 말을, 북한이 보내는 매우 중요한 의미를 가진 사인이라고 받아들였다.

이바노프와 김정일 총서기의 회담에서는 일본인납치문제가 협의되었다는 보도도 있었다. 6월, 캐나다의 카나나스키스 서미트에서 푸틴은 고이즈미 수상으로부터 납치문제 해결을 위해 협력해 달라는 요청을 받았다. 그러자 이바노프는 김정일 총서기에게 납치문제해결과 북 · 일 국교정상화를 강력하게 제안했다.

그 이후, 김정일 총서기의 러시아 극동지역방문이 서둘러 결정되었고 8월 23일, 블라디보스토크에서 푸틴과 김정일 총서기가 회담을 가졌다. 의제는 다양한 방면에 이르렀는데 이 회담에서 일본인납치문제도 거론되었을 가능성이 높다. 회담 후의 기자회견에서 푸틴은 납치문제를 '북 · 일 양국이 해결해야 할 문제'라고만 말했다. 8월 말에는 고이즈미 수상의 평양방문 일정이 발표되었고 9월 상순에는 푸틴이 고이즈미 수상과의 전화회담에서 납치문제에 관한 일본의 걱정을 김정일 총서기에게 전하고 북 · 일국교정상화를 재촉했다는 사실을 확인했다.

이 북 · 러 정상회담을 위해 러시아 극동을 방문한 김정일 총서기는 극동지역을 세밀하게 시찰했다. 산업도시 콤소몰스크나아무레(Komsomolsk-na-Amur)에서는 수호이 전투기 공장을 방문했다. 블라디보스토크에서는 쇼핑센터도 견학했다. 하바로프스크(Khabarovsk) 지방 지사인 빅토르 이사예프, 연해지방 지사인 세르게이 다리킨 등과도 회담을 갖고 북한과 극동지역의 협력문제를 의논했다. 그 동안, 회담을 줄곧 동석한 풀리코프스키는 김정일 총서기가 귀국할 때에 평양까지 동행했다.

실리를 목적으로 삼는 푸틴의 한반도 외교

2002년 9월 17일, 고이즈미 수상은 평양을 방문하여 김정일 총서기와 회담을 가졌다. 김정일 총서기는 11명의 일본인납치에 북한이 관여했다는 사실을 인정하고 사과했다. 이것이 러시아의 기대를 따른 행동이었는지는 확실하지 않았지만 러시아는 회담 결과를 높이 평가했다.

그 즈음 한국에서는 남북정상회담과 관련된 북한으로의 불법송금사건이 김대중정권을 뒤흔드는 커다란 문제가 되기 시작하고 있었다. 한국 국회에서는 현대그룹이 비밀리에 거액의 자금을 북한으로 송금했는데 이 일에 한국의 국가정보원이 관여했다는 의혹이 야당인 한나라당으로부터 제기되어 있었다. 이것은 그 후 1년 가까이 한국 정계를 소란스럽게 만들었고 김대중정권을 물려받은 노무현정권이 수사를 시작하라는 지시를 내리면서 조용해졌다.

한국에서는 특별검사 수사결과로 다음과 같은 경과가 보고 되었다.

우선, 2000년 초, 당시 현대아산 회장 정몽헌이 북한과 접촉하는 과정에서 북한으로부터 남북정상회담 개최 의도를 알게 되었고 그 말을 전해들은 박지원 한국대통령비서실장이 교섭에 나섰다. 그 와중에서 한국이 달러자금을 북한에 제공한다는 이야기가 부각되었는데 한국 정부에는 재정도 없고, 공표를 해서 예산을 확보할 수도 없다.

그래서 현대그룹이 전액을 대신 지불하게 되었고 청와대가 산업은행에 압력을 넣어 현대상선 등 현대그룹의 3개 자회사에 합계 4억5천만 달러를 융자해주게 했다. 결국, 총액 5억 달러가 현대그룹의 손에 의해 북한으로 송금되었다.

이 내용은 대부분 정몽헌의 진술에 근거한 것이라고 전해졌다.

이 불법송금은 시기적으로 볼 때, 분명히 러시아외무성이 이야기한 3개국 협력과 겹쳐 있었다. 정몽헌의 진술에서는 5억 달러가 북한으로 송금된 이후에 어떻게 사용되었는가 하는 힌트도 제시되지 않았다. 한편, 당시의 러시아 외무성에 있던 동북아시아 담당 러시아 외교관의 입에서는 "3개국 협력은 실행되었고 그 때문에 남북한 정상회담도 실현된 것이다."라는 증언도 있었다.

그러나 정몽헌은 2003년 8월, 현대그룹 본사 빌딩 옥상에서 투신자살을 했다. 한국에서 북한으로 5억 달러의 불법송금을 한 부분에 대한 진실은 정몽헌 회장의 죽음과 함께 영원히 감추어져 버렸다.

고이즈미와 김정일 총서기의 북 · 일 정상회담은 푸틴이 정권을 맡게 된 이후에 계속 추진해 온 한반도 긴장완화와 북 · 일 국교정상화를 위한 전환점이 되어야 할 외교행사였다. 그러나 한반도정세는 러시아가 예상한 대로 전개되지 않았다. 북·일 정상회담이 열린 다음 달, 2002년 10월에 북한을 방문한 미 국무차관보 켈리는 북한이 우라늄 농축을 이용한 핵 개발을 비밀리에 진행하고 있다는 증거를 찾아내고 애매한 형태이기는 하지만 북한이 그 점을 인정하게 했다. 미국이 불량국가라고 불러 온 북한의 핵 개발은 푸틴의 한반도외교를 방해하는 효과를 가지고 있었다.

북한과 미국 사이에서는 1994년의 북·미합의를 바탕으로 북한의 핵무기 개발을 금지해 왔다. 이 합의에서는 플루토늄을 재료로 이용하는 핵 개발을 금지하고 있었다. 그 때문에 북한은 이 합의에 저촉되지 않는 형태에서 고농축우라늄을 재료로 이용하는 핵 개발을 추진했다. 물론 북한은 나중에 고농축 우라늄을 이용한 핵 개발계획을 부정했다.

푸틴은 2003년 1월, 외무차관 로슈코프를 북한으로 파견하여 포괄적 해결안을 제시했다. 북한이 표명한 핵확산금지조약 탈퇴를 철회하도록 요구하고 핵 개발을 단념하는 대신 강대국들이 북한의 안전을 보장하겠다는 제안이었다. 북·미 양국 내지 다국간 협의에 의해 미국, 러시아, 중국, 일본, 한국이 참가하여 문서를 통해서 북한의 안전을 보장한다는 구상은 2003년 8월 하순에 북경에서 개최된 6자회담을 통해서 실현방향으로 한 걸음 더 나아가게 되었다.

푸틴은 한반도 통일이 러시아의 국익과 합치된다고 믿고 한반도 외교에 착수했다. 북한의 군사적 위협이 사라진다면 미국의 동북아시아에서의 군사적 존재의의는 엷어진다. 북한과 일본의 국교수립은 러시아에 경제적인 이익을 안겨줄 가능성이 높다. 푸틴의 동북아시아 외교는 한반도의 안정을 목적으로 삼은 것으로 한국, 일본으로부터 자금을 흡수하여 에너지 시장을 개척하는 실리외교 측면을 보여주고 있었다.

PUTIN'S RUSSIA | 07

카스피 해 에너지 외교

카스피 해의 원유에 착안

푸틴정권의 외교정책에 실리주의가 선명하게 드러나기 시작했다. 이 중에서 특히 러시아가 중점을 두고 있는 것이 카스피 해 주변지역이었다. 푸틴이 대통령선거에서 승리를 거둔 이후인 4월말에 개최된 안전보장회의에서는 카스피 해 지역에서 러시아의 활동을 활발하게 해야 한다는 목소리가 잇따랐다.

2000년 5월, 푸틴은 수상으로 임명한 카시야노프의 조각 작업이 아직 끝나지 않은 상황에서 일찌감치 투르크메니스탄(Turkmenistan)을 방문했다. 장기간에 걸친 투르크메니스탄 산 천연가스를 러시아가 구입하는 문제를 의논하기 위해서다. 기존에는 이런 에너지 면에서의 대외 교섭이 수상 이하의 수준에서 이루어졌기 때문에 푸틴 대통령의 이런 적극적인 태도는 이해하기 어려울 정도였다. 그러나 푸틴에게는, 이 방문을 통해서 카스피 해 주변지역의 지정학적 정세를 완전히 바꾸어놓겠다는 나름대로의 목적이 있었다.

러시아의 에너지기업도 카스피 해 지역에 관여하기 위해 적극적으로 움직이기 시작했다. 천연가스를 다루는 가즈프롬, 석유를 다루는 루크오일, 유코스 등 3사는 카스피 해 북부의 러시아 쪽에 석유개발을 추진하기 위한 합병회사를 설립했다. 여기에는 카자흐스탄이 카스피 해 북부에서 거대한 유전을 발견했다는 정보와 루크오일이 3년 전부터 탐사하고 있던 카스피 해의 세베르누이 광구에서 2000년 봄에 22억 배럴의 원유매장을 확인했다는 것이 도화선이 되었다.

역사를 돌이켜 보면, 러시아는 백 년 전, 지금은 아제르바이잔의 영토인 바쿠유전(Baku)에서 전 세계 원유생산량의 절반을 생산하고 있었다. 그러나 혁명 후인 1930년대, 우랄 남부와 볼가(Bolga) 유역 지역에서 원유가 발견되면서 개발의 중심을 아제르바이잔에서 이쪽으로 옮겼고 60년대 이후에는 서 시베리아가 원유생산의 중심이 되었다. 바쿠는 고갈된 유전으로서 잊혀져 갔다. 카스피 해 해저에는 원유가 매장되어 있을 것이라는 추측이 있었음에도 불구하고 러시아는 개발의 어려움을 내세워 카스피 해의 에너지개발에 손을 대지 않았다.

변화의 계기가 된 것은 1991년의 소련 붕괴였다. 새롭게 탄생한 카스피 해 연안의 독립 국가는 카스피 해의 에너지자원이 미래에 자국이 번영을 이룰 수 있는 기초가 될 것으로 보고 개발에 필요한 외국투자를 유치하기 위해 움직이기 시작했다. 이 중에서 가장 빨리 활발한 활동을 전개하기 시작한 것이 아제르바이잔과 카자흐스탄이었다. 아제르바이잔은 영국 BP, 카자흐스탄은 미국의 셰브론(Chevron) 등, 각각 서방측 기업과 손을 잡고 자국의 원유개발을 추진했다.

러시아가 카스피 해 원유의 존재가치를 실감한 것은 1997년 10월, 카스피 해에서 산출된 원유가 처음으로 바쿠에서 흑해연안의 러시아선적항 노보로시스크(Novorossiisk)까지 파이프라인을 통해서 수송되었을 때다. 만약 장래에도 원유가 이 루트를 통해서 운반된다면 거액의 통과요금이 러시아로 들어올 것이다.

그러나 이 루트는 몇 가지 문제점을 안고 있었다. 하나는 분쟁중인 체첸공화국을 통과한다는 것이었다. 또, 미국과 그 밖의 서방측이 바쿠에서 노보로시스크에 이르는 이 루트를 기피하여 그루지야를 경유해서 흑해에서 선적하는 루트, 나아가 새롭게 터키 지중해연안의 선적항 제이한(Ceyhan)으로 이동시키는 식으로, 원유를 수송하는 루트를 변경하려는 움직임을 보이고 있다는 것이었다. 러시아는 카스피 해 원유수송루트에서 배제된다는 점에 경계심을 강화했다.

푸틴정권은 카스피 해 주변 지역에 대한 영향력을 회복할 수 있는 좋은 기회가 찾아왔다고 인식했다. 체첸작전이 강력한 도화선이었다. 테러리스트 토

:: 카스피 해 주변 파이프라인 루트

벌을 이유로 무조건 체첸으로 진공하여 독립국가로의 길을 밟고 있던 이 공화국을 다시 지배 하로 되돌려놓은 러시아는 미국 및 서방측의 카스피 해 지역에서의 지정학적 계획을 크게 흔들어놓기 시작했다.

제2차 체첸분쟁에 의해 이 공화국으로부터 쫓겨나게 된 마스하도프정권은 서방측에 의지하여 독립 국가를 만들 생각이었다. 독립을 한다면 카스피 해와 흑해 사이에 끼어 있는 카프카스 지역에서 러시아의 영향력을 배제하는 거대한 거점이 될 터였다. 실제로, 대통령이었던 마스하도프는 영국이나 미국과의 관계에서 러시아를 자극하지 않도록 세심한 주의를 기울이며 접촉을 유지하고 있었다.

체첸을 되찾은 러시아는 지정학적인 다양한 접근방법으로 카스피 해 지역에 영향력을 회복하기 위해 움직이기 시작했다. 물론, 미국은 신경을 곤두세웠고 구소련의 제국들도 각각 새로운 대응책을 찾기 위해 고심하게 되었다.

카자흐스탄의 대 유전 발견

카스피 해와 관련된 2000년의 빅뉴스는 카스피 해 북동부에서 카자흐스탄에 의한 거대한 해저 유전이 발견되었다는 것이었다. 7월 초, 카자흐스탄 대통령 누르술탄 나자르바예프(Nursultan Abishuly Nazarbayev)는 기자회견에서, 카스피 해 북부에서 시굴하고 있는 카샤간 광구가 대규모의 유전이라는 사실을 확인했다고 말하고, "세계 최대 규모의 유전 중의 하나"라고 주장했다. 동석한 국영 카자흐오일 사장 발김바예프(Balgimbayev)는 이 유전의 총 매장량을 4백 90억 배럴로 추정한다고 말했다. 이것은 후에 90억 배럴로 수정되었지만 카자흐스탄 육상의 텐기스 유전(약 90억 배럴)과 동등한 거대한 규모다.

물론 현지의 석유관계자들 대부분은 신중한 견해를 보였다. 한 개의 시굴 작업만으로는 아직 확실한 판단 재료로는 부족하며 초기단계의 추정매장량은 그 후에 대폭으로 하향 수정되는 경우가 많기 때문이었다.

그러나 이 거대유전이 발견되었다는 뉴스가 에너지의 보고로서의 카스피 해에 대한 희망을 가지게 만드는 효과는 컸다. 그 때까지 카스피 해 석유개발의 선두주자였던 아제르바이잔의 석유생산 가능성이 점차 줄어들고 있다는 보도가 1, 2년 전부터 나오고 있었기 때문이다. 아제르바이잔에서는 2년 동안에 두 개의 광구에서 석유가 하나도 발견되지 않아 기업이 철수한다는 보고가 있었고 러시아 측도 반복적으로, "카스피 해가 에너지의 보고라는 것은 환상이다."라고 말한 전문가의 코멘트를 전하고 있었다.

또 하나, 이 발견에 환영의 목소리를 올린 것이 미국이었다. 이 거대한 유전의 발견은 바쿠에서 그루지야를 거쳐 터키의 지중해 연안에 위치한 도시 제이한에 이르는 원유 파이프라인계획에 큰 도움이 될 것이라는 판단에서다. 이 파이프라인 건설은 1999년 11월에 터키의 이스탄불에서 개최된 유럽안보협력기구(OSCE) 정상회의에서 당시의 미 대통령 클린턴이 중심이 되어 대대적으로 건설을 추진한다는 선언을 한 프로젝트였다.

파이프라인의 총 길이는 약 천7백 킬로미터, 원유수송능력은 하루에 백만 배럴, '이스탄불 선언'에서는 2001년부터 건설을 시작하여 2004년에 완성시킨다는 내용이 포함되었다. 그러나 프로젝트 총액이 27억 달러인 이 파이프라인은 카자흐스탄에서 원유가 생산되지 않을 경우에는 경제성이 의문시되는 부분이 있었다. 설사 원유 파이프라인이 건설된다고 해도 과연 채산성이 있는 원유공급원을 확보할 수 있는가 하는 문제가 있었기 때문이다.

아제르바이잔 원유생산의 주력인 아젤리 광구와 티라그 광구를 운영하고 있던 아제르바이잔 국제운영회사(AIOC)의 생산량이 당시 하루에 11만 배럴 규모이고, 나머지는 국내수요를 충당할 수 있는 정도였다. 따라서 생산량을 늘리거나 새로운 유전을 발견하지 않는 한, 제이한까지의 파이프라인에 경제성을 보증할 수 있는 원유확보는 어려운 일이었다.

그렇기 때문에 카스피 해 건너편의 카자흐스탄의 원유에 기대가 모아졌다. 이 원유를 바쿠까지 운반하기 위한 해저 파이프라인 구상도 있었지만 취소되고 탱커를 이용한 수송이 유력해졌다.

그러나 카자흐스탄의 석유가 과연 바쿠를 경유하여 운반될 수 있는가 하는 문제는 불투명했다. 한 가지 이유는 카스피 파이프라인 컨소시엄(CPS)이 건설한 카자흐스탄에서 러시아 흑해 연안의 노보로시스크에 이르는 파이프라인의 존재였다. 2001년 중반에 완성된 이 파이프라인은 카자흐스탄 육상 석유인 텐기스에서 카스피 해 북쪽 연안을 지나 흑해에 이르는 천5백 킬로미터의 파이프라인이었다. 원래 텐기스 원유를 운반하기 위해 만들어졌지만 다른 유전으로부터의 원유도 운반할 수 있는 여력을 갖추도록 설계되어 있었다.

이 파이프라인은 처음에 연간 2천8백만 톤(하루 56만 배럴), 그 후에 용량을 증가하여 연간 최대 6천7백만 톤의 원유를 운반하게 할 계획이었다. 텐기스 유전의 주체 개발자인 미국의 셰브론을 비롯한 영국의 BP, 러시아의 루크오일 등, 유력한 메이저기업이 참가했다. CPC에는 러시아정부가 24%, 카자흐스탄정부가 19%의 자본을 들여 참가했는데 1999년부터 건설되기 시작한 이 파이프라인도 여러 가지 우여곡절을 거친 끝에 양국 사이의 합의를 통하여 결정된 경위가 있었다.

그렇기 때문에 카자흐스탄의 입장에서는 새로운 유전을 개발한 뒤에도 이 파이프라인을 주력 파이프라인으로서 가정하고 있다는 점은 충분히 상상할 수 있었다. 실제로, 2000년 6월 중순에 터키의 외무장관 샘이 바쿠에서 제이한까지의 파이프라인에 카자흐스탄의 원유를 보내는 확답을 받기 위해 방문했다. 이 때, 카자흐스탄 수상 토카예프(Kasymzhomart Kemelevich Tokayev)는 "수출용 파이프라인은 많을수록 좋다."는 말만 하고 바쿠에서 제이한까지의 파이프라인을 통한 원유수송에 적극적인 반응을 보이지는 않았다. 그리고 이렇게 덧붙였다.

"카자흐스탄의 입장에서 우선순위는 (정부가 출자하고 있는) CPC 파이프라인이다."

아제르바이잔으로부터의 원유수송정지조치

카자흐스탄 대통령 나자르바예프는 그 때까지 1, 2년 동안 러시아 쪽으로 기우는 외교자세를 취했다. 2000년 6월에 모스크바에서 개최된 독립국가공동체(CIS) 정상회의 때에도 러시아대통령 푸틴과의 양국 정상회담은 '따뜻한 분위기' 였다고 러시아의 신문은 소개했다.

그 후에 개최된 타지키스탄에서의 상해 5개국 정상회의에서도 러시아, 중국 정상과의 긴밀한 관계가 강한 인상을 주었다. 6월 하순에는 카자흐스탄 남부유전에서 산출되어 정제가 끝난 석유를 중국 북서부까지 철도로 수송하는 수출루트가 가동되기 시작했다고 발표했다.

미국이 카자흐스탄 문제 때문에 애를 태우고 있다는 것은 7월에 미국에서 보도된 나자르바예프 스캔들에도 잘 나타나 있었다. 엑슨 모빌 등, 미국계 석유기업 3개 사가 이권획득을 위해 총액 3천5백만 달러의 공작자금을 나자르바예프 등 카자흐스탄 정부 고관에게 뇌물로 제공했다는 내용이었다.

2000년, 아제르바이잔의 수도 바쿠는 그 때까지 몇 년 동안 원유경기에 들끓는 외국기업의 진출에 의해 번성을 누렸던 것이 믿어지지 않을 정도로 조용한 도시로 변해 있었다. 약 1년 동안에 터키계열 기업이 주체가 되어 2백 개 이상의 외국기업이 바쿠에서 철수했다. 아제르바이잔의 원유개발이 생각했던 것만큼 진전되지 않았기 때문이다.

그 때까지 2년 동안 아제르바이잔의 주요 해저유전인 아젤리, 티라그 광구(두 광구를 합한 원유매장량은 46억 배럴)의 북쪽에서 개발을 추진하고 있던 두 개의 광구에서 원유가 발견되지 않자 기업들이 철수한 것이다. 영국의 BP가 주체가 되고 일본의 기업도 참가했던 AIOC의 생산량은 당시 하루에 11만 배럴에 머물러 있어 하루 목표인 60만에서 65만 배럴과는 큰 차이가 있었다. 아제르바이잔 국영석유 쪽은 하루에 17만 배럴을 생산했지만 대부분 국내수요로 돌려져 수출을 할 여력은 없었다. 그 결과, 아제르바이잔의 수출용 원유는 당시에 하루 생산량 11만 배럴밖에 되지 않아 처음의 예상을 크게 밑돌았다.

이 때문에 영향을 받은 것이 북쪽 루트로 불리던 바쿠에서 노보로시스크에 이르는 파이프라인이었다. 2000년 6월 하순에 아제르바이잔은 이 파이프라인으로의 원유 수송을 정지했다. 제1차 체첸분쟁에 의해 파이프라인이 정지되었을 때에도 러시아 측이 철도수송으로 그럭저럭 이어져 온 원유수송이 아제르바이잔 측에 의해 중단되자 러시아는 큰 충격을 받았다.

아제르바이잔의 원유는 세 가지 루트를 통하여 외국으로 수출되고 있었다. 하나는 노보로시스크까지의 루트, 또 하나는 그루지야의 흑해 연안 선적항 수프사까지의 루트로 용량은 둘 다 연간 5백만 톤이었다. 또, 바쿠에서 그루지야의 바투미(Batumi)까지 철도로 수송되는 루트도 있는데 이것은 연간 3백만 톤까지 수송이 가능했다.

러시아는 1999년부터의 제2차 체첸분쟁 때문에 파이프라인의 가동이 정지되는 사고가 발생할 때마다 철도수송으로 전환하는 방법 등을 통해서 대처해 왔다. 또, 1억4천만 달러를 들여 체첸공화국을 우회하는 바이패스(Bypass)의 파이프라인을 건설, 그것이 2000년 4월에 완성되었다.

러시아의 입장에서는 노보로시스크 루트를 유지하기 위해 지금까지 노력해 온 결과가 아제르바이잔 측의 일방적인 수송정지조치로 나타났다. 러시아 측은 분노했고 국영파이프라인회사 트란스네프티는 즉시 아제르바이잔 측에 대해 2천9백만 달러의 위약금을 요구한다고 발표했다. 러시아 측에 의하면, 2000년에는 이 루트를 이용하여 2백30만 톤의 아제르바이잔 산 원유를 수송한다는 협정이 이루어져 있는데 그 때까지 수송에 이용되는 양은 10분의 1이하인 20만 톤 정도밖에 이행할 수 없는 상황이 발생했기 때문이라는 것이었다.

러시아의 요구에 대해 아제르바이잔측도 저항을 보였다. 전년도 이후부터 원유수송이 자주 정지된 잘못은 자기들에게는 없다는 것, 또 체첸분쟁 당시에 보도된 것처럼 체첸 영내에서 원유를 몰래 빼내는 일이 자행되고 있다는 이유를 들어 위약금 요구에는 응할 수 없다는 의향을 표명했다. 위약금 청구는 2000년도의 수송 실적이 집계되어야 비로소 근거가 발생하는 것으로 중반시점에 수송이 정지되었다고 해서 위약금을 청구한다는 것은 정당하지 않다는 주장도 했다.

이렇게 해서 바쿠에서 노보로시스크에 이르는 파이프라인은 존폐위기에 몰렸다. 아제르바이잔으로부터의 원유수송은 기대할 수 없는 상황이 벌어졌다. 아제르바이잔의 원유수출상황에서 보면 그루지야를 경유하는 파이프라인과 철도, 두 가지 루트로도 충분했기 때문에 바쿠 원유의 수송에서 러시아가 실질적으로 배제될 가능성이 매우 강했다.

당황한 러시아의 트란스네프티는 우선, 아제르바이잔에서 조업하는 석유회사에 대해 톤 당 15달러인 수송요금을 톤 당 10달러 이하로 인하할 용의가 있다는 발표를 했다. 그러나 경합을 벌이고 있는 그루지야 · 수프사까지의 루트는 톤 당 3달러 정도이기 때문에 그 제안이 석유회사의 관심을 끌기는 어려웠다. 그러자 러시아는 바쿠 원유에만 의존할 수 없다는 듯 다른 나라에서 산출되는 원유 수송에까지 손을 뻗었다. 노보로시스크 루트를 존속시키기 위해 더욱 초조해진 것이다.

아제르바이잔에서의 천연가스 발견

아제르바이잔의 입장에서는 뜻밖의 희소식이 있었다. 1999년에 카스피 해의 아제르바이잔 측 대륙붕 광구에서 상당히 큰 천연가스전이 발견된 것이다. 개발 주체인 영국의 BP에 의하면 채굴이 가능한 천연가스 및 천연가솔린의 매장량은 7천 억 입방미터에서 1조 입방미터에 이른다고 했다.

아제르바이잔의 이 천연가스 발견은, 역시 계획이 진행되고 있던 카스피해 횡단 천연가스파이프라인 건설에 영향을 끼쳤다. 이 파이프라인은 천연가스 생산국인 투르크메니스탄에서 카스피 해 해저를 경유하여 바쿠에서 터키로 빠져나가는 수출루트를 건설하는 프로젝트였다. 원유 대신 천연가스를 발견한 아제르바이잔의 대통령 헤이다르 알리예프는 1999년 연말, 천연가스 수출에 나서겠다는 의향을 표명했다. 그런데 카스피 해 횡단 파이프라인을 이용하여 자국에서 산출된 천연가스를 50%이상 수송할 수 있는 경우에만 이 파이프라인 건설에 참가하겠다고 말해서 투르크메니스탄 대통령 사파르무라트 니야조프(Saparmurat Niyazov)를 화나게 했다.

카스피 해 횡단 천연가스 파이프라인은 투르크메니스탄 산 천연가스를 아제르바이잔과 터키를 경유하여 유럽까지 수출하는 것만을 전제로 계획되고 있었기 때문이다. 이 파이프라인을 이용하여 연간 3백억 입방미터를 수출(터키에 백60억 입방미터, 유럽용으로 백40억 입방미터)할 계획으로 이루어져 있었다. 여기에서 만약 투르크메니스탄이 파이프라인 전체 용량의 절반밖에 이용할 수 없게 된다면 투르크메니스탄의 입장에서 볼 때, 카스피 해 횡단 파이프라인의 경제적 의의는 크게 줄어들게 된다.

원래 투르크메니스탄과 아제르바이잔 사이에는 카스피 해의 원유광구를 둘러싼 대립이 있었다. 일찍이 투르크메니스탄은, 아제르바이잔의 주력 석유인 티라그의 일부, 아젤리의 전부가 자국에 소속되어 있는 것이라고 주장한 적이 있었다. 그래서 아제르바이잔이 별도의 광구를 투르크메니스탄에 양보했지만 양국 사이의 집착은 사라지지 않았다.

이 사실을 간파한 러시아는 빠르게 움직였다. 2000년 1월에 가즈프롬 사장인 렘 뱌히레프(Vyakhirev)는 아슈하바드(Ashkhabad)를 방문하여 투르크메니스탄에서 30년 동안, 매년 최대 5백억 입방미터의 천연가스를 구입하겠다는 논의를 벌였다. 정식 협정에는 이르지 않았지만 그 후에 양국 사이에는 2000년 2백억 입방미터, 2001년 3백억 입방미터를 구입한다는 협정이 이루어졌다.

투르크메니스탄과 가즈프롬 사이에는 가즈프롬이 지배하는 가스 파이프라인으로 국산 천연가스를 반출하는 문제를 둘러싼 대립이 오랜 세월 동안 이어지고 있었다. 가즈프롬의 입장에서 볼 때 풍부한 천연가스 매장량을 가지고 있는 투르크메니스탄은 천연가스를 수출하는 경합 상대였다. 1990년대에는 이 대립 때문에 몇 년 동안 국산천연가스 수출이 중지되는 사태도 있었다. 그러나 러시아 국내의 천연가스 부족 현상이 현실화되면서 러시아가 투르크메니스탄으로부터 천연가스를 구입한다는 방침으로 일대 전환을 보인 것이다.

1999년 11월, 터키의 이스탄불에서 개최된 유럽안보협력기구 정상회의에서 투르크메니스탄을 비롯한 관계국 정상은 천연가스를 수송하기 위한 카스피 해 횡단 파이프라인 건설 의사를 확인한 이스탄불선언에 조인했다. 그 불과 두 달 뒤에는 러시아가 투르크메니스탄에 천연가스를 대량으로 구입하겠다는 제안을 하여 투르크메니스탄의 입장에서 볼 때 이 파이프라인의 필요성을 대폭으로 저하시키는 움직임에 나섰다.

당황한 미국은 3월에 벡텔, 로열더치셸 등으로 구성되는 파이프라인건설 컨소시엄을 개최하게 하여 총액 20억 달러에 이르는 카스피 해 횡단파이프라인 프로젝트를 투르크메니스탄 측에 제안하게 했다. 그러나 니야조프는 적극적인 반응을 보이지 않으면서, 만약 건설을 추진하고 싶다면 미국 측에서 대폭적인 융자를 포함한 보증을 해달라고 미국의 특사에게 말했다. 한편, 아제르바이잔에서 천연가스를 개발하는 주체인 영국의 BP는 독자적으로 2002년 연말부터 기존 루트를 사용하여 천연가스를 터키로 수출한다는 계획을 발표, 카스피 해 횡단 천연가스 파이프라인의 전망은 더욱 어두워졌다.

카스피 해 제국과의 관계 회복

이런 상황 속에서 5월에 이루어진 푸틴의 투르크메니스탄 방문은 투르크메니스탄이 러시아 측에 더 가깝다는 사실을 확인하는 의미를 띤 것이었다. 푸틴과 니야조프의 회담에서는 러시아가 구입할 천연가스의 가격문제가 화제가 되었다. 여기에서는 푸틴의 실무자적 측면을 확인시켜줌과 동시에 에너지 분야에 대한 강한 관심을 엿보게 해 주었다.

7월 상순에는, 타지키스탄에서 개최된 상해 5개국 정상회의에 참석한 당시의 중국국가주석 장쩌민(江澤民)이 돌아오는 도중에 투르크메니스탄을 방문하여 천연가스 수입문제에 관하여 이야기를 나누었다. 그 5년 전부터 사업화 조사가 진행되고 있던 프로젝트는 투르크메니스탄에서부터 7천 킬로미터에 이르는 천연가스 파이프라인을 카자흐스탄, 우즈베키스탄을 경유하여 중국 영토까지 건설한다는 것으로 총 사업비는 100억 달러를 넘을 것으로 예상이 되었다. 이 프로젝트를 촉진하기 위해 중국, 투르크메니스탄 양국의 정상은 정부수준의 작업그룹을 만든다는 데에 합의했다. 이런 중국의 도움도 빌려, 러시아는 투르크메니스탄과의 관계를 부활시키는 데에 성공했다.

전년도 11월, 이스탄불에서 미국과 터키의 주도로 바쿠에서 제이한까지의 원유파이프라인과 카스피 해 횡단 천연가스 파이프라인 건설을 다룬 이스탄불 선언에 관계국들이 조인을 했을 때에는 반년 후의 이런 상황은 아무도 예상하지 못했다.

러시아는 체첸공화국을 다시 지배하는 입장으로 복귀함으로서 카프카스 지역에 대해 권위를 되찾게 되었다. 이것으로 안전보장과 외교 양면에서 큰 압력을 느낀 것은 같은 지역의 아제르바이잔과 그루지야였다. 그 때문에 양국은 모두 러시아의 푸틴정권과 양호한 관계를 유지하겠다는 뜻을 보였다. 아제르바이잔은 러시아의 석유기업이 아제르바이잔에서 새로운 원유개발에 참가하는 것도 환영했다.

카스피 해 동부에 위치해 있는 카자흐스탄과 투르크메니스탄도 러시아 쪽으로 외교 방향을 전환했다. 카자흐스탄 대통령 나자르바예프는 신중하게 미국과의 관계를 유지하기 위해 노력했지만 카자흐스탄이 상해 5개국 그룹에 참가해서 러시아 영내를 경유하여 국산 원유를 노보로시스크까지 수송하는 파이프라인을 건설하고 있다는 현실은 카자흐스탄이 러시아에 친밀감을 가지고 있다는 사실을 보여주었다.

투르크메니스탄은 러시아에 대한 입장을 완전히 바꾸어 친밀했던 관계를 부활시켰다. 오랜 세월 동안 이어졌던 가즈프롬과의 대립이 해소되면서 러시아가 이 나라 천연가스의 가장 큰 고객이 되는, 예상하지도 못한 전개가 펼쳐졌기 때문이다.

당연한 일이지만 투르크메니스탄은, 이스탄불 선언에 명기되어 있는 카스피 해 횡단 천연가스 파이프라인 계획에 관심을 잃었다. 평소에 카스피 해 남부의 원유광구 독점을 달갑게 여기지 않았던 상대인 아제르바이잔이 천연가스가 발견되었다는 이유에서 이 파이프라인 용량의 절반을 넘기라는 요구를 해 온 것도 투르크메니스탄의 입장에서는 기분이 나빴다. 계획에 착수하고 있던 벡텔 등 미국계 기업도, 2000년 여름에는 투르크메니스탄의 사무소를 폐쇄하고 투르크메니스탄에서 철수했다.

문제는 미국이 외교적 체면을 걸고 손을 대고 있는 바쿠에서 제이한까지의 원유 파이프라인이었다. 아제르바이잔의 수출 여력으로 볼 때 이 파이프라인의 경제성에는 의문이 제기되고 있었다. 그렇기 때문에 이 파이프라인은 정치성이 매우 강한 파이프라인으로 여겨졌다. 즉, 카스피 해 원유가 이 파이프라인을 통해서 북대서양조약기구(NATO) 가맹국인 터키로 흘러가게 되면 이 지역 정세는 직접 NATO와 관계를 가지게 된다. 러시아는 카프카스와 카스피 해 주변에 NATO가 개입하는 것을 경계하고 있었다.

그러나 후에 러시아는 이 파이프라인에 반대하는 자세를 철회했다. 계기는 2001년에 미국에서 발생한 동시다발테러였다. 푸틴은 미국의 테러와의 전쟁에 협력하는 자세를 보이면서 바쿠에서 제이한까지의 파이프라인에 반대한다는 뜻을 거두어 들였다. 상징적이었던 것은 2001년 12월에 러시아의 석유회사 루크오일이 이 파이프라인 건설사업에 참가하겠다는 의향을 표명한 것이었다.

파이프라인은 2002년 9월에 착공되었다. 그 전달에는 건설 주체인 바쿠 트빌리시 제이한 파이프라인 회사(BTC)가 설립되었는데 영국의 BP를 주체로 미국의 유노컬(Unocal), 일본의 이토츄(伊藤忠) 석유개발, 국제석유개발 등이 참가했다. 이 회사는 2005년 1월에 가동이 될 예정이었지만 역시 하루 생산량 백만 배럴의 원유를 확보할 수 있는가 하는 의문은 남았다.

푸틴은 러시아의 대통령으로서 에너지 외교의 중요함을 전임자인 옐친보다 더 깊이 인식하고 있었다. 이권에 대한 그 자신의 의욕도 매우 강했다. 그러나 2000년 시점에서는, 나중에 푸틴정권의 손길이 국내 석유회사로 뻗치리라고는 아무도 예상하지 못했다.

PUTIN'S RUSSIA | 08

새로운 알루미늄 전쟁과 거대기업의 탄생

주식취득을 이용한 알루미늄산업 지배

푸틴정권이 발족된 2000년 봄, 보리스 베레조프스키가 중심을 이루는 세미야 그룹은 러시아 산업계에서 세력을 확대하기 위해 새로운 움직임을 보이기 시작했다. 베레조프스키와 그 파트너였던 로만 아브라모비치는 석유기업 시브네프트와 자동차판매를 중심으로 삼는 복합기업 로고바즈를 기반으로 삼고 있었다. 그러나 민영화를 통하여 지배 하에 두고 있던 과거의 소련국영항공 에어로프로트 등은 그 이익금을 외국으로 불법송금하고 있다는 의혹이 표면화되면서 영향력을 잃어갔다. 상업은행 부문은 1998년의 금융위기 이후, 거대한 이익을 올리던 과거의 기능을 잃어버렸다. 그들에게는, 경제계에서 폭을 좀 더 넓힐 수 있는 강력한 기간산업 부문이 필요했다.

2000년 2월, 어떤 경제 뉴스가 러시아경제계를 깜짝 놀라게 했다. 시브네프트와 로고바즈의 주주들이 러시아를 대표하는 알루미늄 산업을 지배할 수 있을 정도의 주식을 취득했다는 소식이었다. 주식매수의 대상이 된 것은 러시아 최대의 알루미늄생산기업인 크라스노야르스크 알루미늄 공장(약칭 크루아즈)을 비롯하여 브라츠크 알루미늄 공장(브루아즈), 노보쿠즈네츠크(Novokuznetsk) 알루미늄 공장, 아친스크(Achinsk) 알루미나(산화 알루미늄) 콤비네이트 등의 비철 부문 주요기업이었다. 이것은 러시아로서 연간 알루미늄 수출량 백80만 톤을 자랑하는 전략적 수출산업의 재편성을 의미한다. 사실, 이 움직임은 두 달 뒤에 거대 알루미늄기업의 탄생과 연결된다.

이 갑작스런 기업매수는 반년 가까이 신중하게 준비되었다. 더 복잡했던 것은 복수의 기업을 지배할 수 있는 이 주식 매수극을 같은 시기에 수행하는 것이었다. 여기에 저항하는 기업경영자나 경쟁 상대인 투자가들이 대항수단을 강구하지 못하도록 봉쇄해야 할 필요가 있었기 때문이다. 알루미늄 산업의 주역이 교체된다는 것은 단순히 이 산업분야만의 문제가 아니라 정치적으로도 영향력의 거대한 변화를 의미했다.

이 매수의 주역은 시브네프트의 실질적인 오너이며 전년도에 하원선거에서 하원의원으로 당선된 아브라모비치로 알려졌다. 그리고 역시 하원의원이 되어 있는 베레조프스키도 그 배후에 존재한다고 여겨졌다.

실제로, 베레조프스키는 인터팩스(Interfax) 통신에서 이렇게 선언했다.

"우리는 러시아의 알루미늄 산업의 70%를 지배했다. 이것은 괴로운 사실이다."

크라스노야르스크 지방 지사인 알렉산드르 레베지는 이 지방 최대의 기업인 크라스노야르스크 알루미늄 공장의 지배자가 갑작스럽게 바뀌었다는 데에 강한 불만을 표명했다.

아브라모비치는 이 때 33세. 그 때까지 세미야 그룹의 중요인물이었지만 매스컴에서는 수수께끼의 인물로 다루어졌다. 사회적으로 노출이 두드러지는 선배 베레조프스키와 비교할 때, 극단적으로 표면에 나서는 것을 기피했기 때문이다. 그의 이름이 알려졌을 때, 언론은 그의 얼굴 사진을 입수하는 데에도 상당한 고생을 했을 정도다.

아브라모비치는 소련이 붕괴된 이후, 신생 러시아가 문을 열게 되는 혼란스런 상황 속에서 부각되었다. 1992년, 그가 러시아군용 유조차 55대를 불법으로 손에 넣었다는 소문이 돌았는데 그 유조차를 사용하여 모스크바에서 석유중매인으로 이름이 알려졌다. 베레조프스키를 알게 되면서 1995년부터 96년에 걸쳐 민영화된 석유기업 시브네프트를 공동으로 인수했다. 옐친의 차녀 타치아나도 베레조프스키의 소개로 알게 되었고 어느 틈에 세미야의 금고지기로 지위가 굳어졌다. 그는 해외에서의 부동산 취득, 자금 운용 등에서 천재적인 재능을 발휘했다.

아브라모비치에게 일괄적으로 알루미늄 산업의 주식을 양도할 수 있는 인물들의 정체는 알루미늄 업계에서는 이미 밝혀졌다. 영국의 금속상사 트랜스월드 그룹(TWG)과 러시아에서 그 대리인으로 일하고 있던 레프 체르노이로부터 크루아즈의 주식 40%, 브루아즈의 주식 30% 등이 양도되었다. 또, 아브라모비치는 노보쿠즈네츠크와 아친스크에 대해서는 완전히 극비로 매수교섭을 실시하여 경쟁상대를 제치는 형식으로 주식을 손에 넣었다. 총액으로 어느 정도의 금액인지는 밝혀지지 않았지만 크루아즈만 예를 들어도, 체르노이와 그 파트너는 주식을 양도하는 대가로 합계 5억 달러를 시브네프트로부터 받았다고 알려졌다.

이 주식양도는, 1990년대 러시아의 알루미늄산업을 지배해 온 TWG가 러시아에서 실질적으로 철수했다는 사실을 의미했다.

90년대 초반의 알루미늄 전쟁

소련이 붕괴된 이후, 러시아의 산업은 상당한 혼란에 빠졌는데 특히 알루미늄산업은 심각한 위기에 직면했다. 중간원료인 알루미나(산화알루미늄)의 공급처가 우크라이나 등 다른 구소련 국가에 흩어져 있는 탓에 독립적 경영형태로 바뀐 러시아 국내 알루미늄공장으로의 원료 공급이 갑자기 어려워졌기 때문이다.

이 때, 구세주로 나타난 것이 런던에 본거지를 두고 있는 유태계 금속상사 TWG였다. 트랜스 월드라는 이름대로 그야말로 세계를 대상으로 영업을 하는 이 금속상사는 토우링이라는 가공생산방식을 무기 삼아 러시아에 깊숙이 침투하기 시작했다. 금속상사답게 러시아의 알루미늄공장에 원료인 알루미나를 공급하여 알루미늄을 생산하게 해서 그 알루미늄을 가지고 나가는 시스템이었다. 알루미늄 공장의 입장에서는 원료를 입수하는 수고를 하지 않아도 되고 단순히 공급받은 알루미나를 완성품으로 정련하면 되었다. 공장에 큰 이익을 안겨주지는 않았지만 가동상태를 유지할 수 있는 것만으로 충분히 만족해야 할 상황이었다.

이렇게 해서, 러시아에 있는 대부분의 알루미늄공장은 TWG의 휘하에 들어갔다. 그러나 기업의 지배권을 둘러싼 옛 경영진과 TWG의 공방이 각지에서 치열하게 펼쳐졌는데 러시아에서는 이것을 알루미늄전쟁이라고 불렀다. 실제로, 1990년대 초반에 알루미늄기업경영자 등, 암살에 의한 희생자는 수십 명을 헤아렸다. TWG의 러시아 대리인 레프 체르노이는 남동생 미하일과 함께 마피아와 밀접한 관계를 가지고 있다는 지적을 받았다.

러시아정부도 TWG를 후원했다. 토우링은 분명한 가공무역형태였지만 수출세에는 감면조치가 강구되었다. 옐친정권 아래에서 TWG의 후원자가 되었던 인물은 1996년까지 산업담당 제1부수상이었던 올레그 소스코베츠였다. 러시아정부의 두터운 보호 아래에서 TWG는 토우링 시스템을 이용하여 엄청난 이익을 올렸다. 그러나 TWG의 독점상태도 한 젊은이에 의해 깨어져 버렸다.

1996년, 대통령 선거가 한창일 때에 크렘린의 정쟁에 의해 당시의 대통령 경호국장 코르자코프 일파였던 제1부수상 소스코베츠가 실각했다. TWG는 그 해임을 계기로 몇 기업의 지배권을 포기할 수밖에 없는 상황에 몰렸다. 처음에는 하카시야공화국(Khakassia)에 있는 러시아 제5위의 알루미늄생산기업 사얀 알루미늄공장(약칭 사아즈)이었다.

젊은 알루미늄 공장장 데리파스카

1998년 5월까지 사아즈의 최고 주주는 당시 30세였던 올레그 데리파스카가 이끄는 알루미늄 프로덕트라는 기업이었다. 당시의 주식 소유비율은 데리파스카의 그룹이 40%, TWG는 38%였다. 그러나 사아즈의 사장인 데리파스카는 1998년 5월에 갑자기 이 회사의 주식을 두 배로 증자했고 알루미늄 프로덕트 측이 그것을 취득함으로서 사아즈의 70%의 주식을 소유하게 되었다.

이런 식의 기업탈취가 가능했던 이유는 증자 사실이 TWG측에 알려지지 않았기 때문이다. TWG가 거기에 대해 항의하자 데리파스카는 러시아 중앙 매스컴에 증자 광고를 냈다고 주장하면서 그 사실을 몰랐던 책임은 TWG에 있다고 일축했다. 이 증자로 TWG측의 사아즈 보유 주식 비율은 15%로, 러시아정부의 보유 주식 비율도 마찬가지로 15%에서 6.15%로 떨어졌다.

그 몇 개월 뒤인 1998년 가을에 실시된 사아즈의 정부 보유주식 불하 입찰에서도 알루미늄 프로덕트가 낙찰을 받으면서 보유 주식 비율은 75%이상에 이르렀다. 물론, 이런 강제적인 주식 취득에 대해 TWG는 불법이라면서 재판소에 제소했지만 이렇다 할 성과는 없었다. 원래 데리파스카에게 의뢰하여 사아즈의 주식을 매수하게 해서 사장 자리에 앉힌 것은 TWG였다. 하지만 TWG는 이 젊은이에게 배신을 당하면서 유력한 알루미늄기업의 지배권을 잃었다.

1968년에 태어난 데리파스카는 90년대 초에 모스크바대학 물리학부에 적을 둔 학생 신분으로 러시아의 원자력연료시장에서 중매인으로 일을 시작했다. 1992년에는 국민에게 1인당 1만 루블의 민영화 수표(바우처)를 배포하여 기업의 주식을 사게 하는 바우처 민영화가 실시되었다. 당시 TWG의 러시아 대리인 레프 체로노이가 알루미늄 제품을 공장에서 매입하여 상품거래소에서 교묘하게 팔아치우는 이 청년에게 주목했다. 데리파스카가 운영하고 있던 회사명 알루미늄 프로덕트는 '알루미늄 제품'이라는 의미다. 체르노이는 데리파스카에게 사아즈의 주식을 매수해 달라고 의뢰했다.

사아즈의 노동자들의 증언에 의하면, 1994년 가을에 이 공장과 연결되어 있는 모든 도로에 데리파스카가 이끄는 한 무리의 자동차가 정차하여 노동자들에게 사아즈의 주식을 현금으로 매입한다면서 말을 걸었는데 그 중에서 유난히 큰 소리로 노동자들을 불러 모았던 사람이 방한용 점퍼로 몸을 감싼 26세의 청년이었다. 그리고 한 달 뒤인 94년 11월, 그 청년이 새로운 사장으로 사아즈에 나타나자 노동자들은 깜짝 놀랐다.

TWG는 이 청년의 열성과 행동능력을 높이 사서 사장 자리에 앉힌 것이지만 데리파스카는 그 뒤에서 의뢰인의 돈을 이용하여 사아즈의 주식 상당수를 자신이 운영하는 기업의 명의로 매입했다. TWG측이 이 사실을 깨달았을 때에는 이미 늦었다.

TWG는 사장을 교체하려는 계책을 세웠지만 이미 설명했듯 데리파스카는 주식을 두 배로 증자하여 TWG의 주식 비율을 대폭 낮추는 방법으로 발언권을 빼앗았다. 그 즈음, 레프 체르노이와 미하일 체르노이 형제가 싸움을 하여 헤어졌다는 사실을 데리파스카는 적절하게 이용했다. 동생 미하일 체르노이와 손을 잡은 데리파스카가 결국 승자가 되었다. 미하일은 이즈마일로프 마피아라고 불리는 조직범죄 집단과 관련이 있는 한편으로 연방보안국 등 치안기관에도 친한 친구를 두고 있었다.

데리파스카와 미하일 체르노이의 연합도 역시 기업지배를 둘러싸고 마피아와의 투쟁에서 승리를 이끌어내야 했다. 여기에서 그들은 러시아 중앙의 연방보안국과 내무성 등 치안기관요원을 사아즈가 있는 도시 사야노고르드로 불러들여 마피아와 대결하게 했다. 당시 사야노고르드를 거점으로 삼고 있던 마피아는 타타린(타타르인 人)이라는 별명으로 불리고 있던 타타렌코프(Tatarenkov)가 이끄는 그룹이었다. 결국, 타타렌코프는 모스크바에서 온 수사당국자의 추적을 피하여 그리스로 출국했다.

TWG와 미파아의 항쟁을 승리로 이끌고 사아즈의 지배권을 확립한 데리파스카는 1998년에 철강을 생산하는 사마르제철회사를 매수, 그 사장으로 취임했다. 그 후, 시베리아 알루미늄이라는 지주회사를 설립했다. 데리파스카에게는 단순히 알루미늄 산업에 머무르지 않고 점차 다른 산업으로 사업을 확대한다는 의욕이 있었다. 알루미늄산업과는 비교적 관계가 깊은 항공기회사 아비아코르를 매수하더니 항공기 안토노프70의 생산협력을 위해 우크라이나 항공기회사와의 협력에 총력을 기울였다. 데리파스카는 수출 위주였던 알루미늄 산업의 국내 수요를 촉진하기 위해서도 힘을 쏟았다.

데리파스카는 사아즈의 사장이었던 1996년에 경영학을 가르치는 국민경제 아카데미를 졸업했다. 경영 스타일은 서방측 방식을 적극적으로 도입했지만 노동자에 대한 배려를 느낄 수 없는 냉철함이 있었다. PR활동의 중요성을 인식하고 있던 것도 그의 특징이었다. 알루미늄 기업 경영에 몰두하는 상황에서 데리파스카는, 알루미늄 원료 공급선을 장악하지 않고는 알루미늄 기업의 독립성을 유지할 수 없다고 생각했다. 그 때까지는 실질적으로 TWG가 러시아의 모든 알루미늄 원료공급을 움켜쥐고 있었다. 데리파스카는, TWG와의 전쟁이 피할 수 없는 상황에까지 찾아왔음을 느꼈다.

영국자본 금속상사 TWG의 패배

1999년 가을, 모스크바 정부 빌딩으로 통하는 도로 좌우에는 상반되는 내용의 슬로건을 내건 두 개의 커다란 간판이 서 있었다.

"토우링을 금지하라. 러시아의 강탈은 이미 충분하다."

"토우링 금지는 러시아의 파멸이다."

이것은 그 때까지의 러시아의 알루미늄 산업을 지탱해 온, 원료 알루미나를 들여와 가공 정련해서 수출하는 시스템인 토우링의 존폐를 둘러싼 러시아에서의 '새로운 알루미늄 전쟁'의 시작을 예고했다.

1990년대 초반의 알루미늄 전쟁과 다른 점은 이미 TWG는 알루미늄 산업에 대한 광범위한 영향력을 잃고 있었다는 것이다. TWG는 금속상사로서 생산과 판매의 중개역할을 담당했지만 러시아의 알루미늄 기업은 독자적으로 중개 상사를 찾아 판로를 개척해 갔다.

TWG측에서 데리파스카에 대항한 인물은 크라스노야르스크의 러시아 최대의 알루미늄 기업 크루아즈의 주식을 보유하고 있던 레프 체로느이였다. 다른 알루미늄 공장의 대표자들은 중립을 지켰다. 그들은 데리파스카를 내세워 싸우게 하고 TWG가 패배하면 자신들의 공장에서 TWG의 영향력을 완전히 배제할 생각이었다.

1999년 중반, 데리파스카는 기자회견을 통하여 충격적인 선언을 했다. 그의 기업 시베리아 알루미늄 그룹이 모든 토우링 사업을 포기한다는 방침이 그 내용이다. 이 그룹은 1999년 안에 결산을 이행하고 3년 안에 주식을 공개하기로 했다. 기업회계의 투명성을 높여 외부로부터의 자본을 도입한다는 생각을 명확히 한 것이다.

시베리아 알루미늄 측이 모스크바에 '토우링 반대' 간판을 내걸기 시작했다. 그러자 TWG측도 지지 않고 '토우링 존속'을 주장하는 간판을 내세우며 대항했다.

결국, 국가부패방지위원회가 1999년 12월에 "토우링을 실시하고 있는 기업이 토우링에 대한 관세 감면조치를 연장하기 위해 정부의 고위 관리들에게 3천만 달러의 뇌물을 제공했다."는 비판 내용을 발표하면서 승부가 정해졌다. 데리파스카의 홍보 활동을 포함한 공작의 성과였다.

정부위원회는 경영문제에 관하여 국내 토우링 사업에 대한 관세감면 조치를 2000년 1월 1일부터 폐지했다. 수상에서 대통령으로 취임한 푸틴도 개인적으로 토우링 폐지를 시사했다. 데리파스카의 완전한 승리였다. TWG가 얻었던 높은 이익이 사라지는 것이 눈에 보였다. 다음으로 기다리고 있는 것은 러시아에서 TWG의 철수였다.

레프 체르노이는 TWG를 단념하고 자신의 거점인 크루아즈에서의 증자를 목표로 삼았다. TWG가 소유하고 있는 크루아즈의 주식 비율을 2%까지 끌어내려 자신의 지배권을 확립한다는 계획이었다. 그러나 이 계획은 실현되지 않았다. 체르노이의 입장에서 볼 때 강력한 적이 되는 인물을 데리파스카가 파트너로 삼았기 때문이다.

그 인물은, 1998년 봄에 전력독점업체 통일에너지 시스템(UES)의 사장으로 취임한 아나톨리 츄바이스였다. 알루미늄 산업은 다른 산업과 비교할 때 전력소비량이 많아서 전력업체와의 밀접도가 매우 깊다. 데리파스카는 나름대로 독창적이 계획을 가지고 츄바이스에게 접근했다.

그의 계획은 알루미늄기업인 사아즈와 UES산하의 러시아 최대 규모를 자랑하는 수력발전소 사야노 슈센스코예를 합병시키자는 것이었다. 합병을 하여 에너지, 알루미늄 정련이 일체화된 복합기업 사얀을 창설한다. 전력 재편성을 생각하고 있던 츄바이스는 이 생각에 관심을 가졌다. 사얀이 실현되면 잇달아 이런 형태의 에너지 · 금속 복합기업이 만들어질 가능성이 있다. 막대한 전력을 소비하는 알루미늄 생산은 내부로부터 전력을 낮은 단가로 공급할 수 있게 된다.

TWG의 독점을 무너뜨린다는 목적을 가진 데리파스카의 토우링 폐지 주장은 츄바이스의 후원을 얻어 정부를 움직였다. 1990년대의 대부분을 정부의 중추에서 민영화를 위해 움직여 온 츄바이스에게 있어서 이 정도의 영향력을 행사하는 것은 아무 것도 아니었다. 데리파스카는 츄바이스의 정치적 영향력을 짧은 기간 동안 최대한으로 이용했다.

데리파스카의 다음 목표는 구소련에서 최대의 알루미늄생산기업이었던 우크라이나의 니콜라예프스트 알루미나 콤비나트의 지배권이었다. 원료인 보크사이트(bauxite : 알루미늄의 원광)에서 알루미나를 생산하는 이 기업은 그 때까지는 TWG의 지배 아래에 있었다. 2000년 1월, 데리파스카와 그 협력자인 츄바이스가 우크라이나 대통령 레오니트 쿠치마(Leonid Kuchma)와 회담을 갖고 정부가 보유하고 있는 니콜라예프스크 알루미나 콤비나트의 주식을 불하해 달라는 요청을 했다.

니콜라예프스크 알루미나 콤비나트는 새로운 알루미늄 전쟁의 승패를 결정짓는 마지막 전쟁터가 되었다. 2000년 2월, 이 콤비나트의 정부보유주식 36%가 민영화 입찰에 붙여졌다. 낙찰을 받은 것은 시베리아 알루미늄의 우크라이나 자회사 우크라이나 알루미늄이었다. 이것으로 데리파스카의 그룹은 이 회사의 주식 66%를 손에 넣게 되었다. 전년도에 쿠치마가 재선거를 치렀을 때, 데리파스카가 자금을 제공했다는 우크라이나 매스컴의 보도를 뒷받침해주는 결과였다.

세미야 그룹의 참전

데리파스카에게 잇따라 고배를 마신 TWG가 러시아에서 머무를 장소는 거의 없었다. 물론, 아직도 많은 금속관련기업에 TWG의 주식은 남아 있었다. 그러나 TWG가 데리파스카에게 패배하는 모습을 관찰해 온 경영자들은 TWG의 영향력을 배제하기 위해 움직이기 시작했다.

TWG의 입장에서는 하루라도 빨리 러시아의 주식을 매각하고 러시아에서 철수하는 수밖에 방법이 없었다. 그러나 서방측에서는 이렇게 위험성이 많은 러시아의 주식은 가격을 대폭으로 인하하지 않고는 팔 수 없다. 한때는 크루아즈 지배를 목표로 삼았던 체르노이는 그 목표를 포기하고 자신이 소유하고 있는 크루아즈 주식을 매각하기로 결정했다. 그러나 전면적으로 물러난 것은 아니라 반격할 기회를 엿보고 있었다.

데리파스카 측의 파트너인 츄바이스에게 대항할 수 있는 인물이 필요했다. 그래서 레프 체르노이는 베레조프스키에게 주식을 양도하겠다는 뜻을 밝혔다. 그리고 그의 중개로 시브네프트의 소유주인 아브라모비치와의 상담이 성립되었다. 츄바이스 · 데리파스카 연합으로부터 자신의 산업이권을 지키기 위해 세미야 그룹에 도움을 요청한 형식이었다.

그리고 베레조프스키가 알루미늄 산업의 70%를 장악하고 있다고 호언한 대규모 주식양도가 비밀리에 실현되었다. 물론 따돌림을 당한 시베리아 알루미늄 측은 낭패를 볼 수밖에 없었다. 사아즈의 공장장 브루이킨은 라디오방송을 통하여, "이것은 사실이 아니라 선전에 지나지 않는다."고 말했는데 이 말에는 억울함이 잘 나타나 있었다. 데리파스카는 기자회견에서, 기업의 주식이 이 정도로 한 곳에 집중되었다는 데에 대하여 독점금지법 위반으로 고소하겠다고 말했다.

레프 체르노이는 아직 희망을 버리지 않았다. 주식을 매수한 쪽은 분야가 전혀 다른 석유기업으로 알루미늄 산업에 대해서는 문외한이다. 그래서 시브네프트로부터 얻어낸 자금으로 크루아즈의 경영자를 구슬려 데리파스카에게 대항한다는 것이 체르노이의 전략이었다.

2000년 3월부터 4월에 걸쳐 츄바이스 · 데리파스카 연합은 주로 크루아즈를 타깃으로 삼아 새로운 공세를 폈다. 우선, UES산하의 지역전력기업 크라스노야르스크에네르고는 크루아즈에 대한 전력요금을 50% 인상했다. 또, 불법 전력사용에 대해 크루아즈에 30억 루블의 손해배상을 청구했다.

그리고 시베리아 알루미늄은, 지배 하에 두고 있는 니콜라예프스크 알루미나 콤비나트가 4월에 크루아즈에 알루미나를 공급하기로 한 계약을 파기할 생각이 있다고 표명했다. 4월의 공급계약분 알루미나 10만 톤은 크루아즈의 원료수요에서 3분의 2를 차지하고 있었다. 이 원료공급을 중지하겠다는 협박은 크루아즈에 대한 최후통첩이라는 의미였다. 그리고 시베리아 알루미늄 측은 대체방안으로서 이 회사와 베레조프스키 그룹의 평화공존협정 가능성을 제외하지 않는다고 말했다.

베레조프스키 · 아브라모비치 연합은 여기에 대응하여 데리파스카에게 새로운 동맹을 맺자고 제안했다. 데리파스카도 이 제안을 받아들였다. 그도 세미야 그룹을 상대로 오랫동안 힘든 싸움을 계속할 마음은 없었다. 상대방에게는 거대한 자금과 중앙의 후원자가 있다. 동맹을 맺는 쪽이 안전하다.

이것을 계기로 데리파스카와 츄바이스의 관계는 급속도로 식어갔다. 구체적으로는 두 사람이 에너지 · 금속복합기업 사얀을 설립한다는 구상이 파기되었다. 데리파스카가 세미야 그룹으로 기울면서 츄바이스는 데리파스카에게 이용당했다는 쓰라린 기억만이 남았다.

산업마피아와 세미야의 결탁

2000년 4월, 크루아즈에는 시베리아 알루미늄에서 경영진이 들어와 시브네프트와 시베리아 알루미늄 각각의 보유 주식을 합하여 러시아 알루미늄(약칭 루사르)을 설립한다고 발표했다. 새로운 회사는 러시아 알루미늄 생산의

70% 이상을 점유하여 연간 매상 총액은 70억 달러를 넘을 것으로 예상되었다. 사장은 데리파스카이고 경영진도 그 휘하의 인물들이 차지했다. 중앙정부는 이 괴물 같은 독점기업을 두 말 없이 승인했다.

새로운 회사의 주식 보유 내역에 관하여 표면적으로는 데리파스카와 아브라모비치가 50%씩이라고 발표되었다. 그러나 데리파스카가 보유하고 있는 자신의 주식은 20%뿐이고 나머지는 오랜 파트너인 미하일 체르노이와 그 그룹이 보유하고 있다는 소문이 나돌았다. 유태계인 미하일 체르노이는 이스라엘에 거주하는 몸으로 데리파스카에게 영향력을 행사하고 있다는 소문이었다. 그는 몇 가지의 범죄혐의 때문에 서방측의 수많은 국가로부터 입국이 금지되어 있고 이스라엘에서도 출국이 금지 당한 상태에 놓여 있었다.

한때, 유럽에서 가장 우아한 독신자라고 불렸던 데리파스카는 2001년 2월, 전 대통령부 장관 발렌틴 유마셰프의 딸 폴리나와 결혼했다. 그리고 그로부터 8개월 후, 옐친의 차녀 타치아나는 유마셰프와 재혼했다. 데리파스카는 옐친의 딸의 사위, 즉 전 대통령의 손자에 해당하는 입장이 되었다.

이것은 데리파스카에게 커다란 의미를 부여했다. 1999년 연말, 옐친이 임기를 남겨두고 앞당겨 퇴진을 할 때, 푸틴은 대통령 가족을 소추하지 않는다는 약속을 했다고 알려져 있었는데 데리파스카도 이 약속에 해당될 가능성이 있었기 때문이다.

국제사회는 데리파스카를 경계했다. 2000년 연말, 세계경제 포럼 사무국은 이듬해의 다보스 회의에 데리파스카의 출석을 거부한다는 통고를 했다. 데리파스카와 미하일 체르노이의 관계가 그 이유였다. 그러나 데리파스카는 시베리아 알루미늄을 바조브 엘레멘트로 개칭하고 그것을 기반으로 삼아 자동차, 펄프, 보험업계 등으로 손을 뻗쳤다.

2000년 봄의 거대알루미늄 기업의 탄생은 세미야 그룹과 데리파스카를 표면에 내세운 산업마피아그룹의 결합을 상징했다. 세미야는 단번에 규모를 확대했는데 그 배후에는 베레조프스키의 마음속에 부풀기 시작한 푸틴에 대한 불신감이 있었다. 세미야는 자기 확대를 계속하면서 푸틴정권에 대한 대항능력을 천천히 비축해 갔다.

PUTIN'S RUSSIA | 09

미국의 새로운 정권과 러시아외교의 전환

러시아를 모르는 새로운 대통령 부시

2001년 1월의 미국의 정권교체는 미국과 러시아 관계의 변질을 의미했다. 조지 부시 공화당 정권이 처음에 제시한 외교정책은 클린턴 전 민주당 정권과는 달리 러시아 측이 예상한 것 이상으로 러시아에 대해 엄격했다. 이것을 단순히 전통적인 공화당의 정책자세만으로 돌릴 수는 없다.

1998년 여름의 러시아의 금융파탄을 경계로 러시아의 서방측에 대한 외교는 분명히 변화했고 푸틴정권이 들어서면서 그런 흐름에 더욱 박차가 가해졌다. 우선 외교 면에서, 미국과 떨어져 미국이 바람직하게 생각하지 않는 국가들과 새로운 외교관계를 구축, 나아가 지금까지 러시아를 떠나 있던 것으로 비쳐진 구소련 국가들과의 재접근 움직임이었다.

1990년대 미국의 클린턴정권은 러시아와의 전략적 파트너십 관계를 축으로 삼아 외교정책을 전개했는데 러시아에 대한 금융, 경제지원으로 시장경제 이행과 민주화를 촉진하면서 러시아를 외교적으로 컨트롤하는 것이 목적이었다. 한편, 북대서양조약기구(NATO)의 동방확대나 구 유고슬라비아의 세르비아 공격에서는 러시아의 불만과 반대를 봉쇄해 왔다.

그러나 미국 정권이 러시아에 대한 정책에서 성공을 거둔 부분은 그것뿐, 중요한 의미를 차지하는 러시아의 시장경제이행은 1998년의 러시아 금융위기, 즉 채무불이행(디폴트)으로 인해 사실상 중단되어 있었다. 현안인 러시아 민주화도 체첸분쟁과 옐친의 후계자인 푸틴정권의 중앙집권화 정책에 의해 미국의 기대와는 크게 벗어난 양상을 띠고 있었다.

그렇기 때문에 2000년의 미국 대통령선거 캠페인 때에는 '후 로스트 러시아'(누가 러시아를 잃게 했는가)라는 논의가 쟁점으로 부각되었다. 이 말에는, 미국이 손 안에 장악하고 있던 러시아가 이제는 그 손에서 벗어나 컨트롤 할 수 없는 존재가 되었다는 인식이 배어 있었다. 공화당 측은 민주당 정권이 추진한 러시아 지원이 결국은 러시아의 올리가키로 불리는 신흥재벌집단과 부패정치가를 양산했다고 비판했다. 이 논의는 미국 민주당 정권의 입장에서는 상당한 마이너스 포인트로 작용하여 미국 대통령선거에서 민주당 측이 패배를 맛보는 요인의 하나가 되었다.

그렇기 때문에 새로운 부시정권이 클린턴정권의 러시아에 대한 정책을 이어갈 생각이 없는 것은 분명했다. 부시 자신이 러시아에 대한 인식이 결여되어 있다는 점은, 민주당 대통령 후보인 고어와의 텔레비전 토론에서 러시아의 전 수상 체르노미르딘을 부패정치가의 한 예로 들었던 실언에도 나타나 있었고 러시아의 인맥도 매우 적었다.

굳이 부시에게 과거에 러시아 인맥이 있었다고 한다면 그것은 당시에 크라스노야르스크 지방 지사였던 알렉산드르 레베지 정도였다. 1996년의 러시아 대통령선거 이후, 한때 레베지가 옐친정권의 안전보장회의 서기를 담당하면서 대통령 후보로 인기가 높았던 시절, 미국 공화당은 레베지와 인맥을 구축하기 위해 96년 가을에 그를 미국으로 초대했다. 그 당시, 텍사스 주지사였던 부시는 레베지를 텍사스로 불러 친구관계를 구축했다. 레베지가 그 후, 러시아공화당을 창설한 것도 그 영향 때문이었다.

이처럼 러시아 정치가들 안에 레베지 이외에는 특별한 인맥이 없고 외교경험도 부족한 부시는 러시아에 대한 외교 구축 문제는 당연히 충고나 조언에 의존할 것이라고 여겨졌다. 그래서 국무장관 콜린 파월과 안전보장문제담당 대통령보좌관 콘돌리자 라이스 두 사람이 미국과 러시아 관계에 큰 열쇠를 움켜쥔 존재로 주목을 모았다.

대통령 보좌관 라이스의 소련에 대한 경력

파월은 통합참모본부의장으로서 걸프전을 지휘한 군인이기 때문에 당연히 군의 의향을 배경으로 삼아 러시아에 대해 경계심을 가지고 있는 인물이라고 쉽게 추측할 수 있었다. 단, 융통성이 없는 대 러시아 강경파라는 이미지는 없었기 때문에 대화에도 어느 정도 적극적일 것이라고 예상되었다.

오히려 러시아 전문가로서 대 러시아외교에 주도적인 역할을 담당할 것으로 보인 인물은 라이스였다. 그녀는 이미 1980년대 후반, 즉 부시의 아버지 시대인 구 부시정권 아래에서 국가안전보장회의(NSC)의 소련문제담당 직원으로서 독일 통일을 둘러싼 대 소련 교섭 등에 참여한 경험이 있었다. 구소련의 고르바초프 정권과의 교섭에서 독일 통일을 성취시킨 것은 미국의 대 소련외교의 화려한 성과였기 때문에 그 일익을 담당한 인물로서 보좌관으로 기용된 것이었다.

라이스는 그 때까지 8년 동안 스탠포드대학에서 대학경영 실무를 담당하는 교무사무관장으로서 연구소 통폐합 등에 실력을 발휘했다. 보좌관으로 취임할 당시에 46세의 독신 흑인여성으로 이 정도의 경력을 갖출 수 있었던 것은 19세에 대학을 졸업했다는 우수한 두뇌를 가지고 있었기 때문이다. 15세에 덴버대학에 입학했는데 그 때 가르침을 받은 교수가 전 체코 외교관인 요셉 코벨, 즉 클린턴정권에서 국무장관을 담당했던 마들렌 올브라이트의 아버지였다. 그 영향도 있었는지 학위 논문은 소련과 체코의 군부끼리의 관계가 주제였다. 단, 당시의 논문 심사를 맡았던 학자들의 평가에 의하면 사실과 프로파간다의 혼동이 엿보여 교조주의적인 결론을 내린 경향이 보였다고 한다.

1990년대의 대부분을 대학경영에 종사해 왔다는 라이스의 과거를 보고 러시아의 최신 내부사정에는 그다지 정통해 있지 않을 것이라고 생각하는 견해도 있었다. 그것은 라이스가 지도했을 텔레비전 토론에서의 체르노미르딘에 대한 부시의 명예훼손에 가까운 실언을 통해서도 추측할 수 있다.

또, 주목해야 할 점은 라이스의 석유기업과의 관련성이었다. 메이저의 하나인 셰브론은 라이스를 사외 중역으로 영입하여 주식도 제공했다. 스탠포드대학의 교수 동료였던 전 국무장관 조지 슐츠, 그리고 아버지 부시정권 시대에 라이스를 정권으로 불러들인 전 대통령 보좌관 브랜트 스코크로프트 등과 함께 석유기업의 로비스트 역할을 담당하고 있었다. 텍사스를 기반으로 삼고 있는 부시는 석유 메이저에 대한 영향력이 매우 강할 것으로 여겨졌는데 라이스도 비슷했다. 라이스는 클린턴정권의 대 러시아 외교를 '지나치게 로맨틱하다'고 비판하고 있었다.

러시아를 경시하는 자세

러시아에 대한 새로운 미국 정권의 새로운 자세는 2001년 3월에 미국을 방문한 안전보장회의 서기 세르게이 이바노프(그 후 국방장관으로 취임)를 대할 때에 명확히 제시되었다. 이바노프는 푸틴의 KGB시절 동료였다. 푸틴과 가까운 이 인물에 대해 부시정권은, 러시아와는 심각한 대립관계가 존재하며 미국 측에서 그것을 해소하기 위해 적극적으로 움직이는 일은 없을 것이라고 설명했다. 그리고 파월과 라이스는 마치 협박을 하는 듯한 말투로 러시아를 견제했다.

"러시아는 미국의 계획 실행을 방해할 수 없으며 만약 그런 행동을 하게 된다면 사태는 더욱 악화될 것이다."

부시정권에서는 러시아를 이제 대국으로 볼 필요가 없다는 결정도 내려졌다. 러시아의 현실적인 입장을 생각할 때 클린턴 전 정권이 불합리하게 높이 평가했다는 것이 그 이유였다. 그 때까지 정기적으로 개최되었던 미국 부통령과 러시아 수상을 축으로 하는 양국간위원회 '고어 · 체르노미르딘 위원회'도 무기한 중지한다는 뜻을 미국 측이 일방적으로 결정했다. 미국무성이 러시아국(局)을 폐지하는 등, 마치 이것 보라는 듯한 러시아 경시 자세를 보였다.

물론 이것은 러시아에 대한 부시정권의 독특한 외교적 브러프(bluff : 약하면서 강한 척 행동하여 심리전에서 승리를 거두기 위한 작전)일 가능성도 있었다. 대우를 받으려는 자세를 먼저 강조하고 러시아 측이 굽혀 준다면 다시 생각해 보겠다는 뜻도 비추는 형식이었다.

"우리는 모든 회담을 받아들일 준비가 되어 있습니다. 그것을 결정하는 것은 러시아 측 자신입니다."

이바노프는 미국 측의 이런 메시지를 가지고 돌아갔다.

그 후, 미국은 체첸에서 쫓겨난 마스하도프 대통령 측의 '체첸공화국 외무장관'을 주장하는 일리야스 아흐마도프를 워싱턴으로 불러들여 러시아를 화나게 했다. 미국은 클린턴 전 정권 시대부터 자주 체첸으로부터 마스하도프의 특사를 받아들였다. 그러나 항상 비공식적인 형태를 취하면서 표면으로는 드러내지 않아 러시아를 자극하지 않으려고 신경을 써 왔다. 하지만 부시정권은 아흐마도프를 받아들이면서 국무차관보 대리급이 회담을 하는 정중한 대우를 했다. 미국은 러시아가 어떻게 반응하는지, 푸틴정권의 대응을 지켜보자는 의도가 있었을 것이다.

또 2001년 2월에는 미국에서 라이스와 미디어 모스트 그룹 간부의 회담도 있었다. 미디어 모스트는 러시아 최대의 미디어 그룹으로 그 휘하의 독립텔레비전(NTV) 등에서 푸틴정권을 비판하는 입장을 취하고 있었다. 회장인 블라디미르 구신스키는 러시아 검찰당국으로부터 사기혐의로 국제수배가 내려져 스페인에서 체포된 이후, 보석 중이었다. 라이스와 만난 인물은 구신스키의 심복이며 독립텔레비전 사장 출신인 이고르 말라센코(Igor Malashenko)로 라이스의 행동은 러시아정권의 입장에서 볼 때 매우 도발적인 의미를 가지고 있었다.

그 이전에 미국 CNN의 창업자 테드 터너가 독립텔레비전을 구하기 위해 3억 달러의 출자방침을 밝힘과 동시에 이 텔레비전의 편집방향에 간섭을 하지 않겠다는 약속을 푸틴정권에 요구했다. 미국 측은 러시아가 언론을 탄압하고 있는 전형적인 사례라면서, 러시아에 터너의 요구를 받아들이라는 요구를 했고 라이스가 독립텔레비전의 사장 출신인 말라센코와 회담을 가지는 시위행동을 취한 것이다.

부시정권은 처음에 러시아와의 정상회담에 매우 소극적인 자세를 보였다. 그런 한편, 러시아가 반대하고 있던 미국 본토 미사일방위(NMD) 계획을 단호하게 추진한다는 방침을 밝혔다. 계획에 장애가 되는 러시아와의 탄도탄요격미사일(ABM) 제한조약에서도 일방적으로 탈퇴하겠다는 의향을 내비쳤다. 또, 부시 자신이 러시아와의 군축교섭을 계속하는 데에 부정적인 태도를 시사했다. 2001년 2월 하순에 실시된 미국과 러시아의 외무장관 회담에서도, 6월 중순의 부시와 푸틴의 첫 정상회담에서도 NMD와 관련된 의견차이는 좁혀지지 않았다.

물론, 이에 대한 미국 내부의 비판도 있었기 때문에 나중에는 러시아에 대한 자세를 부드럽게 바꾸었고 2001년 9월의 미국 동시다발테러를 계기로 러시아와 협조하는 자세로 전환하기는 했다. 그러나 부시정권이 발족할 당시의 러시아에 대한 자세는 그 정권이 본질적으로 가지고 있던 러시아에 대한 적의를 그대로 드러낸 것이었다. 그리고 그 배경에는, 먼저 성립된 러시아의 푸틴정권이 옐친 전 정권의 틀을 깨어버리는 듯한 대담한 외교를 전개하고 있다는 데에 대한 미국의 불쾌감이 깃들여 있었다.

미국을 의식한 쿠바 외교

2000년 12월, 푸틴은 쿠바를 방문했다. 소련이 붕괴된 이후에 크렘린 정상으로서는 첫 방문이었다. 같은 해 중반의 북한 방문에 이은 것으로 러시아의 입장에서는 옛 친구와의 관계를 재구축한다는 목적이 있었다. 푸틴은 쿠바의 원수 피델 카스트로에게, 과거에 긴밀했던 양국 관계의 일부를 부활시킬 수 있다는 희망을 가지게 했다. 새로운 무역협정에 조인하고 미국의 NMD계획에 대한 비판에서는 공동으로 보조를 맞추기로 한 것이다.

쿠바를 방문하기 전, 푸틴은 쿠바 국영텔레비전과의 인터뷰에서 이렇게 말했다.

"러시아와 전통적인 동맥국인 쿠바를 방문하는 것은 냉전시대에 미국과 대립을 하는 장소였던 이 지역으로 러시아가 돌아가는 것이라고 이해해 주면 좋겠습니다."

그리고 이렇게 덧붙였다.

"이것은 러시아의 경제적 이익 및 국익에 합치되며 세계에서의 러시아의 지위강화에 기여할 것입니다."

그러나 러시아의 입장에서 볼 때 쿠바 외교는 경제적 이익을 추구하는 실리외교에 전면적으로 부합되는 것이었다고는 말하기 어렵다.

소련이 붕괴된 이후, 러시아는 쿠바의 입장에서 볼 때 무역총액의 80%를 차지하는 상대였다. 당시의 무역총액 70억 달러는 5년 후에 2억5천만 달러로 떨어졌다. 그리고 2000년도에는 10억 달러를 넘을 정도로까지 회복이 되었다. 러시아와 쿠바는 푸틴의 방문을 계기로 러시아의 석유와 쿠바의 설탕을 바터(barter) 방식으로 장기적으로 거래하며 순차적으로 다른 무역제품에도 확대해갈 것을 결정했다. 주목을 받았던, 쿠바가 소련 시대에 공급받았던 군사시설비품 보수에 대한 합의는 발표되지 않았다. 그러나 수행을 한 러시아 군사관계자는 이 협의가 기술적인 분야에도 해당된다고 설명했다.

쿠바에는 러시아의 지원을 서둘러야 하는 안건이 있었다. 중단되어 있던 원자력발전소 건설 재개, 그리고 남부 시엔푸에고(Cienfuego)의 제유소 및 북부 올긴(Holguin) 주 라스 카마리오카스의 니켈 · 플랜트 건설이었다. 카스트로는 전력 부족에 고심하고 있었고, 특히 원자력발전소 건설에 10억 달러 상당의 러시아의 협력을 요구했지만 푸틴은 쿠바의 2백 억 달러를 웃도는 채무 문제를 해결하지 않는 한, 이런 협력들은 약속할 수 없다고 거절했다.

러시아 측이 주장한 2백억 달러 규모의 쿠바의 채무에 대해서는 쿠바 측에도 할 말이 있었다. 소련이 붕괴된 이후 일방적으로 무역관계를 축소시킨 러시아 때문에 큰 피해를 입었기 때문에 채무는 그 손해배상으로 상당 부분이 상쇄되었다는 주장이었다.

그 때문인지 푸틴은 쿠바를 방문하기 전에 러시아의 유력한 기업 노릴스크 니켈을 거느리고 있는 인테로스 그룹의 회장 블라디미르 포타닌(Vladimir Potanin)을 불러 쿠바에 대한 협력을 요청했다. 쿠바는 니켈매장량에 있어서 캐나다와 러시아의 뒤를 잇고 있는 나라이기 때문에 이 니켈개발을 통하여 채무를 변제하는 데에 도움을 주고 싶다는 생각에서였다. 포타닌도 쿠바 방문 때에 동행하여 쿠바 측에 투자계획을 제출한 것으로 보였다.

주목을 받은 것은 푸틴이 쿠바의 수도 하바나 교외의 루르데스에 러시아군 시설로 건설된 전자통신센터를 방문한 것이었다. 이미 상당히 오래 전부터 러시아 담당자의 모습이 사라진 이 센터는 러시아의 입장에서는 중요한 의미를 가지기 시작했다. 미국의 NMD에 관한 개발, 실험상황을 감시할 수 있기 때문이었다. 이 센터는 러시아가 쿠바와의 관계가 엷어져 있던 동안에도 연간 2억 달러나 되는 조차료(租借料)를 석유로 지불하면서까지 유지해 왔다.

푸틴의 쿠바 외교는 미국을 염두에 둔 전략적인 의미가 있다는 사실을 강하게 느끼게 했다. 그것은 대미관계와도 밀접하게 연동되어 있다고 해도 지나친 말이 아니었다.

이란과의 관계회복

2001년 3월, 이란 대통령 하타미(Khatami, Mohammad)가 1979년의 이란혁명 이후 이란의 최고지도자로는 처음으로 러시아를 방문했다.

이란에 대한 러시아의 정책이 급속도로 전환된 것은 2000년 11월 3일, 미국 대통령선거를 나흘 앞두고 러시아 외무장관 이바노프가 미 국무장관 올브라이트에게 보낸 어떤 외교 통고 때문이었다. 이 통고는 이란에 대해 통상적인 무기매각을 하지 않겠다고 약속한 미국과 러시아 사이의 각서를 파기한다는 내용으로 이루어져 있었다. 이 각서는 1995년 6월 30일, 당시의 러시아 수상 체르노미르딘과 미국의 부통령 고어 사이에 맺어진 것인데 2000년 12월 1일 이후부터는 이 각서에 얽매이지 않겠다는 통고였다. 95년 당시, 러시아는 미국의 압력 때문에 이란에 수십 억 달러 규모의 무기를 매각할 수 있는 기회를 포기했다.

이란은 몇 년 전부터 총액 2백 50억 달러의 군비증강계획에 착수했는데 러시아는 미국에 대한 이 약속이 없었으면 적어도 40억 달러의 무기를 이란에 매각할 수 있는 기회를 얻었을 것이라는 지적이 있었다. 미국에 대한 이 각서를 파기함으로써 러시아는 다시 이란으로 무기를 공급하는 주역으로 도약하겠다는 결의를 보였다.

러시아의 이런 의도는 2000년 12월 하순, 당시 국방장관이었던 세르게이예프의 테헤란 방문으로 명확하게 제시되었다. 세르게이예프는 '양국 군부가 새로운 협력 단계에 들어서는 문제에 관한 합의'를 지적하고 그 중에서도 안전보장문제, 군사독트린에 관한 정보교환, 군비증강, 군사관계자 접촉 확대, 이란군의 러시아에서의 군사교육 등에 대한 문제에 의견일치를 보았다고 설명했다.

러시아 언론에 의하면 이란에서는 25년간의 장기적인 군비증강계획이 책정되었고 러시아의 입장에서는 중국, 인도에 이은 제3의 러시아무기판매국가로 이란이 될 것이라는 전망이 있었다. 이란의 원자력발전소 건설에 러시아가 협력하는 안건은 숨겨진 의제였다. 에너지 자원이 풍부한 이란이 원자력발전소를 건설한다는 것은 국제적으로 핵무기 개발 의혹을 살 수 있기 때문이다.

물론 러시아와 이란의 관계가 부활된 데에는 지정학적 요인도 빼 놓을 수 없었다. 러시아는 몇 년 전부터 석유자원이 있는 카스피 해의 법적 지위 확정에 대해 이란과 의견조정을 추진해 왔다. 카스피 해에서의 자원개발의욕이 강한 아제르바이잔, 카자흐스탄, 투르크메니스탄 등, 카스피 해 연안의 다른 3개국에 비하여 러시아와 이란은 카스피 해의 환경보호를 비롯한 다른 부분에서 입장이 비슷했다. 그러나 러시아가 아제르바이잔과 투르크메니스탄의 관계를 개선시킴으로서 이 5개국의 카스피 해 연안국 정상회의가 개최될 것이라는 전망이 나왔다.

아제르바이잔과 투르크메니스탄을 중개

2001년 1월, 푸틴은 아제르바이잔의 수도 바쿠를 방문했다. 바쿠에서는 푸틴이 귀국한 이후, 현안인 나고르노 카라바흐(Nagorno Karabakh) 문제에 대해 아제르바이잔 측에 유리한 형식으로 해결이 되기를 기대하는 목소리가 강했다. 이웃나라 아르메니아와의 분쟁은 미국이 주체가 되어 문제해결에 착수하고 있었지만, 아제르바이잔에서는 미국에 대한 기대가 갈수록 엷어지고 있었다. 부시정권의 발족과 함께 아제르바이잔과 미국의 접촉도 희박해지면서 아제르바이잔은 다시 러시아의 영향 아래로 들어가려 했다. 푸틴의 방문은 그런 외교적인 전환을 상징했다.

이것은 푸틴이 취임 후에 전개하고 있는 카프카스지역, 또는 카스피 해 주변 지역에서의 러시아의 영향력 회복을 추구하는 외교 중의 한 부분이라고 말할 수 있었다. 푸틴은 2000년 5월에 임명한 외무차관 대우의 카스피 해 문제 특사인 빅토르 칼류즈니를 통하여 아제르바이잔에 대한 외교 공세를 펼쳤다.

칼류즈니 자신은 과거에, 바쿠에서 터키의 제이한에 이르는 파이프라인 건설문제 등으로 아제르바이잔을 혹독하게 비판해 온 인물이었다. 그러나 그는 특사로서 아제르바이잔에 꽤 유리한 제안을 제시하면서 알리예프 정권을 파고들었다.

예를 들면, 2000년 12월에는 다음과 같은 말로 아제르바이잔을 안심시켰다.

"러시아는 아제르바이잔이 바쿠에서 노보로시스크로 가는 파이프라인에 원유를 실어 보내야 할 의무를 이행하지 않았던 문제에 대하여 해결할 준비가 되어 있다."

아제르바이잔은 2000년에 이 파이프라인을 이용하여 2백30만 톤의 원유를 보낸다는 계약을 체결했지만 50만 톤 정도밖에 이행하지 못하여 러시아 측을 화나게 하면서 이 파이프라인의 존립 자체가 위험한 사태로까지 몰아갔다.(제 7장 참조)

또, 칼류즈니는 아제르바이잔이 카스피 해를 사이에 둔 투르크메니스탄과의 사이에서 고민하고 있던 두 개의 해저석유광구와 관련된 이권분쟁을 해결하기 위한 중재역으로서 아제르바이잔 측에 한 가지 제안을 내놓았다. 석유생산의 주력이 되어 있는 분쟁 광구인 아젤리, 티라그에 대해 아제르바이잔,

투르크메니스탄 양국이 절반씩 나누면 된다는 제안이었다.

이 제안에 화를 낸 것은 투르크메니스탄이었다. 투르크메니스탄은 아젤리 광구의 일부, 키라그 광구의 전부가 자국의 이권이라고 주장하고 있었기 때문이다. 유리하다고 판단한 아제르바이잔은 이 제안을 받아들였지만 투르크메니스탄이 받아들이지 않았기 때문에 더 이상 진전은 보이지 못했다.

2000년에는 아제르바이잔과 미국의 관계가 악화되어 있었다. 아제르바이잔의 대통령선거와 의회선거가 민주적 원칙에 의해 실시되지 않는다는 이유에서 미국이 비판을 했고 미국무성 보고에서 아제르바이잔을 테러지원국가로 포함시켰다는 것이 대통령인 알리예프를 초조하게 만들었다. 미국 측은 기대했던 만큼의 석유가 채굴되지 않았다는 데에 대한 낙담도 컸다. 러시아는 아제르바이잔이 석유채굴의 중심이 될 것이라는 알리예프의 주장을 세기적인 허풍이라고 비웃었고 미국은 알리예프의 거짓말에 속았다는 느낌도 들었다.

우크라이나와 러시아의 재접근

미국의 입장에서 볼 때 아제르바이잔 이상의 외교적 손실은 우크라이나 쿠치마 정권의 러시아에 대한 접근이었다. 소련이 붕괴된 이후에 독립한 우크라이나는 항상 서유럽과 가까워지려고 노력해 왔다. 그것은 러시아에 대해서도 서방측의 한 국가로 대우해 달라고 요구하는 듯한 움직임으로 표면화되었다. 그러나 2000년부터 대통령주변 인물에 의한 저널리스트 암살의혹을 비롯하여 여러 가지 스캔들이 분출되었다. 이것들은 모두 우크라이나가 서방측과

멀어지고 러시아와 재접근하게 되는 움직임과 연결되었다.

2001년 2월, 우크라이나를 방문하게 된 푸틴은 드니프로페트롭스크(Dnipropetrovsk)에서, 우크라이나 대통령 쿠치마와 회담을 갖고 양국의 우주 분야에서의 협력협정에 조인했다. 그리고 동행한 통일에너지 시스템즈(UES)의 사장 츄바이스는 우크라이나 측과의 전력시스템 통합화 계약을 체결했다. 푸틴의 이 방문에 대해 러시아 국내에서는, 스캔들 때문에 흔들리고 있는 우크라이나 대통령을 지원하기 위한 것이라는 이유에서 반대의 목소리가 나왔다. 그러나 푸틴은 오히려 지금이 가장 적절한 시기라는 듯 이 외교행사를 실행했다.

다음 날의 〈우크라이나〉 지는 푸틴의, "우리 러시아는 우크라이나 민중이 선택한 사람들과 일을 한다. 법적으로 선출된 대통령은 쿠치마다."라는 말을 인용하여 러시아가 쿠치마를 지원하는 자세를 전했다. 쿠치마는 여기에 응하여, "키예프(Kiev)와 모스크바는 거대한 전진을 위한 첫 발을 내딛었다."라고 말했다. 결국, 이 정상회담은 우크라이나가 러시아에 재접근하는 전환점이 되었다.

우크라이나가 러시아에 접근하는 움직임을 조심스럽게 보인 것은 2000년 9월의 일이었다. 쿠치마 대통령이 외무장관 보리스 타라슈크를 경질했을 때이다. 이 외무장관에게는 그 때까지 아무런 잘못이 없었다. 경질 이유로 생각할 수 있는 것은 미국과 캐나다의 주 우크라이나 대사가 쿠치마에게 보낸 편지였다. 편지에는, '우크라이나에서의 개혁 부족'이 지적되어 있었다. 쿠치마는 줄곧, 국내 개혁을 통해서 우크라이나가 유럽에 통합될 수 있도록 노력하겠다는 뜻을 공약으로 내세웠지만 서방측 외교담당자들은 그 일이 늦어지고 있다는 데에 불만을 표명했다. 그러나 쿠치마 정권은 이것을 내정간섭이라고 일축하고 서방측에 대한 외교책임자였던 타라슈크를 경질해버렸다.

이 배경에는 우크라이나 대통령 주변과 정부의 대립구조가 있었다. 당시의 수상 빅토르 유시첸코(Yushchenko, Viktor Andriyovych)는 2000년 가을 그의 정책이 성공을 거두면서 국민들로부터의 인기도 올라가 쿠치마의 입장에서 보면 절대로 버릴 수 없는 존재가 되어 있었다. 예산을 수행하는 상황에서 어느 정도의 경제성장도 기대할 수 있을 정도가 되었고 IMF와의 융자를 재개한다는 약속도 받아냈다. 부수상 율리야 티모셴코(Glamorous Yulia Tymoshenko)는 연료에너지 부문의 급격한 개혁을 책정했고 외무장관 타라슈크는 서방측의 지지를 이끌어낸다는 우크라이나의 거대한 목표를 성공리에 수행하고 있었다.

쿠치마 정권의 부패

서방측과 가까운 유시첸코와 타라슈크의 성공, 그리고 티모셴코에 의한 근본적인 개혁은 쿠치마 주변의 이권을 크게 위협했다. 쿠치마 측에는 금속, 에너지 관계 기업을 소유하고 있는 사회민주당 계열의 실력자가 있었고 쿠치마의 사위는 파이프라인 운영기업을 가지고 있어서 정부의 정책과 정면으로 부딪혔다. 그렇기 때문에 쿠치마 측은 유시첸코가 이끄는 내각을 경질하기로 마음먹고 이 내각이 의지하고 있는 서방측의 지지도 거부하게 되었다.

그러자 서방측은 쿠치마 정권을 부패한 정권으로 보기 시작했다. 미국에서 체포되어 재판에 회부된 전 우크라이나 수상 파블로 라자렌코(Pavlo Lazarenko)는 푸치마 정권의 실태를 미국에 밝혔을 것이 뻔했다. 이제 쿠치마 정권에 대한 서방측의 지지는 기대하기 어렵다는 의견이 나왔다. 우크라이나의 부패상황에 대해서는 러시아도 서방측 이상으로 파악하고 있었다. 그러나 러시아는 쿠치마 정권의 부패와도 밀접하게 관련이 되어 있었다.

2000년 10월 초, 우크라이나 외무장관으로 아나톨리 즐렌코(Anatoliy ZLENKO)가 취임하기에 이르러, 외교의 방향은 분명히 동쪽으로 기울어졌다. 과거 1990년부터 1994년까지 외무장관을 담당했던 즐렌코는 모스크바 편의 인물로 잘 알려져 있었고 러시아 외무성 안에서는 러시아 국내에 비철금속분야의 기업을 소유하고 있다는 소문까지 나돌고 있었다. 이것을 계기로 양국 사이의 접촉이 활발해졌다. 러시아의 각료, 경제인, 저널리스트, 학자 등이 잇따라 키예프를 방문하기 시작했다. 러시아의 기업은 우크라이나의 민영화에 서방측 유력기업과 경합을 벌이며 참가, 승리를 거두는 기업도 나타났다. 예를 들면, 자포르스키 알루미늄 콤비나트의 민영화에 있어서 매수자로서 서방측 기업 그레인 콜(GRAIN CALL)을 미는 수상 유시첸코와 러시아 기업 아우토바스 인베스트를 미는 국가자산기금 측이 대립했다. 결과는 묘하게도 응찰금액이 3천1백만 달러나 적은 아우토바스 인베스트가 낙찰을 받았다.

모스크바와의 이런 재접근 기운에 맞추어 키예프에는 이라크의 대표부가 설치되었고 우크라이나 대표단이 바그다드의 산업박람회에 참가하려는 움직임도 나타났다. 총액 백50억 달러에 이르는 석유와 식료품의 삼각 바터 계획이 양국 사이에 협의되었다. 우크라이나가 이라크에서 석유를 직접 수입하는 것이 아니라 우크라이나에서 납품되는 식료품 금액에 해당하는 이라크의 석유는 기존의 루트를 이용하여 서유럽 측에 매각하면 그 석유 분량 만큼에 해당하는 석유를 러시아가 우크라이나에 공급하는 구조였다.

쿠치마 개인이 러시아에 더욱 접근하게 된 요인은 자신의 스캔들이었다.

국내의 반 정권적인 인터넷 사이트의 편집자 게오르기 곤가제가 행방불명이 된 이후, 머리가 없는 사체로 발견된 사건이 국내를 전율하게 만들었다. 쿠치마가 내무장관에 대해, 반 정권 언행이 유난히 돋보였던 곤가제 문제를 처리하라는 지시를 내리는 목소리가 담겨 있는 녹음테이프가 2000년 11월에 폭로되면서 대통령은 궁지에 몰렸다. 서방측도 쿠치마를 일제히 비판했다.

쿠치마의 입장에서 최초의 충격은 이웃 나라 헝가리의 대통령이 국경에서의 우호회담을 거부한 것이었다. 또, 유럽의회는 쿠치마 집무실의 도청 테이프를 가지고 서방측으로 도망친 국가경비대 소장의 우크라이나 송환을 단호하게 거부하는 특별결의를 채택했다. 쿠치마 정권에 대한 서방측 언론의 비판도 강력해졌고 부시 미국 정권도 우크라이나 정세에 대해 냉엄한 견해를 밝혔다. 주 우크라이나 미국 대사의 야당세력과의 접촉도 활발해지면서 쿠치마는 정권을 전복시키려 하는 미국의 계책을 피부로 느끼기 시작했다.

2001년 2월의 푸틴 · 쿠치마 회담이 열린 다음 날, 부수상 티모센코가 부정부패혐의로 체포되었다. 쿠치마의 입장에서는 중요한 결단이었다. 국내에서도 인기가 높고 여성사업가로서도 잘 알려진 정치가에 대해 공격을 시작했다는 것은 러시아에 충성을 다하겠다는 의지를 보이는 행동이었다.

푸틴정권은 우크라이나를 러시아로 끌어당기기 위해 쿠치마의 궁핍한 상황을 최대한 활용했다. 미국은 곤가제의 유족이 미국으로 망명할 수 있도록 인정해 주는 것으로 우크라이나에 대한 불만을 표현했다. 쿠치마 정권은 여기에 반발을 보이는 등, 서방측으로부터의 이탈이 선명해지기 시작했다. 푸틴정권의 새로운 실리 외교는 이 시기에 이미 확실한 성과를 발휘하고 있었다.

PUTIN'S RUSSIA | 10

독점업체를 둘러싼 정쟁(政爭)

전력독점업체 UES의 재편 계획

러시아에는 '자연독점업체' 라고 불리는 소수의 기업들이 존재한다. 이 기업들은 소련 시대의 국가독점업체의 흐름을 이어 받아 시장경제가 진행된 현재도 전력, 가스, 철도 등, 국민생활에 필요한 부담요금을 인위적으로 낮게 유지하는 역할을 담당해 왔다. 사회주의경제의 유물이라고도 말할 수 있는 이런 독점업체를 시장경제에 적응시키는 개혁은 러시아경제의 큰 과제가 되어 왔다.

푸틴정권이 들어선 이후에 독점업체개혁은 큰 진전을 보였다. 전력독점업체인 통일에너지 시스템즈(UES)는 거의 1년에 걸쳐 분할 · 해체를 위한 재편계획을 정부로부터 인정받았다. 천연가스 독점업체인 가즈프롬은 약 10년 동안 사장자리에 군림한 렘 뱌히레프가 퇴진하고 정부의 컨트롤 아래로 들어갔다. 철도독점업체인 철도성은 백 퍼센트 국유시설인 러시아철도 설립을 중심으로 하는 개혁안을 책정했다. 그러나 이것들은 정권 내부의 이권을 둘러싼 정쟁의 한 가지 형태였을 뿐이다.

1998년 봄, 아나톨리 츄바이스는 전력독점업체 UES의 사장으로 취임한 이후에 교묘하게 자신의 보신책을 강구해 왔다. 90년대의 민영화, 옐친의 재선, 그 후의 국내 정쟁의 주역으로 활동해 온 츄바이스에게는 정적이 많았다.

UES에서는 미국에서 자사주 발행을 대신하는 미국예탁증권(ADR)을 발행했고 그 때문에 UES외국 주주 비율이 순식간에 증가했다. 그리고 이 회사의 규약을 바꾸어 사장을 교체하려면 주주 75%의 찬성이 필요하도록 만들었다. 정부가 보유하고 있는 주식 비율은 52.5%이기 때문에 만약 정부 측에서 자신을 해임하려 해도 34%에 달하는 외국인 주주가 자신을 지켜줄 것이라는 계산에서였다. 츄바이스는 러시아 개혁파의 대표로서 그 정도로 외국 주주의 신임을 받고 있었다.

하지만 2000년 봄, 츄바이스가 내세운 UES재편계획으로 양상이 완전히 바뀌었다. 이 계획에서는 UES가 발전부문, 송전부문, 서비스부문 등 크게 세 가지 부문으로 나누어 UES는 송전부문만을 유지하고 나머지는 민간에 매각한다는 구상을 밝혔다. 외국을 포함한 전략적 투자가에게 매각함으로서 UES가 필요로 하는 설비의 근대화를 추진하기 위한 목적이라는 설명이 곁들여졌다. 투자금액은 2001년부터 2005년까지 매년 40억 달러, 2006년부터 2010년까지는 그 두 배 이상이 필요했다.

외국의 주주들의 입장에서 보면 이것은 터무니없는 계획이었다. 무엇보다, 공공성이 강한 거대전력기업이 독자적으로 분할 · 해체를 제시하는 경우는 전 세계에서 유례를 찾아보기 어려웠다. 외국의 주주들은 기간산업인 전력에너지를 독점하고 있는 업체이기 때문에 투자를 한 것이다. 그런데 독단적으로 발전부문을 비롯한 다른 부문을 잘라내어 축소한다니, 외국 주주들의 눈에는 배신으로 비칠 수밖에 없었다.

외국 주주들은 이 계획에 이의를 제기하고 츄바이스의 해임을 주장하는 한편, 주주 과반수의 찬성으로 사장을 해임할 수 있도록 규약을 되돌리라는 요구를 했다. 츄바이스는 이 요구에 밀려, 2000년 4월 말에 개최된 주주총회에서 회사의 규약을 주주 과반수의 찬성으로 사장을 해임할 수 있도록 개정했다. 그러나 재편계획이 정부계획으로서 승인을 받게 되자 과반수의 주식을 보유하고 있는 정부가 츄바이스의 신분을 보증해 주었다. 이렇게 해서 츄바이스는 대담한 재편계획을 정부가 채택할 수 있도록 약 1년에 걸친 공작을 개시했다.

정부의 승인을 둘러싼 반전과 반전

UES의 재편계획은 2000년 12월 15일의 정부회의에서 기본적인 승인을 받았지만 그 시기를 전후해서 승인을 해 주느냐 마느냐의 문제를 놓고 푸틴을 포함한 정권 내부에서 암투가 되풀이되었다.

나흘 뒤의 정부회의에서 UES재편계획이 승인을 받을 것이라고 믿어 의심하지 않았던 츄바이스는 12월 11일, 모스크바를 떠나 런던으로 향했다. 다음날인 12일, 츄바이스가 런던에서 유럽개발은행 간부와 회담을 하고 있을 무렵, 크렘린에서는 UES의 재편계획을 협의하는 비밀회의가 갑작스럽게 소집되었다. 참석한 사람은 대통령 푸틴을 비롯하여 수상 카시야노프, 대통령부장관 볼로신, 부수상 겸 재무장관 쿠드린, 경제담당 대통령 보좌관인 일라리오노프, 그리고 몇 명의 지방 지사들이었다. 묘한 점은 UES재편계획의 내각 책임자인 경제발전무역장관 그레프가 모스크바를 떠나 있어서 이 회의에 참석하지 않았다는 것이다. 이 회의가 츄바이스, 그레프 두 사람이 모스크바를 비운 틈을 노려 개최되었다는 것은 누가 보아도 명백했다.

비밀회의의 주도권을 움켜쥔 사람은 일라리오노프였다. 그는 당시 국제적인 화제를 불러일으키기 시작한 미국 캘리포니아 주의 전력위기를 예로 들면서 러시아의 전력사업재편, 즉 자유화는 엄청난 정책 실수가 될 것이라고 주장했다. UES의 시장에서의 자산 평가가 2000년 봄의 재편계획 발표 당시의 9억 달러에서 반년 남짓 만에 3억 달러로까지 축소되었다고 지적했다.

회의에서 이 의견에 반론을 펴며 이 계획을 옹호한 사람은 부수상 겸 재무장관인 쿠드린뿐이었다. 상트페테르부르크 시대부터 츄바이스의 심복으로 UES에도 제1부사장으로 재적해 있었기 때문에 당연한 입장으로 보였다. 그러나 그의 반론은 명확함이 결여되어 있어 설득력을 가질 수 없었다. 일라리오노프는 회의의 결론으로서 재편계획의 승인을 미루기로 결정했다고 보도진에게 설명했다.

그 직후인 12일 밤, 런던에서 모스크바로 돌아온 츄바이스는 비밀회의의 개최와 그 결론을 듣고 놀라지 않을 수 없었다. 지난 9개월에 걸쳐 국내외에서 설득작업을 하며 돌아다녔고 정부가 승인을 해 줄 것이 틀림없다고 생각했던 계획이 사실상 승인 불가라는 결론이 떨어졌으니 당연한 일이다.

15일의 정부회의까지는 이틀밖에 남지 않았다. 게다가 푸틴은 13일 저녁이면 쿠바를 방문하기 위해 모스크바를 떠난다. 츄바이스가 행동할 수 있는 여지는 한정되어 있었다. 목표는 우선, 재편계획을 지지한다는 언질을 대통령에게서 받는 것이었다. 츄바이스는 13일 오전부터 푸틴에게 몇 번이나 전화를 넣었지만 연결이 되지 않았다. 그래서 푸틴의 특별기가 떠나는 브누코보(vnukovo) 공항으로 직행하여 푸틴을 붙잡고 직접 담판에 들어가기에 이르렸다. 푸틴은 곁에 서 있는 카시야노프에게, "정부 문제이니까 자네가 판단하게."라는 말만 남기고 떠났다.

그리고 15일의 정부회의가 개최되었다. 츄바이스 및 그레프 등의 설명이 끝난 이후, 일라리오노프가 새삼 이 계획의 위험성을 주장하면서 대통령도 이 계획에는 실질적으로 반대하고 있다고 지적했다. 여기에 대해, 츄바이스가 화난 목소리로, "그건 거짓말입니다!"라고 반론을 펴면서 정부회의는 혼란에 빠졌다. 상황이 이렇게 되면 내각에 많은 인맥을 확보하고 있는 츄바이스의 승리다.

통일전력시스템의 부분 매각

결국, 정부회의는 사흘 전의 비밀회의의 결론을 뒤집고 기본적으로 이 계획을 승인하고 세부항목에 대해서는 2001년 3월 1일까지 관계부처가 국제적인 조언을 듣고 보고서를 제출한 다음에 결정하기로 했다.

회의가 끝난 뒤에 기자회견에서 일라리오노프는 츄바이스를 통렬하게 비판했다.

"츄바이스의 재편계획은 1995년의 담보입찰을 연상시킨다!"

담보입찰은 시브네프트, 유코스 등의 자원기업이 정부에 기업을 담보로 제공하여 융자를 받는 형태를 취하면서 실질적으로는 터무니없이 낮은 가격으로 불하받은 악명 높은 민영화사업으로서 잘 알려져 있었다. 일라리오노프는 정부의 자산이어야 할 국내의 발전소가 누구인지도 모르는 투자가에게 싼값에 매각될 수 있는 위험성을 예로 들면서 담보입찰과의 유사성을 주장했다.

여기에 대해 츄바이스는 승자의 여유를 보이면서 가볍게 받아쳤다.

"일라리오노프는 그가 학생이었던 시절부터 친하게 지내고 있는 사이다. 그런데 그는 아직 이 재편계획에 대한 대통령의 태도를 이해하지 못하고 있다."

12월 22일에는 볼쇼이 극장에서 러시아전력화계획채택 80주년 기념식전이 UES주최로 화려하게 개최되었다. 그 계획을 책정한 러시아전력국가위원회의 후계가 UES인데 80년 전에 만들어진 러시아의 전력통일시스템을 해체하여 부분 매각하는 것이 츄바이스의 목적이었다. 푸틴도 참석했지만 일라리오노프는 경비원에 의해 대통령 옆에 앉을 수 없어서 일반석에서 지켜보았다. 이런 츄바이스의 행동에 대해 영국의 〈파이낸셜 타임스〉는 개혁의 불도저라고 표현했다.

츄바이스와 푸틴의 기묘한 관계는 2001년 2월에 극동의 연해지방을 엄습한 심각한 전력위기를 처리했을 때에도 나타났다. 푸틴은 당시의 연해지방 지사인 나즈드라첸코와 에너지장관 가브린에게 책임을 물어 해임했다. 그러나 또 한 사람의 책임자여야 할 UES의 사장 츄바이스에 대해서는 책임을 묻지 않았다. 다만, 정권 측 대표로서 UES이사장도 겸하고 있던 대통령부 장관 볼로신에게 "UES의 인사를 강화하라."는 지시를 내리는 것만으로 끝냈다. 이 지시에 대해 두 달 뒤, 츄바이스는 임원 한 명을 해임시키는 것만으로 이 문제는 막을 내렸다.

츄바이스의 입장에서 볼 때 나즈드라첸코는 UES재편계획에 반대하는 지방 단체장의 대표에 해당하는 인물이었다. 지방의 전력기업은 각각 자치단체와 밀접한 관계를 유지하며 지방자치단체장의 이권의 일부가 되어 있었다. 츄바이스가 전력독점업체의 입장에서 고의로 에너지위기를 방치하여 나즈드라첸코를 밀어낸 것이라는 견해도 나왔다. 실제로, 이 조치가 내려진 직후에 전력위기를 타개하기 위해 연해지방으로 들어간 츄바이스 일행은 승리자로서 행세했다고 〈코메르산트〉는 전했다.

UES가 정부를 누른 형태로 결말

2001년 5월 17일, 러시아정부는 UES를 3년 안에 전력망 운영과 발전사업으로 분할하는 재편계획을 기본적으로 승인했다. 이 계획은 대부분 경제발전무역성이 작성한 계획에 근거를 두었다. 경제발전무역장관인 게르만 그레프에 의하면 2004년까지 전력요금을 두 배로 인상하는 대신 정체상황을 보이고 있는 러시아발전사업에 오랫동안 필요했던 활력을 불어넣어주기로 했다.

UES는 국가 전체의 모든 송전망과 그 휘하에 있는 90개 전후의 지역전력회사를 끌어안고 있었다. 이 계획에 의하면 UES의 직접적인 지배 아래에 있는 에네르고라고 불리는 지역전력회사는 5~7개 사의 종합전력기업으로 통합된다. 그리고 그 밖의 지역발전소는 50에서 60개의 자회사로 통합된다. 이 회사들은 단일 지주회사의 지배 아래에 놓이며 궁극적으로는 매각된다.

2006년까지는 UES에서 발전부문을 분리, 전력의 도매부문을 창설한다. 2010년까지 5~7개의 종합전력회사와 40개 사 이하의 지방전력회사가 일부 민영화된 상태에서 발전과 전기판매사업을 실행한다. 또, 소수 주주들에 대한 대책으로는 주식교환을 통한 보상조치, 내지는 공정한 시장가격을 적용한 매입조치를 취할 것을 약속했다.

이 재편계획은 전력사업개혁에 관한 정부위원회의 보고 결과가 실질적으로 반영되지 않아 국내에서 혹독한 비판을 받은 츄바이스의 재편계획과 그다지 다르지 않은 내용으로 이루어져 있었다. 위원회는 톰스크 지방 지사인 빅토르 크레스가 단체장이 되어, 25명의 관계자와 지식인 등으로 구성되어 있었다. 위원회 쪽의 주장에 의하면, 그레프는 위원회에서 많은 점에서 양보를 약속하면서 실제로는 UES측의 계획에 가까운 계획서를 정부에 제출하는 이중행위를 했다.

그리고 이 정도로 중요한 계획이면서 대통령인 푸틴은 자신의 생각을 분명하게 밝히지 않았다. 정권 내부에서의 의견대립, 중앙과 지방의 이권투쟁과도 관련이 있는 이 문제에 대해 푸틴은 단지 타협을 요구했을 뿐이었다. 결국 UES측이 실질적으로 승리를 거두었지만 이 점에 대해서도 대통령은 아무런 발언을 하지 않았다.

천연가스 독점업체 가즈프롬의 사장 교체

전력독점업체의 재편작업이 결말을 맺자 이번에는 천연가스독점업체 가즈프롬에 혁명이 기다리고 있었다. 5월 30일, 1992년부터 가즈프롬 사장으로 군림해 온 렘 뱌히레프가 해임되고 새로운 사장으로 에너지성 차관이었던 39세의 알렉세이 밀레르가 지명되었기 때문이다. 뱌히레프는 권한을 제한받는 이사장으로 물러나고 그 후에 대통령 고문으로 이동했지만 이 인사에 의해 가즈프롬이 '국가 내부의 또 다른 국가' 로 불렸던 시대는 막을 내렸다.

가즈프롬의 연차주주총회는 6월말로 예정되어 있었지만 뱌히레프의 사장으로서의 계약은 5월말로 끝나게 되어 있었다. 5월 중순 이후, 그 거취를 둘러싸고 정재계에 숱한 억측이 난무했다. 정권측은 뱌히레프 지배체제를 무너뜨리고 정부가 지배하는 쪽으로 돌리려는 목적이었고 뱌히레프 측은 표면적으로는 퇴진 의향을 시사하면서도 실제로는 필사적으로 연명할 수 있는 방법을 생각했다. 뱌히레프의 전임자는 전 수상인 체르노미르딘이었다. 구소련의 천연가스장관이었던 체르노미르딘이 차관이었던 시절부터 러시아 천연가스의 이권은 줄곧 뱌히레프의 손에 쥐어져 있었다.

우선, 가즈프롬 이사회의 구성원 11명이 주목을 받았다. 정부는 주식 보유비율 38%를 배경으로 5명을 이사로 보냈다. 가즈프롬 경영진은 4명, 외국투자가로서는 독일 루르가스(Ruhrgas)에서 한 명, 그리고 또 한 명은 소수 주주를 대표한 전 부수상 보리스 표도로프(Boris Fyodorov)였다. 사장 선임을 표결에 붙이는 경우, 루르가스는 가즈프롬 측에 설 것이라고 여겨졌기 때문에 표도로프가 캐스팅보드를 움켜쥘 것으로 보였다. 그 때문에, 가즈프롬 측은 표도로프의 회사가 불법으로 이 회사의 주식을 취득했다면서 이사회에서 의결권을 행사하지 못하도록 소송을 제기했다. 그러자 모스크바 중재재판소는 표도로프를 이사회후보자 리스트에서 제외하라는 명령을 내렸다.

하지만 5월 29일, 모스크바의 시모노프스키 지방재판소가 뱌히레프 및 경영진 5명을 이사회후보자 리스트에서 제외한다는 명령을 내렸다. 어떤 여성주주로부터, 가즈프롬에서 관련회사로 주식을 양도할 때에 부정이 있다는 고소가 들어와 거기에 근거한 명령이었다. 이 명령은 이사회 전날에 내려졌기 때문에 가즈프롬 측이 불복신청을 하여 명령을 철회하게 할 시간이 없었다. 이 재판소의 명령에 의해 정부 측은 절대적으로 유리한 위치에서 승리를 거두었다. 뱌히레프가 유임될 가능성도 이 시점에서는 사라졌다.

푸틴 인맥의 사장 취임

5월 30일의 이사회 당일, 아직은 누가 뱌히레프의 후임자로 지명될 것인지 분명하지 않았다. 영국의 〈파이낸셜 타임스〉는 부수상으로 에너지정책 전반을 담당하고 있는 빅토르 크리스텐코가 새로운 사장으로 취임할 것이 유력하다는 보도를 했다. 이전부터 이 회사 사장을 노리고 있다고 알려진 대통령부장관 볼로신은 이미 UES의 이사장직을 유임하기로 결정되어 있었기 때문에 후보자에서 제외된 상태였다.

이사회가 개최되기 한 시간 전에 크렘린에 소집된 이사회 멤버에 대해 대통령 푸틴은 뜻밖의 이름을 사장 후보로 제안했다. 지금까지 몇 번이나 거론된 사장후보 리스트에 한 번도 올라간 적이 없는 에너지성 차관 알렉세이 밀레르였다. 이미 백기를 들고 있던 가즈프롬 경영진은 이 부분에 대해 아무런 저항도 할 수 없었고 이사회는 이 뜻밖의 인사를 만장일치로 승인했다.

밀레르는 누가 보아도 분명한 푸틴 인맥이었다. 1962년 상트페테르부르크에서 태어나 84년에 레닌그라드금융경제대학을 졸업했다. 1990년에 레닌그라드 시 집행평의회의 경제개발위원회 직원이 되었다. 이 때, 집행평의회의 부의장으로 경제개발위원회를 이끌고 있던 사람이 츄바이스였다. 그렇기 때문에 밀레르 자신은 원래 츄바이스 인맥이기도 했다. 이듬해, 레닌그라드에서 상트페테르부르크로 명칭이 바뀌면서 집행평의회가 폐지되자 밀레르는 상트페테르부르크 시의 대외관계위원회로 들어갔다. 그 때의 의장이 푸틴이었다.

1996년에 대외관계위원회 부의장으로 승격하기까지 밀레르는 푸틴의 충실한 부하였다. 풀코보(Pulkovo) 자유무역지역개발 책임자로서 이 지역에 코카콜라나 질레트 같은 서방 기업의 공장을 유치하는 데에 성공했다. 또, 상트페테르부르크에서 드레스너 은행이나 크레디 리요네(CLSA) 등의 서유럽 금융기관의 영업개시에도 협력했다. 호텔비즈니스에도 관여하여 한 때 그랜드 호텔 유럽 등의 이사직에도 이름이 오른 적이 있다.

1996년, 시장이었던 소프차크의 재선이 실패로 끝난 후 시청을 떠나 상트페테르부르크 항만의 개발투자부문담당 부사장으로 취임했다가 1999년에는 러시아의 티만 페초라 석유산지와 발트제국을 연결하는 발틱 파이프라인 시스템의 사장으로 임명되었다. 이 회사는 국영 파이프라인기업 트란스네프티의 관련회사였다. 그리고 2000년, 푸틴정권이 발족되자 모스크바로 불려가 에너지성 차관으로 임명되었다.

그러나 이런 경력만으로는 러시아 최고의 초거대기업으로 국가 내부의 국가로 불려온 가즈프롬을 이끌기에는 아직 역량이 부족하다는 인상을 면할 수 없었다. 물론 그에게는 정권 내부에 깔려 있는 상트페테르부르크 출신자들의 네트워크가 후원자로 작용했다. 나이가 비슷하고 상트페테르부르크에서 함께 일을 했던 인연에서 경제발전무역장관인 그레프와는 특히 친숙한 사이였다. 그렇기 때문에 경제발전무역성이 책정한 가즈프롬의 재편과 개혁 프로그램을 실행하는 인물로서는 적임자라는 평가를 받을 수 있었다.

결과적으로는 실현이 되지 못했지만 영국의 〈파이낸셜 타임스〉가 보도한 부수상 크리스텐코의 가즈프롬 사장으로의 취임 설에는 어떤 근거가 있었다. 〈파이낸셜 타임스〉는 크리스텐코가 이 회사를 이끌게 되면 그의 후원자인 츄바이스가 미래에 가즈프롬의 사장으로 이동할 수 있는 길이 열릴 것이라고 지적했다. 츄바이스 자신이 뱌히레프를 상대로, 천연가스의 최고 수요자인 전력독점업체 사장으로서 천연가스 공급을 게을리 했기 때문에 전력위기가 발생했다면서 자주 공격을 하고 있었다.

츄바이스는 일찍이 부수상으로서 민영화에 착수했을 때부터 장래에 가즈프롬을 정부 관리 아래에 두고 그 이후에 분할과 해체를 한다는 청사진을 그리고 있었다. 이 청사진에 처음으로 손을 댄 것은 1997년 봄, 대통령부 장관에서 정부 제1부수상으로 이동하게 되면서부터다. 츄바이스는, 역시 지방 지사에서 제1부수상으로 취임한 보리스 넴초프(Boris Efimovich Nemtsov)와 함께 이 회사를 정부관리로 돌려놓기 위해 노력했다.

하지만 체르노미르딘이 가즈프롬의 사장이었던 시절에는 정부가 이 회사에 간섭을 할 수 없는 특권이 부여되어 있다는 사실이 밝혀졌다. 정부 보유 주식 중에서 35%를 가즈프롬 경영진에게 위탁 관리시킨다는 협정이 존재했기 때문이다. 그 때문에 츄바이스와 넴초프 콤비가 책정한 가즈프롬 공략은 일단 실패로 끝났다. 이 35%주식의 위탁관리협정은 뱌히레프의 사장계약시기와 함께 존속하다가 주주총회 전에 유효기간이 끝났다. 그래서 정부는 이 회사를 관리 하에 둘 수 있게 된 것이다.

사장 퇴진 이전의 이권 분산

가즈프롬의 경영진을 공격하는 새로운 무기가 된 것이 관련회사에 얽혀 있는 스캔들이었다. 뱌히레프의 아들과 딸이 관련회사의 이권을 사적으로 이용하고 있다는 비판은 이전부터 매스컴을 통해서 자주 보도되었는데 특히 이테라라는 관련회사가 주목을 받았다.

이테라는 평범한 가스거래기업에서 3년 만에 세계적으로 손꼽히는 천연가스생산기업으로 성장했다. 이 회사는 당시 1조2천억 입방미터의 천연가스매장량을 소유하고 있다고 알려져 있었다. 이것은 노르웨이 전체의 천연가스매장량을 웃도는 규모다.

가즈프롬은 이테라에 대해 천 입방미터 당 6~8달러의 국내가격으로 연간 6백억 입방미터의 천연가스를 판매했고 이테라는 그것을 세계시장 평균가격으로 재판매하고 있었다. 그 결과 이테라의 이익은 2년 만에 30억 달러로 향상되었다. 가즈프롬은 한편으로, 투르크메니스탄에서 천 입방미터 당 30달러라는 가격으로 천연가스를 매입하고 있었으니까 이것은 누가 보아도 이해하기 어려운 거래였다.

〈노바야 가제타〉는, 미국 플로리다 주 잭슨빌에 등록되어 있는 이테라 인터내셔널 에너지사는 뱌히레프와 그 친척이 소유하고 있다고 지적했다. 또, 가즈프롬의 자회사이며 서 시베리아에 두 개의 대규모 가스전을 소유하고 있는 로스프롬 사가 이테라에 매각된 것도 의혹의 표적이 되었다. 가즈프롬의 자산 평가에서는 8억5천만 달러의 가치가 있다고 알려진 로스프롬이 3분의 1인 2억8천6백만 달러로 양도되었기 때문이다.

뱌히레프의 가즈프롬은 이익을 낳는 부문을 잇달아 관련회사에 이양하고 있었다. 거대한 이익을 감추는 작업이었다. 새로운 사장으로 취임한 밀레르는 가즈프롬 본체의 이익이 너무 적다는 데에 깜짝 놀랐는데 그 이유는 뱌히레프가 퇴진을 대비하여 미리 이권 분산을 도모했기 때문이다.

가즈프롬의 개혁에 대해, 기본적으로는 전년도에 그레프가 작성한 경제전략 프로그램을 따라 진행될 공산이 컸다. 이 프로그램은 우선, 재무적인 투명성을 확립하고 그 후에 조직적으로 가스 · 파이프라인 부문을 분리, 다른 기업도 파이프라인에 접근할 수 있도록 개방하여 천연가스 부문에 경쟁원리를 도입하기로 예정되어 있었다. 다만, 가즈프롬에는 아직 과거의 체제, 즉 체르노미르딘과 뱌히레프의 지배체제가 남아 있었다. 이것을 제거하기까지는 시간이 걸릴 테고 개혁은 그만큼 늦어질 것이라는 가능성이 지적되었다.

철도의 국유화를 둘러싼 전쟁

또 하나의 국가 내부의 국가 취급을 받아 온 자연독점업체가 러시아의 철도사업이었다. 전력화된 철도망으로는 세계 최장의 철도망을 가지고 있으며 17개의 간선이 있다. 휘하의 노동자는 백 30만 명에 이르고 백여 개의 정비회사와 제조기업을 끌어안고 있다. 파이프라인을 제외한 화물수송의 80%, 여객수송의 45%를 철도가 담당하고 있었다.

철도재편계획도 경제전략 프로그램에 제시된 방향성을 따라 철도성과 경제발전무역성 사이에서 정부의 안이 압축되었다. 그리고 2001년 5월, 전력독점업체 재편계획을 전후하여 철도 재편계획이 승인을 받았다.

계획은 10년 동안에 걸친 장기적인 것으로 3단계로 구분되었다. 1단계에서는 철도성의 기능을 분리하여 철도성을 기초로 백 퍼센트 국유시설인 러시아철도주식회사를 창설한다는 계획이었다. 이로써 철도수입의 투명성을 증가시킨다는 목적이었다. 철도성에는 관리기능을 남기지만 당면한 문제인 국유기업의 민영화는 생각하지 않기로 했다. 2단계에서 여객과 화물수송을 분리하고 3단계에서는 수리와 제조관련기업을 분리하여 민간에 매각한다는 계획이었다.

그러나 이 계획은 철도장관인 악쇼넨코의 입장에서 볼 때 경제발전무역장관인 그레프에게 밀린 듯한 인상이 짙어 매우 불만스러웠다. 악쇼넨코는 당초에 민영화된 러시아철도 창설 안을 제시했지만 정부가 받아들이지 않아 어쩔 수 없이 백 퍼센트 국유회사로 만든다는 안에 동의한 경위가 있었기 때문이다. 물론, 그 이면에는 가즈프롬, UES 등과 같이 민간자본이 도입된 독점업체의 보스로서 악쇼넨코 자신이 군림하려는 희망이 강했기 때문이다.

그러나 악쇼넨코 자신은 이미 정부 내부에서 힘든 입장에 몰리기 시작하고 있었다. 2001년 4월 하순, 국가평의회 집행부회위에서 철도재편계획이 기본적으로 승인을 받았지만 푸틴은 이 때 시베리아횡단철도의 개발상황에 대해 철도성의 작업을 냉엄하게 비판했다.

“철도성은 시베리아횡단철도에 약 10억 달러의 투자를 하고 있고 아시아와 유럽을 연결하는 수송 면에서 거대한 잠재능력을 보유하고 있음에도 불구하고 현재는 다른 루트(예를 들면 수에즈운하 경유)에 뒤쳐지고 있다.”

그리고 이런 지적도 했다.

“지금까지의 상황을 지켜볼 때, 철도서비스의 비용절감 및 질적 향상을 위한 자극제가 나타나지 않고 있다.”

그리고 푸틴은 철도성의 당면 과제로 ‘단일화물요금설정’을 예로 들면서 그 실현을 재촉했지만 사실 이 화물요금 개정은 철도성의 이권을 위협하는 성격을 띠고 있었다. 1998년 여름까지는 철도요금이 수출용과 국내용 모두 같은 요금으로 설정되어 있었다. 그런데 금융위기 혼란 이후, 철도성이 독자적으로 요금을 설정했다. 악쇼넨코가 베레조프스키를 비롯한 세미야 그룹을 배경으로 정치력을 행사했기 때문이다. 1999년 5월의 프리마코프 수상 해임 때에는 스테파신과 수상후계자 자리를 다툴 정도였다.

수출용 요금을 국내용 요금의 두 배로 설정해 놓았기 때문에 수출용이 전체 철도화물량의 3분의 1에도 미치지 못하여 수출용 요금 수입이 절반 정도로 줄어드는 사태가 발생했다. 그래서 2001년 1월에 개최된 정부의 철도요금위원회 모임에서는 수출용과 국내용을 모두 단일화한 가격체계로 돌아가야 한다는 결정이 내려졌다. 그리고 그 요금결정권은 철도성에서 반독점성(省)으로 이양한다는 내용을 채택했다.

관심을 모은 것은 이 위원회가 철도장관인 악쇼넨코가 노보시비르스크로 출장을 가는 날에 개최되어 철도장관이 자리를 비운 채로 결정이 내려졌다는 점이다. 위원회는 부수상 크리스텐코에 의해 진행되었고 그 자리에 참석한 반독점성장관 유자노프가 중요한 철도화물 가격결정권을 가졌다. 두 사람 모두 정부 내부에서는 츄바이스 인맥으로 알려져 있었다.

러시아 독점업체 이권의 행방

이 요금설정 문제는 지금까지의 철도성의 독점적 지위를 바꾸는 성격을 가지고 있었다. 크리스텐코는 이 위원회에서 특정 운수기업에 대한 특혜적 요금설정 문제를 지적했다. 특혜요금은 철도성 내부에서는 금기시하던 문제로, 이 특혜요금을 적용받고 있는 운수기업은 실질적으로 철도성 간부에 의해 운영되고 있다는 점이 매스컴을 통하여 자주 지적되는 상황이었다.

악쇼넨코는 일리스턴 서비스, 로스트랜스레기온, 트랜스레일, 유로시브 등, 몇 개의 운수기업과 관계가 있다고 알려져 있었다. 트랜스레일은 악쇼넨코의 아들 루스탐이 경영하고 있었고 유로시브의 경영간부로는 조카인 세르게이 악쇼넨코가 있었다. 이 기업들은 화물수송에서 특혜요금을 적용받아 막대한 이익을 올리고 있었다. 이 화물요금설정권한이 철도성에서 이양된다는 것은 이권도 사라진다는 의미였다.

표면적으로 이 운수기업들의 소유자는 외국기업으로 포장되어 교묘하게 감추어져 있었다. 그러나 악쇼넨코와 수상 자리를 두고 대립한 전 수상 세르게이 스테파신이 철도성의 새로운 적으로 부각되었다. 2000년 4월에 스테파신이 장관으로 취임한 회계감사원은 소문이 무성한 철도성 부정부패에 대한 조사를 추진했고 스테파신 자신이 그 결과를 푸틴에게 보고했다.

악쇼넨코의 이권을 박탈하기 위해 움직이고 있던 크리스텐코, 유자노프, 스테파신 등에게 공통되는 점은 츄바이스와의 관계였다. 그리고 츄바이스 자신도 전년도부터 철도성이 UES에 지고 있는 채무를 방패삼아 악쇼넨코에게 공격을 가하고 있었다. 예를 들어 2001년 4월 하순에 츄바이스, 악쇼넨코 두 사람은 이 채무문제에 대해 교섭을 벌였다.

츄바이스는 철도성이 요금을 제대로 지불하지 않아 22억 루블의 채권이 UES에 존재한다고 주장하면서 그 반면에 UES가 철도성에 지불하지 않은 채무는 2억 루블이니까 그 차액인 20억 루블을 지불하라고 요구했다. 그러나 악쇼넨코가 여기에 응하지 않자 츄바이스는 수상 카시야노프에게 그 불만을 호소했다. 그리고 보복으로서 UES는 휘하의 모스에네르고(Mosenergo)에, 모스크바 관내의 철도에 대한 송전을 일시적으로 중지하라는 명령을 내렸다. 철도운행을 막는 이 강인한 조치에 대해서 츄바이스는 "책임은 악쇼넨코에게 있다."고 공언했다.

푸틴정권의 독점업체 개혁에는 츄바이스의 영향이 매우 컸다. 츄바이스 자신이 1990년대 개혁파의 대표로서 러시아의 시장경제도입을 주장했던 시기부터 러시아의 독점업체 개혁을 중요한 목표로 삼고 있었다. 국제통화기금(IMF)

등으로부터 강한 요청을 받은 측면도 있지만, 독점업체의 이권 그 자체가 커다란 매력이었다. 그래서 천연가스와 철도 부문의 보스에게서 이권을 빼앗기 위해 노력했고 나름대로 성공을 거두고 있었다. 그러나 최종적으로 그 이권을 누가 손에 넣을 지는 아직 아무도 알 수 없었다.

PUTIN'S RUSSIA | 11

올리가키 추방과 미디어 지배

텔레비전방송국 탈취

푸틴정권은 발족 당시부터 미디어 지배를 노렸다. 1990년대의 러시아는 올리가키의 영향 아래에 있는 미디어에 의해 조종되고 있었기 때문이다. 올리가키들은 휘하의 미디어를 정권당국이나 정적을 공격하는 도구로 사용했다. 특히 텔레비전 미디어는 러시아에서는 영향력이 매우 강해서 2004년의 대통령선거에서 재선을 확실하게 하기 위해서도 그것을 완전히 정권이 컨트롤 할 수 있도록 휘하에 두어야 할 필요가 있었다.

소련이 붕괴된 이후, 러시아의 텔레비전 방송망이 단번에 확대되었는데 전국방송을 하고 있는 3대 텔레비전방송국이 특히 중요했다. 국영방송인 러시아 텔레비전(RTR), 반 관영 반 민영 방송인 러시아 공공텔레비전(ORT), 민영방송인 독립 텔레비전(NTV)이다. 푸틴정권이 발족할 당시에 ORT와 NTV는 각각 보리스 베레조프스키와 블라디미르 구신스키 등 두 명의 대표적인 올리가키의 지배 아래에 있었다. 그 때문에 정권은 텔레비전의 지배권을 탈취한다는 것을 목표로, 이 두 명의 올리가키를 밀어내기 시작했다.

2001년 4월 3일, NTV의 간판 뉴스프로그램에 이 회사 사장이며 저명한 캐스터인 예브게니 키셀료프가 긴박한 표정으로 시청자들에게 호소했다.

"우리의 채널이 지금 약탈당하려 하고 있습니다."

화면 한 구석에는 NTV의 로고마크와 함께 '항의'라는 문자가 나타나 있었다.

같은 날 점심, NTV의 주식 46%를 보유하고 있는 가즈프롬 미디어가 가즈프롬 본사 빌딩에서 NTV의 임시주주총회를 개최했다. 주주총회는 키셀료프를 비롯한 NTV경영진을 경질하고 NTV의 새로운 이사장으로 가즈프롬 미디어의 사장인 알프레드 코흐를, 새로운 사장으로 투자회사 출신의 미국인 실업가 보리스 조단을 각각 선출했다.

NTV측은 가즈프롬 미디어가 이 주주총회를 일방적으로 소집했기 때문에 무효라는 소송을 냈다. 재판소는 주주총회 개최를 금지하는 결정을 내렸지만 바로 다음 날에 그 결정을 취소해 버렸다. 강제로 열린 주주총회는 실질적으로 NTV의 경영권을 빼앗으려는 것 이외에는 아무런 목적이 없었다.

NTV주식의 과반수를 차지하고 있지도 않은 가즈프롬이 임시주주총회에서 경영진을 교체한 것도 강제적이었다. 가즈프롬 미디어는 전년도부터 NTV의 주식취득을 진행했는데 그 주식이 46%에 달한 2001년 1월, NTV의 경영권 장악을 일방적으로 선언하고 임시주주총회 개최를 제안했다. NTV측은 가즈프롬에 채무를 변제하기 위해 19%의 NTV주식을 담보로 제공하기로 되어 있었는데 그것이 재판소에 압류당하여 동결상태에 놓여 있었다. 이것을 포함하면 가즈프롬 미디어 측이 지배주를 손에 넣었다는 결론이 나온다는 논리였다.

NTV는 4일 아침부터 일상적인 텔레비전 프로그램을 중지하고 보도프로그램만을 내보내기 시작했다. 옛 경영진과 사원들이 방송국으로 모여들었다. 방송국 앞에도 수백 명의 지원자들이 모였다. 키셀료프 등, 옛 경영진은 NTV가 속해 있는 미디어 그룹 미디어 모스트의 회장 구신스키가 미국 CNN의 창설자 테드 터너에게 소유하고 있는 주식을 양도했다고 발표했다. 가즈프롬 미디어 측을 견제하고 미국에 의지한다는 목적이었다.

14일 새벽, 새로운 사장 조단을 비롯한 경영진이 경호진의 호위를 받으며 NTV사옥으로 들어섰다. 새로운 경영진을 인정하지 않는 NTV사원에게는 사직권고가 이루어졌다. 사내의 혼란에 의해 일시적으로 방영이 중단되기는 했지만 얼마 지나지 않아 새로운 체제 아래에서 일상적인 방송이 재개되었다. 뉴스프로그램은 NTV의 상황을 간단히 소개했을 뿐이다. 이렇게 해서 러시아에서 가장 많은 인기를 자랑하던 민간텔레비전 방송국의 경영권 탈취가 성공을 거두었다. 대통령 푸틴은 이 상황에, "민간회사끼리의 다툼에 개입할 권리는 없다."는 말만 하고 방관자로서의 입장을 지켰다.

미디어를 공격하기 시작한 푸틴정권

사실, NTV탈취극은 전년도에 푸틴정권이 발족된 직후부터 시작되었다. 구신스키는 2000년 5월에 발족된 푸틴정권의 입장에서 볼 때 첫 공격 대상이었다. 최고검찰청은 정권이 발족된 지 얼마 지나지 않은 5월에 미디어 모스트의 본사를 가택 수색했고 6월에는 회장 구신스키를 사기죄로 기소, 7월 중순에는 체포하여 사흘 동안 구금했다. 혐의는 상트페테르부르크의 루스코예 비디오(Russian Video) 사로부터 백만 달러를 횡령했다는 것이었다. 또, 미디어 모스트 보안부문의 불법적인 경비 활동도 협의대상이었지만 일반인에게는 그다지 명확하게 설명이 되지 않았다.

사흘 동안 구금을 당한 구신스키의 석방 조건은 미디어 모스트의 주식을 내놓는 것이었다. 2억 6천만 달러의 채무가 있는 가즈프롬에 주식을 양도한다는 협정에 조인한 구신스키는 가족이 살고 있는 스페인으로 출국했다.

하지만 9월이 되어 가즈프롬은, 7월에 미디어 모스트와 체결한 주식양도 협정이 미디어 모스트에 의해 일방적으로 파기되었다는 발표를 했다. 러시아에서는 아직 이 협정이 표면적으로 알려져 있지 않았다. 다만, 구신스키가 가즈프롬 측에 미디어 모스트를 매각하는 데에 동의했다는 소문만 전해졌을 뿐이다.

그 며칠 전부터 인터넷상에서 구신스키와 가즈프롬의 자회사 가즈프롬 미디어의 사장 알프레드 코흐 사이에서 조인된 주식양도협정과 몇 장의 의정서가 나돌았는데 이 내용은 정치적으로 엄청난 스캔들을 불러일으킬 수 있는 요소를 포함하고 있었다. 의정서 마지막 두 장에는, 미디어 모스트 주식의 양도 협정을 실행하는 조건으로서 구신스키에 대한 수사중단이 명시되어 있었다. 협정서에는 통신정보장관인 미하일 레신의 서명이 있었다. 정권이 관여하고 있다는 사실을 보여주는 명확한 증거였다.

순수해야 할 민간기업끼리의 주식양도계약에 정부가 관여하여 사법거래를 유도했다고 보아도 어쩔 수 없었다. 푸틴은 이 협정내용이 발각되었다는 데에 대하여 분노를 감추지 않았다. 한때는 레신을 통신정보장관에서 해임하겠다는 뜻을 보였을 정도였다.

미디어 모스트는 정권의 관여를 역수로 이용하여 이 협정을, "압력에 의해 어쩔 수 없이 조인한 것이며 법적인 유효성이 없다."고 주장했다. 한편, 가즈프롬 미디어의 사장 코흐는 강하게 반론을 폈다.

"반년 동안이나 이리저리 끌려 다녔는데 결국에는 감쪽같이 속았다."

그러나 통신정보장관까지 연관된 사법거래협정을 체결한 불법행위는 피하기 어려웠다. 정권 측도 이 문제를 표면화시키고 싶어 하지 않았다. 이렇게 해서 구신스키를 구금하여 서명을 하도록 만든 이 협정은 실질적으로 파기되었다.

이 사건에서 구신스키가 만만치 않은 인물이라는 사실이 잘 드러났다 주식양도 협정이 조인된 날짜를 보면 구신스키가 구금에서 풀려난 직후였다. 협정을 조인한 이후, 구신스키의 심복인 NTV의 전 사장 이고르 말라센코가 통신정보장관 레신을 만나 협정을 승인한 증거로 레신의 서명을 받았는데 이 서명을 해 준 것이 정권 측의 커다란 실수였다. 구신스키는 이 서명을 빌미로 삼아 협정을 파기시키는 데에 성공을 거둔 것이다.

구신스키의 미디어 진출

구신스키는 베레조프스키와 나란히 유태계 올리가키의 대표자로 알려져 있었다. 구소련 시대의 페레스트로이카(개혁) 시기에는 자신의 승용차를 이용하여 모스크바에서 택시영업을 했다. 1991년에는 상업은행 모스트 뱅크를 설립하여 은행 분야에서 이익을 올린 뒤에 미디어 분야로 진출했고 1993년에 신문사 세보드냐를 설립했다. 그 즈음, 제1채널(나중에 러시아 공공텔레비전=ORT)에서 인기 있던 캐스터 키셀료프가 자신의 프로그램 '이토기'를 다른 텔레비전에서 계속 진행하고 싶다고 협력을 요청해 왔다. 구신스키는 이 요청에 응하여 자신의 텔레비전방송국을 가지기로 결심했다.

옐친이, 제4채널에서 하루 6시간만 방송하고 있던 텔레비전방송국의 민간으로의 이전을 대통령령으로 정했다. 구신스키는 독립 텔레비전이라고 이름을 붙인 첫 민간텔레비전 방송국의 설립자 중의 한 명으로 다른 신흥재벌과 함께 이름을 올렸다. 1년 후, 그는 다른 지원자들에게 융자를 받았던 금액을 변제하고 이 방송국을 실질적으로 손에 넣었다.

구신스키는 방송국에 효율적인 관리시스템을 도입하여 키셀료프 등의 저널리스트를 간판으로 내세우고 ORT의 정치부장이었던 말라센코를 스카우트하여 운영을 담당하게 했다. 구신스키가 모은 팀은 자유롭고 활발한 정권비판을 내세워 NTV를 러시아에서 가장 인기 있는 텔레비전방송국으로 만들었다.

구신스키의 입장에서 가장 중요한 해는 1996년이었다. 구신스키는 그 때까지 미디어 그룹으로서 비판적이었던 옐친의 재선거를 도와주는 입장으로 전환하여 개혁파 정치가인 츄바이스, 베레조프스키와 손을 잡고 자신의 매스컴을 총동원하는 형식으로 옐친의 재선을 성공으로 이끌었다.

1997년, 전신전화 통합지주회사 스뱌지인베스트의 민영화 입찰에서 패배를 맛보았는데 이것이 구신스키에게는 최초의 좌절이었다. 이미 정권에 깊이 개입되어 있던 구신스키는 스뱌지인베스트의 민영화 계획부터 참가하여 베레조프스키와 손을 잡고 낙찰 준비를 갖추어놓고 있었다.

이 때, 구신스키에게 쓰라린 패배를 맛보게 해 준 인물이 당시 민영화를 담당하는 국가자산위원회의 의장이었던 알프레드 코흐였다. 츄바이스의 충실한 부하였던 그는 그 지시에 따라 포타닌의 인테로스 그룹에 낙찰을 시켰다. 그리고 그 불투명한 처리에 대해 국내의 비판이 높아지자 해임 당했다. 그런 코흐가 갑자기 2000년 중반에 가즈프롬 미디어 사장으로서 대중 앞에 모습을 드러내고 가즈프롬의 채권을 무기로 NTV를 탈취하는 주역으로 활동하게 된 것이다.

1996년, 구신스키는 가즈프롬을 나름대로의 수단을 활용해서 위협, 미디어 모스트에 자금을 제공하게 했다. 그것은 NTV에 대한 가즈프롬의 출자와 융자 형식으로 이루어졌다. 가즈프롬 측은 2억6천만 달러나 되는 채권에 대해 미디어 모스트에 너그러운 태도를 보여주지 않았다. 과거에 약점을 잡혔던 일이 있었기 때문이다. 결국 정권은 2000년 중반에 가즈프롬 미디어를 설립하게 하고 그 사장으로 과거에 구신스키와 인연이 깊었던 코흐를 공격의 선두에 세웠다.

구신스키의 입장에서 볼 때 두 번째의 좌절이 2000년의 대통령선거였다. 구신스키는 중도정당 야블로코의 당수 그레고리 야블린스키를 대통령후보로 밀었다. 그런데 푸틴이 압승을 거두자 그 낙담을 감추지 못하고 "그레고리에게 얼마나 많은 돈을 쏟아 부었는데…."하고 한탄했다고 한다. 이 때에 구신스키의 운명은 정해졌다. 구신스키에 대한 최고검찰당국의 추방활동이 시작된 것은 푸틴정권이 발족된 직후인 2000년 5월이었다.

스페인으로 출국한 구신스키에게 러시아 최고검찰로부터 체포영장이 나왔다. 그는 국제수배를 통하여 스페인 당국에 체포되었지만 스페인 국내에서 보석을 받았다. 러시아는 신병 인도를 요구했지만 스페인 당국은 그 판단을 미루면서 응하지 않았다. 최종적으로 스페인 당국에서 석방된 구신스키는 이스라엘로 건너갔다.

NTV탈취를 위해 움직인 인물들에게는 공통점이 있다. 90년대 초반에 츄바이스가 주도한 민영화 작업에서 손과 발이 되어 움직였다는 이유에서 민영화 마피아로 불렸던 그룹이다. NTV이사장이 된 코흐는 일찍이 국가자산위원회 의장이었다. 가즈프롬 미디어의 이사장으로서 코흐와 함께 NTV를 탈취하기 위해 활약한 알렉산드르 카자코프도 전 국가자산위원회 의장으로 코흐의 전임자였다. 키셀료프를 대신하여 NTV사장으로 취임한 미국 국적의 사업가 보리스 조단은 국제투자은행인 크레디트 스위스 퍼스트 보스톤(CSFB)의 전 모스크바 지점장으로 국가자산위원회의 컨설턴트였다. 그들은 한결같이 츄바이스의 측근과 친구들로 구성되어 있었다.

한편, 츄바이스 자신은 2000년 여름에 지식인과 경제인들이 푸틴을 상대로 미디어 모스트 억압을 비판한 공개서한에 이름을 올려놓고 있었다. NTV 탈취에 자신의 인물들이 관여했다는 사실을 감추기 위한 행동이었다. 츄바이스에 대한 코흐의 충성심은 2003년 연말의 하원선거에서 츄바이스가 이끄는 우파세력동맹에 코흐가 선거대책본부장으로 기용된 데에서도 잘 나타났다.

텔레비전은 정쟁의 도구

보리스 베레조프스키와 푸틴정권의 관계는 구신스키와는 분명히 달랐다. 구신스키가 대통령선거에서 푸틴의 대항마를 지원했다는 데에 비하여 베레조프스키는 푸틴정권이 탄생할 수 있도록 일익을 담당했다. 베레조프스키는 푸틴정권과의 대립이 분명해진 2000년 9월의 시점에서도 이렇게 말했다.

"푸틴을 대통령으로 만든 것은 (내 입장에서는) 올바른 선택이었다."

물론 선거기간 동안 베레조프스키 휘하의 미디어도 푸틴을 지지한다는 뜻을 명확하게 했다. 그 첫 번째는 텔레비전방송국 ORT였다. 베레조프스키가 지배하고 있던 〈독립신문〉, 〈코메르산트〉, 〈노비에 이즈베스티야(Izvestiya)〉들도 푸틴을 지지하는 쪽으로 움직였지만 국민에 대한 영향력이라는 점에서 ORT에는 전혀 상대가 되지 못했다.

그러나 푸틴의 인기가 높아지는 한편으로 푸틴에 대한 베레조프스키의 영향력은 점차 줄어들고 있었다. 예를 들면, 푸틴이 대통령대행이 된 2000년 1월, 산업부문 담당 제1부수상이었던 악쇼넨코가 제1부수상 자리에서 물러나 전임 철도장관으로 격하된 일이었다. 악쇼넨코는 1998년에 프리마코프를 수상의 자리에서 끌어내릴 때, 베레조프스키 등 세미야 그룹이 수상후보로 내세운 인물이다.

베레조프스키가 푸틴정권에 대해 공공연히 이의를 제기하기 시작한 것은 푸틴이 상원개혁법안을 제출했을 때였다. 2000년 5월 말, 베레조프스키는 이 정책은 잘못된 것이라면서 대통령에게 보내는 공개서한을 신문에 발표했다. 그리고 7월, 갑자기 하원에 사표를 제출했다. 1998년에는 에어로프로트의 자금 불법송금의혹으로 체포영장도 받은 그는 1999년 연말의 하원선거에 출마하여 의원으로서의 불체포 특권을 거머쥐었다. 그런데 굳이 그런 특권을 포기하는 형식으로 정권에 항의하는 자세를 보였다는 데에 러시아의 정계와 재계는 놀라지 않을 수 없었다.

베레조프스키는 하원의원직을 사직하는 이유에 대해 건전한 야당을 조직하기 위해서라고 설명했다. 이제 푸틴정권과 거리를 두겠다는 입장을 명확하게 한 것이다. 굳이 의원으로서의 불체포 특권을 버린 이유는, 그 자신이 깨끗한 몸으로 푸틴에게 저항한다는 것을 외국에 보여 외국으로부터의 동정과 지원을 받으려는 목적에서였다는 견해도 있다.

베레조프스키가 미디어에 손을 대는 계기가 된 것은 1994년 여름에 발생한 그 자신에 대한 암살미수사건이었다. 국제적으로 주목을 받는 피해자가 될 뻔 했다는 점 때문에 사회의 동정도 모아졌다. 그는, 사회로부터 이렇게까지 높은 평가를 받게 해 준 미디어의 힘을 강하게 인식했다.

1995년 봄, ORT가 민영화되었을 때 베레조프스키는 광고담당 중역으로 경영에 참가했다. 그 해 5월에 ORT사장이었던 블라디슬라프 리스티예프(Vladislav Listyev)가 암살당했다. 텔레비전 캐스터로 잘 알려져 있던 리스티예프의 죽음은 러시아사회에 큰 파문을 불러 일으켰다. 이 때, 베레조프스키가 이 사건에 관여했다는 소문이 나돌았지만 증거가 없었다. 베레조프스키는 사장의 죽음을 통하여 ORT의 실권을 쉽게 장악했다. 당초, 베레조프스키의 ORT보유주식은 19%로 알려져 있었지만 푸틴정권이 들어선 이후에, 사실은 정부 보유주식 51%를 제외한 나머지 49%를 보유하고 있다는 사실이 판명되었다. 옐친정권 아래에서는 정부가 ORT의 경영에 간섭하지 않았기 때문에 베레조프스키는 이 텔레비전 미디어를 마음껏 정쟁의 도구로 활용했다.

1997년, 구신스키와 손을 잡고 전신전화 지주회사인 스뱌지인베스트의 민영화 낙찰을 도모했지만 츄바이스 일파에 의해 좌절되었는데, 이 때 ORT의 인기 캐스터였던 세르게이 도렌코를 이용, 집요하게 민영화 비판을 반복하여 국가자산위원회 의장이었던 알프레드 코흐를 해임시켰다. 그 후에는 휘하의 텔레비전 방송국과 신문을 이용해서 츄바이스가 스뱌지인베스트를 낙찰 받은 인테로스의 회장 포타닌에게서 원고료 명목으로 뇌물을 받았다고 보도하여 츄바이스를 재무장관 자리에서 물러나게 만들었다.

그 보복으로, 전년도부터 담당하고 있던 안전보장회의 부서기라는 직함을 옐친에 의해 박탈당했다. 츄바이스가 옐친에게 진언을 하여 이루어진 보복이었다. 베레조프스키의 입장에서 볼 때 츄바이스는, 늘 옐친에 대한 영향력을 겨루는 상대였지만 공통의 적이 형성되었을 때에는 동맹자가 되는 관계였다. 그런데 푸틴정권이 들어서면서 옐친 시대와는 다른 양상을 보이게 되었다. 베레조프스키는 분명히 푸틴을 옐친의 후계자로 밀었지만 푸틴은 그 은혜를 그다지 고맙게 여기지 않았다. 고향 상트페테르부르크 시절부터 츄바이스와 깊은 관계를 구축하고 있었기 때문이다.

그리고 하원의원을 그만두고 "매스컴 경영에 전념하겠다."고 한 베레조프스키에게 푸틴정권은 새로운 공세를 가해 왔다. 목적은 텔레비전 방송국 ORT의 지배권을 탈취하는 것이었다. ORT는 베레조프스키와 정권과의 대립에 보조를 맞추며 정권을 비판하는 목소리를 더욱 높이고 있었다.

2000년 여름에 발생한 원자력잠수함 크루스크 침몰사건에서도 ORT는 대응이 늦은 푸틴을 혹독하게 비판했다.

푸틴을 비판하는 미디어에 대한 공세

9월로 접어들어 베레조프스키는 ORT문제에 대한 행동을 시작했다. 우선, 그가 소유하고 있는 ORT주식을 포기하라는 압력을 받았다면서 푸틴정권을 비난하는 공개서한을 발표했다. 그 서한에는 푸틴이 크루스크 사고를 둘러싼 ORT의 보도에 불만을 느끼고 직접 ORT를 지배할 결심을 했다는 말을 크렘린의 고위관리로부터 알아냈다는 내용이 씌어 있었다. 그리고 2주일 이내에 그의 ORT보유주식을 정부에 양도하지 않으면 구신스키의 전철을 밟게 될 것이라는 협박을 받았다고 폭로했다.

이어서, 베레조프스키의 ORT보유주식을 위탁받은 14명의 리스트를 발표했다. 정부에 양도하는 것이 아니라 그가 신뢰할 수 있는 친한 저널리스트들에게 주식을 맡긴다는 설명도 붙여졌다. 이 주식을 위탁받은 멤버 중에는 텔레비전 캐스터 세르게이 도렌코, 저널리스트 이고르 그렌비오프스키, 오트라티스, 비탈리 트레차코프 등의 저명인사들이 포함되어 있었다. 법인조직이 주식을 관리하는 형태가 된 것이다. 베레조프스키는 "만약 그들이 주식을 정부에 양도하겠다고 한다면 그 의견에 따르겠다."고 말하면서 그들이 배신할 리는 없다는 자신감을 내보였다.

이 움직임에 대해 뉴욕의 국제연합 밀레니엄 총회에 참석해 있던 푸틴은 신중한 태도를 보이면서 이렇게 말했다.

"괜찮다. 중요한 건 주식을 위탁받은 사람들이 독립된 입장에 놓여 있다는 사실이다."

그러나 ORT경영진은 정권의 압력 아래에서 베레조프스키를 떠날 움직임을 보이기 시작했다. 베레조프스키가 신뢰하고 있던 캐스터 도렌코가 편집하여 진행하는 뉴스프로그램 브레미야가 갑자기 중지되었다. 도렌코는 매스컴을 통하여, 대통령이 자신의 팀으로 들어오라는 요구를 해 왔는데 거절했더니 프로그램이 중지되었다고 주장했다. 도렌코는 과거에 베레조프스키의 충실한 대변자로 줄곧 베레조프스키의 정적을 공격해 왔다. ORT가 도렌코를 배제했다는 것은 ORT에 대한 베레조프스키의 영향력이 이미 사라졌다는 의미였다.

어디까지나 정권에 저항하는 자세를 버리지 않고 정계로의 진출 의욕을 보였던 도렌코는 그 후에 조깅을 하던 도중, 지나가던 사람에게 폭행을 했다는 혐의로 체포되었다. 본인은 연방보안국이 꾸민 조작이라고 주장했지만 유죄판결을 받았고 결국 매스컴업계에서 사라져 갔다.

그 동안 베레조프스키는 에어로프로트의 해외불법송금의혹과 관련된 최고검찰의 출두요청에 응하지 않고 국외로 피신해 있었다. 2001년에는 ORT 보유주식 49%를 로만 아브라모비치에게 양도하고 일단 ORT에서는 손을 떼는 형식을 취했다. 그러나 두 사람의 관계를 볼 때 장래 정세가 바뀌면 다시 ORT의 주식을 손에 넣는 것은 간단한 일로 여겨진다.

석유대기업의 TV6 궤멸

베레조프스키는 ORT에서 손을 떼는 대신 NTV를 탈취한 구신스키에게 구원의 손길을 뻗쳤다. 우선, 2001년 2월에 공개서한을 통하여 NTV에 5천만 달러의 융자와 은행채무 2억6천만 달러를 대신 갚아주겠다는 의향을 표명했다.

그리고 NTV에서 밀려난 키셀료프 등의 옛 경영진에게 베레조프스키가 75%의 주식을 보유하고 있는 텔레비전 방송국 TV6를 제공했다. NTV사옥에 새로운 경영진이 들어서면서 밀려난 지 이틀 뒤인 4월 16일, 키셀료프는 TV6의 사장대행으로 취임하여 옛 NTV사원들과 함께 보도활동을 계속하는 체제를 정비했다. TV6은 모스크바 주변과 주요도시에 영화, 음악 등 오락프로그램을 중심으로 방영하는 지방 텔레비전방송국이었다. 새로운 체제의 TV6에서는 NTV의 인기 프로그램이었던 저녁 뉴스프로그램 세보드냐를 그 형식 그대로 내보냈다.

TV6은 서서히 시청률이 올라갔고 NTV는 시청률이 떨어져 갔다. 러시아에서 유일하게 정권으로부터 독립된 입장에 놓여 있는 텔레비전 방송국이라는 점에서 TV6의 평가가 올라간 것이다.

그러나 이 체제도 1년을 유지하지 못했다. TV6에 새로운 공격을 가한 것은 석유대기업 루크오일이었다. 루크오일의 연금 기금 루크오일 개런트는 TV6의 주식 15%를 보유하고 있었다.

2001년 9월, 루크오일 개런트가 TV6의 경영부진을 이유로 이 방송국을 청산해달라는 신청을 냈고, 11월에 모스크바 중재재판소는 TV6에 대해 6개월 이내에 청산하라는 명령을 내렸다. 러시아의 파산법에서는 소수 주주라 해도 기업의 경영실적이 나쁘면 청산, 해산을 신청할 권리가 인정되어 있었다. 그 직후에 하원은 이 조항을 폐지했지만 이미 때는 늦었다. 이 회사의 적자는 2001년에 2억5천만 루블에 이를 것이라는 전망이었지만 다른 텔레비전 방송국과 비교할 때 특별히 두드러지는 정도는 아니었다. 루크오일 측은 순수한 경영상의 문제라고 주장했지만 정권의 의향을 받아들여 TV6을 궤멸시킨 것이었다.

결국, 2002년 1월에 재판소는 이 방송국을 폐쇄한다는 명령을 내렸다. 러시아 정부는 즉시 TV6의 전파사용을 금지하는 명령을 내렸다. 채널은 국영스포츠전문방송으로 전환되었다. TV6의 핵심 그룹을 형성하고 있던 옛 NTV경영진은 주식회사 제6채널을 설립하고 라디오방송 등을 통하여 보도 프로그램을 계속하겠다는 결의를 보였다.

푸틴의 미디어지배

3월 하순에 정부는 TV6으로부터 빼앗은 방송권양도의 공개입찰을 실행했다. 낙찰을 받은 것은 기업가 그룹이 주도하는 비영리단체 미디어 소치엄이었다. 러시아 산업기업가동맹 회장인 알카디 보리스키와 상공회의소 소장인 예브게니 프리마코프가 표면적인 대표가 되어 있었지만 이 기업가 그룹의 결성을 주도한 인물은 츄바이스였다. 츄바이스는 이 그룹에 로만 아브라모비치, 올레그 데리파스카 등 세미야 그룹의 올리가키들을 참가하게 했다. 미디어 소치엄은 키셀료프 등에게 다시 텔레비전 방송국 운영을 맡겼다. 그들은 새롭게 TVS라고 명칭을 바꾸고 독립 텔레비전방송국으로서 방송을 내보냈다.

츄바이스가 세미야 그룹과 손을 잡은 이유는, 이 공개입찰에 실로비키 그룹의 핵심 인물 중의 한 명인 세르게이 푸가초프가 참가하려 하고 있었기 때문이었다. 푸가초프는 러시아 정교회와 관련되어 종교색이 짙은 지방텔레비전방송국 모스코비야를 휘하에 두고 있었다. 츄바이스는 텔레비전의 지배권이 실로비키 측으로 넘어가는 것을 막기 위해 세미야 측과 손을 잡은 것으로 보였다.

1년이 지나 2003년 6월 6일, 이 TVS는 주주끼리의 내분이 표면화되었다. 데리파스카가 츄바이스에 대해 그가 보유하고 있는 TVS의 주식 45%를 요구했고, 츄바이스가 이 요구에 동의했다는 보도가 흘러 나왔다. 데리파스카는 이것으로 90%의 주식을 지배하게 되면서 TVS의 경영은 세미야 그룹의 지배 아래로 들어갈 가능성이 짙어졌다.

정부의 대응은 민첩했다. 6월 22일 오전 0시. 영화프로그램을 방영하던 도중에 흘러나오고 있던 CM이 갑자기 중단되면서 테스트패턴 표시에 이어 방송정지 표시가 몇 분 동안 흘러나왔다. 제6채널에서는 그 이후 다시 국영 스포츠전문텔레비전방송국의 프로그램이 방송되었다. 방송을 정지시킨 통신정보성은 TVS가 경영 위기에 빠져 사원들에게 급료를 제대로 지급하지 못한 데다 채무 증가도 발생했기 때문에 방송을 정지하게 되었다는 성명을 발표했다.

이렇게 해서 푸틴정권의 텔레비전 미디어 지배는 3년 만에 완성을 보았다. 그 후, 러시아의 텔레비전 보도는 90년대의 활기를 잃어갔다. 구소련 시대를 연상하게 하는 무미건조한 보도와 공허한 대통령예찬이 텔레비전을 뒤덮기 시작했다.

PUTIN'S RUSSIA | 12

푸틴 의혹

전 대통령부 총무국장의 부정부패 의혹

검찰의 소환을 피하여 외국으로 몸을 피한 베레조프스키는 자신의 영향 아래에 있는 신문과 인터넷을 통하여 계속 푸틴을 비판했다. 특히 2001년 중반에는 "푸틴은 올해 안에 대통령 직에서 물러날 것이다."라고 예언하여 한 차례 매스컴의 화제를 불러 일으켰다. 러시아에서는 일찍이 베레조프스키가 자신의 영향 아래에 있는 미디어를 이용하여 정적의 스캔들을 폭로한 사실을 잊지 않은 상태였다.

베레조프스키의 이 예언과 부합되듯 외국의 미디어가 푸틴의 개인적인 스캔들을 보도하는 사태가 발생했다. 이탈리아의 〈라 레프블리카〉 지가 8월 말에 푸틴 의혹을 보도한 것이다. 서구의 정보기관이나 경찰기구로부터 얻은 정보라고 했는데 단순히 국내의 부정부패 수준이 아니라 국제적인 범죄조직의 자금세탁, 마약거래라는 각국의 수사 대상에 푸틴 자신이 관여되어 왔다는 점에서 주목할만한 일이었다.

또한, 푸틴의 신경을 거스르는 미국의 움직임도 있었다. 2001년 1월 크렘린과 스위스건설회사의 유착, 부정부패 혐의로 스위스검찰청으로부터 체포영장이 나왔던 전 대통령부 총무국장 파벨 브로딘이 뉴욕의 케네디공항에서 미 연방수사국(FBI)에 의해 구속당한 것이다. 그는 미 대통령 조지 부시의 취임선서식에 초대를 받았기 때문에 외교비자가 아닌 일반비자를 이용하여 미국으로 들어가 있었다. 초대장을 보낸 것은 부시 선거본부의 미국사업가였다. 하지만 이것은 국제수배가 내려져 있는 브로딘에 대해 FBI가 설치한 함정에 걸려든 것이라는 견해가 강했다.

러시아 · 벨로루시 동맹의 서기라는, 외교관에 준하는 직함을 가지고 있었지만 FBI는 4월 초까지 브로딘을 구류했다. 그 후, 브로딘이 스위스로 보내달라고 요구했고 그 요구가 받아들여져 스위스에 수감되었던 브로딘은 5백만 스위스 프랑(약 290만 달러)의 보석금을 지불하고 나서야 간신히 러시아로 돌아왔다. 그 동안, 미국이 러시아의 보석요구에 응하지 않았던 것이 인상적이었다. 미국이 브로딘을 취조하는 과정에서 무엇인가 크렘린의 약점을 잡은 것이 아닌가 하는 견해가 나왔다. 브로딘과 푸틴의 관계는 평소에 두 사람이 주장한 것처럼 좋은 사이는 아니었다는 사실을 미국도 이해하기 시작했다.

푸틴과 러시아 마피아의 관계

미국의 부시정권은 발족 당초에 러시아에 대해 매우 강경한 자세를 보였다. 러시아를 더 이상 대국으로 취급하지 않고 미국과 대등한 국가로도 인정하지 않는 자세를 취했다. 그리고 6월 중순에 슬로베니아의 류블랴나(Ljubljana)에서 푸틴과 부시 사이에 처음으로 미 · 러 정상회담이 실현되었지만, 미 · 러 관계의 미래에 대한 전망이 열리기에는 부족한 상황이었다. 이런 상황에서 2001년 8월 말에 미국 주간지 〈뉴스위크〉는 FBI와 유럽 치안당국의 정보라면서 '미스터 클린의 오점'이라는 제목으로 푸틴의 의혹을 보도했다.

의혹의 대상이 된 것은 2000년 5월, 즉 대통령 취임 전까지 푸틴이 사외이사로 있던 상트페테르부르크 부동산회사(SPAG)라는 독일 이름의 부동산기업이었다. 이 회사는 상트페테르부르크의 소프차크 시에서 일했던 시절에 시가 후원을 하여 설립한 독일과의 합병기업으로 본사는 독일의 프랑크푸르트에 두고 부동산사업을 활발하게 전개하고 있었다.

〈뉴스위크〉와 이탈리아의 〈라 레프블리카〉는 독일경찰당국 및 리히텐슈타인의 검사국이 이 기업에 대해 수사를 진행하고 있다고 보도했다. 발트 해 연안을 장악하고 있는 마피아 조직 및 콜롬비아 마약조직의 자금세탁에 SPAG가 도움을 주었다는 혐의였다.

이 회사의 사업을 주도하고 있던 사람은 변호사 출신의 루돌프 리타라는 푸틴의 친구로 리히텐슈타인에서 이미 1999년에 자금세탁혐의로 체포당한 상태였다. 그를 대신하여 당시에 회사운영의 책임자가 된 인물이 푸틴의 측근인 블라디미르 스미르노프였다. 스미르노프는 2000년 5월 이후 모스크바의 대통령부 총무국으로 들어가 일찍이 푸틴도 담당했던 크렘린의 해외부동산 관리책임자가 되어 있었다. 그 때까지 상트페테르부르크에서 SPAG의 운영을 담당하고 있었는데 리타의 체포 등, 외국에서의 추궁이 심해지자 크렘린으로 불러들인 것이었다.

푸틴은 상트페테르부르크에서 대외관계위원회 의장으로서 국가와 시가 보유하고 있는 부동산의 민영화를 담당해 왔다. 어떤 자료에 의하면 상트페테르부르크 시는 시내의 정부소유시설을 마피아 조직과 '평등하게' 나누어

왔다고 여겨졌다. 예를 들면, I · I · 트라베라라는 이름의 마피아 그룹은 민영화를 통하여 발트 해 기선(汽船)을 손에 넣었다. 다른 마피아 보스 미라라시빌리 그룹은 리큐르 생산공장 샘트레스트를 손에 넣었다. 보다 강력한 마피아 조직인 탐보프(Tambov) 일가의 보스인 블라디미르 쿠마린에게는 푸틴이 도박사업을 내 주었다고 알려져 있었다.

푸틴과 탐보프 마피아의 밀접한 관련성에 관한 소문이 상트페테르부르크에서 나돌았는데 뒤에 설명할 바터 스캔들에서도 역시 그런 소문이 나왔다. 상트페테르부르크의 뒷골목을 실질적으로 지배하고 있던 것은 탐보프 마피아의 보스인 쿠마린이었다. 애칭으로 짧게 '쿰'이라고도 불리는 이 남자가 한밤중에 벤츠에서 내려 자신이 경영하는 카지노 콘티로 들어가는 모습이 시민들의 눈을 끌었다. 그는 상트페테르부르크에서 매우 유명한 레스토랑에서 식사를 즐겼는데 레스토랑의 개인실에 푸틴을 포함한 친구와 부하들을 자주 초대했다.

쿠마린은 일찍이 뒤셀도르프에서 스위스를 경유하여 상트페테르부르크로 돌아왔을 때에 한쪽 팔을 잃은 상태였다. 그를 노린 암살이 미수로 그치자 치료를 받기 위해 서유럽에서 오랜 시간동안 병원생활을 했는데 그 이후, 이름을 블라디미르 바르스코프로 바꾸어 사용했다. 이전처럼 백 킬로그램의 역기를 들어올리는 트레이닝은 할 수 없게 되었지만 그 대신 두 개의 대기업을 경영하는 데에 열을 올리기 시작했다.

두 개의 대기업은 부동산투자 펀드 즈나멘스카야와 페테르부르크 연료회사(PTK)였다. 전자는 푸틴이 대통령으로 취임할 때까지 사외이사로 등록되어 있던 SPAG의 자회사다. 대통령부는 푸틴과 SPAG의 관계가 그렇게 깊지 않았다고 설명했지만 독일 치안당국에 의하면 푸틴이 SPAG관계자와 자주 접촉을 가지고 있었고 때로는 이 회사의 편의를 도모하기 위해 시의 중요 서류에 서명도 했다고 지적했다. 한편, PTK는 1995년에 시장 소프차크의 주선으로 설립된 연료기업으로 시내의 가솔린판매 특권을 가지고 있었다. 이 두 회사의 사장을 겸임하고 있던 인물이 푸틴의 측근인 스미르노프였고 바르스코프는 중역이었다.

스미르노프는 상트페테르부르크에서 푸틴과 불가분의 관계를 가진 인물로 여겨지고 있었다. 2001년에도 스미르노프는 이 점을 부정하지 않고, "우리가 교류를 가진 것은 10년 이상이며 기업가로서, 인간으로서 좋은 관계를 유지하고 있다."고 말했다. 예를 들면, 푸틴은 1994년 12월, 상트페테르부르크시가 SPAG에 가지고 있는 2백 주의 투표권을 스미르노프에게 위탁하는 위임장에 서명을 했을 정도다. 그리고 96년에는 시내의 가솔린 판매 독점권을 주었다.

탐보프 마피아의 보스를 푸틴에게 소개한 사람이 스미르노프였다. 스미르노프와 쿠마린, 즉 바르스코프는 사업파트너였다. 어두운 사회를 알고 있는 스미르노프는 푸틴의 상담역으로 상트페테르부르크 시의 행정을 그늘에서 조종하는 입장에 있었다. 그리고 SPAG 등의 기업을 통하여 독점적인 이익도 올리고 있었다.

의혹의 상트페테르부르크 부동산

1991년, 소프차크의 고문에서 부시장이 된 푸틴은 시가 프랑크푸르트로 파견한 사절단의 일원으로 가담했다. 이 시에 대한 독일의 투자를 유치한다는 목적을 가진 여행이었는데 그 때 일행 중에 포함되어 있던 스미르노프와 알게 되었다. 스미르노프는 즉시 독일의 투자가 그룹을 설득하는 데에 성공하여 부동산 합병기업 SPAG를 설립했다. 러시아에 대한 투자를 주저하는 독일의 투자가를 설득시키는 재료로 사용한 것은 '상트페테르부르크 시가 전면적으로 지원한다' 는 보증이었다.

SPAG는 러시아의 자회사를 통하여 상트페테르부르크의 부동산에 투자한다는 목적으로 설립되었다. 프랑크푸르트 상공회의소의 기록에 의하면 SPAG는 1992년 8월에 설립, 등기되었고 변호사 루돌프 리타가 전액을 출자하고 있었다. 다른 설립자들 중에는 상트페테르부르크 국가자산관리위원회, 상트페테르부르크 은행, 독 · 러 합병기업인 인포름 푸투레의 이름이 있었다.

상트페테르부르크 국가자산관리위원회가 SPAG설립에 참가했다면 중앙의 국가자산관리위원회가 승인을 해 주었을 가능성이 있었다. 당시의 국가자산관리위원회 의장은 부수상을 겸하고 있던 아나톨리 츄바이스였다. SPAG는 이 국가기관이 참가하는 것으로 상트페테르부르크의 부동산을 취득하는 데에 있어서 유리한 지위를 구축했다. 당시, 국가자산관리위원회 상트페테르부르크 지부장을 담당하고 있던 인물이 후에 경제발전무역장관이 되는 게르만 그레프다. 그는 법률 컨설턴트에서 부동산을 불하하는 담당자로 돌아서 SPAG에 편의를 도모하고 있었다. 푸틴, 그레프, 츄바이스 등은 공동으로 SPAG를 지원하고 있었을 가능성이 있었다.

표면적으로는 독일에서의 부동산 투자유치가 목적이었지만 독일 등 서구의 경찰당국은 러시아의 마피아가 SPAG를 통하여 국내의 부동산 투자를 실시하고 있다고 보았다. 또, 러시아가 서유럽으로 코카인을 밀수하는 주요 루트가 되어 있다는 사실을 깨달았다. 러시아 루트가 존재한다는 증거는 1993년, 상트페테르부르크와 핀란드 국경 사이에 있는 카렐리아 공화국 비보르그(Vyborg)에서 콜롬비아의 코카인 약 1톤이 실려 있는 컨테이너차가 발견되면서 처음으로 밝혀졌다.

러시아 마피아가 관련되어 있다는 것이 명백했지만 진범 추적은 이루어지지 않았다. 그 뿐 아니라 그 후에 마피아조직은 모스크바, 상트페테르부르크에서 대규모 기업네트워크를 형성하기 시작했다. 그 안에는 푸틴의 대외관계위원회가 설립에 관여한 서방측과의 합병기업도 포함되어 있었다. 당시 독일의 치안당국이 캐내려 했던 것은 국제마약조직인 칼리의 자금 백만 달러 이상을 SPAG가 세탁을 했는가 하는 의혹이었다. 또, 미국 투자가를 포함한 SPAG의 외국 투자가들이 사장이었던 리타를 사기혐의로 고소, FBI가 수사에 착수했다.

2003년 9월에도 독일 국내의 SPAG 관계기업들이 일제히 가택 수색을 받는 등, 의혹을 캐내려는 움직임은 계속되었다. 그러나 정작 러시아 국내에서는 SPAG의혹에 수사당국이 손을 댄 흔적은 없었다.

푸틴의 '바터 스캔들'

핀란드에 가까운 카렐리아공화국의 콤소몰리스코에라는 호수 근처에 푸틴의 별장이 있다. 3층 건물에 헬기 착륙장, 라디오방송국, 기상대도 있는 것을 보면 단순한 엘리트의 휴양시설은 아니라는 것을 쉽게 알 수 있다. 이곳에, 주말이면 비밀리에 모스크바로부터 헬기가 날아와 푸틴 일행이 내려선다. 일행은 대통령부나 연방보안국의 수뇌들로 푸틴의 측근들이다. 경호는 마피아의 보스인 쿠마린, 즉 바르스코프가 경영하는 경호회사 리프에 소속되어 있는 경비원들로 추측된다.

1996년 11월에 이 카렐리아의 호수 지역에 복수의 별장 소유 및 건설허가를 얻은 DRK오제로라는 코페라티브 법인이 설립등기를 했다. 8명의 인물이 등기에 이름을 올렸는데 그 중에 당시 대통령부 총무국 차장이었던 푸틴과 PTK사장 스미르노프의 이름이 있었다. 또, 마찬가지로 별장을 등기한 러시아 은행의 주주 중의 한 명인 블라디미르 야쿠닌은 나중에 러시아 철도성의 제1차관으로 올라간 인물이다.

그리고 당시의 마피아 보스 쿠마린이 포함된 인물들이 1992년, 스트림이라는 회사를 통하여 상트페테르부르크의 기업들로부터 모은 비철금속을 외국으로 수출하는 사업에 참가했다. 그들은 그대신 식료품이 부족한 상트페테르부르크 시에 식료품을 공급한다는 의무를 짊어지고 있었다. 그러나 식료품은 도착하지 않았고 이것은 나중에 푸틴의 '바터 스캔들'로 보도되었다.

1991년 가을, 상트페테르부르크는 심각한 식료품 부족 사태에 빠졌다. 시 평의회는 겨울을 넘기기 위해 식료품배급제도도입을 결정했지만 식료품 입수는 매우 긴급한 과제였다.

1991년 12월 4일 날짜로 상트페테르부르크 대외관계위원회 의장인 푸틴의 편지가 러시아 대외경제관계성에 도착했다.

"1992년 1월부터 2월까지 식료품을 입수할 수 있는 유일한 방법은 바터로 수입하는 수단밖에는 없습니다."

편지에는 이런 글과 함께 바터 방식을 통한 식료품 수입의 정당성을 주장하는 내용이 씌어 있었다.

상트페테르부르크는 군수산업복합체의 중심이었던 만큼 비철금속 등 수출로 돌릴 수 있는 원재료가 풍부했다. 이것을 팔아 식료품을 수입한다는, 그야말로 그럴 듯한 제안이었다. 상트페테르부르크 시는 외국에 석유제품, 금속, 면화, 목재 등을 수출하는 권리를 스미르노프 등이 설립한 스트림 등의 기업에 내주었다. 그리고 이 기업들은 식료품을 수입할 의무를 지게 되었다.

푸틴은 이 생각을, 당시의 대외경제관계 장관이었던 표트르 아벤에게 편지로 전했다. 아벤은 나중에 신흥재벌, 즉 올리가키의 한 명으로 알파 그룹을 이끌게 되는 인물이다. 푸틴은 편지에서, 다음과 같이 상세하게 식료품 수입의 필요성을 호소했다.

"상트페테르부르크 지역에는 92년 1월부터 2월까지 8만3천 톤의 냉동육, 1만1천 톤의 버터, 3톤의 분유, 0.4톤의 유아식, 4.5톤의 식물성기름, 56톤의 설탕, 8톤의 코코아 등이 필요하다."

그리고 이것들 전부를 합하면 1억2천2백만 달러의 자금이 들어간다고 했다.

"이 교환 방식으로 거래를 시작해야 할 필요성 및 현재 상황의 긴급성 등을 생각해 볼 때 다음과 같은 원재료를 수출할 수 있도록 공급해 주기를 요청한다. 75만 입방미터의 목재, 15만 톤의 석유제품, 3만 톤의 비철금속, 14톤의 희소금속, 천 톤의 알루미늄, 1톤의 구리, 20톤의 시멘트, 1톤의 암모니아, 이것으로 합계 1억2천4백만 달러가 된다. 마지막으로 우리 위원회에 할당권한과 라이센스를 제공해주기를 바란다."

푸틴의 편지는 꽤 구체적으로 바터 거래 계획에 대해 설명하고 있었다.

이 내용을 통해서 1991년 12월 4일의 시점에서는 푸틴이 수출라이센스를 가지고 있지 않았다는 사실을 알 수 있다. 또 그 자신은 바터 거래를 승인할 권한이 없었다는 것도 알 수 있다. 3개월 후인 1992년 2월 1일이 되어 대외경제관계 장관 아벤은 푸틴 앞으로 보낸 편지에서 그 요청을 받아들인다는 뜻을 전하고 같은 해 3월 25일에 푸틴의 대외관계위원회에 수출라이센스를 발행할 수 있는 허가를 주었다.

하지만 12월 4일 날짜의 편지 이후 몇 주일 동안, 아직 중앙으로부터 허가가 떨어지지 않은 상태에서 푸틴은 독단적으로 기업에 라이센스를 내주었다. 이 기업들은 대부분이 그 때까지 원재료의 수출에 종사한 적이 없었다. 그리고 외국기업과 식료품 수입거래를 할 수 있는 경험도 가지고 있지 않았다. 또 몇 개의 기업은 외국인 주주의 손에 들어가 있어서 외국 오프쇼어 시장에 등록되어 있었다.

푸틴의 대외관계위원회는 부위원장 알렉산드르 아니킨의 서명을 바탕으로 몇 개월 동안에 9천5백만 달러 이상의 수출라이센스를 불법으로 발행했고, 적어도 13개의 협정을 체결했다. 그리고 얼마 후에 푸틴 자신이 이렇게 변명했다.

"우리는 라이센스를 발행할 권한을 가지고 있지 않았다. 이 라이센스들은 대외경제관계성의 하부기관에 의해 발행된 것이다."

그러나 푸틴 자신이 두 개의 라이센스, 두 개의 계약에 서명을 했다는 분명한 사실이 있었다.

1991년 12월 20일, 푸틴은 네프스키 돔이라는 기업에 대해 가솔린 등 총액 3천2백만 달러에 이르는 석유제품 1만5천 톤을 수출하는 허가를 내 주었다. 이 네프스키 돔의 소유자 중 한 명이 블라디미르 스미르노프였다.

당시 상트페테르부르크 시 평의회 의원이었던 마리나 살리에는 이 '바터 스캔들'을 파헤쳐 온 주요인물로 알려져 있었다. 살리에의 말에 의하면, 이 스캔들의 본질은 상트페테르부르크의 원료와 자재를 불법으로 수출한 기업가들이 외국에서 받은 대금을 자기 것으로 착복했다는 것이었다. 그 때문에 납품에 있어서도 경쟁 입찰 등의 아무런 과정을 거치지 않고 마피아 관계 동료들이 운영하는 기업에서 자의적으로 처리되었다.

푸틴은 이 점에 대해 극단적으로 변명을 피했다. 그러나 상트페테르부르크 시민에게 식료품을 제공하지 않았기 때문에 결과적으로 사기인 만큼 책임은 면할 수 없을 것으로 보였다. 푸틴은 인터뷰에서 이렇게 말했다.

"조사 결과, 몇 개의 기업은 외국으로부터 식료품을 가져오지 못했고 예정된 식료품 수입을 할 수 없었다."

그러나 이 바터 거래는 모든 단계에서 경제범죄의 냄새를 풍기고 있었다. 원재료를 수출한 기업은 수수료에서도 돈을 벌었다.

예를 들어, 푸틴 자신이 서명한 Mp록이라는 기업의 수출계약서에는 수출금액의 25%인 54만 달러가 수수료였다. 역시 푸틴이 서명한 국제목재거래소 계약에서는 수수료가 50%인 5백90만 달러나 되었다. 또, 원재료 구입가격도 문제로, Gkor라는 기업의 계약에서는 약 2톤의 희소금속을 시장가격의 2백분의 1의 가격으로 구입했다. 희토류원소(稀土類元素: 원자 번호 57부터 71까지의 15개 원소에 스칸듐, 이트륨을 더한 17원소의 총칭. 산출량이 극히 희소함)인 스칸듐은 국제가격이 1킬로그램에 15만 마르크였을 때 73마르크로 구입되어 있었다.

살리에는 이런 자료들을 바탕으로 푸틴이 이끌고 있던 대외관계위원회가 범죄적 성격을 띠고 있었던 것이 분명하다고 주장했다.

건설회사에 대한 부정 융자

푸틴이 20번째 트러스트라는 이름의 건설회사와 관련이 있다는 의혹도 떠돌고 있었다. 20번째 트러스트는 1992년 10월, 상트페테르부르크 대외관계위원회에 의해 설립 등록된 기업이다. 사장으로 취임한 인물은 상트페테르부르크 시의회에서 예산위원회의 부위원장을 담당했던 세르게이 니케신이었다. 그 후, 이 회사는 상트페테르부르크 시의 어용건설회사가 되었고 푸틴의 중개를 통해서 2백 30억 루블이나 되는 돈을 저리 융자로 시에서 도입했다. 그러나 검찰당국의 자료에 의하면 그 중에서 시를 위해 사용한 돈은 10억 루블에 지나지 않았다.

신문보도에 의하면 1995년 11월, 시 예산에서 푸틴의 개인적 재량으로 20만 달러의 자금이 이스라엘의 정교수도원 재건 목적을 위해 이 회사에 제공되었는데 이 자금은 나중에 스페인에서 토지를 비롯한 부동산 매수에 사용되었다는 사실이 판명되었다. 스페인의 트라비에프에는 이 회사가 매입한 토지에 호텔도 세워져 있었다.

스페인의 보도에 의하면, 1993년부터 95년 사이에 소프차크 시장과 그 측근 그룹은 상트페테르부르크 시에서 2천2백50만 달러를 끌어냈는데 그 중에서 3백만 달러가 스페인에서의 부동산 매수에 사용되었다고 한다.

스페인 기업 케사다 케사다와 그 관련기업이 이 그룹의 파트너로 주목을 받았다. 상트페테르부르크 시에서 2천2백50만 달러가 나온 것과 거의 비슷한 시기에 케사다 케사다의 구좌에는 16만 달러의 돈이 입금되어 있었기 때문이다.

그리고 1995년 가을에는 그 트라비에프에 있는 니케신의 소유지를 푸틴이 처음으로 방문했다는 사실이 그 지역 치안기관에 의해 확인되었다. 같은 해 12월, 당시의 연방보안국 장관 미하일 바르스코프, 내무장관 아나톨리 크리코프 등 두 명의 치안기관 수장들과 검찰총장 유리 스쿠라토프가 가담하여 대규모의 상트페테르부르크 시 정부 수뢰혐의와 관련된 합동수사 그룹을 만들었다. 이 수사는 1년 가까이 계속되어 상당한 양의 증거를 수집했는데 20번째 트러스트가 의혹의 대상으로 부각되었다.

이 의혹을 조사한 것은 상트페테르부르크의 러시아 재무성 통제감사위원회였다. 20번째 트러스트의 설립 목적은 러시아 및 외국에서의 산업시설, 주택, 그 밖의 건설, 수리사업으로 되어 있었다. 그리고 시에 재정적 여유가 생길 때마다 다양한 융자 형식으로 이 회사를 통하여 자금이 흘러들어가기 시작했다. 이 자금 유출에 개인적인 지시를 내리고 있던 사람이 시장인 소프차크, 부시장인 푸틴, 알렉세이 쿠드린, 미하일 마네비치 등이었다. 마네비치는 특히 츄바이스와 친하여 상트페테르부르크 시와 연락을 담당하는 역할을 맡고 있었는데 1997년 가을에 암살당했다.

20번째 트러스트에 대해 감독이 시작되자마자 이 회사는 즉시 파산 수속에 들어갔다. 그러나 이 회사와 푸틴의 접촉은 푸틴이 모스크바에서 대통령부로 들어간 이후에도 계속되었다. 1997년, 카렐리아공화국에 있는 푸틴의 별장에서 사우나 전기기구가 고장이 나 화재가 발생하여 핀란드에서 수리기술자를 불러 왔는데 그 수리비용 6만 달러는 20번째 트러스트가 부담했다고 알려졌다.

KGB의 상트페테르부르크 지배

푸틴과 관련된 이런 의혹들은 푸틴 자신이 과거에 구소련 국가보안위원회(KGB)의 공작원으로 있었던 경력과 무관하지 않았다.

푸틴은 1990년에 현직 중령의 신분으로 독일의 드레스덴에서 상트페테르부르크로 돌아왔다. 러시아에서 KGB요원의 사회적 지위는 크게 변해 있었다. 이전 같으면 존경을 받을 수 있는 직업이었지만 사회주의체제 붕괴를 코앞에 두고 있는 그 당시에는 본인 자신이 수치를 느껴야 하는 신분으로 바뀌어 있었다.

이런 상황에서도 상트페테르부르크에서 KGB요원으로 활동한다는 것은 커다란 성공을 의미했다. 이 도시에서 KGB는 아직 국가 내부의 국가로서의 지위를 유지하고 있었기 때문이다. KGB가 이미 그 영향력을 잃어버린 모스크바와는 큰 차이가 있었다.

이른바 체키스트(블라디미르 레닌이 반혁명 및 태업을 막기 위해 설치했던 비상위원회 '체카' 에서 본 딴 것)라고 불렸던 KGB직원들은 상트페테르부르크에서 체제변화의 혼란기를 경험하는 한편으로 권력기구 내부에 독립적인 그룹을 형성했다. 그 결과, 그들이 없이는 어떤 정치적 합의도 맺을 수 없었고 경제적인 결정도 내리기 어려울 정도의 영향력을 가지고 있었기 때문에 체키스트 회원들은 상트페테르부르크의 진정한 지배자라고 말할 수 있었다. 그들의 존재는 모스크바와 같은 황폐한 혼란을 초래하지 않은 대신에 상트페테르부르크를 범죄도시로 만들어 시민들에게 두려움을 끼치는 존재로 변했다.

물론 상트페테르부르크는 표면적으로 법치도시를 가장하고 있었다. KGB는 아나톨리 소프차크가 이끄는 민주적 행정을 지지하기도 했다. 소프차크는 서방측에 러시아의 민주적 개혁운동의 지도자 중의 한 명으로 알려졌다. 그러나 한편으로는 그를 기생충이나 사치와 허세를 좋아하는 인간, 나아가 도둑놈이라고 욕하는 상트페테르부르크 시민들도 있었다. 소프차크 자신이 특정 인물들에게 종속되어 범죄조직으로부터 끊임없이 압력을 받고 있다는 견해도 나왔다.

소프차크는 KGB를 증오하는 한편으로 두려워하고 있었지만 KGB의 인재가 필요했다. 당시 KGB는 상트페테르부르크를 실질적으로 지배하고 있었다. KGB 없이는 이 도시를 다스릴 수 없었고 마피아를 컨트롤할 수도 없었다. 그래서 소프차크는 KGB의 중령인 푸틴을 선택했다. 그래서 반대파의 항의를 무시하고 푸틴을 부시장으로 발탁, 시의 대외관계위원회를 이끄는 권한을 주었다.

KGB는 상트페테르부르크에서 기업의 경제활동을 컨트롤하려 하려 했다. 기업은 마피아 조직으로부터 도움의 대가, 바꾸어 말하면 안전보장 대가 요구 때문에 고민하고 있었다. 그런 상황에서 KGB가 도와주겠다고 말을 걸어왔다. 재정적으로 고민하는 입장에 놓여 있는 기업들은 KGB의 지원 아래에서 원재료 수출면허를 취득했다. 그리고 기업은 발전할 수 있는 기반을 손에 쥐었다. 이 단계에서 기업에는 KGB를 사직한 인물들이 낙하산 인사로 들어갔다. 이렇게 해서 상트페테르부르크는 KGB와 기업의 유착관계가 빠른 속도로 진행되었다.

즉, 상트페테르부르크의 실질적인 지배자였던 KGB로부터 상트페테르부르크로 보내진 이익대표가 푸틴이었다. 소프차크를 비롯하여 츄바이스와 다른 간부들도 푸틴을 이용했다. 상트페테르부르크 시에는 이권을 둘러싼 거대한 고리가 형성되었는데 푸틴은 바로 그 중심에 놓여 있었다. 상트페테르부르크의 KGB그룹이 푸틴정권 아래에서 모스크바로 이동하여 권력의 한 부분을 담당하는 실로비키를 형성하게 된 것은 당연한 흐름이었다.

PUTIN'S RUSSIA | 13

정당 재편과 지방의 저항

지방약체화를 노린 정당법

푸틴정권이 들어선 이후, 러시아의 정치는 급격한 변모를 보이기 시작했다. 우선 옐친정권 아래에서는 하원에서 지배적인 입장에 놓여 있던 공산당 세력, 즉 좌파가 후퇴하고 정권정당을 표방하는 중도파 통일이 중심을 이루는 대통령 지지 체제가 성립되었다. 그 때문에 정권은 자신들이 추구하는 정책 때문에 고심할 필요가 없어졌고 모든 법안이 과거에는 볼 수 없었던 엄청난 속도로 잇따라 성립되었다.

그 중의 하나로 정당법이 있다. 이 법에는 러시아를 소수정당체제로 바꾸는 내용이 포함되어 있는데, 이 법에 의해 우파와 중도정당은 그 때까지의 연합에서 한 걸음 더 나아가 단일정당을 설립하거나 새로운 연합을 맺는 등, 눈부신 활동을 보였다. 이것은 강력한 정권의 지배력 아래에서 각각의 당 지도자들이 살아남기 위한 전략이기도 했다.

한편, 푸틴정권은 지방권력을 어떻게 해야 약체화시켜 중앙집권을 강화할 수 있는가 하는 문제로 고심했다. 그 결과, 그 때까지 지방자치단체의 단체장이 차지해 온 상원의 구성을 개편하여 단체장들에게는 허울뿐인 국가평의회의 자리를 주어 입법 권력으로부터 밀어내는 방법을 선택했다. 또, 연방을 7개 관할구역으로 나누어 각각의 구역에 대통령 특사를 두어 지방을 감독하게 했다.

그러나 러시아의 지방권력은 경제적 이권, 범죄 등 다양한 요소를 포함하고 있기 때문에 매우 복잡할 뿐 아니라 저항도 매우 강하다. 또, 지방 지사의 교체를 둘러싼 중앙과 지방의 여러 가지 알력도 표면화되었다.

2001년 6월 21일, 러시아 하원에서 정당법이 몇 번의 수정을 거친 끝에 채택되었다. 푸틴이 처음으로 제안한 지 불과 반년 만에 성립된 것이다. 이것은 러시아를 소수정당 시대로 전환시킨다는 목적을 가진, 정치적으로는 획기적인 법률이었다.

정당법은 우선, 정당으로서 등록된 조직만이 지방이나 연방 수준의 모든 선거에 참가할 수 있다는 규정을 두었다. 정당이 되려면 러시아의 7개 연방관할구역 중에서 적어도 절반 이상의 지역에 지부를 개설해야 하며 그 연방관할구역마다 최저 백 명을 확보해야 하고 전체 당원 수로서 1만 명을 확보해야 한다고 규정했다.

이것으로 당시 러시아에 존재했던 백 88개 정당 대부분은 그 존재가 부정되었다. 1만 명의 당원 수를 확보할 수 없었기 때문이다. 우선적으로 권리를 얻은 것이 당원 수 30만 명을 자랑하는 공산당이었다. 다른 유력 정당은 모두 당원 수를 밝히기를 주저했다. 예를 들어, 중도우파인 야블로코는 5천 명에서 1만 명 사이일 것이라고 추정될 뿐 정확한 당원 수는 드러나지 않았다. 그러나 정당법이 시행될 기간이 2년이 남았기 때문에 그 사이에 이들 정당이 당원 1만 명을 확보하는 것은 그다지 어려운 일이 아니라고 여겨졌다.

문제는 지방에 기반을 두고 있는 지방정당이었다. 지금까지는 지방선거에서 나름대로의 존재감을 보여 온 지방정당이 이제는 지방선거에서도 제외될 상황에 놓였다. 예를 들어, 타타르스탄공화국이나 다게스탄공화국 등에서는 그 지방에만 존재하는 민족정당이 의회에서도 주체를 이루었지만 새로운 정당법 아래에서는 지방의원들이 중앙의 정당으로 갈아타기 위해 움직일 것으로 예상되었다.

소규모 정당의 삭감

의회에서 가장 격렬하게 논쟁이 벌어졌던 것이 정당에 대한 개인기부금 문제였다. 정권 측은, 기부금을 허가하면 정당을 통한 자금세탁이 이루어질 가능성이 있다는 이유에서 개인헌금에 반대했다.

의원들은, 시민 한 명이 정당에 기부할 수 있는 돈은 현금으로 2천 루블(약 7만8천 원)을 넘지 않는 범위 안에서 동의했다. 그러나 은행 입금을 통한 헌금은 그 천 배, 즉 2백만 루블까지 인정했다. 회사 및 법인조직의 헌금은 거기에서 다시 10배, 2천만 루블까지 은행을 경유해서만 인정하기로 했다. 한편, 50%이상의 지분을 외국인이 소유하고 있는 회사 및 30%이상의 지분을 정부가 소유하고 있는 기업은 정당에 기부를 할 수 없다. 그리고 한 정당이 모금할 수 있는 기부금 총액은 20억 루블을 한도로 정했다.

하원의원 블라디미르 루이센코는 이렇게 말했다.

"이것은 전체주의적 국가체제 확립과 연결될 수도 있다."

그가 당수로 이끌고 있는 소규모 정당 공화당은 이 법 아래에서 해산될 운명에 놓였다. 1990년에 이 당이 발족되었을 당시에 아직 지배정당의 자리에 있던 공산당조차도 함부로 방해할 수 없었던 정당이 공화당이었다. 그러나 이제 이런 소규모 정당은 러시아에서는 존속할 수 없게 되었다.

푸틴이 2000년 연말, 이 법의 구상을 제시했을 때에는 정당이 범죄조직의 은신처가 되고 있다는 점을 강조했다. 즉, 범죄자들이 자금을 제공해서 정당을 만들게 하고 직접 의원이 되어서 불체포 특권 등을 이용하고 있다는 것이었다. 푸틴은, 이런 범죄를 없애야 한다는 명목을 내세워 정당법의 정당성을 주장했다.

소규모 정당은 급속도로 공적 존재감을 잃어갔다. 1999년 연말의 하원선거에서는 후보자를 내세운 정당이 28개였다. 그 4년 전의 선거에서는 43개였다. 결국, 1999년의 선거에서는 득표율 5%의 장벽을 돌파하여 비례대표후보자를 낸 정당이 6개에 지나지 않았다. 1995년의 하원선거에서는 이른바 소규모정당이 투표의 거의 절반을 얻었는데 4년 후에는 19%로 줄어들었다.

어쨌든, 이 법의 성립은 필연적으로 정당끼리의 합당을 통한 대형화를 이끌어냈고 그런 합당이 쉽지 않은 정당의 반발을 불렀다. 이미 2001년 초반에, 각 정당 사이에서 그런 움직임이 나타나기 시작했다.

여당 통일러시아 탄생

2001년 5월, 러시아전력독점업체 사장인 아나톨리 츄바이스와 전 수상이며 볼가연방관할구역 대통령 특사인 세르게이 키리엔코 등이 대표를 맡고 있는 정당연합 우파세력동맹(SPS)은 공식적인 단일정당으로서 출범하기 위해 설립총회를 개최했다. 당의 강령을 정하고 당수로 제1부수상 출신의 보리스 넴초프를 선출했다. SPS는 옐친정권 시대, 개혁파라고 불린 정치가들이 집결한 정당연합으로 2000년의 대통령선거에서는 푸틴을 지지하여 승리그룹에 들어가 있었다.

단일정당으로 재출발하게 된 SPS는 떨어져 있는 지지율 회복을 목표로 삼고 지방 당 조직을 정비하여 새로운 정당법 아래에서 살아남을 수 있는 방책을 도모했다. 그러나 야당인지, 아니면 정권여당의 일익을 담당하는 여당인지, 발족한 이후에도 정당으로서의 성격이 불투명했다.

2000년 3월의 대통령선거 때, SPS는 연합정당으로서 마지막 순간에 푸틴을 지지하기로 결정했다. 이것은 매우 이상한 사태였다. SPS내부에서도 사마라 주지사인 치토프를 대통령 후보로 내세운 상태였기 때문이다. 그러나 실질적인 당수였던 츄바이스가 대통령선거에서 푸틴후보에게 투표를 하도록 강제로 결정해버렸다. 츄바이스 파의 인맥이 러시아정부의 중추를 차지하고 있다는 점도 있었기 때문에 SPS의 성격은 여전히 당 내부에서도 명확하지 않았다.

2001년 7월, 모스크바에서 정당 통일과 조국의 연합설립총회가 개최되었다. 공동의장으로 선출된 사람은 비상사태장관인 세르게이 쇼이그와 모스크바 시장인 유리 루시코프였는데 이 두 사람 사이에서 연합협의도 추진되었다. 연합의 전체평의회에는 각 당에서 네 명씩이 참가했고 구성이 결정된 이후, 총회는 연합의 의사를 성명으로 명확하게 규정했다.

연합의 정식 호칭이 정해지지 않은 사이, 미디어의 기자들 사이에서는 이 연합을 예디오트(Yediot)라고 불렀다. 통일(Yedinstvo)과 조국(Otechestvo)을 합성한 말이었는데 러시아어의 이디오트(바보)와 발음이 거의 비슷하다. 따라서 이 말에는 상당히 빈정거리는 의미가 포함되어 있었다.

그 이유는 이 연합이 국민들에게, 루시코프의 보신을 위해 존재한다는 인상을 강하게 심어주고 있었기 때문이었다. 루시코프는 일찍이 모스크바 시장으로서 미디어 모스트의 회장이었던 구신스키와 밀접한 관계에 놓여 있었다. 구신스키와 손을 잡고 여러 가지 사업에 착수, 모스크바 주식회사라고 불릴 수 있을 정도의 비즈니스 왕국을 구축한 루시코프에게는 이미 오래 전부터 부패의 그림자가 감돌았다.

구신스키가 사업상의 부정행위에 의해 고발되고 러시아에서 쫓겨나자 과거에 루시코프에게 호의적이었던 독립 텔레비전(NTV)도 정권 측의 지배 아래로 들어갔다. 루시코프의 입장에서 보면 언제 푸틴정권으로부터 추방의 손길이 뻗쳐올 지 불안한 상황이었다.

결국, 2001년 2월 1일, 통일, 조국, 전 러시아 등 3당은 합병을 하여 단일정당을 설립하기 위해 당 대회를 개최했다. 신당은 통일러시아라고 불리며 정권여당을 표방했지만 이데올로기의 배경이나 강령다운 강령도 없었기 때문에 당으로서의 성격은 분명하지 않았다. 그들의 공통점은 단지 대통령을 지지하고 여당으로서 행동하는 것뿐이었다. 단, 루시코프는 야당에서 푸틴을 지지하는 세력으로 갈아타기를 하여 모스크바 시장의 지위를 지킬 수 있었다.

중앙에 대한 지방권력의 저항

루시코프 뿐 아니라 지방자치단체(연방구성단체) 단체장들은 아직도 각 지방에서 보스로서의 실권을 움켜쥐고 있었다. 정권 측이 2000년부터 각 지방에서 실시된 단체장 선거에 개입하여 정권의 영향력이 미치는 단체장을 탄생시키려 한 것은 당연한 행동이었다. 그러나 지방은 중앙의 뜻에 그렇게 쉽게 휘둘리지 않았다.

처음으로 주목을 받은 것은 2000년 10월의 크루스크 주지사 선거였다. 현 주지사였던 전 부통령 알렉산드르 루츠코이는 선거 직전에 재산을 부정 신고했다는 이유로 입후보등록이 취소되었다. 루츠코이는 정권여당 통일의 멤버로 푸틴정권을 지지한다는 뜻을 밝힌 상태였다. 그러나 정권은 루츠코이를 지사로 만들지 못했다.

이 주의 지사 선거는 정권이 미는 후보와 공산당 후보의 맞대결이 되었고 결국 공산당 후보인 하원의원 알렉산드르 미하일로프가 당선되었다. 미하일로프는 4년 전의 주지사선거에도 입후보 예정이었지만 루츠코이를 지지하라는 공산당 중앙본부의 지시에 의해 입후보를 취하한 경위가 있었다. 정권이 크루스크 주에 그들이 지지하는 단체장을 탄생시키겠다는 시도는 실패로 끝났다.

이와 비슷한 케이스가 2001년의 연해지방 단체장 교체극이었다. 2001년 2월, 푸틴은 이 지방 지사인 예브게니 나즈드라첸코에게 직접 전화를 걸어 권고, 사임시켰다. 추운 겨울에 극동지방을 엄습한 에너지위기 책임을 지운 형식이었다. 에너지위기는 전력독점업체 통일에너지 시스템즈(UES)에 의해 고의로 방치된 흔적도 있었지만 UES사장인 츄바이스에게는 책임추궁이 이루어지지 않았다. 단지 에너지장관인 가브린이 해임되었을 뿐이다.

정권은 분명히 연해지방의 강력한 단체장인 나즈드라첸코를 배제하려 한 것이었다. 하지만 러시아 헌법에서는 사임을 당한 지사가 다음 지사 선거에 재출마 할 수 없다는 금지조항이 없다. 그래서 재출마를 봉쇄하기 위해 나즈드라첸코에게는 즉시 국가어업위원회 의장이라는 정부의 직책을 내렸다.

그러나 이렇게 해서 실시된 5월의 연해지방 지사 선거에서는 이 지역의 어업회사 경영자인 세르게이 다리킨이 당선을 확보하는 과반수의 득표는 얻지 못했지만 어쨌든 1위를 차지하여 중앙의 정계를 깜짝 놀라게 했다. 다리킨은 나즈드라첸코와 밀접한 관계에 놓여 있다는 사실이 알려졌다. 2위를 차지한 사람은 블라디보스토크 시장 출신으로 당시에 하원의원이었던 빅토르 체레프코프, 정권이 후원한 극동관할구역 대통령 부특사 겐나지 아파나센코는 3위였다. 하지만 결과적으로는 득표율 50%를 넘은 후보가 없었기 때문에 상위 두 명 사이에서 결선투표가 이루어지게 되었다.

그런데 결선투표를 나흘 앞둔 6월 13일, 지방재판소는 2위인 체레프코프가 언론과의 인터뷰에 응하여 선거법을 위반했다면서 입후보자격을 취소했다. 다리킨에게도 비슷한 선거법 위반 심의가 이루어졌지만 이쪽은 자격을 취소하기에는 미치지 못했다. 그 결과, 결선투표는 다리킨과 아파나센코의 싸움이 되었고 다리킨의 승리로 끝났다. 정권 측은 여기에서도 연해지방의 권력을 장악하는 데에 실패했다.

지방 지사 레베지의 추락사 사고

2002년 4월 28일, 크라스노야르스크 지방의 지사인 알렉산드르 레베지가 헬리콥터 추락사고로 사망했다. 살아남은 헬기 조종사는 나중에 유죄판결을 받았다. 사고를 가장한 암살이 아닌가 하는 견해도 일부에서 터져 나왔다. 군인 출신의 레베지는 국내에서 인기가 매우 높았고, 1996년의 대통령 선거에서는 3위를 차지하여 정권 내부로 들어가 옐친의 재선에 공헌했다. 그 후, 정권을 떠나기는 했지만 자원이 풍부한 크라스노야르스크 지방의 지사라는 지위는 장래에 대통령후보가 될 가능성을 충분히 남기고 있었다.

이 지역의 지사 선거는 주목을 모았다. 9월 22일에 실시된 결선투표에서 득표율 6%의 차이로 당선된 사람은 이 지방 타이므이르 자치관할구역 지사인 알렉산드르 프로포닌이었다. 그는 세계적인 비철금속기업인 노릴스크 니켈의 사장을 맡았던 것으로 잘 알려진 1965년생의 젊은 정치가였다.

그런데 프로포닌의 당선 판정을 둘러싸고 문제가 발생했다. 당선 이후, 크라스노야르스크 지방선거 관리위원회가 프로포닌 진영에 선거위반 사실이 있었다는 대립후보 진영의 항의를 받아들여 선거 무효를 선언한 것이다. 그러자 모스크바 중앙선거위원회가 이의를 표명했다. 10월로 접어들어 크라스노야르스크 지방재판소가 선거 유효를 인정, 최종적으로 중앙선거위원회가 프로포닌의 당선을 정식으로 인정하는 것으로 문제는 막을 내렸다. 그 당시, 지방재판소의 판정이 나온 시점에서 푸틴도 재빨리 프로포닌을 지사대행으로 임명하는 등, 뒤를 밀어주는 자세를 보였다. 그 때문에 크라스노야르스크 지방은 중앙정부의 영향 아래로 들어갔다는 견해가 강했다.

이 지방은 프랑스와 거의 맞먹는 면적으로 지하자원이 풍부하다. 1990년대에는 알루미늄 전쟁이라고 불린 국내의 알루미늄생산기업을 무대로 삼아 경영권을 둘러싼 치열한 항쟁이 벌어졌던 중심지이기도 했다. 당시, 크라스노야르스크 알루미늄 공장의 사장이었던 아나톨리 비코프는 이 지방의 지사 선거를 마음대로 주무를 수 있는 영향력을 자랑하고 있었다. 그런 상황에서 그와 동맹을 맺는 형식으로 뛰어든 사람이 옐친정권의 대통령 보좌관이며 안전보장회의 서기에서 물러난 레베지였다.

레베지는 비코프와 보리스 베레조프스키의 지원을 받아 이 지방의 지사로 당선되었다. 그러나 당선 이후인 1999년 초반에 국내의 마피아 조직의 박멸에 의욕을 보였던 당시의 수상 프리마코프의 도움을 받아 비코프를 밀어내고 실권을 장악했다. 살인교사혐의로 국외로 몸을 피한 비코프는 그 후에 체포되어 옥중생활을 보내고 있었다.

푸틴정권의 입장에서 볼 때, 레베지는 줄곧 거추장스런 존재였다. 첫째, 정권과 대립한 베레조프스키와 친했다. 1999년 모스크바에서 아파트폭파테러가 발생했을 때에는 수상이었던 푸틴 측의 소행이라고 시사하는 발언을 했다. 군인으로서 높은 평가를 받고 있고 국내의 애국세력으로부터 지지를 받고 있다는 점에서는 푸틴과 비슷한 점이 있었다. 지사의 헬리콥터 사고사는 정권 측의 입장에서는 이 지방의 권력을 손에 넣을 수 있는 절호의 기회였다.

중앙에서 내려온 새로운 지사

새로운 지사 프로포닌은 모스크바 금융대학을 졸업한 뒤에 소련 시대에 외국무역은행에서 활약한 경험을 가진 은행전문가로 1992년에 블라디미르 포타닌이 이끄는 인테로스 그룹의 은행 MFK의 부 은행장으로 취임했다가 인테로스 그룹이 95년에 담보입찰방식으로 노릴스크 니켈을 취득하자 이 회사의 사장으로 취임했다. 그리고 2001년에 이 회사가 위치한 타이므이르 자치관할구역의 지사 선거에 출마하여 압승을 거두었다. 프로포닌은 인테로스의 총수인 전 제1부수상 포타닌의 오른팔이었다는 점을 생각하면 정치가로의 변신도 포타닌의 지시에 의한 것이라고 볼 수 있었다.

2002년 3월에는 레베지가 크라스노야르스크 지방을 타이므이르, 에벤키(Evenki), 그리고 크라스노야르스크 등 세 개 지역으로 분할하는 제안을 하여 주목을 모았는데 자원이 집중되어 있는 크라스노야르스크를 장악하고 다른 지역은 잘라버리려는 방침으로 보였다. 이 제안에 대해 타이므이르 지사인 프로포닌은, "상담도 하지 않은 일방적인 제안"이라고 반발했다. 다음 달, 레베지가 사고로 세상을 뜨면서 이 제안은 소실되었고 5월에는 프로포닌이 크라스노야르스크 지방 지사 선거에 입후보하게 되었다.

처음에는 프로포닌의 지지율이 매우 낮아 여론조사에서 3~4%에 지나지 않았다. 여기에 비하여 지방의회 의장 알렉산드르 우스의 지지율은 32~34%로 압도적인 차이를 보였다. 구류 중이었던 전 크라스노야르스크 알루미늄 공장 사장 비코프조차도 13~15%의 지지를 획득하고 있었기 때문에 프로포닌은 이 지방에서 고전을 면하기 어려웠다.

그러나 프로포닌에게는 유리한 조건이 있었다. 푸틴정권이 우스의 당선을 매우 꺼리고 있었다는 점이다. 그리고 대통령부 부장관인 빅토르 이바노프가 인테로스 그룹과 협력하여 프로포닌 지원에 나서면서 "우스는 비코프의 범죄 그룹과 밀접한 관계가 있다."는 등의 비방 작전도 활발해졌다. 여기에 이 지역의 대기업인 노릴스크 니켈의 기업적인 선거지원이 이루어지면서 프로포닌의 인기는 상승했다.

프로포닌의 지사 취임은 그때까지 지역 보스 이미지가 강했던 지방 지사의 개념을 완전히 바꾸어놓았다. 전임자인 레베지도 지역 출신자는 아니었지만 군인 출신의 인기정치가였고 동생인 알렉세이 레베지가 이웃 하카시야공화국의 수장이라는 지역적 연고도 있었다. 그러나 프로포닌은 모스크바에서 내려온 순수한 기업경영자에 지나지 않았기 때문에 이 지역에서의 지명도는 매우 낮았다.

프로포닌의 지사 취임은 여러 가지 의미를 가지고 있었다. 이 지방에서 노릴스크 니켈을 휘하에 두고 있는 포타닌의 영향력이 새로운 지사를 통하여 강화되었다. 또, 90년대에 포타닌과 손을 잡고 민영화를 추진한 츄바이스도 새로운 지사의 탄생을 환영하는 것처럼 보였다. 독립 텔레비전(NTV) 탈취를 통하여 사장으로 취임한 보리스 조단은 일찍이 금융기관 MFK에서 프로포닌의 동료였다. 그리고 프로포닌과 조단은 츄바이스와 포타닌의 수하였다.

현직 주지사의 암살 사건

2002년 10월 18일, 모스크바 중심부에서 마가단(Magadan) 주지사인 발렌틴 츠베트코프가 암살당했다. 암살사건이 자주 발생하는 러시아이지만 현직 주지사가 암살을 당한 사건은 처음이었다. 다만, 케메로보(Kemerovo) 주지사인 아만 툴레예프에 대한 암살미수사건이 있었을 뿐이다. 게다가 츠베트코프는 극동 마가단 주가 아니라 모스크바의 신(新) 알바트 거리라는 중심가, 그것도 상원빌딩 입구 근처에서 권총에 의해 사망했기 때문에 사회적인 충격은 매우 컸다.

사업가 출신의 주지사이니까 당연히 주 내부에 많은 적이 있었을 것이다. 특히 마가단 주 콜리마에서 채굴되는 금은 잉구시의 마피아 조직이 그대로 매입할 정도로 깊은 관련이 있는 것으로 알려져 있었다. 따라서 츠베트코프 암살의 원인은 이 조직과의 대립이라는 지적도 나왔다. 금 채굴, 가공, 이송을 지사의 감독 아래에 두었기 때문에 조직은 지사에게 이권을 빼앗겼다고 생각했는지도 몰랐다. 조직은 잉구시조로트(조로트는 금이라는 의미)라고 불렸는데 비행기를 이용하여 모스크바나 카프카스로 금을 운반, 다시 터키나 중동으로 가져가 질 낮은 장식품을 만들어서 다시 러시아로 들여와 판매하고 있었다.

그런데 츠베트코프가 이 루트를 거의 파괴했다고 알려졌다. 게다가 마가단에 금 정련공장을 지어 채굴한 금을 정제, 금괴를 제조하기 시작했다.

또, 극동지역이기 때문에 당연히 어업도 왕성하여 게나 연어알젓, 송어알젓 등의 이권을 둘러싼 다툼도 있었을 것이다. 비즈니스와 관련된 이런 이권 쟁탈은 연료나 식품공장 등을 둘러싼 문제도 보고 되어 있어 의심을 하려면 끝이 없었다.

검찰당국은 결국, 어업권 할당문제를 둘러싸고 자행된 암살이라고 판단하고 마피아와 연결되어 있는 7명의 젊은이들을 범인으로 지명, 수배를 내리는 것으로 츠베트코프 암살 문제와 관련된 수사는 막을 내렸다.

시장 3선의 시비를 둘러싸고

2002년 10월 초, 상트페테르부르크 시장인 블라디미르 야코브레프가 2004년의 시장선거에 3선을 목표로 출마할 수 있는가에 대하여 이 시의 법규칙재판소(지방에 있는 연방의 헌법재판소)는 '3선 출마는 불가능하다'는 판단을 내렸다. 상트페테르부르크 시 출신자로 권력기구를 굳히고 있는 푸틴정권의 입장에서는 이전부터 이 시의 단체장직을 정적인 야코브레프에게 빼앗기고 있던 것이 불만이었다. 그런 만큼, 마침내 이 시의 권력기구를 정권 측으로 되돌릴 수 있는 기회가 왔다고 생각했다.

푸틴을 비롯한 정권의 중추인 상트페테르부르크 인맥의 대부분은 야코브레프 시장의 전임자이며 1996년 선거에서 패배한 소프차크에 의해 형성되었다. 중앙정계에서 푸틴정권이 탄생한 2000년에는 상트페테르부르크 시장선거에서 야코브레프가 압도적인 강세로 재선에 당선되었다. 이것을 보아도 푸틴과 주변인물들이 상트페테르부르크에서 실질적으로 행정을 지배하고 있던 시대의 평판이 좋지 않았다고 추측할 수 있다. 상트페테르부르크를 야코브레프 파에서 빼앗는 것이 푸틴정권의 과제가 되었다.

야코브레프의 시장 3선 문제는 이 지역에서는 2000년의 재선거 이후부터 꽤 중요한 논쟁거리가 되어 있었다. 야코브레프 진영에서는 "한 번도 3선 의향을 밝힌 적이 없다."고 말하면서도 야코브레프 자신은 "만약 시민들이 원한다면 3선에 출마할 용의는 있다."고 말하며 충분한 의욕을 보였다.

그러나 상트페테르부르크 시에는, 시장은 연속하여 두 번을 초과하는 기간 동안 재직할 수 없다는 규칙이 있었다. 문제는 이 규칙이 제정된 것이 1998년으로 이미 야코브레프는 2년 동안 시장에 재직하고 있었다는 점이었다. 그렇기 때문에 야코브레프 지지파는 96년부터의 임기는 계산에 넣지 말아야 하며 2000년부터 계산해야 한다고 주장했다. 1999년 10월에 발효된 러시아연방법 '러시아연방의 입법 · 행정조직의 원칙에 대하여'는, "이 법률을 채택한 이후에 실시되는 선거부터 지사 · 시장의 임기를 계산하기 시작한다."고 규정하고 있었다. 이 해석대로라면 야코브레프는 2000년부터 1기 째가 되어 한 번 더 시장으로서 재직할 수 있다.

연방의 헌법재판소는, 지방의 규칙에 2기 한정 항목이 정해져 있을 때에는 지방의 입법부, 즉 의회가 이 문제를 해결해야 한다고 정했다. 그래서 우선 상트페테르부르크의 법규칙재판소가 이 문제를 협의, 당시의 임기는 2기 째에 해당하며 2004년에는 야코브레프가 선거에 출마할 수 없다는 판단을 내렸다.

상트페테르부르크 시의회 안에서는 어떻게든 야코브레프의 3선 출마를 실현하려는 움직임도 있었다. 의회에 결정권이 있는 이상, 야코브레프의 영향력이라면 의회를 얼마든지 움직일 수 있을 것으로 보였다. 출마 문제는 야코브레프가 마음먹기에 달려 있었다.

상트페테르부르크 시 행정 탈환

그 때까지 지방 단체장의 3선을 둘러싼 문제는 세 건이 있었다. 첫 사례는 타타르스탄공화국으로, 2000년 9월에 이 공화국의회는 2001년 3월로 예정되어 있던 대통령 선거를 2000년 12월로 앞당기기로 결정했다. 중앙선거위원회 의장인 베시냐코프는 이것을 법률위반이라고 지적하며 제소하겠다고 경고했다. 사실, 2001년 2월 1일을 시점으로 중앙정부는 연방법을 위반한 지방자치단체장과 의회를 배제할 것이라고 예고하고 있었기 때문에 그 전에 선거를 치르면 3선 출마도 문제가 없다고 타타르스탄공화국 측이 판단하여 취한 행동이었다.

결국, 푸틴정권은 타타르스탄공화국과의 대립을 피하여 대통령 민치메르샤이미예프의 3선을 인정했다. 즉, 연방법이 성립된 1999년 10월 이후에 실시된 선거부터 임기를 세기로 한 것이다. 이를 그대로 적용한다면 상트페테르부르크의 경우도 3선을 인정해야 했다.

또, 2002년 1월에는 카바르디노 발카리아(Kabardino Balkaria) 대통령 발레리 코코프의 3선을 또 인정했다. 이 경우, 타타르공화국과 달리 지방헌법에 분명히 2기 한정이 명기되어 있었다. 그 때문에 대통령선거에 출마한 다른 후보자는 중앙선거위원회에 제소를 했지만 의장 베시냐코프는 코코프의 3선을 인정했다. 1999년 10월 시점에는 공화국헌법에 그런 항목이 포함되어 있지 않았고 2001년 여름에야 수정되어 2기 한정 항목이 들어갔기 때문에 코코프의 출마를 막을 수는 없다는 회답이었다.

야쿠트(Yakut) 공화국의 경우도 상당한 주목을 받았다. 이 공화국헌법도 2기 한정을 정해두고 있었는데 3선 출마를 목표로 삼은 대통령 미하일 니콜라예프에 대해 중앙선거위원회가 가로막고 나섰다. 중앙선거위원회는, 3선 출마는 할 수 없다는 러시아 최고재판소의 판정을 정면으로 내세워 그 집행을 요구했고 2001년 12월에 이루어진 선거 며칠 전에 니콜라예프는 결국 후보를 사퇴했다. 결국, 귀금속기업 알로사(Alrosa)의 사장이었던 바체슬라프 슈티로프가 대통령으로 당선, 패배한 니콜라예프는 상원으로 들어가 부의장에 취임했다.

칼미키야(Kalmykia) 공화국 대통령인 키르산 일륨지노프는 크렘린이 내세운 대항마를 결선 투표로 누르고 3선에 성공했다. 일륨지노프는 세미야 그룹의 후원을 받고 있다고 전해졌다.

결국, 푸틴정권은 2003년으로 접어들어 야코브레프와의 사이에 협정을 맺었다. 그리고 3월, 이전부터 상트페테르부르크 시장 후보로 생각하고 있던 부수상 발렌티나 마트비엔코를 상트페테르부르크를 포함한 북서관할구역의 대통령 특사로 이동시켰다. 4월에는 야코브레프가 최종적으로 3선 출마를 포기한다고 선언했고 6월에는 갑자기 야코브레프를 운수와 주택서비스 부문을 담당하는 부수상으로 임명했다.

시장의 사임에 의해 앞당겨 실시된 2003년 9월 22일의 선거에서 마트비엔코는 사전에 압승을 예상했음에도 불구하고 과반수의 득표를 얻지 못했다. 결선 투표에서야 간신히 승리를 움켜쥐게 되었고 푸틴정권은 마침내 상트페테르부르크 시의 행정을 탈환했다.

PUTIN'S RUSSIA | 14

'보이지 않는 그림자'의 암약

철도장관 악쇼넨코의 부정부패 의혹

2001년 후반, 러시아정계에서는 인사문제를 둘러싼 항쟁이 주목을 모았다. 푸틴이 실질적으로 정권을 장악한 지 2년 정도가 되면서 그 때까지 방치해 두었던 옐친 전 정권의 불순분자들을 배제하는 움직임이 본격화되었기 때문이다.

푸틴정권은 이미 봄에 정부 각료 일부에 대한 인사쇄신을 시도, 베레조프스키와 가깝다고 여겨지는 인맥을 배제했다. 그 대상이 된 인물은 원자력장관이었던 예브게니 아다모프, 내무장관인 블라디미르 루샤이로였다. 수상 카시야노프는 이 인사에 이어 내각을 더 개조하겠다고 공언했지만 좀처럼 재편작업을 실행에 옮기지 않았다. 이제 더 이상의 내각 재편은 없을 것이라고 여겨졌던 시기, 철도라는 거대독점업체를 지배하는 거물 각료 니콜라이 악쇼넨코의 부정부패를 파헤치려는 움직임이 일기 시작했다.

이런 상황에서 푸틴의 측근들로 이루어진 내부조직이라고 말할 수 있는 그룹의 존재가 크렘린의 '보이지 않는 그림자'로서 지적을 받았다. 이 그룹은,

대통령부 부장관과 연방보안국 간부들, 그리고 은행가들의 조합으로 후에 무력을 가진 관청 관계자를 의미하는 실로비키로 불리게 되는 그룹이었다. 그룹의 창끝은 수상인 카시야노프, 대통령부 장관인 볼로신, 나아가 부정부패 추궁을 고의로 늦추었다는 이유에서 검찰총장인 우스티노프 등, 세미야 그룹으로까지 향해졌다. 정권 내부의 항쟁이 시작된 것이다.

2001년 10월 19일은 악쇼넨코의 입장에서 매우 불쾌한 하루가 되었다. 사정을 청취하기 위해 최고검찰청으로 향하고 있던 도중에 다른 설명을 듣기 위해 최고검찰청으로 몰려 온 몇 명의 기자들 눈에 띄었다. 언론에서는 철도장관이 최고검찰청으로 불려갔다는 뉴스가 보도되었다. 이 때문에 단번에 러시아 사회에, 자신에게 어떤 혐의가 있다는 사실이 알려져 버렸다.

그 혐의는 표면적으로는 지나친 권한 행사였다. 다음 날인 20일, 악쇼넨코는 철도성에서 기자회견을 갖고 자신의 혐의를 보도한 매스컴을 명예훼손으로 고소하겠다고 말하고 결백을 주장했다. 수사당국의 행동도 비난하면서 자신의 결백을 증명하기 위해 대통령에게도 지원을 요청했다고 설명했다.

그러나 21일에 중국 방문에서 귀국한 푸틴은 철도장관 사건에는 관심이 없다는 태도를 보였다. 대통령부 부장관인 드미트리 코자크는 "문제가 이미 검찰 당국으로 넘어간 이상, 사법권에 간섭할 수는 없다."고 말하고 악쇼넨코 문제에 대해 대통령은 개입하지 않을 것이라는 점을 명확히 했다.

그러나 22일에는 대통령이 검찰총장 우스티노프와 회담을 가졌다. 검찰총장이 얼마나 구체적인 내용을 대통령에게 보고했는지는 밝혀지지 않았지만 수사당국이 철도장관에 대해 혐의를 두고 있는 정당성은 대통령을 충분히 납득시켰다는 인상을 주었다.

악쇼넨코는 러시아산업기업가동맹의 대표자들과 회담을 갖고 있었다. 그들은 철도성의 개혁문제를 논의하고 있었는데 대통령과 검찰총장이 회담을 가졌다는 보고를 들은 악쇼넨코는, "대통령은 수사당국자들이 아니라 기업가들과 좀 더 자주 만나야 한다."고 불평을 했다.

23일에는 철도성 안에서 더 이상 악쇼넨코의 모습을 찾아볼 수 없었다. 수사를 방해하고 싶지 않다는 이유로 갑자기 휴가를 선언했기 때문이다. 그리고 25일에는 수상 카시야노프가 철도장관 대행으로 철도차관인 알렉산드르 첼리코를 지명했다. 휴가를 떠난 장관을 대신해서 대행을 지명하는 것은 전례가 없는 일이었다. 그래서 이것은 철도장관의 직장복귀가 예정되어 있지 않은 실질적인 해임으로 받아들여졌다.

그러나 한 달 후인 11월 말, 악쇼넨코는 다시 활기에 찬 모습으로 철도성에 나타났다. 그리고 아무 것도 변하지 않은 모습으로 철도투자프로그램을 심의하는 정부회의에 참석했다. 이런 행동은, 부정부패 적발을 통하여 해임을 획책하는 세력에 대해 강력하게 저항하는 자세를 보인 것으로 받아 들여졌다. 직장으로 복귀하는 데에는 수상인 카시야노프의 강력한 후원이 있었다. 따라서 철도장관 추방 문제는 꽤 시간이 걸릴 것이라는 지적이 나왔다.

철도성의 대규모 이익 은닉

사실, 최고검찰청이 철도장관의 부정부패 혐의를 추궁하도록 만든 것은 회계감사원이었다. 2000년에 회계감사원 장관으로 취임한 전 수상 세르게이 스테파신은 내무성 등 정부의 무력관계 관청과 회계감사원의 협력협정을 체결했다. 이 협정에 근거하여 회계감사원의 조사에는 내무성 등 다른 기관의 수사요원도 참가하면서 회계감사원의 조사를 바탕으로 혐의를 확정짓는 것도 가능해졌다. 악쇼넨코의 경우에도 바로 그런 케이스로, 실질적인 고발자는 스테파신으로 볼 수 있었다.

회계감사원은 구체적인 의혹으로 우선, 철도사업의 이익 일부가 비밀계좌에 숨겨져 있고 그것이 법률위반에 해당한다고 보았다. 둘째, 정부 상급기관의 허가 없이 예산 이외에 다섯 가지 기금을 창설하여 그 기금으로 5백억 루블을 축적하고 있다는 사실을 지적했다. 이 금액은 2000년에 철도성에 배분되는 예산보다 백 50억 루블이나 많았다. 그리고 그 비밀계좌에 숨겨져 있는 돈은 모두 은행 예금, 상업기업에의 출자, 철도성 고관의 주택구입, 개인에 대한 장려금 등으로 사용되었다고 밝혔다.

철도성 간부와 밀접한 관계를 갖고 있던 당시의 서방측 컨설턴트기업 아서 앤더슨과 맥킨제이는 2001년 봄에 공동으로 철도성에 대한 경영평가를 실시했는데 2000년도에는 천억 루블 이상의 이익이 발생했다고 평가했다. 그 이익은 투자로 돌려졌다고 했지만 실제로는 2백40억 루블의 적자가 발생했다. 이 돈은 여러 종류의 철도성의 사회 · 문화적 프로그램에 투입된 것으로 기록되어 있었다. 이익을 은닉했다는 의혹이 짙어졌다.

더 심한 것은 일련의 운송회사에 대한 철도할인운임 적용이었다. 회계감사원에 의하면 케메로보 주와 다른 주로부터의 철도운임에 할인을 실시하고 있었으며 더 많은 혜택을 입고 있던 것이 러시아 · 스위스 합병 운송회사인 트랜스레일이었다. 이 회사는 악쇼넨코의 아들이 경영하고 있다고 매스컴이 지적한 회사였다. 또, 유니트랜스는 악쇼넨코의 친척이 대표로 있는 컨설팅기업 피나르티스와 협력관계에 있다고 여겨졌다. 이것들은 모두 빙산의 일각에 지나지 않으며 철도를 둘러싼 부정부패는 훨씬 더 많을 것이라는 추측이 나왔다.

옐친 시대부터의 불화

러시아에서 각료에 대한 혐의는 단순히 법을 위반했다는 것만으로 사건이 되는 것이 아니라 수사에 대한 정치적인 지지가 필요하다. 그런데 악쇼넨코는 정권 내부에 적이 너무 많았다.

1997년, 3년 동안 근무한 차관에서 철도장관으로 승격한 직후부터 그는 철도성에서 많은 차관과 부장 급 인사쇄신을 감행하여 자신의 왕국을 만들었다. 소문에 의하면 이런 이동으로 간부직원들이 빼앗긴 이권은 상당히 컸기 때문에 그들은 몇 년에 걸쳐서라도 복수를 하기로 결심, 그 기회만 엿보고 있었다.

1999년 5월, 당시의 대통령 옐친은 수상 프리마코프를 해임하면서 후임자로 철도장관 악쇼넨코나 부수상 겸 내무장관인 스테파신 중에서 한 명을 결정해야 하는 입장에 놓였다. 악쇼넨코를 추천한 사람은 보리스 베레조프스키, 스테파신을 추천한 사람은 아나톨리 츄바이스로, 둘 다 대통령에 대한 영향력을 다투는 실력자들이었다.

결과적으로 수상이 된 인물은 스테파신으로, 악쇼넨코는 제1부수상 자리에 머물렀지만 스테파신에 대한 라이벌의식은 매우 강했다. 3개월 후인 8월, 옐친이 스테파신에게 사임하라는 명령을 내렸을 때, 그 집무실에는 대통령부장관인 볼로신과 악쇼넨코가 동석해 있었다. 악쇼넨코에게 이별을 고하면서 스테파신은 빈정거리며 이렇게 말했다.

"오래 있어보아야 소용이 없다고 말하고 싶소?"

그 이후, 스테파신도 복수를 할 기회를 노리고 있었다. 그리고 악쇼넨코 추방을 위해 중요한 역할을 연출한 것이다.

푸틴이 수상으로 취임한 1999년 9월, 악쇼넨코는 푸틴이 뉴질랜드를 방문하여 국내에 없을 때를 노려 수상의 사무대행 권한을 행사, 중요한 인사이동을 발령했다. 당시의 에너지장관 빅토르 칼류즈니와 손을 잡고 국영 석유 파이프라인 운영회사 트란스네프티의 사장 드미트리 사벨리예프를 해임한 것이다. 후임자로 석유기업 루크오일의 부사장이었던 세미욘 와인슈토크를 임명한 이 강제적인 인사는 세미야 그룹, 특히 석유회사 시브네프트를 지배하고 있던 아브라모비치와 베레조프스키의 의향을 따른 것이었다. 츄바이스는 강력하게 항의했고 귀국한 푸틴도 불만을 표명했지만 인사를 철회할 수는 없었다. 그러나 그 보복은 푸틴이 대통령 대행으로 취임한 2000년 1월, 악쇼넨코에게서 제1부수상의 직함을 박탈하는 것으로 나타났다.

이후, 악쇼넨코는 푸틴정권 아래에서도 철도장관이라는 직함을 가지고 각료로 머무를 수 있었지만 이 직함도 언제까지 유지할 수 있을 지 불안하게 생각했을 것이다. 그래서 생각한 것인 철도라는 독점기업을 지배하는 올리가키가 되는 것이었다. 그렇게 하려면 철도사업 재편성계획이 필요했고 마침내 철도성을 러시아 철도회사로 변신시키는 계획이 책정되었다. 이 계획은 2001년 4월에 정부의 승인을 받았고 1년 후, 악쇼넨코의 직함은 철도장관에서 러시아 철도회사 사장으로 바뀌었다. 그러나 푸틴을 비롯한 악쇼넨코 반대파들은 이것을 허용하지 않았다.

철도 이권을 획득하기 위한 포고

2002년 1월 3일, 악쇼넨코는 철도장관 자리에서 해임되었다. 이 날, 수상 카시야노프는 우선 검찰총장 우스티노프를 만나 악쇼넨코에 대한 혐의를 확인한 뒤에 푸틴에게 회담을 요구, 철도장관을 해임할 뜻을 전했다. 푸틴은 대통령령으로 해임 건의안에 서명했다.

언론은 이 철도장관 해임극을 대통령 측근 실로비키 그룹에 의한 세미야에 대한 첫 승리로 분석했다. 카시야노프는 악쇼넨코를 지켜주려 했지만 그럴 수 없었다. 악쇼넨코와 사이가 나빴던 츄바이스조차도 철도장관 해임을 계책한 대통령 측근들의 움직임을 비판했다.

악쇼넨코의 후임 철도장관으로는 겐나디 파제예프가 재임용되었다. 1993년부터 1996년까지 같은 직함에 있었던 철도전문가다. 파제예프의 복귀는 많은 사람들을 안심시켰다. 나이도 이미 60대로 접어들어 철도 이권에 대한 의욕은 별로 없을 것으로 여겨졌기 때문이다.

그러나 얼마 지나지 않아 정권은 푸틴 인맥의 핵심이라고 말할 수 있는 인물을 철도성 제1차관으로 보냈다. 푸틴의 상트페테르부르크에서의 친구이며 파업파트너로 알려졌던 블라디미르 야쿠닌이다. 푸틴과 별장이 이웃해 있고 일찍이 상트페테르부르크에서 비철금속과 식료품 바터 무역을 진행하다가 사기성 짙은 결과로 끝을 낸 바터 스캔들로도 이름이 알려진 인물이었다. 당연히 파제예프 후임으로 철도의 이권을 지배하는 역할을 담당할 인사로 보였다.

악쇼넨코 추방을 통하여, 스테파신이 이끄는 회계감사원이 푸틴정권 아래에서 부정부패를 적발해내는 주요기관으로 기능을 다하고 있다는 사실이 밝혀졌다. 공적인 감사기관인 만큼 세미야 그룹 공격에 효과적인 역할을 담당했다.

2001년 11월 중순, 스테파신은 상원의 초대를 받아 연설을 하는 과정에서 카시야노프가 이끄는 정부가 주어진 의무를 제대로 수행하지 않고 있다고 비판하면서 2001년 1월부터 10월 사이에 7억7천6백만 달러 상당의 예산을 정부가 부정한 방법으로 유용했다고 지적했다. 회계감사원이 정부의 활동에 대한 조사결과를 정부에 송부했음에도 불구하고 정부는 법에 입각하여 적절한 대응을 하지 않았다면서, 구체적으로는 36건의 위반행위를 지적했는데 회답이 있었던 것은 불과 3건에 지나지 않았다는 것이었다. 이 문제를 7개월 전에 수상에게 편지로 지적했지만 수상은 아무런 반응도 보이지 않았기 때문에 이 모든 내용을 대통령에게 보고했다고 말했다.

이 때, 당사자인 카시야노프는 스페인을 방문하고 있었는데 귀국한 뒤에 즉시 텔레비전을 통하여 반론을 폈다.

"회계감사원의 권한을 초월한 정치적 요구에 정부가 대응할 의무가 있다고는 생각하지 않는다."

사실, 회계감사원은 하원에 부속되어 있는 예산 사용내역을 조사하는 기관으로 보고와 권고를 하는 기관일 뿐이었기 때문에 수상의 반론에도 근거는 있었다.

스테파신의 이 발언은 정계에, 본인이 다시 수상직을 노리고 있는 것이 아닌가 하는 억측마저 낳았다. 지난번에 수상자리에 있었던 기간은 3개월 남짓으로 스테파신의 입장에서는 불만이 남았을 것이다. 수상에서 해임된 이후의 스테파신은 한 때, 야당 야블로코에 소속되는 등, 정치가로서의 근거지조차 확실하지 않은 불안정한 움직임을 보였는데 회계감사원 장관으로 취임하면서 내무관료 출신의 활기를 되찾았다. 표면적으로는 드러나고 싶어 하지 않는 푸틴 측근 실로비키의 입장에서도 이용가치가 있는 존재였다.

세미야 그룹의 저항

2001년 11월 말, 모스크바 지구의 제3채널, 지방텔레비전방송국인 모스코비아가 갑자기 '볼로신 대통령부 장관 사임'이라는 보도를 낸 적이 있었다. 대통령부는 즉시 보도를 부정했지만, 이런 보도는 앞으로 다가올 이동의 예고 같은 의미를 가지고 있는 경우가 많았다. 그 후, 언론은 모스코비아 보도의 진위를 둘러싸고 한 차례 억측이 무성했다.

그런 상황 속에서 푸틴의 비서 역할을 담당하고 있는 대통령부 부장관 이고르 세친을 중심으로 볼로신 추방 공작이 추진되고 있다는 보도가 나왔다. 볼로신도 대통령부 안에서는 심복인 부장관 블라디슬라프 수르코프 등 세미야 인맥과 함께 방어를 위해 노력했지만 전망은 어둡다고 여겨졌다. 확실히 2001년 후반에 걸쳐 정권 내부에서의 볼로신의 존재감은 크게 떨어져 있었다. 대통령부 장관에서 동격인 가즈프롬 사장 자리를 노리고 있었지만 이 자리를 에너지성 차관인 알렉세이 밀레르에게 빼앗겼다는 것이 그런 인상을 더욱 강하게 만들었다.

세미야의 일원인 전 대통령부 장관 발렌틴 유마셰프도 볼로신 추방 공작에 대하여 주간지 〈논거(論據)와 사실〉에서 저널리스트를 모아놓고 이렇게 증언했다.

"권력을 움켜쥔 치안기관의 주요 목표는 볼로신으로 그들은 대통령으로부터 볼로신을 멀리 떨어뜨려 놓으려는 심리적 압력을 가하고 있다."

유마셰프는 이어서, 악쇼넨코 추방에도 강한 불만을 표시했다. 악쇼넨코의 가족이 자택에서 손자의 생일 파티를 하고 있는 도중에 치안기관원이 문을 열어젖히더니 심문을 해야 한다면서 악쇼넨코를 검은색 승용차에 태워 데리고 간 에피소드를 전하면서 마치 스탈린 시대 같은 비밀경찰의 횡포라고 비난했다.

그리고 12월이 되자 악쇼넨코 추방 문제는 이것을 2년 이상이나 방치했다는 최고검찰청에 대한 공격으로까지 발전했다. 푸틴의 전임자로서 1998년 7월까지 연방보안국 장관이었던 니콜라이 코와료프가 이끄는 하원의 부패방지위원회가 그 보고에서, 회계감사원이 1999년에 철도성의 부정부패 문제를 지적했는데도 불구하고 최고검찰청은 2001년 10월까지 그것을 무시해 왔다고 비판했다.

이 위원회는 검찰총장 우스티노프에게, 악쇼넨코 문제에 관하여 2년 이상이나 대응을 늦춘 이유를 추궁하기로 했다. 또, 이 사건뿐 아니라 이미 해임되어 있던 전 원자력장관 예브게니 아다모프 등 수많은 정부고관의 부정부패에 관한 수사 역시 지연이 되었다고 비판했다. 이 보고에서는, 부패방지위원회는 하원으로부터 정부와 대통령부의 멤버에 대해서도 부정부패 행위 자료를 준비하라는 지시를 받았다면서 수상 카시야노프가 부정부패 행위를 눈 감아주고 있는 이유를 밝혀내야 한다고 지적했다. 즉, 회계감사원의 활동을 측면에서 지원하면서 새로운 공격의 불씨를 지핀 것이다.

부패방지위원회의 위원장 코와료프가 1990년대 초반에 연방보안국의 스테파신 장관 아래에서 부장관으로 일했다는 점을 생각하면 스테파신의 활동을 측면에서 지원하는 것은 당연한 행동이었다. 그는 1996년 대통령선거가 한창이던 시기, 정변에 의해 대통령 경호국장이었던 코르자코프 일파가 추방되었을 때, 연방보안국 장관으로 기용되었는데 이 인사는 코르자코프 추방을 주도한 츄바이스에 의한 것으로 간주되어 코와료프를 츄바이스 인맥의 한 명으로 보는 경향도 있었다.

한편, 검찰총장 우스티노프도 푸틴정권 아래에서 그 지위를 위협받고 있는 사람 중의 하나로 꼽혔다. 우스티노프는 전임자인 유리 스쿠라토프가 옐친정권과 대립하여 스캔들 등을 이유로 그 지위에서 물러난 후, 검사국(檢事局)의 톱의 위치에 올라앉았다. 그리고 1999년 7월부터 검찰총장 대행으로 일하다가 2000년 3월에 정식으로 검찰총장으로 취임했다. 그 당시에 푸틴은 자신의 측근 드미트리 코자크를 검찰총장으로 앉히려 했다가 뜻을 이루지 못했는데 그 이유는 세미야 그룹이 우스티노프를 밀면서 양보하지 않았기 때문이라고 알려졌다.

우스티노프는 세미야의 지원을 받고 있었다. 옐친정권 시대, 모스크바 중심부에 있는 그의 아파트는 파벨 브로딘이 이끄는 대통령부 총무국에서 제공했다는 사실이 밝혀졌다. 그런 점에서 보면, 최고검찰청이 브로딘, 베레조프스키, 악쇼넨코 등의 부정부패를 파헤치기를 주저했던 것은 당연한 일이었다. 베레조프스키에 대해서는 1998년에 처음으로 최고검찰청이 체포영장을 발부한 후, 즉시 그것을 취소하는 이해할 수 없는 행동을 보였는데 우스티노프가 부하의 움직임을 제어했기 때문이라고 여겨졌다.

측근 그룹의 한 명 푸가초프의 경력

악쇼넨코와 볼로신 추방 공작과 얽혀 2001년 11월 후반 경부터 마침내 푸틴 측근 그룹의 존재가 언론의 주목을 받게 되었다. 그들은 표면으로 드러나는 것을 싫어하여 항상 그늘에서 행동한다는 점에서 '보이지 않는 그림자'라고 불렸다. 한편, 대부분이 상트페테르부르크 출신자라는 점에서 무라드피테르치(젊은 상트페테르부르크 출신자들)라고 불리는 경우도 있었다. 이 그룹은 특히 대통령의 신임이 두터운 그룹으로 알려져 있었는데 연방보안국 장관 니콜라이 파트루쉐프, 대통령부 부장관 빅토르 이바노프와 이고르 세친, 연방보안국 부장관 유리 자오스트로프체프, 그리고 메쥬프롬뱅크를 소유하고 있는 사업가 세르게이 푸가초프 등 다섯 명이 그룹의 핵심인물로 거론되었다.

그들을 정점으로 하여 내무성, 연방보안국, 국가관세위원회, 무기수출독점업체 로스아발론엑스포르트 등의 간부급에 그 지지자들이 존재하는 것으로 보였다. 그 중에는 내무장관 보리스 그리즐로프도 포함되어 있었다. 그리즐로프와 이바노프는 레닌그라드전기기술전문학교시절 동급생이었다.

예를 들면, 11월 말에 볼로신의 사임 설을 보도한 텔레비전방송국 모스코비아는 자회사를 통하여 세르게이 푸가초프가 지배했는데 그는 보이지 않는 그림자 그룹의 스폰서 같은 역할을 담당했다. 상트페테르부르크 출신으로 푸틴과 밀접한 관련이 있을 것으로 알려졌는데 구체적인 친분 정도는 본인들 이외에는 아무도 몰랐다. 멋진 수염을 기르고 있어서 라스푸틴이라는 별명으로도 불렸고 러시아 정교회 대주교인 알렉시 2세와 친해서 푸틴과 정교회 사이를 연결하는 존재로도 알려져 있었다.

그의 활동거점인 메쥬프롬뱅크는 러시아 국내의 자금을 해외 오프쇼어시장으로 내보내는 데에 가장 편리한 은행으로 정평이 있었다. 1999년에 뱅크 오브 뉴욕을 통한 러시아의 자금세탁의혹이 발생했을 때에 푸가초프도 미국 FBI의 용의자 리스트에 올랐다. 메쥬프롬뱅크는 1990년대에 자금의 양을 크게 늘려 러시아 은행에서 제3위 규모로 올라섰다.

1990년대 중반 이후에 크렘린과 푸가초프의 연결고리가 형성되었는데 대통령부 총무국장이었던 파벨 브로딘과의 친교가 매우 깊어서 한때는 브로딘의 그림자로도 불렸다. 따라서 스위스의 건설회사 마베텍스가 관련된 부정부패사건에도 당연히 관여했을 것이라는 지적을 받았다. 1999년, 브로딘이 모스크바 시장선거에 입후보했을 때, 푸가초프는 심복을 선거참모로 보내주었고 자금도 제공했다고 알려졌다.

그러나 푸가초프와 푸틴의 관계는 수수께끼에 싸여 있었다. 두 사람이 개인적으로 만나는 장면조차 본 사람이 없었기 때문이다. 1년 중의 대부분을 프랑스에서 보내고 모스크바에서의 행동은 그다지 알려져 있지 않았다. 다만, 대통령과 재계인사가 참가하는 원탁회의에는 빠지지 않고 참석했으며 정식초대가 없더라도 대통령을 쉽게 만날 수 있다는 점이 특별한 관계를 시사하고 있었다. 푸가초프의 친구로는, 브로딘을 비롯하여 전 대통령 경호국장인 알렉산드르 코르자코프, 미국 비즈니스맨으로 독립 텔레비전(NTV)의 사장으로 취임한 보리스 조단의 이름도 거명될 만큼 대인관계의 폭이 넓었다.

크렘린 내부조직의 암약

대통령부 부장관인 빅토르 이바노프는 크렘린에서 인사문제를 담당하고 있었다. 1977년부터 KGB에 근무했는데 중장의 직함까지 올랐다. 뒤에서 설명하겠지만 군수산업복합체를 지배 아래에 두는 데에도 중요한 역할을 담당했다. 이고르 세친도 마찬가지로 대통령부 부장관으로 오랜 세월동안 푸틴의 비서역할을 했다. 그는 푸틴이 이끌고 있던 상트페테르부르크 대외관계위원회에서는 사무국장이었다. 따라서 상트페테르부르크에서의 스캔들에는 꽤 깊이 관여했다고 알려졌다.

여기에 연방보안국 장관인 파트루쉐프까지 가담한 3인조는 대통령부 장관인 볼로신 뿐 아니라 같은 상트페테르부르크 인맥인 드미트리 코자크, 드미트리 메드베제프 등 두 명의 부장관조차도 밀어내기 위해 노력하고 있다는 설이 있었다. 이 두 사람은 법률가 출신으로 성격으로 보더라도 실로비키 그룹과는 달랐다. 파트루쉐프는 대통령부 장관 자리에 앉으려는 야망을 가지고 있다는 지적도 있었다.

연방보안국 부장관 유리 자오스트로프체프는 경제전문가로 알려졌다. 아버지는 전 KGB 중장이었다가 사업가로 변신하여 대기업 가구회사 토리키타와 그랜드를 경영하고 있었다. 이 두 회사는 가구를 수입하면서 수백만 달러의 관세를 빼돌렸다는 혐의로 정부관세위원회로부터 추궁을 당하고 있었다. 그 때문인지 회계감사원은 정부관세위원회 의장 미하일 바닌에게도 부정부패 혐의를 적용했다. 자오스트로프체프는 이 관세위원회 의장 자리를 노리고 있다는 소문이 나돌았다.

이 그룹은 또, 비상사태장관 세르게이 쇼이그를 타깃으로 삼고 있다는 소문도 돌았다. 쇼이그는 상트페테르부르크 출신도 아니고 정권 내부의 후원자도 없는 존재였기 때문에 자신의 지위를 지키려면 상당한 노력이 필요했다. 그래서 대통령 여당 통일을 설립하여 의회에서 크게 공헌했다. 또, 2001년 12월 1일에는 통일과 조국 · 전 러시아의 통합까지 실현시켜 대통령에 대한 충성을 증명했다. 그런데도 그룹의 배제 대상이 된 이유는 비상사태성이 갖고 있는 예산이 말 그대로 비상사태용으로서 탄력적인 성격을 가지고 있어서 매우 매력적인 이권으로 비쳤기 때문이다.

이들 보이지 않는 그림자의 존재 때문에 국방장관이며 대통령의 KGB시대부터의 친구인 세르게이 이바노프의 지위조차도 위험하다는 지적이 나왔다. 그리고 이미 상트페테르부르크 인맥은 분열상태에 놓였으며 츄바이스로 대표되는 개혁파 그룹과의 대립도 심각하다는 견해가 나왔다.

그러나 이 단계에서는 그야말로 보이지 않는 그림자에 지나지 않았다. 크렘린 내부조직의 존재를 지적하는 언론은 주로 베레조프스키 계열의 신문이었고 정권의 영향 아래에 놓여 있는 언론들은 아직 침묵을 지키고 있었다. 그러나 보이지 않는 그림자는 푸틴의 그늘에서 확실하게 행동을 개시하고 있었다.

악쇼넨코에 대한 수사는 2003년 10월에 종료되었고 최고검찰청은 정식으로 그를 고발했다. 동시에 악쇼넨코가 질병을 치료하기 위해 출국하는 것을 허가, 악쇼넨코는 서유럽으로 날아갔다. 악쇼넨코가 다시 러시아로 돌아올 것이라고 예상하는 사람은 아무도 없었다.

PUTIN'S RUSSIA | 15

카프카스에서의 실패

미군의 중앙아시아 기지 사용

2001년 9월 11일의 미국에서의 동시다발테러는 국제정세를 근본적으로 바꾸는 충격을 안겨주었다. 미국은 아프가니스탄의 테러조직 알 카에다 및 그 조직을 비호하는 탈레반 정권에 대한 보복공격을 실행하여 탈레반을 붕괴시키고 새로운 정권을 수립했다. 2003년 3월에는 이라크의 대량학살무기의혹을 이유로 미국과 영국 연합군이 이라크전쟁을 일으켰다. 부시 정권의 외교표어는 '테러와의 전쟁'이었다. 러시아도 미국의 움직임에 휘말려 잃은 것이 많았다.

9·11테러 이후, 미국 대통령에게 가장 먼저 전화를 넣은 사람은 러시아 대통령 푸틴이었다. 러시아가 아프가니스탄의 알 카에다 세력을 공격하기 위해 미국과 손을 잡고 싶어 했다는 것은 이미 밝혀진 일이었다. 체첸 무장 세력의 공급기지가 아프가니스탄의 알 카에다였기 때문이다. 푸틴의 계산은 미국이 알 카에다를 치게 하고 그 사이에 체첸에서도 무장그룹을 몰아내어 단숨에 체첸의 테러 세력을 뿌리 뽑는다는 것이었다. 그렇게 하기 위해 미국의 요구

를 어느 정도는 받아들일 준비가 되어 있었다.

동시다발테러 이후 사흘 째 되는 9월 14일, 미국 〈뉴욕 포스트〉 지는 러시아의 외교관 수준의 정보를 인용하여, 아프가니스탄의 알 카에다 기지를 공격하기 위해 미군이 중앙아시아의 러시아 군사시설을 사용하는 문제를 협의할 목적으로 부시정권의 대표가 러시아로 떠났다고 보도했다. 러시아 국방장관 세르게이 이바노프는 이 정보에 대해 분명하게 부정했다. 그러나 미국의 입장에서 볼 때, 아프가니스탄의 탈레반 및 빈 라덴 휘하의 알 카에다를 공격하려면 중앙아시아의 기지를 사용하지 않을 수 없었다. 러시아가 미국의 행동을 지지한다면 그런 협의는 이미 이루어졌어야 당연하다는 견해가 많았다.

9월 25일, 키르기스의 대통령 아스카르 아카예프(Akayev, Askar)는 미국이 병력을 수송하기 위해 영공을 개방해달라는 요청을 해 왔다고 밝히면서 이렇게 말했다.

"다른 집단안보가맹국과의 협의를 통하여 미국에 영공을 개방하기로 했다."

또, 카자흐스탄 대통령 누르술탄 나자르바에프는, "적은 아랍도 이슬람교도도 아닌 테러리즘이라는 부시 미국 대통령의 입장과 나의 생각은 완전히 일치한다."고 말했다. 투르크메니스탄 대통령 사파르무라트 니야조프도 미 국무장관 파월과의 전화회담에서 투르크메니스탄 영토 안을 통과하는 미국의 아프가니스탄 행 인도적 구호물자 수송에 동의하기로 했다는 뜻을 밝혔다.

또, 서방측 보도에서는 우즈베키스탄이 미국에 기지를 제공할 준비가 되어 있다는 사실을 전했고, 영국에서의 보도에서는 이미 미군의 조기경계관제기 AWACS 두 대가 타시켄트 교외의 공군기지에 착륙했다는 소식이 전해졌다. 그리고 타지키스탄에 미군 특수부대가 도착했다는 소식이 전해지는 등, 9월

말에는 이미 중앙아시아 각국에 미국의 군사적 진출이 구체적인 사실로 나타나 있었다.

미국의 생각이 어느 정도 명확하게 제시된 것은 2002년 1월 23일, 키르기스를 방문한 당시의 미국 중동군사령관 토미 프랭크스가 "중앙아시아에서는 항구적인 미군 기지를 설치할 계획이 없다."고 표명하면서였다. 또, 아미티지 미 국무부부장관도 타스 통신 등과의 회견에서 아프가니스탄에서의 군사작전이 종료된 뒤에 미군이 중앙아시아에 장기적으로 주둔을 할 의사가 없다는 점을 강조했다. 미국에 필요한 것은 군사적인 '이용권'이라는 것이었다.

그러나 러시아의 입장에서 마음에 걸리는 것은 미국이 어떤 시점을 아프가니스탄에서의 군사작전이 종료된 시기로 생각하는가 하는 점이었다. 미국 측의 발언은, 러시아를 배려하여 미국이 항구적인 기지화를 도모하지는 않겠다는 의미이지만 그 반면에, 부대를 언제든지 임기응변으로 배치하여 실질적으로는 군사적 주둔을 유지할 수도 있다고 러시아는 받아들였다.

1월 29일, 미 국무부 차관보 존스를 단장으로 하는 미국 대표단이 타시켄트를 방문, 우즈베키스탄 대통령 카리예프와 회담을 가졌다. 러시아의 타스 통신은 이 방문과 관련하여 미국이 우즈베키스탄의 치안과 안전보장강화 등의 목적을 위해 1억6천만 달러의 지원을 할 방침이라고 전했다. 카리예프 정권이 테러 대책을 명목으로 반정부세력을 뿌리째 적발하고 있다는 사실은 잘 알려져 있었다. 미국 측의 지원은 정권의 이런 활동을 미국이 눈감아 주겠다는 의미였다. 동시다발 테러가 발생하기 전까지 미국이 카리예프 정권의 강권지배체제를 인권탄압이라고 비판해 왔다는 점에서 보면 엄청난 전환이었다.

이어서 1월 30일의 러시아 〈독립신문〉은 미국이 아프가니스탄 작전의 후방지원기지로 사용하고 있는 중앙아시아의 우즈베키스탄, 타지키스탄의 공항 보수를 위해 이미 최대 10억 달러를 사용했다고 보도했다. 그리고 미군이 주둔하고 있는 우즈베키스탄의 하나바드, 타지키스탄의 쿨랴프(kulyab) 등의 공군기지 네 곳의 보수를 위해 각각 2억 달러 내지 2억5천만 달러를 지불했다는 내용도 전했다. 또, 키르기스의 마나스 공항에서는 미군 전투기가 한 번 이착륙 할 때마다 7천5백 달러를 키르기스 쪽에 지불하고 있다고 설명했다 키르기스는 수도 비슈케크 교외의 마나스 공항을 1년 기한으로 미군과 프랑스군에 제공했는데 대통령 아카예프는 주둔 기간 연장에 긍정적인 자세를 표명했다.

이렇게 해서 러시아는 역사적으로 자신의 세력권으로 삼아 온 중앙아시아에 미국의 군사진출을 인정했다. 물론 미국이 아프가니스탄 작전을 효과적으로 수행할 수 있도록 해주기 위해서였다. 러시아는 미국의 아프가니스탄 공격에 정신적 지지만을 하고 군대는 파견하지 않았다. 그 대신, 중앙아시아를 제공했다. 그리고 그 동안, 체첸을 안정화하는 데에 집중하였다.

체첸과의 평화교섭

2001년 11월 18일, 제2차 체첸분쟁이 발발한 이후에 처음으로 러시아 대통령 대표와 국외로 도피 중인 체첸 대통령 아슬란 마스하도프의 특사 사이에서 평화교섭이 이루어졌다. 체첸 측에 대해 일관적으로 강경책을 펼쳐 온 푸틴 정권으로서는 매우 이례적인 움직임이라고 말할 수 있었다. 그 때까지 마스하도프 세력을 테러리스트로 취급을 해 온 푸틴정권이 교섭 상대로 인정했다는 것만으로도 획기적인 의미를 가지고 있었다.

회담 장소는 모스크바 교외 세레메티에포(Sheremetyevo) 제2공항 안의 중립지역에 설정되었다. 러시아 측 대표는 북 카프카스 연방관할구역 대통령 특사인 빅토르 카잔체프, 마스하도프 측의 특사는 배우 경력을 가지고 있는 아흐메드 자카예프였다. 1999년 8월의 제2차 체첸분쟁이 시작된 이후 처음으로 열린 러시아 측과 체첸 측의 대화였다.

2001년 9월 24일, 푸틴은 무장 세력에 대해 72시간 안에 무기를 인도하라는 최후 통고를 했다. 그리고 카잔체프에게는, 그 이후에 평화교섭을 시작하라는 지시를 내렸다. 그 후, 체첸 문제 담당 대통령 보좌관인 야스토르젬스키는, 마스하도프 파가 그 대표로 자카예프를 내세웠다는 사실을 밝혔다.

야스토르젬스키는 무장 세력 측과의 접촉은 있다고 확인해 주었지만 카잔체프는 그 때까지 체첸 측과 접촉이 있다는 확인조차 해주지 않았다. 10월 24일이 되어서야 카잔체프는, 공식적으로 자카예프와의 회담이 10일 이내에 이루어질 것이라고 발표했다. 그러나 실제로는 1개월 뒤로 늦춰졌다.

이 회담을 위해 자카예프는 전날 터키의 이스탄불에서 모스크바로 날아와 18일에 공항의 VIP룸에서 2시간 동안 카잔체프와 회담을 가진 뒤에 터키로 돌아갔다. 자카예프를 수행한 인물은 터키의 사업가이며 터키 자유민주당의 당수이기도 한 베심 치브크였는데, 국제적 중립이라는 입장이라기보다 마스하도프 파 특사의 안전을 보장하는 보증인으로서 수행을 한 것으로 알려졌다. 회담이 끝난 이후, 공동기자회견이 예정되어 있었지만 각각 독자적으로 기자회견을 갖고 막을 내렸다.

자카예프는 이스탄불에서 언론을 상대로 이렇게 말했다.

"우리는 한 시라도 빨리 폭력행위를 중지한다는 데에 의견의 일치를 보았다. 그러나 힘을 통한 해결은 있어서는 안 된다는 문제에 대해서는 의견이 달랐다."

한편, 카잔체프는 모스크바에서 낙담한 표정을 보이며 기자회견에 응했다.

"자카예프의 제안에는 일련의 긍정적인 요소가 보였지만 대통령의 제안(무기 인도)에 대한 실질적인 회답이 없었다."

이것으로, 모스크바 측이 평화교섭을 개시하는 전제조건으로 내세운 무기 인도, 저항 중지라는 요구를 마스하도프 측이 거부했다는 사실을 알 수 있었다. 마스하도프 측이 요구했던 전제조건 없는 무조건적인 평화교섭 개시를 러시아 측이 거부한 것 또한 명백했다. 이 회담에서는 평화에 대한 의사를 확인하는 것 이외에는 아무런 결과도 얻지 못한 것이다.

그러나 마스하도프 측에는 평화교섭을 실시했다는 것만으로도 충분한 장점이 있었다. 러시아는 그 때까지 마스하도프 측을 합법적인 교섭상대로 여기는 것조차 거부해 왔다. 다른 야전사령관과 비슷한 취급밖에 하지 않았는데 처음으로 체첸 무장 세력 측의 대표로 인정했다는 것은 충분한 의미를 가졌다. 교섭에 제3국, 즉 터키의 정치가가 보증인으로 참가했다는 것도 국제적으로 인정을 받았다고 평가할 수 있었다.

마스하도프 파와의 교섭과 대미관계

러시아 측의 움직임에는 동시다발 테러를 계기로 극적인 개선 방향으로 흐르는 대미관계에 대한 배려도 느낄 수 있었다. 원래, 마스하도프 파는 미국과 비공식적인 파이프를 갖고 있다고 알려져 있었다. 부시정권도 발족 이후에 마스하도프의 특사를 워싱턴으로 불러들여 러시아를 자극한 적이 있다. 미국이, 대미관계 개선을 위한 전제로서 마스하도프 세력과 대화를 나누는 쪽으로 방향을 전환하라는 요구를 했을 가능성도 배제할 수 없다.

이 가능성을 뒷받침 해주 듯 2002년 1월 23일, 그 때까지 미국을 자주 방문했던 마스하도프 파의 외무장관으로 알려진 일리야스 아흐마드프가 미국무성 당국자를 만났다는 사실이 보도되었다. 러시아 외무성은 '놀라운 일이다. 즉시 항의한다.'는 성명을 발표했다. 러시아는, 테러리스트인 체첸 무장 세력 대표와 미국이 접촉하는 일은 있을 수 없다고 주장했다.

그러나 미국은 야전사령관이 이끄는 원리주의 테러리스트와 마스하도프 파를 분명히 구별하는 입장을 보였다. 러시아의 입장에서는 그 두 달 전 세레메티에포 회담에서 마스하도프 파와 평화교섭을 벌인 것이 외교적으로 큰 실수였다. 테러리스트와는 교섭을 하지 않겠다고 미국과 약속한 푸틴이 마스하도프 파와 교섭을 벌인 것은 러시아가 마스하도프 파를 테러리스트로 간주하지 않는다는 증거로 받아들여졌기 때문이다.

그러나 2002년 초반, 체첸에서의 무장 세력의 활동은 많이 줄어들었다. 미국이 아프가니스탄을 공격하게 하여 알 카에다를 소탕하도록 유도한 푸틴의 목적은 성공을 거둔 것처럼 보였다. 2001년 11월에는 푸틴이 미국을 방문하여 부시와 회담을 개최하고 역사적인 전략적 핵 감축 합의를 이끌어냈다. 미국과 러시아 쌍방이 각각 보유하고 있는 전략핵탄두 수를 3분의 1로 감축한다는 약속이었다. 그러나 미국의 약속에는 보증이 따르지 않았다. 그리고 세밀하게 말한다면 탄두를 분리해도 그것을 폐기할 것인가, 아니면 다시 재 탑재가 가능한 형태로 저장해 둘 것인가, 하는 의문조차도 확실하게 매듭지어지지 않은 상태였다. 게다가 그 후 12월, 미국은 미사일방어시스템을 구축하기 위해 1972년에 미국과 소련 사이에 체결한 탄토탄요격미사일(ABM) 제한

조약에서 일방적으로 이탈하겠다는 의사까지 밝혔다. 부시정권은 그 특징인 일방적 외교를 수정하지 않았다. 러시아는 그래도 미국과의 대 테러 동맹을 열심히 연출하여 체첸의 테러리스트에게 압박을 가하려 했지만 그 효과도 오래 가지 않았다.

판키시 계곡의 폭격

2002년 8월 말, 러시아 〈독립신문〉은 '체첸에서 제3의 전쟁이 시작되었다'는 표제로 무장 세력의 움직임이 활발해졌다고 전했다.

러시아에 충격을 준 것은 8월 중순에 체첸의 수도 그로즈니 근교에서 발생한 병력수송용 대형 헬리콥터 추락 사고였다. 사망자 수는 백20명 이상에 달했다. 러시아는 처음에 체첸 무장 세력의 공격에 의한 것이라는 점을 인정하려 하지 않다가 30일이 되어서야 수사를 담당했던 최고검찰청이, 격추에 의한 추락이라고 발표하여 정식으로 인정했다.

그리고 8월 23일, 체첸공화국의 정남쪽에 해당하는 그루지야의 판키시 계곡에 국적을 알 수 없는 비행기가 날아와 몇 군데의 마을을 폭격했다. 이 사건에 대한 러시아, 그루지야 양국의 주장은 크게 대립되었다. 그루지야 측은 이 비행기가 러시아 군의 비행기라고 주장했고 러시아 측은 이 주장을 부정하면서 그루지야의 비행기가 폭격을 한 것이며 그 책임을 러시아에 전가하고 있다고 응수했다. 이 사실을 인정하면 국제법에 위반되기 때문에 러시아 측이 숨기려 하는 것이 분명했다.

이 사건은 국제적인 관심을 불러 모았고 유럽안보협력기구의 감시원이 비행기는 러시아군용기라고 확인하자 미국도 사건의 책임은 러시아에 있다는 태도를 명확히 했다. 이것을 계기로 판키시 계곡은 미국과 러시아 관계도 뒤흔드는 국제적인 초점이 되었다.

그루지야 북쪽은 카프카스 산맥이 남북을 가르는 장벽처럼 이어져 있는데, 이 장벽에 존재하는 몇 개의 균열 중에서 중요한 위치로 여겨지는 지점이 판키시 계곡이었다. 판키시 계곡은 몇 세기 동안 전쟁과 교역의 요충지로 이용되어 왔다. 19세기 초, 그루지야가 러시아에 합병된 이후, 판키시 계곡에 체첸인들이 거주하기 시작하여 현재는 1만 명 이상이 생활하고 있다.

1999년에 러시아가 체첸으로 진공한 이후, 판키시 계곡에는 체첸의 난민들이 유입되었다. 러시아 측은, 수천 명의 무장 세력도 이 계곡으로 피신해 있다는 주장을 되풀이했다. 판키시 계곡이 체첸 난민의 거주지임과 동시에 무장 세력의 입장에서는 절호의 보호지역이 되어 있던 것은 분명한 사실로 미국도 판키시 계곡에 아프가니스탄의 알 카에다 잔당들이 피신해 있을 가능성에 대해 언급한 적이 있었다.

2002년 8월 15일, 러시아 외무성은 그루지야 정부에 항의서한을 보냈다. 거기에는 그루지야 측 보도를 인용하는 형식으로 그루지야와 마스하도프 파가 트빌리시에 있는 마스하도프 파의 대표사무소를 통하여 연락을 취하고 있으며 이것은 국제연합의 반 테러리즘 결의에 위반되는 행위라는 내용이었다. 그리고 마스하도프 파 대표사무소가 무장 세력에 자금과 무기를 제공하는 중추가 되어 있다면서 그루지야 측에 사무소를 폐쇄하는 등의 조치를 취해달라는 요구를 했다.

러시아의 이런 초조한 마음을 국제적으로 드러낸 것이 9월 12일, 푸틴이 국제연합사무총장과 안전보장이사회에 서한으로 보낸 그루지야에 대한 최후

통고였다. 그 내용은 다음과 같다.

"만약 그루지야 당국이 테러리스트에게 타격을 가하는 구체적인 조치를 취하지 않아 테러리스트들이 그 영토를 바탕으로 계속 침입을 한다면 러시아는 국제법에 의거하는 형식으로 테러리스트의 위협에 대항할 적당한 수단을 행사하게 될 것이다."

여기에 대한 미국무성 대변인의 코멘트는 러시아를 낙담하게 만들었다.

"미국은 그루지야의 영토 보전을 강력하게 지지하고 있으며 그루지야 영내에서의 러시아의 일방적인 어떠한 군사행동에도 반대한다."

러시아를 완전히 견제한 것이다. 푸틴이 국제연합에 서한을 보낸 이후 러시아에서는, 당시에 국제적으로 그 의도가 알려지기 시작한 미국의 이라크 공격과 거래를 하는 것이 아닌가 하는 견해가 있었다. 러시아가 미국의 이라크 공격을 용인하는 대신 미국은 러시아의 그루지야 공격을 인정한다는 시나리오였지만 미국은 그 가능성을 분명하게 부정했다.

그루지야의 입장에서 볼 때 완충국가 역할을 하는 체첸

그루지야는 2002년 5월에 백 명 규모의 미 군사고문단을 받아들였다. 그 때 러시아 군부는 강한 반발을 보였지만 푸틴은, "중앙아시아에서 미군을 받아들였는데 그루지야라고 그렇게 하지 못할 이유는 없다."며 용인해 주었다. 이 때 푸틴은 그루지야로 들어간 미 군사고문단이 체첸 무장 세력을 공격하는 데에 일정한 역할을 해 줄 것이라고 기대했다. 그러나 미 군사고문단은 그루지야의 특수부대를 훈련시키는 데에만 전념했다. 그루지야도 체첸 무장 세력에 대해 효과적인 손을 쓰지 않았기 때문에 여름 이후에는 체첸에서의 무장 세력의 활동이 오히려 활발해졌다.

러시아 측의 보도는, 2002년 6월에 야전사령관 샤밀 바사예프가 대통령 마스하도프에게 충성을 표명하는 것으로 체첸 무장 세력이 다시 결속을 다졌다고 전했다. 바사예프 등, 강경파는 일찍이 알 카에다와 손을 잡고 테러 활동을 해 왔다고 믿어지고 있었다. 그러나 미국에 의해 알 카에다가 아프가니스탄에서 추방당하자 그 네트워크가 붕괴되어 버렸다. 그리고 지금까지 알 카에다 및 빈 라덴과의 연결고리로서 무장 세력을 이끌어 온 야전사령관 하타브의 사망이 큰 의미를 가졌다. 하타브는 동료의 손에 의해 독살 당했다고 보도되었다. 바사예프의 입장에서는 조직을 유지하기 위해 일찍이 대립했던 대통령 마스하도프와 손을 잡아야 할 필요가 있었다.

러시아 측은, 그루지야가 왜 체첸 무장 세력에 엄한 자세를 취하지 않는 것인지 그 이유를 잘 알고 있었다. 표면적으로 볼 때, 체첸 무장 세력에 대한 그루지야의 대응은 모순으로 가득 차 있었다. 테러와의 전쟁의 선두에 서 있는 미국과의 관계를 심화시키고 있었기 때문이다.

소련이 붕괴된 이후, 그루지야는 줄곧 북방 러시아로부터 지정학적인 압력을 느껴 왔다. 국내의 반체제 세력과 러시아가 손을 잡고 그루지야 정권을 전복, 친 러시아 정권을 수립한다는 환상에 위협을 느껴 온 것이다. 대통령 세바르나제에 대한 암살 시도가 거듭되면서 그 배후에서 러시아의 그림자를 느꼈다.

이런 그루지야가 러시아의 영향력을 밀어내는 완충국가로서 기대한 것이 체첸이었다. 1996년 8월, 무장 세력의 사령관 아슬란 마스하도프는 당시의 러시아 안전보장회의 서기인 알렉산드르 레베지와 평화협정 하사뷰르토평화합의에 조인했다. 이 합의에는, 체첸이 5년 후인 2001년 연말에 독자적인 국가형태, 즉 독립을 선택할 수 있다는 내용이 명시되어 있었다. 그 후, 공화국 대통령선거에서 민주적으로 체첸의 대통령으로 선출된 마스하도프는 독립을 향한 준비를 착실히 진행했다.

물론 그루지야는 체첸의 독립을 달성하는 주체로서 마스하도프에게 기대를 걸고 있었다. 따라서 체첸에서 쫓겨나 판키시 계곡으로 피신해 있던 마스하도프 세력에 대해 적대하는 행동을 취할 이유가 없었던 것이다. 그래서 러시아가 비난하는 그루지야의 '테러리스트에게 관대한' 자세가 탄생했다. 마스하도프 파에 대한 자세에 있어서 그루지야와 미국은 공통점을 보였다. 마스하도프 파는 부시정권에 특사를 보냈고 미국 정권도 이것을 받아들여 러시아를 초조하게 만들었다.

미국 측에는 독자적으로 체첸의 평화를 모색하는 움직임이 일기 시작했다. 2002년 8월에 리히텐슈타인에서 체첸의 평화 대책을 의논하는 모임이 개최되었다. 참가한 인물은, 마스하도프 파의 무장 세력 대표로 러시아와도 교섭을 벌인 경험이 있는 아흐메드 자카예프, 러시아의 전 안전보장회의 서기인 이반 이완 루이프킨, 전 러시아 최고회의 의장이며 체첸 인인 루슬란 하스블라토프, 미국 측에서는 전 대통령 보좌관이며 국제정치학자인 즈비그뉴 브레진스키, 전 미 국무장관 알렉산드르 헤이그, 그리고 전 미국 외교관 맥스 캄페르만 등이었다. 루이프킨이 참가했다는 것은 특별한 의미를 가졌다. 루이프킨은 안전보장회의에서 부서기였던 보리스 베레조프스키와 밀접한 관계를 가지고 있으며 그 대리인 같은 역할을 담당하고 있었기 때문이다.

이 모임에서 하스블라토프는 체첸에 특별한 지위를 갖게 해서 러시아에 머무르게 하는 해결안을 제시했고 자카예프도 지지했다고 알려졌다. 이것은 체첸의 자치권과 러시아의 권익을 저해하지 않는 범위 안에서 외교권을 인정하는 내용이었다. 체첸 시민은 러시아의 여권과 러시아의 화폐를 사용하지만 체첸은 군사력 보유를 인정하지 않는 평화지역으로 만들고 유럽의 참가자들이 평화유지를 감시한다는 구상이었다.

이 그룹은 2002년 후반에 모스크바에서 체첸 무장 세력에 의한 극장점거사건이 발생한 뒤에 자카예프가 덴마크에서 구속되었을 때, 일제히 그 석방을 요구하며 행동에 나섰다. 브레진스키 등의 체첸평화미국위원회는 구속에 항의했고 베레조프스키도 영국 여배우 바네사 레드그레이브(Vanessa Redgrave) 등 인권운동가들을 동원하여 자카예프를 구원하기 위해 움직였다. 자카예프는 영국에서도 구속된 뒤에 2003년 11월에 석방되었다.

세바르나제 대통령의 사임

미국의 영향 아래로 들어간 그루지야의 체제 전환은 예상 밖으로 빨리 찾아왔다. 2003년 11월 2일에 실시된 의회선거가 계기가 되었다.

11월 4일, 야당 세력이 "당국이 선거 결과를 날조하고 있다."고 주장하면서 트빌리시에서 데모와 집회를 통한 항의행동을 했다. 대통령 세바르나제는 텔레비전 연설을 통하여 야당 세력에 의한 위협에는 절대로 무릎을 꿇지 않겠다고 발표, 요구가 있다면 재판소에서 해결해야 한다고 주장했다.

한편, 중앙선거위원회 의장은 미하일 사카쉬빌리(Mikheil Sakashvili)가 이끄는 야당 연합체 국민운동을 선거의 승리자로 불렀다. 8일에는 그루지야 야당 세력의 항의행동이 조직적으로 발전, 사카쉬빌리는 의회선거 결과가 무효라고 인정하거나 세바르나제가 퇴진할 때까지 트빌리시에서의 항의행동을 계속하겠다고 선언했다.

11일, 주 그루지야 미국대사인 리처드 마일스는 세바르나제와 회담을 가진 뒤에 야당 세력과 대통령 사이에서 중개역할을 맡을 생각이 없다고 밝혔다. 13일, 야당지도자들은 당국과의 교섭을 중단, 세바르나제의 퇴진을 유일한 요구로 내세운다고 밝혔다. 19일, 러시아 외무장관 이바노프는 의회선거의 잘못을 시정할 것을 그루지야의 대통령 및 모든 정치세력에 요구한다고 밝혔다.

20일이 되어서야 그루지야 의회선거의 공식결과가 발표되었다. 1위는 대통령 연합체인 새로운 그루지야를 위해로 21%의 득표율. 2위와 3위는 아자리아(Ajaria) 자치공화국 최고회의 의장 아바시제Abashidze가 이끄는 민주부흥연합과 야당의 국민운동으로 각각 19%정도의 득표를 얻었다고 발표되었다.

21일, 사카쉬빌리는 그루지야의 텔레비전에 등장하여 이 나라에서 대통령 해임을 목표로 삼는 빌로드 혁명이 시작되었다고 밝혔다. 미국무성 당국자는 전날 발표된 그루지야의 선거결과에 대해 이렇게 코멘트했다.

"국민의 뜻이 정확하게 반영되어 있지 않으며 대부분의 지역에서 부정이 있었다고 생각한다."

22일, 사카쉬빌리는 야당의 지지자들과 함께 의회 빌딩으로 돌입하여 연설을 하고 있던 세바르나제를 연단에서 내려오게 하고 의회 밖으로 밀어냈다. 진퇴양난에 빠진 대통령은 30일 동안의 비상사태를 선언했다. 또, 러시아 대통령, 미국 국무장관, 국제연합 사무총장 등에게 전화를 걸어 타개책을 상담했다.

23일, 러시아 외무장관 이바노프가 그루지야로 들어가 세바르나제와 야당 사이에 각각 두 차례의 회담을 갖고 정력적으로 중개에 나섰다. 결국, 사카쉬빌리의 최후통고를 받아들여 세바르나제는 사임을 표명했다. 무력충돌이 없는 무혈쿠데타는 이렇게 성공을 거두었다.

세바르나제는 나중에 이렇게 술회했다.

"내가 권한을 행사했다면 유혈사태가 발생했을 것이다. 그런 사태를 피하려면 사임을 하는 수밖에 없었다."

세바르나제는 구소련의 외무장관으로서 1980년대 후반에 당시의 서기장 고르바초프와 함께 신(新) 사고 외교를 전개했다. 그리고 1990년 12월, 인민대의원 대회에서 보수파의 민족운동 억압에 대해 "독재가 가까웠다."고 경고하면서 사임했다. 그루지야에서 대통령으로 부활하기는 했지만 정권 말기에는 여당 주변의 부정부패 등에 관한 책임을 추궁 당했다.

24일, 세바르나제는 이렇게 말했다.

"외국이 야당을 지원하여 정권이 교체될 수 있도록 도와주었다. 그 점을 깨닫지 못한 것이 실수였다."

또, 푸틴은 냉담한 표현으로 그루지야 정변을 총괄적으로 해석했다.

"예상 밖의 결과는 전혀 없다. 정권교체는 내부 정치, 외교에서의 실패들을 반영한 당연한 결과다."

같은 날, 러시아로의 편입을 계속 주장해 온 남 오세티아 자치주의 대통령 코코이토이는 모스크바에서 기자회견을 갖고 주 경계지역의 경비를 강화했다고 말했다. 그 후, 외국 언론과의 인터뷰를 통하여 그루지야에서 이탈하여 러시아로의 편입을 지향한다는 방침을 밝혔다. 남 오세티아의 주민 중 60%는 러시아인으로 1990년에는 러시아 령의 북 오세티아 자치공화국으로의 편입을 요구하는 그루지야 군과 충돌하였고, 92년에 러시아의 중개로 현상유지를 한다는 평화합의가 맺어져 있었다. 원래 오세티아 인은 오래전 스탈린의 민족분단 정책에 의해 러시아와 그루지야로 분리되어 있었다.

26일, 미국 대통령 부시는 그루지야의 임시대통령 부르자나제와 전화로 협의를 갖고 미국이 최대한 지원을 해 줄 것을 약속하며, 합동조사단과 경제 지원팀을 파견하겠다는 뜻을 전했다.

민주세력의 통일대통령 후보로는 당연하다는 듯, 사카쉬빌리가 나왔다. 그는 세바르나제 정권에서 법무장관을 역임했지만 정부의 부정부패를 비판하며 사임했다. 2001년에 국민운동을 내세운 이후, 반정부세력의 선봉으로서 지명도를 높였다. 미국에 유학하여 영어가 능통한 친미파였다.

27일, 그루지야의 아브하지아 자치공화국, 아자리아 자치공화국, 남 오세티아 자치주의 정상들이 모스크바에서 3자회담을 개최했다. 이들은 모두 그루지야 임시정권과의 대화협력을 거부하고, 아브하지아와 남 오세티아는 러시아와 합할 것을 희망했다. 독립을 부정하고 있는 아자리아 자치공화국은 독재체제 아래에 놓여 있어 그루지야의 민주화 기운이 아자리아로 파급되는 것을 경계하고 있었다.

28일, 푸틴은 아브하지아 자치공화국의 러시아군 주둔 기한을 무기한 연장한다는 뜻을 밝혔다. 아브하지아는 그루지야로부터의 독립투쟁을 전개, 3천 명 규모의 러시아 군이 독립국가공동체의 위임을 받은 평화유지부대로서 1994년부터 주둔하고 있었다.

12월 3일, 미국무성 부차관보(유럽 · 유라시아 담당) 바스코가 미 정부대표단을 이끌고 그루지야로 들어갔다. 공식적인 회담을 한 대상은 사카쉬빌리였다. 또 이 날, 보리스 베레조프스키가 가명을 사용하여 영국에서 그루지야로 들어갔다. 러시아는 베레조프스키를 입국시킨 문제에 대해 그루지야에 항의했지만 그루지야 측은 다른 이름으로 정식 여권을 가지고 있었던 이상, 입국을 거부할 수 없었다고 주장했다.

후에, 영국 당국은 그루지야로의 망명을 원하던 베레조프스키가 이름을 플라톤 엘레닌으로 바꾸고 여권을 발급 받았다는 사실을 확인했다. 물론 일시적인 위장 공작으로, 베레조프스키는 미국무성 고관과 회담을 하기 위해 그루지야로 들어갔고 영국도 여기에 협력한 기색이 짙었다.

다음 날, 미국 정부는 그루지야의 대통령선거실시 등의 비용으로 7백만 달러의 긴급지원을 하겠다고 발표했다. 또, 매년 1억1천만 달러 규모의 무상원조를 하겠다는 뜻을 밝혔다.

미국이 계획한 그루지야 정변

영국의 〈가디언〉 지는 그루지야 정변에 대해 다음과 같이 논평했다.

"미국이 계획한 쿠데타로 보아도 될 것이다."

허약한 세바르나제 정권에 대한 미국의 신뢰는 이미 오래 전부터 땅에 떨어져 있었다. 2003년 여름에는 미국에서 특사를 몇 차례 파견하여, 미국의 권익유지에 필요한 정치적 개혁을 방해한다면 외교적, 재정적 지원을 계속할 수 없을 지도 모른다고 경고했다. 그런 한편으로 미국은 정권을 인수할 후계자를 몰래 육성하고 있었다.

2003년에는 이웃 나라 아제르바이잔도 미국으로 접근하는 자세를 한층 더 강화했다. 구소련 시절부터 아제르바이잔에 군림해 온 대통령 헤이다르 알리예프가 심장병을 이유로 은퇴를 표명, 10월의 대통령선거에서 그의 아들 이루한이 당선되었다. 아버지 헤이다르는 12월 중순에 미국의 병원에서 사망했다. 러시아의 〈독립신문〉은, 미국과의 군사협력도 진행되는 기색을 보이고 있으며 2004년 3월에는 아제르바이잔 군의 훈련협력교섭이 진전되고 있다고 보도했다.

9 · 11테러 이후, 푸틴은 외교적으로 많은 실수를 범했다. 중앙아시아와 그루지야에 미국의 군사진출을 허락했다. 이들 지역에 미군이 주둔하게 되면 체첸의 테러리스트들을 몰아내는 데에 기여할 것이라고 기대했다. 그러나 이 기대는 빗나갔다. 마스하도프 파와 일시적으로 평화교섭에 나섰던 것도 푸틴에게는 후회를 남겼다. 그 이후, '마스하도프는 테러리스트'라는 푸틴의 주장은 국제적으로 설득력을 가질 수 없게 되었고 러시아 국내에서의 테러는 오히려 활발해졌다. 2003년에 러시아에서 발생한 테러사건은 5백61건으로 전년도보다 56%나 증가했다.

2004년 5월 9일의 대독전승기념일(對獨戰勝記念日) 경축식전 때, 체첸 대통령 아흐마드 카디로프가 누군가가 장치한 시한폭탄에 의해 암살당했다. 일찍이 체첸 작전 중에 러시아 군에 협력했고 그 이후에 체첸의 행정장관에서 대통령이 되어 푸틴의 입장에서는 체첸 통치를 맡길 수 있는 중요한 존재였던 카디로프의 죽음으로 카프카스의 정세는 더욱 불투명해졌다.

PUTIN'S RUSSIA | 16

실로비키 대 세미야

석유기업 슬라브네프티를 둘러싼 항쟁

2002년 12월 18일, 러시아 제8위의 석유기업인 슬라브네프티의 민영화 입찰이 공개적으로 실시되었다. 원래 이 입찰은 규모면에서 1997년에 실시된 전신전화 스뱌지인베스트를 웃돌아 러시아 역사상 최대의 민영화가 될 전망이었다. 그러나 경쟁이 배제되었고 낙찰 금액은 고의로 억제되어 한 그룹에 낙찰이 되도록 계획되었다.

슬라브네프티의 지배권을 둘러싼 항쟁은 2002년 봄부터 시작되었다. 최종적으로는 민영화 입찰로 결말이 났지만 그 과정에서 오래 전부터 정권 주변을 맴돌고 있던 두 그룹, 즉 세미야와 실로비키의 항쟁이 드러났다. 승리를 거둔 쪽은 세미야 측이었다. 이 대립항쟁은 푸틴정권 아래의 러시아에서 1990년대와 거의 비슷한 수단으로 이권획득이 이어지고 있다는 사실을 드러내 보였다.

슬라브네프티는 러시아 석유생산의 4%와 시베리아의 드넓은 석유매장지역의 개발권을 갖고 있었다. 1994년 8월, 러시아와 벨로루시 양국 정부의 결정에 의해 양국에 있는 몇 군데의 중소석유회사를 통합하여 탄생시킨 기업이다. 양국 정부에서 약 85%의 주식을 소유하고 있기 때문에 실질적으로는 러시아의 국영석유기업이었다.

2002년 5월 13일, 민영화 입찰이 있기 7개월 전, 슬라브네프티의 임시주주총회가 개최되었다. 총회에서는 새로운 사장을 선출하기로 되어 있었다. 한 달 전인 4월 19일에 개최된 이사회에서 이미 두 명의 사장후보자를 선출해 놓고 있었다. 한 명은 정부의 국가자산성이 제안한 이 회사의 부사장 유리 수하노프, 또 한 명은 역시 주주이며 벨로루시 경제성이 추천한 러시아 국영석유회사 로스네프티의 부사장 아나톨리 바라노프스키였다.

수하노프는 석유회사 시브네프트에서 이 회사로 옮겨와 시브네프트의 지배자인 로만 아브라모비치의 이권을 대표하는 존재로 알려져 있었다. 한편, 바라노프스키는 메쥬프롬뱅크의 지배자이며 푸틴 측근의 은행가로 알려진 세르게이 푸가초프의 후원을 받고 있었다. 주목할 점은, 이미 4월 17일의 단계에서 수상 카시야노프가 정부소유주식의 대표자들에게 슬라브네프티 사장을 선출할 때에 수하노프에게 투표를 하도록 지시를 내렸다는 것이다.

여기에 대해, 메쥬프롬뱅크도 어떻게 해서든 슬라브네프티 경영진에 침투한다는 계획을 세워놓고 있었다. 사장 미하일 구체리예프는 즉시 바라노프스키를 사장 대행으로 지명, 자신이 해외여행을 하는 동안 사장업무를 대행하라는 지시를 내렸다. 또, 판매담당 제1부사장과 재무담당 부사장으로 각각 메쥬프롬뱅크의 간부사원을 영입해 놓았다.

러시아와 벨로루시 두 정부로부터 각각 다른 사장후보가 제시된 이유는 소련이 해체되면서 슬라브네프티가 두 나라 모두에 적을 둔 석유기업이 되어버렸기 때문이다. 주주의 내역은 우선 러시아국가자산성이 55.27%, 러시아연방자산기금이 19.68%, 벨로루시국가자산성이 10.8%, 나머지 12.58%가 츄메니 석유나 시브네프트와 관계있는 그룹이 소유하고 있었다.

이 회사의 사장 인사문제를 둘러싼 대립은 법정투쟁, 정보전쟁, 나아가 무력행사조차도 포함한 항쟁으로 발전했다. 이사회가 개최를 결정한 임시주주총회에 대해서는 반대파, 추진파의 주주들에 의한 제소가 이루어졌고 4월 29일, 우파에 있는 지방재판소는 주주총회 준비와 개최를 금지한다는 결정을 내렸다. 그러자 5월 8일, 이번에는 볼고그라드(Volgograd)의 지방재판소가 주주총회 개최방해를 금지하는 결정을 내려 앞서의 판결을 뒤집어버렸다.

사장 후보의 부정부패 의혹

정보전쟁도 시작되었다. 4월 29일, 러시아 내무성의 수사당국은 슬라브네프티의 부사장 수하노프를 동료 부사장과 함께 부정부패 혐의로 고발했다고 발표했다. 수사당국은, 어떤 하원의원의 고소와 회계감사원의 보고에 근거하여 수사를 시작했다고 설명했다. 즉, 이 부정부패혐의는 1년 이상에 걸친 회계감사원의 조사에 바탕을 둔 것이라는 지적이었다.

그 보고에 의하면 수하노프는 슬라브네프티의 해외자회사를 통하여 시브네프트가 막대한 이익을 올리게 하고 있었다. 수하노프의 지시로 슬라브네프티는 해외에 설립한 자회사 슬라브네프티 벨기에에 채산성을 도외시한 낮은 가격으로 석유제품을 판매했고 슬라브네프티 벨기에는 이 제품들을 외국의 도매업자에게 판매했다. 그런데 이 도매업자가 시브네프트 오일 트레이딩이라는 시브네프트의 자회사였다. 그리고 그 매각가격도 최소한의 금액을 약간 웃도는 정도에 지나지 않았다.

시브네프트의 자회사 시브네프트 오일 트레이딩은 그것을 로열더치셸이나 BP 등의 서구 다국적기업에 시장가격으로 판매하여 막대한 이익을 올린 것이다. 이 수출계약서에는 대부분 수하노프의 서명이 들어 있었고 이런 불법적인 거래에 의해 슬라브네프티에 1억 달러의 손해를 끼쳤다는 것이 회계감사원의 주장이었다. 이 회사가 해외자회사에 낮은 가격으로 제품을 판매하고 있던 것은 1990년대부터 러시아에서 문제시된 해외로의 자금도피의 일반적인 형태였다.

협의대상이 된 수하노프는 5월 13일의 임시주주총회에 모습을 나타내지 않았다. 국외에 체류 중이라고 하였지만 분명히 수사당국에 의한 구속을 경계하여 미리 대응을 한 것으로 보였다. 주주총회 의장은 일단 두 지방재판소의 판정을 소개한 뒤에 소주주의 요구로 주주총회 개최를 중지해서는 안 된다는 몇 개월 전의 최고재판소의 판례가 있다면서 주주총회 개최를 선언했다.

그리고 수하노프가 고발되어 있다는 점에 대해 의장은 이렇게 말했다.

"이 문제는 개인의 문제로 이 주주총회와는 아무런 관련이 없습니다. 수하노프 씨는 정부의 모든 관계기관으로부터 이미 사장후보자로서의 승인을 얻었습니다."

총회에 정부대표 중의 한 사람으로 참석한 에너지장관 이고르 유스포프도 "수사당국이 고발 내용을 증명할 때까지는 무죄라는 개념이 우리 러시아에는 존재합니다."라고 말하여 의장을 말에 동의했다.

그 결과, 총회에서의 사장 인사문제는 금방 결정이 내려졌다. 수하노프는 주주 89%의 지지를 얻어 사장으로 선출되었다. 이 비율은 러시아 정부가 보유하고 있는 약 75%의 주식에 시브네프트, 츄메니 석유 연합이 보유하고 있는 주식을 합한 것과 거의 비슷했다. 수하노프에게 반대표를 던진 것은 10%

남짓의 주식을 가지고 있는 벨로루시뿐이었다.

본인이 자리에 없는 상황에서 펼쳐진 묘한 사장선출이었다. 자회사를 통하여 주식의 약 12%를 가지고 있던 츄메니 석유는 미리 국가자산성과 수하노프를 지지하기로 동의해 놓고 있었는데 이것은 그 해 후반으로 예정되어 있던 슬라브네프티 민영화를 노린 거래라는 소문이 돌았다.

수하노프 선출 이후에도 계속되는 분규

수하노프는 2000년 1월까지 시브네프트의 판매담당 부사장으로 일했다. 슬라브네프티로 옮긴 이후에는 주로 수출부문을 담당했는데 이미 그 이전에도 수출계약문제로 자신의 스캔들이 표면화되어 사장 구체리예프로부터 휴가를 내고 쉬라는 명령을 들었을 정도로 평판이 나빴다.

평판이 나쁜 수하노프의 지위를 지켜 준 것은 실질적인 후원자인 시브네프트의 지배자 아브라모비치였다. 카시야노프가 이끄는 정부의 국가자산성이나 에너지성은 수하노프 옹호 쪽으로 돌았다. 한편, 내무성, 회계감사원은 수하노프의 부패를 밝히는 방식으로 여기에 대립했다. 그리고 수하노프와 대항한 바라노프스키, 구체리예프의 후견인은 메쥬프롬뱅크의 지배자로 투바(Tuva) 공화국의 상원의원으로 변신해 있던 세르게이 푸가초프였다. 부사장을 대항마로 추천한 국영 로스네프티는 푸가초프에게 협력하는 입장이었다.

사장 자리에서 물러난 구체리예프는 원래 정치가 출신으로 하원의원이었다가 이 석유회사 사장으로 취임한 인물이었다. 아브라모비치가 대통령 주변에서 구체리예프를 지지하기 어려운 타이밍을 적절하게 잘 노렸다고 지적할 수 있다. 마침 그 즈음에 실시된 잉구시 공화국의 대통령 선거에 구체리예프의 형이 출마하여, 크렘린이 추천한 연방보안국 출신의 후보 무라트 쟈지코프와 격렬한 선거전을 전개하고 있었기 때문이다.

5월 18일, 다시 우파 지방재판소가 임시주주총회의 결정은 무효라면서 수하노프의 사장 업무집행정지명령을 내렸다. 슬라브네프티 측 대변인은 기자회견을 통하여 메쥬프롬뱅크를 공개적으로 비난하고 나섰다.

"이건 메쥬프롬뱅크 측의 음모다. 자신들의 아군을 경영진에 침투시켜 슬라브네프티를 움켜쥐려 한 공작이 실패했기 때문에 재판소를 통하여 방해하고 있는 것이다."

메쥬프롬뱅크는 즉시 반론을 폈다.

"우리는 슬라브네프티의 주주도 아니고 재판소 결정에 관련되어 있지 않다."

그리고 5월 24일 저녁, 사장선출 투표에서 패배한 바라노프스키는 메쥬프롬뱅크 출신의 제1부사장이었던 알렉산드르 구느사레프와 24명의 경찰을 동반하고 모스크바 피야트니츠키 거리에 있는 슬라브네프티 본사를 찾아갔다. 사장실 문을 부수고 들어간 바라노프스키는 안에 있던 수하노프와 재판소의 명령에 근거한 사장업무수행 문제를 놓고 논쟁을 벌이기 시작했는데 도중에 내무성의 지역책임자까지 가담했다. 거친 논쟁이 끝난 것은 지역경찰서에, "슬라브네프티 본사에 폭탄을 설치했다."는 협박전화가 걸려 왔기 때문이었다. 모든 사람을 나가게 하고 폭발물처리반이 와 샅샅이 뒤졌지만 결국 아무것도 발견되지 않았다. 내무성 에서도 아무런 발표는 없었다.

27일에는 바라노프스키의 변호사가 기자회견을 열고 바라노프스키가 갑작스런 질병에 걸려 입원을 했다고 발표했다. 그리고 바라노프스키가 입원

중인 동안의 사장대행으로 수하노프를 지명했다고 설명했다.

한 달 후인 6월 27일 저녁, 이번에는 사장직에서 해임된 미하일 구체리예프가 슬라브네프티 본사에 나타났다. 먼저 8명의 수사관이 이 회사를 방문하여 수색영장을 제시한 뒤에 그들이 구체리예프를 회사로 불러들인 것이다. 이 때에는 40명 정도의 검은 마스크 차림의 특수부대와 구체리예프의 개인적인 경호원들도 수행하고 있었다. 그들은 사장실을 점거하고 수하노프를 내쫓았다. 수하노프는 모여 있는 보도진들에게, 내무장관 그리즐로프에게 전화를 걸려 했지만 연결되지 않았다는 것, 구체리예프를 직접 보지는 않았지만 사무실로 쳐들어온 사람들 중에 메쥬프로뱅크의 변호사를 보았다는 것 등을 이야기했다.

다음 날은 하루 종일 본사가 폐쇄되었고 건물 앞에는 이런 간판이 세워졌다.

'기술적인 이유에 의해 29일부터 7월 1일까지 사무실을 폐쇄합니다.'

7월 1일, 아침 일찍 건물에 모습을 나타내고 기자회견을 가진 구체리예프의 입에서는 뜻밖의 말이 흘러나왔다.

"2주일 정도 병원에 있었지만 휴가가 끝나 직무에 복귀하게 되었습니다."

자신이 사장으로 복귀하는 근거로, 우파의 재판소 결정을 내세우면서 5월의 주주총회를 통해서 선출된 사장은 무효라고 주장했다.

그러나 다음 날에는 구체리예프의 강경한 자세가 크게 후퇴했다. 전화를 이용한 보도진의 질문에 그는 이렇게 대답했다.

"수하노프와의 사이에 사흘 동안 공동으로 사장업무를 수행하자는 데에 합의했습니다."

그러나 수하노프는 그런 합의는 없었다고 부정했다. 구체리예프는 또, 27일의 본사 건물 점거는 모두 수사당국이 주도한 것으로 자신은 잠깐 불려가 그 수사에 협력했던 것에 지나지 않는다고 설명했다. 그 후, 구체리예프는 슬라브네프티 본사에 다시 모습을 나타내지 않았다.

수상 카시야노프의 개입이 있었다는 소문이 나돌았다. 그러자 카시야노프는 내무성을 비롯한 사법당국에 대해, 소문으로 나돌고 있는 수하노프의 부정부패 혐의에 그 어떤 명백한 증거도 없다고 비판했다. 그리고 이런 자의적인 수사를 계속한다면 대통령으로부터 주어진 관청재편 권한을 이용하여 내무성의 규모를 축소하겠다고 위협을 가했다. 그 때까지 대립항쟁에 거리를 두고 조심스런 태도를 보였던 수상의 변신이 주목을 모았다. 결과적으로, 수상이 압력을 넣기 전에 사법당국이 먼저 칼날을 거두면서 슬라브네프티의 사장 인사문제를 둘러싼 항쟁은 막을 내렸지만 이것은 이 회사의 지배권을 둘러싼 스캔들의 전 단계에 지나지 않았다.

입찰을 향한 움직임

2002년 가을이 되자 슬라브네프티에는 시브네프트에서 간부사원이 파견되었다. 아브라모비치는 그 해 후반으로 예정되어 있던 슬라브네프티의 민영화 입찰을 노렸다. 국가자산성은 연차계획에서 연방자금기금이 보유하고 있는 19.68%의 주식을 민영화한다는 방침을 세워놓고 있었다.

그러나 10월 10일, 수상 카시야노프는 갑자기 민영화로 돌릴 슬라브네프티 주식을 74.95%로 끌어올린다는 계획에 서명했다. 입찰에 예정되어 있던 연방자산기금 보유분에 국가자산성이 관리하고 있는 55.27%를 추가해버린 것이다. 즉, 러시아 정부가 가지고 있던 주식을 모두 일괄적으로 민간에 방출하기로 결정해버렸다. 그 이유로, 2003년에 반환기한을 맞이하는 러시아의 대외채권이 백억 달러에 이르러 그 예산을 마련하기 위해 정부가 방출하는 주식을 늘려야 할 필요가 생겼기 때문이라고 설명했다. 입찰은 12월에 공개적으로 실시하며, 출발가격은 13억 달러로 정한다고 국가자산성은 발표했다.

민영화 규모가 대폭으로 확대되자 경제계는 술렁거렸다. 그 때까지 최대의 민영화는 1997년의 전신전화 통괄지주회사 스뱌지인베스트의 주식 25%를 민영화하는 것이었는데 인테로스 그룹의 블라디미르 포타닌이 구신스키와 베레조프스키 연합과 경합을 벌인 끝에 국제투자가 조지 소로스의 출자를 받아 18억7천5백만 달러로 낙찰을 받았다.

처음의 계획에서는 슬라브네프티 주식 약 20%의 민영화만으로도 15억에서 20억 달러의 수입이 예상되었다. 그런데 갑자기 3.75배나 부풀어졌으니까 아무리 생각해도 지금까지의 기록을 크게 웃도는 러시아 민영화역사상 최대 규모가 될 것이었다.

그러나 이것은 아브라모비치 측에서 보면 큰 위험이 따르는 도박이었다. 만약 이 민영화 주식을 낙찰 받는다면 슬라브네프티를 완전히 지배하게 된다. 그러나 만약 실패한다면 그 때까지의 고생은 물거품으로 돌아가고 이 회사에서 철수하지 않을 수 없다.

러시아에서는 아브라모비치의 시브네프트뿐 아니라 슬라브네프티의 소주주인 츄메니 석유, 그리고 루크오일을 비롯한 국내의 석유대기업들이 모두 이 민영화에 참가하는 것이 아닌가 하는 견해나 나왔다. 또, 외국의 일반 석유기업과 중국의 국영석유기업이 관심을 갖고 있다는 정보가 흘러나왔다.

11월 18일, 민영화를 실시할 날짜는 한 달 뒤라는 발표가 나왔다. 출발 가격도 13억 달러에서 17억 달러로 인상되었다.

11월 22일, 러시아의 민영화에 앞서 슬라브네프티의 벨로루시 정부 보유주식 10.83%의 민영화 입찰이 실시되었다. 벨로루시 정부는 출발 가격을 2억 달러로 설정해 놓았다. 참가한 기업은 슬라브네프체뱅크 하나뿐이었고 응찰 가격도 2억7백만 달러로 벨로루시 측의 기대를 크게 밑돌았다. 이 회사는 물론 시브네프트의 위탁을 받은 관계기업이었다. 벨로루시 정부는 사흘 동안 새로운 응찰을 기다린 끝에 한 회사만으로는 입찰이 성립되지 않는다는 이유에서 보유주식 방출을 철회한다고 발표했다.

그러나 12월 6일, 벨로루시 정부는 결국 슬라브네프티 보유주식 10.83%를 슬라브네프체뱅크에 매각했다. 이것으로 시브네프트는 정부 보유주식을 제외한 나머지 25%정도를 실질적으로 지배할 수 있는 가능성을 가졌다. 츄메니 석유와 공동으로 보유하고 있는 주식이 일부 포함되어 있지만 25%는 러시아에서 '블로킹 주식'으로 불려 경영에 유보권을 행사할 수 있는 비율이었다. 시브네프트의 목적은 이렇게 함으로써 다른 경합상대의 러시아정부주식 민영화에 대한 참가의욕을 꺾는 데에 있었다.

시브네프트의 목적은 맞아 떨어졌다. 국내외의 석유대기업이 잇따라 민영화에 불참한다는 뜻을 밝히기 시작한 것이다. 시브네프트와 츄메니 석유는 입찰에 참가하기 위해 공동으로 충분한 준비를 갖추어놓고 있었다. 시브네프트는 러시아 제5위, 츄메니 석유는 제4위였지만 츄메니 석유 쪽이 채무가 많았기 때문에 실질적으로는 시브네프트가 주도하는 연합이었다. 한편, 국영석유기업 로스네프티가 봄의 사장교체 때와 마찬가지로 이 두 회사에 도전할 자세를 보이고 있었다. 5월의 주식총회에 수하노프에 대한 대항마로서 이 회사의 부사장인 바라노프스키를 추천했다는 점을 보아도 당연한 흐름이었다. 그런데 두 그룹이 대립양상을 보이는 상황에서 뜻밖의 경쟁상대가 나타났다.

중국의 국영에너지기업인 중국석유천연가스집단공사(CNPC)다. CNPC는 러시아의 석유기업 유코스와의 사이에 동 시베리아의 앙가르스크에서 중국의 대경(大慶)까지 파이프라인을 건설하여 2005년부터 석유를 수입한다는 구상을 추진하고 있었다. 러시아의 석유기업 매수에도 의욕을 보여 30억 달러의 낙찰에도 응할 수 있는 자금을 준비해놓고 있다는 소문이 나돌았다.

그러나 입찰을 앞두고 러시아에서는 민영화작업에 중국이 참가한다는 점에 대한 부정적인 목소리가 강하게 울려 퍼졌다. 12월 15일에는 러시아 하원에서 CNPC의 입찰 참가를 실질적으로 저지하는 결의가 채택되었다. 그리고 모스크바로 들어가 있던 CNPC의 민영화 참가대표단은 입찰 이틀 전인 16일, 갑자기 '자발적으로' 민영화 입찰에 참가하지 않겠다고 선언했다. 러시아정부의 필사적인 설득에 CNPC가 러시아정부의 체면을 세워주기 위해 물러난 것으로 보였다. 또 일부에서는 일본과의 경합이 시작되고 있던 동 시베리아의 앙가르스크 파이프라인 건설에서 '중국으로의 석유공급을 우선하겠다'고 러시아정부가 보증을 해 주었기 때문이라는 소문도 나왔다.

연극으로 끝난 입찰

경쟁 입찰을 책임지고 있는 러시아연방자산기금 당국의 발표에 의하면, 12월 18일까지 참가를 신청한 기업의 수는 11개에 이르렀다. 그러나 17일, 모스크바를 비롯한 네 개 지역의 중재재판소에서 참가자격에 관한 판정이 이 기금에 도달했는데 그 결과 로스네프티와 관계가 있는 기업을 비롯한 4개 기업이 배제되었다. 남은 기업 7개 사 중에서 6개 사는 시브네프트나 츄메니 석유의 어느 한쪽과 관계가 있었다. 남은 한 회사인 오프티포르는 정체가 확실하지 않았다.

18일 당일, 보도진은 다른 방의 텔레비전 화상을 통하여 입찰 상황을 취재하게 되었다. 예정시각 11시가 되어도 시작될 기색을 보이지 않더니 40분이 지나서야 입찰 참가자들이 모습을 드러내기 시작했다. 이채로운 것은 정체를 알 수 없는 오프티포르의 대표자로 참가한, 왠지 모르게 불안해 보이는 두 명의 젊은 여성이었다.

입찰은 뜻밖으로 활기가 느껴지지 않았다. 우선, 핀트레이드가 17억2천만 달러를 불렀다. 그러자 오프티포르의 여성이 2천만 달러를 올렸다. 이 젊은 여성들과의 경쟁에 직접 참가한 사람은 시브네프트의 사장인 예브게니 슈비들러였다. 잠시 동안 경쟁이 이루어지다가 18억6천만 달러에서 더 이상 호가가 나오지 않았다. 입찰을 시작한지 4분밖에 지나지 않은 시점이었다. 낙찰을 받은 것은 시브네프트와 츄메니 석유가 공동으로 참가시킨 기업 중의 하나인 인베스트 오일이었다.

슈비들러의 '상대역할' 을 담당한 두 명의 여성은 부끄러운 듯 보도진의 질문에도 대답하지 않고 빠른 걸음으로 모습을 감추어버렸다. 러시아 역사상 최대의 민영화 경매가 될 것이라고 예상되었던 슬라브네프티 민영화는 97년의 스뱌지인베스트에도 미치지 못하는 규모에서 끝났다. 반년 이상에 걸친 국영석유회사의 탈취극은 이런 연극으로 막을 내린 것이다.

슬라브네프티의 왠지 석연치 않은 이 입찰극은 러시아정계에 세미야 그룹의 위력을 다시 한 번 인식하게 만들었다. 우선, 정부의 국가자산성 당국이 이 그룹을 위해 움직였다는 인상을 주었다는 것이 큰 놀라움이었다. 국가자산성이라고 하면 그 전신인 국가자산위원회 시대부터 민영화를 책임지고 관리하며, 일찍이는 츄바이스 파의 성역으로도 알려져 있던 기관이다. 그런 기관이 세미야 그룹의 영역으로 들어간 것은 수상인 카시야노프의 능력 때문이었다.

세미야의 러시아 경제 지배

이 슬라브네프티 입찰에 이어 세미야 그룹이 전력독점업체인 통일에너지 시스템즈(UES)로의 침투를 도모하고 있다는 보도가 다시 러시아산업계를 놀라게 했다. 〈코메르산트〉와 〈모스코프스키 콤소몰레츠〉 등의 유력지는, 로만 아브라모비치, 올레그 데리파스카 등 두 사람이 중심을 이루는 5명의 경제인이 UES의 주식을 몰래 사들여 2002년 12월 중반 시점에서 15~20%정도의 UES주식을 입수했다고 전했다. 그들은 기업에 거부권을 행사할 수 있는 이른바 블로킹 주식 25%의 취득을 목표로 삼고 있는 것으로 보였다.

츄바이스와 세미야 그룹의 접근도 지적을 받았다. UES의 사장이며 그 지배체제 유지에 부심해 온 츄바이스가 세미야의 UES 침투를 허락한 것은 서로 합의가 이루어졌기 때문이라는 억측이 나왔다. 줄곧 츄바이스의 영향 아래에 있던 국가자산성이 세미야 그룹에 힘을 실어준 것도 그런 억측을 뒷받침해 주었다.

세미야 그룹으로 이름이 거론된 주요 경제인으로는 아브라모비치, 데리파스카 이외에 금융업의 MDM그룹 사장 안드레이 멜리니첸코, 우랄 금속회사 사장 이스칸데르 마흐무도프 등이었다. 아브라모비치는 추코트 자치관할구역 지사로 베레조프스키의 사업파트너였고, 데리파스카는 전 대통령부 장관인 유마셰프의 딸과 결혼한 뒤에 유마셰프가 옐친의 둘째딸 다치야나와 재혼했기 때문에 전 대통령과는 손자에 해당하는 입장이었다.

멜리니첸코는 당시에 30세의 젊은이였다. 1990년대에 모스크바대학 물리학부에 재학 중이던 학창시절에 19세의 젊은 나이로 대학 구내에 외환거래소를 개설하여 은행관련 업무를 담당, 졸업한 뒤에 MDM은행에 입사했다. 이 은행은 전 은행장 알렉산드르 마무트 시대부터 세미야 그룹과 관계가 깊었다. 데리파스카가 사장을 맡고 있던 러시아 알루미늄을 비롯하여 철 · 비철금속, 화학 관계기업이 이 은행에 상당한 자금을 맡기고 있다고 알려져 있었다.

마흐무도프는 우랄 금속회사를 비롯하여 약 20여개의 구리 생산 관련기업을 지배 하에 두고 있었다. 그 기업들은 러시아 구리 생산의 40%이상을 차지했다. 마흐무도프는 우즈베키스탄 인으로 1980년대에는 리비아와 이라크 등에서 활동하면서 아랍어 통역도 담당했던 적이 있는데 모스크바에서 같은 고향 사람인 데리파스카와 친해졌고 마무트와도 친분을 맺어 세미야 그룹에 들어가게 된 것으로 알려져 있었다.

〈모스코프스키 콤소몰레츠〉 지는 이 그룹 휘하의 기업과 그 자산 총액에 관하여 다음과 같이 전했다.

"석유에서는 시브네프트, 슬라브네프티, 츄메니 석유회사 등 3사에 제유소 2사를 포함하여 자산 총액이 백 50억 달러. 비철금속에서는 러시아 전체의 80%를 차지한다고 알려진 러시아 알루미늄과 러시아 구리 생산의 60%를 차지하고 있는 기업들, 그리고 희소금속 생산기업을 포함하여 약 백억 달러. 철강부문에서는 제철관련 6개 기업과 강관생산 공장 3개를 아울러 약 90억 달러. 자동차 · 트랙터 제조의 19개 기업이 약 백 20억 달러. 제지부문에서 제지콤비나트 8개 사로 약 50억 달러. 석탄부문에서 러시아 전체의 석탄생산의 80%를 차지하는 11개의 석탄채굴기업의 총액이 약 40억 달러. 여기에 보험업, 민간항공, 화학비료기업 등이 가담해 있다."

또 이런 내용도 보도했다.

"세미야 그룹은 옐친이 퇴임한 이후 3년에 걸쳐 러시아 경제의 30%를 장악하기에 이르렀다."

2002년의 슬라브네프티 지배를 둘러싼 항쟁은 정재계에서의 세미야 그룹의 영향력이 얼마나 강력한지를 여실히 보여주었다. 그러나 쓰디 쓴 패배를 맛본 실로비키는 이듬해, 다른 석유기업을 표적으로 새로운 공세를 가하게 된다.

군수산업복합체의 불화

대공무기기업 사장 암살

2003년 6월 8일, 러시아군수산업복합업체를 이끄는 중요인물 두 명이 잇따라 암살당하는 사건이 발생했다. 대공무기(對空武器) 기업통합업체 콘체른 PVO의 사장 대행 이고르 클리모프와 통합업체의 한 기업 로스테크의 재무담당 중역 세르게이 슈치트코다. 둘 다 프로의 손에 의한 청부살인이었다. 불과 14시간 동안에 이루어진 두 살인에는 공통된 목적이 있다고 언론은 지적했다.

클리모프의 죽음은 군수산업복합체 업계에 커다란 충격을 주었다. 42세의 이 경영자는 군수산업복합체 중에서 최첨단 대공무기산업 재편성작업을 추진하고 있던 주목할만한 존재였다. 그리고 대통령부 부장관 빅토르 이바노프의 보좌관이었던 경력은 업계의 모든 사람들이 잘 알고 있었다. 즉, 푸틴 주변의 실로비키 그룹이 군수산업복합체에 심어놓은 인물이었다.

클리모프는 같은 날 아침, 자택에서 출근을 하다가 권총에 의해 사살되었다. 걸어서 불과 2분 거리에는 러시아 내무성 건물이 있다. 경호원을 동행하지 않은 이유는 바로 옆에 치안기관이 있다는 방심 때문이었던 것이 아닌지 추측되었다. 클리모프 자신이 KGB출신이었다는 소문도 나왔는데 확인되지는 않았다.

클리모프가 이끌고 있던 콘체른 PVO는 지상에서 비행기나 미사일을 공격하는 대공무기 생산가공과 관련이 있는 46개 기업을 통합하는 러시아 최대의 군수산업복합체였다. 처음에는, 알마즈 안테이라고 불렸다. 대공무기생산기업인 알마즈와 안테이를 중심으로 업계통합을 추진하고 있었기 때문이다. 이 회사의 이사장이 대통령부 부장관인 빅토르 이바노프였다.

모스크바에서 실시된 클리모프의 장례식에는 군수산업복합체의 대부분의 관계자가 참석하지 않았다고 한다. 이 업계에 클리모프의 적이 그만큼 많았다는 의미였다. 그는 2002년 8월에 부사장의 자격으로 크렘린에서 이 업계로 뛰어든 이후, 인사문제에서 많은 쇄신작업을 실행했다.

러시아의 각 신문들은 이 두 가지 암살에 대해 다양한 억측과 추리를 소개했는데 한결같이 군수산업복합체가 끌어안고 있는 공통된 문제를 지적했다.

우선, 슈치트코가 재무담당을 맡고 있던 로스테크에는 러시아에서 유명한 손체보 마피아와의 관계가 거론되었다. 러시아에서는 마피아 조직과 관계가 있는 회사 간부의 횡령사건이 드물지 않게 발생했다. 클리모프는 검찰에 횡령을 고발하고 로스테크의 사장도 경질하려 했다. 그러나 사장은 저항했다. 마피아가 클리모프에게 '사장을 그만두게 하면 죽여버리겠다'는 위협을 했다는 소문도 나돌았다.

또 클리모프는, 콘체른 PVO의 핵심기업인 안테이의 부정부패도 폭로했다. 안테이는 1999년, 그리스에 지대공 미사일시스템 Tor-M1을 매각하는 총액 7억3천만 달러의 계약을 체결한 상태였다. 그 계약금 일부를 이 회사 부사장을 비롯한 간부 몇 명이 횡령했다는 이유로 클리모프가 고발을 한 것이다.

이 안테이처럼 과거에는 기업이 독자적으로 수출계약을 체결할 권리가 있었다. 그런데 그것이 2001년에 폐지되었다. 클리모프는 콘체른 PVO에 그 권리를 부활시키는 문제로 무기수출 독점업체 로스아발론엑스포르트와 대립하고 있었다. 대공무기는 러시아 무기수출의 주력이었기 때문에 무기수출 독점업체의 이권이 줄어든다는 이유에서다.

이 밖에 산하 기업과의 여러 가지 알력이 지적되었는데 그 본질에는 당시의 산업과학기술장관인 일리야 크레바노프와 클리모프의 대립이 있었다. 크레바노프는 푸틴정권 이전부터 군수산업복합체를 담당하는 부수상이었다. 그는 콘체른 PVO에서 유력한 기업을 빼내려 한다는 의심을 받고 있었다.

기업 그룹 '방어시스템'을 둘러싼 불화

대공무기는 러시아가 1990년대부터 외국으로의 수출에 많은 기대를 걸고 있던 부문이었다. 단거리용 Tor시스템, 중거리용 Buk시스템, 장거리용 S-300시스템 등, 크게 세 가지 형태로 나뉘었는데 이 밖에도 운반이 가능한 Igla시스템이 테러리스트에게 사용되는 무기로서 주목을 모았다. 이 모든 부문에서 러시아는 세계최첨단 기술을 보유하고 있다는 긍지를 갖고 있었다.

그러나 수출상대는 아직 그리스와 중국뿐이었다. 러시아는 양국을 상대로 Tor-M1시스템과 S-300시스템을 매각, 15억 달러를 벌었다. 핀란드는 채무변제의 일부로 러시아의 Buk시스템을 받아들였다. Igla시스템의 개발과 생산을 담당한 기업은 콜로멘스코예 기계생산설계사무소인데 이 회사도 수

백만 달러의 매상을 기록하고 있었다.

1995년에 S-300시스템 생산과 관련된 몇 개 기업이 모여 방어시스템이라는 기업 그룹을 설립했다. 군 고관 및 인테로스 그룹의 총수 블라디미르 포타닌이 이 그룹을 주도했다. 포타닌은 1996년, 오르가르히의 입장에서 옐친의 재선을 지원한 보상으로 반년 동안 제1부수상이라는 지위에 있었는데 당시, 무기 수출의 이권에 착안하고 좀 더 경쟁력이 높은 대공무기생산기업을 만들어야겠다고 목표를 세웠다.

이 때 이후의 대공무기산업 내부의 불화가 나중에 클리모프 암살로까지 연결된 것이다.

S-300의 개발 기업 알마즈는 이 그룹에 가담하지 않았다. 알마즈의 사장 이고르 아슈르벨리는 방어시스템 그룹이 개발비와 설계비를 지불하지 않는다고 비난했다. 그래서 협력을 거부하는 한편으로 방어시스템을 대신하여 업계의 주도권을 장악하려고까지 했다. 하지만 방어시스템과 알마즈는 서로의 존재가 없으면 일을 해나갈 수 없는 관계에 놓여 있었다. 알마즈는 설계를 중심으로 차세대 S-400의 개발에서 중심 부분을 차지하고 있었지만 대량생산 설비는 갖추고 있지 않았다. 이 개발능력이 방어시스템 그룹에는 반드시 필요했고 그것을 대신할 수 있는 존재도 없었다.

방어시스템 대표 세르게이 바체힌은 이 그룹의 지배주식을 정부에 이관하여 정부 주도 아래에 통합된 대공무기생산기업을 설립한다는 구상을 밝혔다. 그러자 알마즈 측이 반발했다. 방어시스템의 목적은 알마즈가 그룹에 참가하지 않을 수 없는 상황을 만들어 그 자금을 압류하려는 것이라고 비판했다. 이미 알마즈의 주식 51%는 정부가 소유하고 있었기 때문에 이것을 바탕으로 그룹이 알마즈를 흡수하려는 음모라고 경계한 것이다.

그런데 알마즈에 예상 밖의 동맹자가 나타났다. 이 부문에서 최강으로 알려져 있는 안테이였다. 과거 50년 동안, 이 두 회사는 경영자끼리 반목하는 관계였다. 안테이는 공군용 S-300의 개량형인 육군용 S-300B를 수출하려 했지만 성공하지 못했고 98년 이후에 단거리용 Tor-M1시스템으로 7억 달러 이상을 벌었다. 형태 면에서는 국영이었지만 사장인 유리 스빌린을 비롯한 경영진의 손에 장악되어, 당시에는 독자적으로 수출계약을 체결할 수 있는 권한도 가지고 있었다. 알마즈도 안테이도 독자적인 힘을 충분히 갖고 있었기 때문에 통합기업 그룹에 흡수되는 데에는 저항을 보이고 있었다.

군수산업복합체 담당 부수상 크레바노프의 과제

일리야 크레바노프는 이 무기산업의 이권을 노리고 있던 인테로스의 포타닌에 의해 정권에 뛰어들었다. 1999년 5월, 프리마코프가 수상에서 해임되어 스테파신 내각이 발족되었을 때, 크레바노프는 상트페테르부르크 제1부시장에서 군수산업복합체 담당 부수상으로 취임했다. 상트페테르부르크 시에서 푸틴과 함께 일을 했던 적은 없었다. 시장이 야코브레프로 교체된 1997년에 이 시의 레닌그라드광학기계합동(LOMO) 사장에서 제1부시장으로 발탁됐다. 그 때까지 러시아에서는 잘 알려진 광학기기 대기업에서 20년 동안 근무를 한 기업인이었다.

1995년 3월, 인테로스 그룹의 투자부문인 인테로스 캐피탈이 LOMO의 민영화 주식 20%를 낙찰 받는 데에 성공했는데 그 때의 LOMO사장이 크레바노프였다. 이것을 기회로 LOMO는 인테로스 그룹의 휘하로 들어갔고 그 때부터 크레바노프와 포타닌의 개인적인 관계가 형성되었다. 포타닌은 스테파신 내각에서 인사문제의 영향력을 행사한 츄바이스의 지원을 얻어 크레바노프를 군수산업복합체 담당 부수상이라는 자리에 앉혔다. 포타닌과 츄바이스는 1990년대의 민영화 작업에서 손을 잡았던 동지적인 관계였다.

포타닌은 1999년경까지 군수산업복합체에 상당한 지배력을 확보하고 있었다. 대공무기에서는 방어시스템 그룹, 전투기에서는 수호이 그룹 등 자신의 주도로 기업의 그룹화를 추진했다. 또, 구축함 등을 제조하는 조선부문의 세베르나야 조선소, 발틱 공장 등, 상트페테르부르크 기업의 지배권도 움켜쥐고 있었다. 로스토프 헬리콥터 공장도 휘하에 두고 있었다.

99년 12월, 당시의 수상이었던 푸틴은 군수산업복합체의 과제를 이렇게 설명했다.

"러시아의 군수산업복합업체는 근본적인 개혁을 통하여 국가의 다른 산업부문을 활성화하기 위한 엔진 같은 역할로 전환되어야 한다."

여기에서 제시된 과제는 러시아가 국내외에서의 수주를 늘려 그 기술력을 다른 산업으로도 이전해서 산업의 활성화와 연결시킨다는 것이었다.

이 발언을 들은 크레바노프는 정부로부터 군수산업복합체에 투자되는 예산이 대폭으로 증가될 것이라고 업계에 약속하면서 설명을 덧붙였다.

"군수산업복합체는 국내의 천6백 개에 이르는 공장으로 성립되어 있는데 그 중 일부는 이미 도산상태에 놓여 있다. 공장 수를 천 개에서 천1백 개 정도로 줄여, 강한 기업만이 살아남고 나머지는 다른 산업으로 전환을 모색해야 한다."

그러나 러시아 국내에는 비관적인 견해도 많았다. 무기 기술에서는 미국이나 다른 무기수출국과 비교할 때 뒤쳐진 부분도 많았다. 무기시장에서의 경합은 러시아의 입장에서 볼 때 날이 갈수록 혹독한 상황이 펼쳐졌다. 문제는 러시아의 수출무기가 일반적으로 기술력이 낮은 분야가 많다는 것이었다. 이 분야의 무기생산과 수출을 지향하는 국가가 증가하고 있기 때문에 이 상태에서 군수산업복합체를 러시아 산업의 중심에 둔다는 것은 무리가 있었다. 1990대 후반에는 무기 수출이 거의 수평 상태를 보이는 데다 경합도 심해서 러시아가 세계 무기시장에서 지금까지 차지했던 10%의 점유율을 유지하는 것도 쉬운 일이 아니었다.

지주회사에 의한 군수산업 재편성

2001년 11월, 국가평의회와 안전보장회의의 합동회의에서 군수산업복합체 개혁에 관한 정부의 안건이 승인을 받았다. 이 안은, 부수상 크레바노프에게 산업과학기술장관도 겸임하게 하여 그 때까지 계속되고 있던 산업과학기술성과 크레바노프 자신이 창설한 군수산업복합체의 5개 부국(部局: 항공, 시스템 매니지먼트, 통상무기, 조선, 탄약)의 대립을 해소한다는 것을 목적으로 삼고 있었다. 그 때까지 산업과학기술성과 5개 부국은 각각 별개로 군수산업복합체 개혁에 관한 계획을 책정해 놓고 있었다. 그런데 별개로 제작된 두 가지 계획이 모두 군수산업복합체를 35개에서 40개의 수직 통합적 지주회사를 만든다는 원칙에 거의 일치해 있었다. 이 계획은 포타닌이 1995년에 방어시스템 그룹을 창설했을 때의 사고방식을 계승한 것이었다.

그러나 이 지주회사에 어떤 기업을 통합하는가에 관하여 산업과학기술성과 크레바노프는 의견이 갈렸다. 대상이 되는 기업의 수는 8백 개 사에서 천

개 사로 한정되어 있다. 어떤 기업이 선발되는가 하는 문제는 기업의 존망과 관련이 있다. 따라서 지방의 기업들은 살아남기 위해 지사 등의 단체장들에게 상당한 배후 공작을 전개할 것이다. 국가평의회는 지방단체장들의 목소리를 들을 수 있는 기관이었지만 그 선택권은 이미 크레바노프에게 위임된 상태였다.

그리고 계획 자체에 대해, 정말로 무기산업의 개혁을 목적으로 삼고 있는 것인지 의문을 나타내는 경향도 많았다. 지주회사를 만드는 것이 실제로 비용을 절감하고 효율적인 생산체제를 구축하는 데에 도움이 되는지. 그보다는 오히려 수출을 통한 수입을 업계에서 나누어가지자는 것이 목적은 아닌지 다양한 견해가 나왔다.

러시아는 통일된 무기산업을 보유하고 있지 않았다. 중국, 인도를 비롯한 그 밖의 여러 나라들로 무기를 수출하고 있는 기업은 수십 개 사에 지나지 않아 생산 비용이 높고 하청기업은 대규모 시설을 수출용 특수부품 생산을 위해 가동시키고 있는 것에 지나지 않는 상황이었다. 이 기업들의 적자는 국가지원이라는 형태로 메워졌다. 이것은 결국, 러시아 정부가 외국의 무기조달에 보조금을 지원해 주고 있는 것과 마찬가지라고 전문가들은 지적했다. 물론, 외국으로 무기를 대량수출하고 있는 일부 기업은 이익을 올리고 있었다. 그리고 이 기업들이야말로 개혁계획을 책정한 진정한 타깃이라는 것은 의심할 여지가 없었다. 그 때까지 러시아 국내에 흩어져 있는 무기기업들은 소련시대의 무기를 근대화하여 대공시스템 S-300이나 전투기 SU-27 등을 외국으로 수출해 왔다. 러시아 정부는 새로운 개혁계획을 통하여 이 기업들의 이익을 지주회사에 흡수, 무기근대화를 위한 조사와 개발을 하는 근본적 자원으로 삼으려고 생각했다.

그러나 이 기업들의 이익이 결코 많은 편이 아니었다. 크레바노프는 새로운 세대의 전투기를 개발하려면 15억 달러만 있으면 충분하다고 주장했지만 전문가들은 그 정도로는 미국에 대항할 수 있는 무기개발이 불가능하다고 보았다. 따라서 크레바노프의 주장은 현실성이 결여된 듯한 인상을 주었다. 그 때문에 크레바노프는 기업의 이익을 자신과 특정 그룹의 손으로 옮기려 하는 데에만 신경을 쓰는 것이 아닌가 하는 의혹이 일었다.

정부의 재편성 안건에 저항하는 기업들

물론 무기산업계 내부에는 크레바노프와 포타닌의 재편성작업에 강한 저항이 있었다. 1996년 8월에 대통령령으로 창설된 수호이 그룹이 한 예였다. 수호이 그룹은 옐친이 재선된 이후에 새로운 내각에서 제1부수상으로 취임한 포타닌이 수호이 본사를 중심으로 관계기업을 통합하여 발족시킨 그룹이다. 수호이 이외에 이르쿠츠크(Irkutsk) 항공기 생산공장(IAPO), 콤소몰스크나아무레 항공기 생산공장(KnAAPO), 노보시비르스크 항공기 생산공장(NAPO), 타간로크(Taganrog) 항공과학기술 콤플렉스 코무프레크스(TANTK)를 하나의 그룹으로 묶으려 했다.

그러나 이 중에서 KnAAPO는 SU-30MKK를 중국으로 수출하고 있었으며 SU-27의 라이센스를 외국에 제공하는 것으로 수십 억 달러를 벌고 있었기 때문에 자연스럽게 그룹의 중심이 될 수 있는 능력을 갖추고 있었다. 그 때문에 사장 빅토르 메르크로프와 하바로프스크 지방의 지사 빅토르 이사예프는 그룹 통합에 계속 반대했다. 납세금액만으로도 하바로프스크 지방 예산의 40%를 충당한다고 알려져 있던 이 회사는 자기들의 이권이 그룹에 흡수당할지도 모른다는 데에 잔뜩 경계하는 태도를 보였다.

이 배후에는 수호이 사와 포타닌 사이에 기업쟁탈을 둘러싼 과거의 사건이 있었다. 1995년에 포타닌은 인테로스 그룹의 핵심인 오넥심방크를 통하여 수호이 사의 종업원들에게서 수호이 주식을 사들이기 시작했다. 여기에 대항하여 수호이의 사장 미하일 시모노프는 인컴뱅크(Income Bank)와 손을 잡고 수호이 주식의 방어적인 매입에 나섰다. 수호이가 중국에서 주력 전투기 SU-27의 대형 수주를 확보하고 있었던 것이 포타닌이 수호이 탈취를 기도하게 된 이유였다.

그러나 2001년 11월, 푸틴은 대통령령을 통해서 새로운 수호이항공기 지주회사를 설립한다는 발표를 했다. 이 발표에서 KnAAPO는 장래에 민영화되어 주식의 74.5%는 지주회사에, 나머지 25.5%는 연방자산기금에 관리를 맡긴다는 것으로 결말이 났다.

그 3개월 후인 2002년 2월, 크레바노프는 군수산업복합체 담당 부수상직에서 해임되어 산업과학기술 장관 전임이라는 직함을 갖게 되었다. 그리고 크레바노프를 격하시킨 라이벌도 누구인지 밝혀졌는데 대통령부 부장관인 빅토르 이바노프였다. 크레바노프에게 저항했던 대공무기생산기업 안테이가 주주총회에서 이사장으로 이바노프를 영입하면서 배후가 밝혀진 것이다.

그리고 2002년 4월, 대통령령으로 알마즈와 안테이를 주축으로 국내의 대공무기관련기업 40개 사 이상을 통합하는 기업그룹 '알마즈 안테이'가 창설되었다. 이 그룹은 그 후에 '콘체른 PVO'로 개칭되었다. 그룹에는 1995년에 창설된 방어시스템 휘하의 기업도 이관되었다. 방어시스템을 중심으로 대공무기 부문을 통합하려 한 크레바노프와 포타닌의 구상은 이것으로 물거품이 되었다.

크레바노프는 산업과학기술 장관의 입장에서 콘체른 PVO로부터 무기기업을 분리시키려고 노력했지만 이바노프는 이 회사에 자신의 보좌관 클리모프를 보내 그런 시도를 막았다. 클리모프는 2003년 6월에 암살당했다. 한편, 크레바노프는 그 5개월 후인 11월에 산업과학기술 장관직에서 해임되었다. 전 부수상 마트비엔코는 상트페테르부르크 시장으로 당선된 이후, 북서관할구역 대통령 특사로 취임했다. 이것으로 크레바노프는 군수산업복합체 쪽에서 완전히 배제되었다.

무기수출 이권을 둘러싼 움직임

군수산업복합체의 새로운 보스가 된 이바노프는 1950년 생으로 1994년까지 17년 동안, 소련국가보안위원회(KGB)와 연방보안국(FSB)에서 활동했다. 1980년대에는 2년 동안 아프가니스탄에 주둔한 경험도 있다. 1994년부터 2년 동안, 푸틴의 권유로 상트페테르부르크 시의 총무국장을 역임했고 1998년에 푸틴이 연방보안국 장관으로 취임하자 부장관으로, 대통령이 된 이후에는 인사담당 대통령부 부장관으로 항상 측근으로 따라다녔다.

비즈니스 분야에서의 경험도 많다. 1990년 후에 실로비키의 일원으로서 활동하게 되는 보리스 그리즐로프와 함께 블록이라는 작은 회사를 설립했는데 눈에 띄는 성공은 거두지 못했다. 나이가 같은 그리즐로프와는 레닌그라드 전기기술전문학교에서 동급생으로 공부를 한 사이다. 1996년에 시장인 소프차크가 재선에 실패했을 때 시에서 떠나 미국과의 합병으로 위성방송회사 텔레프류스라는 기업을 만들었지만 이것도 오래 가지 않았고 그 2년 후에 연방보안국으로 들어갔다.

이바노프가 대통령부 부장관이라는 직함으로 군수산업복합체 분야에서 처음으로 한 일은 러시아무기 수출독점기업을 재편하는 작업이었다. 2000년 11월, 대통령령으로 로스보오르제니에와 프롬엑스포르트가 합하여 로스아발론엑스포르트로 재 발족했다. 이바노프는 이것으로 실로비키의 이권기반 하나를 확보할 생각이었다. 사장으로는 푸틴이 동독에 주재했던 시절의 동료인 KGB출신의 안드레이 벨냐니노프를 앉혔다.

이 국영 무기수출 독점업체는 외국의 매수자와 무기생산기업을 연결하는 상사로서의 기능이 있었다. 직접 무기 수출의 권한을 갖고 있는 몇몇 기업을 제외하고 모든 무기생산기업은 이 회사를 통하여 제품을 수출해야 했다. 그리고 이 독점업체는 매수국가나 매수기업에 어떤 무기의 어떤 기종을 추천할 것인지 선택할 수 있는 재량권도 가지고 있었다. 그 결과, 어떤 기업이 수주하는가 하는 문제는 로스아발론엑스포르트에 의해 좌우되었다. 이 회사는 군수산업복합체의 내부조정에 있어서 정부보다 더 실질적인 권한을 갖고 있었던 것이다. 그 중에서, 무기수출 계약금액의 10%나 되는 수수료를 받는다는 것은 무엇보다 큰 매력이었다.

소련이 붕괴된 이후, 러시아의 무기 수출은 늘 권력자의 이권으로 표적이 되어 왔다. 1993년 11월, 대통령령으로 무기수출 독점업체 로스보오르제니에가 설립되었고 외화가 부족한 러시아에서 무기수출 촉진정책이 나왔다. 이윽고 로스보오르제니에는 당시의 대통령 경호국장인 알렉산드르 코르자코프의 지배 아래에 놓였다. 코르자코프는 이 회사 간부들의 인사에 영향력을 행사하여 무기수출정책을 책임지고 담당하는 군사기술협력위원회를 이끄는 형식으로 러시아의 무기 수출을 컨트롤하기 시작했다. 1996년, 대통령선거가 한창일 때에 크렘린에서 쫓겨나지만 그 후에 무기생산 거점의 하나인 투라 주에서 하원의원으로 선출되었다.

코르자코프가 실각한 이후, 1997년이 되자 로스오보르제니에의 지배권은 당시의 수상 케르노무이루진의 손으로 넘어갔다. 98년 11월에는 수상으로 취임한 프리마코프가 대외정보국 장관 시절에 부장관이었던 그레고리 라포타를 사장으로 앉혔다. 99년 8월에는 대통령 보좌관이었던 알렉세이 오가료프로 사장이 바뀌는 등 그 지배권은 정신없이 옮겨 다녔다.

독점에서 기업그룹의 쟁탈전으로

이바노프가 로스보오르제니에를 기반으로 새롭게 창설한 로스아발론엑스포르트에 라이벌이 나타났다. 한 때 해산되었던 군사기술협력위원회가 2000년 12월에 국방성에 부활되면서 전 대외정보국 분석부장인 미하일 드미트리예프가 의장으로 취임했다. 위원회는 러시아의 무기 수출과 관련된 전반적인 문제를 컨트롤하는 권한을 가지고 있었지만 한 발 앞서 로스아발론엑스포르트가 창설되었다는 것이 문제를 복잡하게 만들었다. 로스아발론엑스포르트에는 이미 특별한 지위가 주어져 위원회의 영향이 미치지 않는 구조를 갖추고 있었기 때문이다.

2002년 9월, 군사기술협력위원회에 새로운 권한이 부여되었다. 대통령령에 의해, 무기생산기업이 보급품이나 보수 서비스를 외국고객에게 직접 제공할 수 있게 된 것이다. 이것으로 이 분야에 대해서는 기업들이 굳이 로스아발론엑스포르트를 통하지 않고도 거래를 할 수 있게 되었고 수수료도 당연히 지불할 필요가 없어졌다. 위원회가 이 기업들에 인허가를 내줄 수 있는 권한을 가지면서 로스아발론엑스포르트의 수출 독점에 구멍이 뚫렸다.

2003년 11월, 푸틴은 대통령령을 통하여 로스아발론엑스포르트가 군사기술협력위원회에 종속된다고 최종적으로 인정했다. 이 결정으로 대통령이 이 회사 사장의 임명권을 가지고 있기는 하지만 위원회도 로스아발론엑스포르트의 운영에 발언권을 행사할 수 있게 되었다. 예를 들면, 위원회가 이 회사의 이익 규모에까지 틀을 제시할 수 있게 된 것이다. 그러자 무기수출 독점업체로서의 이권이 크게 축소되었다. 계약금액의 10%를 수수료로 지불해야 했던 무기업체들의 저항이 어느 정도 실효를 거둔 형식이었다.

러시아의 무기 수출은 2003년에 51억 달러로 처음으로 50억 달러를 넘어섰다. 2001년에 32억 달러, 2002년에 42억 달러로 다시 상승기류를 타는 인상을 보이더니 2003년 연말 현재, 러시아가 받은 수주 금액은 총계 백20억 달러를 넘어섰다. 기존의 거대 고객이었던 중국, 인도에 추가하여 말레이시아, 인도네시아, 베트남 등, 3개국이 러시아 무기의 유력한 매수자가 되었다.

무기 수출의 주도권이 기존의 수출독점업체에서 각 무기 부문의 기업 그룹으로 옮겨가면서 기업 그룹이 외국의 매수자와 직접 교섭을 하고 계약을 할 수 있는 기회가 증가했다. 무기 수출의 이권쟁탈도 이 그룹들 사이에서 격화되어 갔다. 2003년 6월의 콘체른 PVO의 사장 대행이 암살을 당한 것은 그런 과정에서 나타난 쟁탈전의 한 양상이라고 볼 수 있었다.

PUTIN'S RUSSIA | 18

러 · 일 외교의 변질

파이프라인 계획을 일본이 지원

2003년 1월 10일, 모스크바에서 러 · 일 정상회담이 개최되었다. 고이즈미 수상은 푸틴과의 회담에서 양국관계의 발전을 위한 '행동계획'에 합의했다. 일본의 입장에서는 그 때까지 북방영토문제 때문에 성과를 서두르다가 혼란만 초래했다는 반성이 있었기 때문에 앞으로는 러시아에 새로운 경제지원을 한다는 방침을 표명했다. 그 결과, 러 · 일 관계는 새로운 단계로 접어들었다.

행동계획의 중점은 러시아 극동, 시베리아에서의 '에너지 자원 개발과 파이프라인 정비'였다. 일본 정부는 이미 동 시베리아의 앙가르스크에서 동해쪽의 나호트카 항구에 이르는 전체 길이 3,800 킬로미터의 파이프라인 계획에 협력을 표명하고 있었다. 총액 50억 달러의 프로젝트로 예상되는 거대한 계획이었다. 푸틴은 회담에서, "자금문제와 채산성을 검토해 보아야 할 필요가 있다."고 말했고 고이즈미는 "시베리아 개발에도 공헌할 것이다."라고 그 의의를 강조했다.

일본은 그 때까지, 정경불가분(政經不可分)의 원칙을 내세워 영토 문제가 해결되지 않은 상태에서 러시아에 거액의 자금을 투입하는 데에 매우 신중한 태도를 보였다. 미국의 눈도 의식해야 했다. 그런데 파이프라인을 통하여 러시아의 석유를 수입한다는 구상에 일본이 전향적인 태도를 가지게 된 배경에는, 이미 2002년에 미국이 러시아로부터 직접 석유를 수입한다는 국제적인 에너지의존관계의 변화가 있었다.

이 나호트카까지의 파이프라인 계획은 러시아의 국영 파이프라인 기업 트란스네프티가 1년 반 전에 러시아 정부에 제안한 것이었다. 그러나 러시아 국내에서 줄곧 무시를 당했고 일본도 처음에는 아무런 관심을 보이지 않았다. 이미 앙가르스크에서 중국 흑룡강성의 대경에 이르는 2,400 킬로미터의 파이프라인을 부설한다는 계획이 중국과 러시아 사이에서 합의되어 있었기 때문이다. 이 합의는 러시아의 석유회사 유코스가 적극적으로 추진했는데 2005년부터 1년에 2천만 톤의 석유를 중국에 공급한다는 목표로 기본계획이 이미 책정되어 있었다.

그러나 푸틴정권의 입장에서는 지난 정권 때부터 구상이 진행되고 있던 대경 루트의 파이프라인 계획에 반드시 얽매일 필요는 없었다. 유코스 등의 민영화된 석유회사는 국영파이프라인 회사 트란스네프티의 독점을 무너뜨리고 독자적으로 파이프라인을 부설한다는 구상을 추진하고 있었다. 이 점이 마음에 들지 않은 푸틴정권이 트란스네프티에 제출하게 한 대안이 나호트카 루트였다.

한편, 푸틴의 측근은 대경 루트의 부정적 재료를 찾기 시작했다. 중국은, 수입하는 석유 가격을 국제가격의 절반 이하로 낮추어 달라는 요구를 했고 유코스가 이 요구를 받아들이지 않아 서로 절충이 이루어지지 않고 있었다. 그래서 중국을 견제한다는 목적도 포함하여 일본에 나호트카 루트를 타진했고 일본이 이 의견을 받아들인 것이다. 제안을 한 기업 트란스네프티에 국영석유기업 로스네프티도 편을 들고 나섰다.

북방영토문제의 경위

일본에서는 약 30년 이상 전인 1970년대에 당시의 다나카 가쿠에이(田中角榮) 수상이 소련을 방문하여 브레즈네프 서기장과 북방영토문제가 아직 해결되지 않았다는 점을 확인한 이후, 시베리아 개발 구상이 한 때 떠들썩하게 논의되었던 시기가 있었다. 그러나 다나카 수상이 그 후에 미국과 소원해지고 록히드사건 때문에 실각한 이후, 일본의 역대 정권은 소련, 러시아와의 경제협력에 매우 신중한 자세를 취했다.

부시정권이 9·11테러 이후, 러시아와의 관계개선에 나서자 일본에도 러시아에 대한 경제협력을 추진할 수 있는 기회가 생겼다. 푸틴정권이 학수고대하던 전개였다. 푸틴정권 아래에서 러·일 양쪽이 타개책을 도모한 북방영토문제가 난항에 빠져 있었기 때문이다.

2000년 9월 초에 푸틴은 일본을 공식적으로 방문하여 당시의 모리 요시로(森喜郎) 수상과 영토문제를 논의했다. 이 방문의 표면적인 의미는, 그 때까지 3년 동안에 걸쳐 계속된 러·일 관계개선에 마침표를 찍는 것이었다. 러·일 정상 사이에서 1997년에 합의된, '2000년까지 평화조약을 체결할 수 있도록 최대한의 노력을 기울인다'는 약속이 결국 열매를 거두지 못하고 끝났기 때문이다.

여름에 발생한 러시아 원전사고에 대한 대응이 늦어지면서 비판 여론에 휩

싸인 푸틴의 입장에서는 이 일본 방문은 그다지 마음이 내키지 않는 외교행사였다. 한편, 도쿄에서는 영토문제를 의제로 삼지 않을 수 없었지만 독립을 목표로 삼은 체첸공화국을 무력으로 지배 하에 둔 것처럼 영토보전에 강한 집착을 보이는 러시아 대통령은 일본의 입장에서도 확실히 상대하기 어려운 교섭 상대였다.

이미 푸틴은 7월 중순에 언론과의 인터뷰를 통해서 영토문제에 대한 입장을 밝혔다.

"서두르지 않고 인내심을 발휘하여 쌍방의 정당한 이익에 맞는 해결방법을 찾는 것이 중요하다."

즉, 서둘러 해결할 의사가 없다는 점을 내보였다. 이 때 일본 측은 연내 영토문제 해결이라는 목표는 실현되기 어렵다는 판단을 내리지 않을 수 없었다.

'2000년까지의 평화조약 체결' 의 목표는 1997년 11월, 시베리아의 크라스노야르스크에서 개최된 당시의 하시모토 류타로(橋本龍太郎) 수상과 옐친의 '노 넥타이 회담' 에서 설정되었다. 그러나 이 때부터 영토 문제 해결 그 자체에 대해서는 고의적인지, 의식적인지 애매하게 피해 온 경위가 있었다.

〈코메르산트〉 지의 크렘린 담당기자였던 에레나 트레그보와가 2003년에 저술한 수기에 의하면 크라스노야르스크 회담에서 옐친을 수행한 보리스 넴초프는 당시에 그녀에게 다음과 같이 말했다고 한다.

크라스노야르스크에서, 친구 하시모토와의 우호적인 회담에서 우리 황제(옐친)가 갑자기 실제 황제가 된 듯한 감정에 사로잡혀 섬을 반환하겠다고 약속해버렸습니다. 일본 측 고관이 넋이 빠진 표정으로 그 말을 믿지 못하겠다는 듯 이렇게 물었지요.

"우리에게 섬을 돌려주신다고요? 우리는 지금 어떻게 해야 좋을지 모르겠습니다. 그 말씀이 진심이십니까?"

저는 야스토르젬스키(당시의 대통령 보도관)와 함께 옐친 앞에 무릎을 꿇고 부탁했습니다.

"보리스 니콜라에비치(옐친). 이 말씀은 거두어주십시오. 제발 부탁드립니다."

그러자 옐친은 이렇게 대답했습니다.

"뭐가 어때서? 나는 친구의 마음에 드는 일을 하고 싶었을 뿐이야."

우리 두 사람은 다시 설득에 나섰습니다.

"정 그렇게 하고 싶으시다면 차라리 우리를 해임시켜 주십시오. 하지만 섬은 절대로 반환해서는 안 됩니다."

결국 옐친은 능글맞은 미소를 띠고 말했습니다.

"알았어. 걱정하지 말게. 그들에게 한 방 먹여줄 테니까."

이 에피소드의 진위는 어찌 되었든 결과적으로 일본이 옐친에게 걸었던 기대는 배신을 당하는 형식으로 막을 내렸다.

일본은 1993년에 옐친이 일본을 방문했을 때의 도쿄선언에 입각하여 평화조약체결의 전제조건으로 영토문제 해결을 두고 있었다. 그러나 러시아 측에서는 '영토문제를 분리하고 조약을 체결하는 것은 가능하다.'라고 주장했다. 러시아 측은 처음부터 '조약체결은 노력해야 할 목표'라거나 '영토문제는 제외'라는 도피처를 준비해 놓고 있었던 것이다.

러시아와의 교섭에 실패

당시의 러 · 일 접근에는 미국의 후원도 있었다. 1997년 여름, 러시아는 미국에서 개최된 덴버 서미트에 주요 8개국(G8)의 멤버로 처음 참가했다. 그 당시, 단기국채 등의 상환으로 자금조달이 어려워지기 시작한 러시아 정부는 선진국 쪽에 금융지원을 요청하는 자세를 보였다. 그러나 러시아 측에 이미 가능한 만큼의 지원을 하고 있던 서방국가의 입장에서는 러시아의 요청에 새롭게 응할 준비가 갖추어져 있지 않았다. 그러자 서미트의 의장인 미국 대통령 클린턴이 그 때까지 러시아에 대한 경제지원에 소극적인 자세를 보였던 일본을 러시아 지원에 동원하기 위해 설득했다.

이렇게 해서 실현된 것이 같은 해 11월의 크라스노야르스크회담이었다. 이 때 러시아 측에는 '평화조약 교섭을 제시하면 일본이 돈을 내 놓을 것이다' 라는 계산이 있었다. 실제로, 러시아에 대한 일본의 금융지원은 1998년의 러시아 금융위기 이후에도 계속되었고 어느 틈에 국제통화기금(IMF)의 지원을 웃돌 정도로 적극적인 자세를 보이게 된다.

그렇다고 크라스노야르스크 회담에 임한 일본의 선택이 잘못된 것이라고는 말할 수 없다. 일본은 하시모토 · 옐친의 개인외교에 도박을 걸었다. 러시아는 그 때까지 중국과의 국경 확정이나 우크라이나와의 흑해함대분할교섭에서 과거의 러시아에서는 볼 수 없었던 양보하는 자세를 보였다. 때문에, 일본이 옐친 대통령에게 대일관계에서의 양보를 기대한 것은 당연하다고 말할 수 있었다.

일본은 1998년 4월, 시즈오카현 가와나(川奈)에서 개최된 러 · 일 정상회담에서 옐친의 결단을 이끌어내기 위해 어떤 제안에 도박을 걸었다. 북방 4개

섬 최북단의 에토로후(擇捉) 섬과 그 북쪽의 우루프 섬 사이에 러시아와 일본의 국경선을 긋고 러시아가 북방영토에 대한 일본의 주권을 확인해 준다면 반환할 때까지 장기간의 유예기간을 둔다는 내용이었다.

그러나 일본의 기대는 지나친 것이었다. 옐친은 과거의 강력한 지도력을 이미 잃은 상황이었다. 1998년 11월, 당시의 오부치 게이조(小淵惠三) 수상이 러시아 방문하자 러시아는 일본의 제안에 대해 회답을 주지 않았다. 처음부터 예정된 것처럼 영토문제 해결은 보류하고 해결 의사만을 명기한 평화우호협력조약 체결을 제안했다. 옐친의 재임 중에 해결을 기대했던 일본의 낙담은 매우 컸다. 그래서 2000년 9월의 모리 수상과 푸틴의 회담에서 일본은 정식으로 거부의 뜻을 전했다.

푸틴정권 아래에서의 러 · 일 관계의 새로운 전개

크라스노야르스크 회담으로 시작된 외교 과정이 실패로 끝났다고 해서 러 · 일 관계가 푸틴정권 아래에서 급속도로 악화될 가능성은 거의 없었다. 푸틴 외교는 '내정을 위해 외교를 이용한다'는 실리주의 색채를 짙게 띠고 있었기 때문이다. 크라스노야르스크에서의 합의결과로 제시된 경제협력 '하시모토 · 옐친 플랜'을 확대하는 형식으로 계속 유지한다는 데에 두 나라는 합의했다.

푸틴정권의 경제 각료로 자신의 인맥을 투입한 전 제1부수상 츄바이스는 전력독점업체 통일에너지 시스템즈(UES)의 사장을 맡고 있었는데 2000년 7월에 독자적인 러 · 일 경제협력 프로젝트를 발표했다. 일본의 협력을 얻어 사할린에 발전소를 건설, 일본에 전력을 공급하는 에네르고모스트(전력의 다리) 계획이었다. 푸틴도 총액 100억 달러의 거대한 이 프로젝트를 러 · 일 협력의 중심으로 삼는다는 의향을 보였다. 물론 이 발전소의 에너지자원은 사할린의 천연가스인데, 일본의 가스업계가 사할린의 천연가스 수입에 그다지 관심을 보이지 않기 때문에 현지에서 전력으로 바꾸어 일본으로 수출한다는 생각이 기본을 이루고 있었다.

러 · 일 무역경제정부위원회의 러시아 측 의장은 푸틴정권에서 에너지 정책을 담당하는 부수상 빅토르 크리스텐코였다. 크리스텐코는 츄바이스가 재무장관이던 시절에 지방에서 차관으로 불러들여 츄바이스와 암암리에 제휴관계를 유지하고 있었다. 일본에 대한 러시아 측의 이권은 크리스텐코가 대표하는 츄바이스 파가 움켜쥐고 있는 것으로 보였다. 그들이 러 · 일 관계의 냉각화를 바라지 않는다는 것도 명백했다.

그 때문에 러 · 일 쌍방이 모두 크라스노야르스크 노선 이후에 영토문제를 둘러싼 대화의 실마리가 끊어지지 않도록 각각 나름대로의 의견을 조율하고 있었다. 그런 움직임은 오부치 수상이 뇌경색으로 쓰러져 새로운 수상 모리가 탄생하기 전날 밤에 시작되었다.

2000년 4월 4일, 병상에 누워 있는 오부치 수상의 특사로 모스크바를 방문한 당시의 스즈키 무네오(鈴木宗男) 자민당 총무국장은 이미 대통령 당선이 정해져 있던 푸틴과 회담을 갖고, 이미 수상 후보로 결정되어 있던 모리의 러시아 방문 일정을 정했다. 일본의 새로운 정권 아래에서 러 · 일 영토교섭을 새롭게 전개하자는 합의는 이미 이 때에 이루어졌다.

4월 하순, 러시아를 방문한 모리 수상을 푸틴은 고향 상트페테르부르크에서 맞이하여 비공식회담을 진행했다. 모리 수상은 같은 해 7월의 오키나와 서미트에 참가하는 러시아에 대해 주최국으로서 환영한다는 뜻을 표명했다. 그러나 목적은 영토문제를 논의하는 정상회담을 개최하기 위해 푸틴을 도쿄로 불러들이는 데에 있었다. 푸틴은 러 · 일 공식정상회담 개최에 소극적인 태도를 보였지만 일본 측의 집요한 요청에 응하는 형식으로 서미트와 시기를 달리하여 8월말에 일본을 방문하는 데에 동의했다.

노나카 히로무(野中廣務)의 발언에 의해 '두 섬을 먼저 반환' 하자는 논리로

이런 러시아에 대해 일본 측에서 색다른 제시를 한 사람이 당시의 노나카 히로무 자민당 간사장이었다. 그는 7월 27일의 도쿄 강연에서 러 · 일 사이에서는 북방영토문제 해결을 전제조건으로 삼지 않은 상태에서 평화조약체결을 추진해야 한다는 자신의 생각을 표명했다.

"한 가지 전제조건을 해결하지 않고는 우호적인 조약은 있을 수 없다는 사고방식만이 중요한 것이 아닙니다. 러시아는 많은 영토문제를 끌어안고 있다는 점을 고려하여 우호적인 태도로 조약을 생각해야 합니다."

이 발언은 국내 여론을 크게 흔들어놓았다.

'영토문제 해결이 없이는 평화조약 체결은 있을 수 없다.'

일본의 이런 기본자세를 완전히 뒤집어 영토문제를 보류할 수도 있다는 의미를 포함하고 있었기 때문이다.

이 발언에 대해 국내에서는 비판이 들끓었다. 예를 들면, 같은 달 29일의 니혼게이자이신문 사설은 '이해하기 어렵다' 고 평하면서 평화조약이 아닌

우호조약이라는 용어를 사용했다는 데에 '즉흥적인 착상을 초월한 의도를 읽을 수 있다' 고 논했다.

노나카 히로무 씨 자신은 며칠 후, "기존의 국론과 방침에서의 일탈은 없다."고 발언을 궤도 수정했다. 그러나 러시아의 타스 통신은 외무성 고관의 이런 코멘트를 전했다.

"일본 정부에서 이런 사고방식이 다수를 차지하고 있다면 문제를 해결할 수 있는 매우 긍정적인 요인이 될 수 있다."

푸틴은 2000년 9월 3일, 러시아의 대일전승기념일(對日戰勝記念日)을 선택하여 일본을 공식적으로 방문했다. 평화조약 체결 문제에 대해서는 "단순히 노력해야 할 목표에 지나지 않는다."고 냉담하게 말했지만 새로운 목표에 대해 일본 측에 나름대로 배려를 하는 태도는 잊지 않았다. 5일의 모리 수상과의 회담에서 1956년의 소 · 일 공동선언의 유효성을 인정한 것이다. 수행한 외무차관 알렉산드르 로슈코프도 '56년 선언' 이 '도쿄선언' 이나 '모스크바 선언' 과 나란히 러 · 일 교섭의 토대를 이루는 문서라는 점을 확인했다.

일본에서는 이것이 러 · 일 정상회담의 유일한 성과라고 평가되었는데 러시아에서는 뉴스로도 다루어지지 않았다. 러시아 외무성은 크라스노야르스크 합의 이후, 러시아 하원에서 영토문제와 관련된 공청회를 여는 등, 56년 선언의 법적인 유효성을 이미 확인한 상태였기 때문이다.

당시 일본의 일부에서는 이 선언을 영토문제를 해결할 수 있는 새로운 카드로 생각하는 세력의 움직임이 강해졌다. 그 대표는, 노나카 히로무 간사장에게 외교적인 면에서 어드바이서 역을 담당하고 있던 스즈키 무네오였다. 그는 외무성의 인사를 좌우할 정도의 거대한 영향력을 행사하고 있었다.

그런 사실을 단적으로 보여준 것이 2000년 12월 25일, 모스크바에서 당시의 안전보장회의 서기 세르게이 이바노프와 스즈키 무네오 씨가 실시한 회담이었다. 스즈키 무네오는 외무성의 측근인 사토 마사루(佐藤優) 국제정보조사국 주임분석관을 동석한 상태였다. 두 사람은 이 KGB출신의 요인을 상대로, 그 때까지의 일본 외교의 틀을 깨어버리는 새로운 제안을 했다. 회담이 끝난 후, 스즈키 무네오는 이렇게 말했다.

"영토문제는 네 개의 섬을 일괄적으로 반환한다는 원칙론에 얽매이지 말고, 현실적으로 대응하여 두 개의 섬을 먼저 반환한다는 논리를 포함하는 단계적 해결론을 모색해야 풀릴 수 있다."

이것은 56년 선언에서 러시아로부터 일본으로 양도가 결정되어 있는 하보마이 섬과 시코탄 섬을 우선 반환하고 그 이후에 나머지 쿠나시리 섬과 에토로후 섬을 반환하는 교섭을 계속한다는 사고방식이었다. 56년 선언에서는 하보마이 섬과 시코탄 섬은 평화조약을 체결한 뒤에 반환하는 것으로 이루어져 있었기 때문에 이 단계적인 반환을 추진하려면 우선 평화조약을 조인해야 한다. 그러나 평화조약을 체결한 뒤에 반환이 보장되는 것은 하보마이 섬과 시코탄 섬 두 개뿐이다.

모리 · 푸틴의 이르쿠츠크 성명

노나카 히로무가 제시한 영토문제 보류 개념이 몇 개월 후에 스즈키 무네오의 '두 섬을 먼저 반환한다'는 구체적인 형태를 띠게 된 것이다. 외무성에서는 도고 가즈히코(東郷和彦) 유럽아시아국장이 스즈키 무네오와 협력 체제를 갖추었다. 도고 가즈히코 국장은 다음과 같은 3단계 해결론을 주장했다.

"1단계에서 56년 공동선언을 인정하게 하고, 2단계에서는 거기에 근거하여 두 섬을 양도 받은 다음, 3단계에서 쿠나시리 섬과 에토로후 섬의 반환작업에 착수한다."

이것은 러시아의 입장에서도 매력적인 제안이었다. 작은 섬 두 개는 반드시 반환해야 하지만 굳이 네 개의 섬을 일괄적으로 반환하지 않고도 지금까지 기다려온 평화조약 제안이 성공을 거둘 수 있다. 나머지 두 섬은 실질적으로 보류한다는 내용으로 비쳤기 때문이다. 56년 선언은 양국 의회에서 비준한 법적문서이니까 여기에 근거하여 두 섬을 반환하는 것이라고 하면 국내 여론도 설득할 수 있다.

2000년 가을 이후, 러시아 측의 다음 목적이 분명하게 드러났다. 11월 말, 외무차관 로슈코프는 일본 교도통신과의 인터뷰에서, 북방영토 네 개의 섬을 귀속하는 문제를 교섭의 대상으로 정한 1993년의 도쿄선언을 사실상 파기한다는 것을 조건으로 56년 선언을 기초로 교섭을 계속할 용의가 있다고 밝혔다. 이것은 두 섬의 반환을 56년 선언에 근거하여 확정한 상태에서 나머지 쿠나시리 섬과 에토로후 섬의 귀속을 계속 협의하려 하는 일본 측의 '두 섬을 먼저 반환한다' 는 논리를 견제하는 목적이 있었다.

도쿄선언은 분명히 이렇게 명기하고 있다.

"북방 네 개 섬의 귀속 문제는 역사적, 법적 사실에 입각하여 양국의 합의에 의해 작성된 모든 문서 및 법과 정의의 원칙을 기초로 삼아 해결한다."

이 선언 때문에 러시아는 네 개 섬의 귀속문제를 해결해야 할 의무를 지고 있었다. 네 개 섬의 문제에 대해 언급한 도쿄 선언을 파기한다면 시대를 1956년으로 되돌려 두 섬의 반환만으로 문제를 해결할 수 있는 기회를 가질 수 있다.

이것은 2001년 3월 25일, 러시아의 이르쿠츠크에서 개최된 러 · 일 비공식

정상회담에서 현실화되었다. 회담이 끝난 후, 모리 · 푸틴 두 정상이 조인한 이르쿠츠크 성명은 이런 내용으로 이루어졌다.

“1956년 소 · 일 공동선언이 양국 외교관계가 회복된 이후의 평화조약 체결에 관한 교섭 프로세스의 출발점을 설정한 기본적인 법적 문서라는 사실을 확인했다.”

이 때 일본 측은 하보마이 섬과 시코탄 섬, 쿠나시리 섬과 에토로후 섬을 각각 분리하여 병행적으로 협의해 간다는 제안을 했다. 작은 두 섬은 이미 인도가 확정되어 있는 한편, 나머지 두 섬은 귀속이 확정되어 있지 않다는 성격적 차이가 있기 때문에 분리하는 쪽이 교섭을 순조롭게 진행할 수 있다는 설명이었다.

두 섬을 먼저 반환한다는 논리는 이미 구체적인 수순을 밟고 있었다. 그야말로 56년 선언을 기초로 평화조약교섭을 실행한다는, 1956년으로 시계 바늘을 되돌리는 합의가 성립되었다. 모리는 이미 수상직에서 사임하기로 결정이 나 있었는데 두 섬을 먼저 반환한다는 논리를 다시 되돌릴 수 없도록 만들기 위해 최선을 다해 노력하고 있다는 인상을 주었다. 1956년 당시의 ‘두 섬을 먼저 반환한다’는 논리가 정쟁이나 외교의 속박 때문에 궤멸된 기억이 있었기 때문이다.

금기시되었던 ‘두 섬을 먼저 반환한다’는 논리

1956년, 흐루시초프 정권 시대의 소련을 방문한 당시의 하토야마 이치로(鳩山一郎) 수상은 블루가닌 수상과 평화조약 교섭을 체결하는 한편, 이 조약이 체결된 이후의 하보마이 섬과 시코탄 섬의 반환이 명기된 공동선언에 조인했다. 소련은 이 때 두 섬을 반환한다는 생각을 실제로 가지고 있었을 가능성은 높다. 두 섬의 소련 주민은 이 선언이 조인된 이후에 섬을 떠날 준비를 시작했다고 전해졌기 때문이다. 그러나 소련 공산당 제1서기 흐루시초프는 1960년의 미 · 일 안보조약 개정에 반발하여 두 섬을 반환하는 조건으로서 일본에서의 미군 철수를 요구하면서 사실상 선언 내용을 뒤집어버렸다.

한편, 일본 측에도 당시 '네 섬을 일괄적으로 반환한다'는 논리를 내세운 반격이 있었다. 두 섬을 먼저 반환받을 수밖에 없다고 판단하여 공동선언을 실현시킨 시게미쓰(重光) 외무장관에 대해 미국무성이, "만약 두 섬을 반환받는 것만으로 해결된다면 미국도 오키나와를 반환하지 않겠다."고 위협을 가해 왔다. 결국, 미국의 반대가 일본의 '네 섬을 일괄적으로 반환한다'는 논리에 힘을 실어 주었고 일본 측의 입장에서는 '두 섬을 먼저 반환한다'는 논리가 금기시되면서 소 · 일 공동선언을 언급하는 것도 고의로 피해왔다.

그러나 이 56년 선언은 러 · 일 사이의 조약에 준하는 분명한 약속이며 특히 일본의 입장에서는 이 선언으로 소련의 동의를 얻어 국제연합에 가입할 수 있는 길을 연 중요한 외교성과였다. 러시아 측은 한 때, 두 섬을 먼저 반환한다는 것은 어디까지나 당시의 소련 측 호의에 근거한 제안이며 현재의 러시아를 구속할 근거는 되지 않는다고 주장한 적도 있었다. 그러나 냉전이 끝난 현재, 당시의 흐루시초프의 주장이 적용될 리는 없다. 러시아 측도 두 섬을 먼저 반환한다는 것이 법적으로 유효한 약속이라는 점은 부정할 수 없는 상황에 놓여 있었다.

모리 정권을 이어받은 고이즈미 정권도 두 섬을 먼저 반환한다는 논리에 대해 1956년 당시와 비슷한 유보적 자세를 보였다. 2001년 4월에 취임한 고이즈미 수상은 마치 그것이 당연하다는 듯, '네 개의 섬을 일괄적으로 반환한다'는 논리를 주장했다. 4월 27일에 수상으로 취임한 이후, 첫 기자회견에서 "두 섬을 먼저 반환받으면 나머지 섬의 귀속문제는 어떻게 되든 상관없다는 식의 태도는 취하지 않을 것이다."라면서 두 섬을 먼저 반환한다는 논리에는 신중한 태도를 보이는 발언을 했다.

고이즈미 정권을 실현시키는 데에 커다란 역할을 하고 입각한 당시의 다나카 마키코(田中眞紀子) 외무장관도 같은 날의 기자회견에서 북방영토문제에 대해 비슷한 경계 태도를 보였다.

"반드시 일괄적인 반환이 이루어져야 한다는 것은 아니지만 기본적으로는 네 개의 섬이 어디에 귀속되는가 하는 의식은 분명하게 가져야 한다. 네 섬의 문제에 있어서 모리 정권 아래에서는 매우 정치적이었기 때문에 기본적인 자세나 골격이 잘못 전달된 느낌이 있다."

그녀는 이렇게 말하며 전 정권이 추진한 두 섬을 먼저 반환한다는 논리를 비판했다.

5월로 접어들어 다나카 외무장관은, 두 섬을 먼저 반환한다는 논리에 반대하던 외무성의 러시아과장을 영국 공사로 전출 보내는 인사를 동결했다. 이것은 두 섬을 먼저 반환한다는 논리를 주장하는 사람들에 대한 공식적인 도전장으로 보였다. 이 러시아과장은 두 섬을 먼저 반환한다는 논리에 반대했기 때문에 러시아 문제에서 제외되었다는 소문이 나돌고 있었는데, 이것을 강권으로 원래의 상태로 되돌려놓는다는 것은 상징적인 의미를 가지고 있었다.

여기에 대해 스즈키 무네오는 5월 28일, 텔레비전 프로그램에서 다나카 외무장관의 네 섬을 일괄적으로 반환한다는 논리를 비판하면서 반론을 폈다.

"푸틴 대통령은 네 섬을 일괄적으로 반환한다는 목표를 가지고 있는 일본 측의 '가와나 제안'은 받아들이기 어렵다고 말하고 있다. 단계적인 해결방법밖에 없으니까 부탁한다는 외무성의 설명을 들었다."

이렇게 해서 2001년 후반은 다나카 외무장관과 스즈키 무네오의 대립상태가 이어졌다. 러시아도 11월 27일, 러 · 일 무역경제정부위원회 러시아 측 의장인 크리스텐코가 "앞으로도 일본이 극단적인 입장을 고수한다면 아무런 결과도 얻을 수 없을 것이다."라고 말하며 네 섬을 일괄적으로 반환한다는 논리를 견제했다.

그 사이에, 러시아의 동북아시아 외교의 중심이 한반도 쪽으로 옮기기 시작한다는 사실을 보여주는 사건이 발생했다. 2001년 8월부터 한국은, 그 때까지 일본의 중요한 꽁치어장의 중심이었던 북방영토 수역에서 꽁치 잡이를 시작했다. 2000년 12월, 러시아어업위원회가 2001년에 한국이 꽁치 1만5천톤을 어획할 수 있다는 권리를 주었기 때문이다.

8월 20일, 다나카 외무장관이 러시아정부에 항의했다.

"북방 네 개의 섬은 일본의 고유영토다. 그 주변의 수역을 놓고 러시아가 한국에 조업허가를 내준다는 것은 용인할 수 없는 문제다."

러시아는 결국, 이듬해인 2002년부터는 제3국에 조업허가를 내주지 않기로 했지만 이 사건을 통해서 러시아가 한국과의 경제관계를 중시하는 자세를 드러내 보였다는 인상은 지우기 어려웠다.

북방영토문제해결을 둘러싼 일본 국내의 이런 대립은 2002년 1월부터 3월에 걸친 일련의 정쟁, 스캔들에 의해 막을 내렸다 외무성의 실권을 확보하려한 다나카 외무장관은 외무 관료들의 반발을 초래하여 해임되었다. 외무성에서 다시 영향력을 회복하게 된 것처럼 보였던 스즈키 무네오도 역시 외무성 내부의 고발에 의해 국회에서 북방영토를 비롯한 이권 문제를 추궁당한 끝에 수뢰혐의로 체포되어 정치무대에서 사라졌다. 북방영토문제와 관련된 러시아 담당 외교관들도 그 자리에서 물러났다.

영토문제에서 에너지협력으로

2003년 4월 23일, 도쿄에서 개최된 러·일 차관 급 회담에서 '두 섬을 먼저 반환한다'는 논리에 근거한 교섭에 종지부가 찍혔다. 러시아는 56년 선언에 근거하여 교섭을 계속할 것을 요구했지만 일본은 거부하고 쌍방은 다른 방책을 찾아보는 데에 합의했다. 러·일 쌍방에는 이미 에너지 협력을 주축으로 삼은 새로운 교섭이 개시되어 있었다.

2003년 4월에 러시아를 방문한 당시의 오카모토 이와오(岡本巖) 자원에너지청 장관은 러시아정부의 보증을 조건으로 "건설비 융자에 상한선을 두지 않겠다."고 러시아 측에 전했다. 또, 동 시베리아 유전개발에 대한 융자도 전향적으로 검토하겠다는 뜻을 전했다. 그러나 러시아의 입장에서는 프로젝트에 대한 정부보증은 가혹한 조건으로 비쳤다.

그 동안, 러시아 측에는 나호트카 루트를 주요 간선으로 삼아 대경 루트를 도중에 지선으로 빼는 안건도 부각되어 있었다. 중국과는 되돌릴 수 없는 석유공급 약속이 있다. 그러나 아시아·태평양에서 세계시장을 향하여 같은 파이프라인을 통하여 석유를 판매한다면 중국의 저가격 요구를 견제할 수 있다는 계획이 있었다.

9월 초에는 러시아 천연자원성 차관인 얀코프가 원안인 바이칼 호 남쪽을 돌아 대경에 이르는 루트의 환경을 조사한 결과, 환경오염을 일으킬 수 있다는 문제점이 있다며 문제를 제기했다. 이에 러시아정부는 루트 결정을 늦추려는 자세를 보였다. 같은 달, 러·중 회담에서 카시야노프는 파이프라인 루트를 바이칼 호 북쪽을 도는 것으로 변경하자는 제안을 중국에 했다.

그리고 12월에 일본을 방문한 카시야노프는 고이즈미 수상과의 회담에서 나호트카 루트를 실현하려면 동 시베리아에서의 유전개발이 필요하다고 강조했다. 일본경제단체연맹 간부와의 회담에서는 동 시베리아에서의 원유매장량을 탐사하는 데에 일본기업이 참가해달라는 요청도 했다. 러시아가 동 시베리아의 석유탐사와 개발에 일본을 끌어들일 목적을 내보이기 시작한 것이다.

러시아 측에서는, 동 시베리아 탐사 비용만으로 30억 달러, 굴삭을 포함한 개발비로 총액 백 30억 달러가 필요하다는 등의 에너지성 간부의 발언이 잇달았다.

:: 동 시베리아 석유 파이프라인의 루트

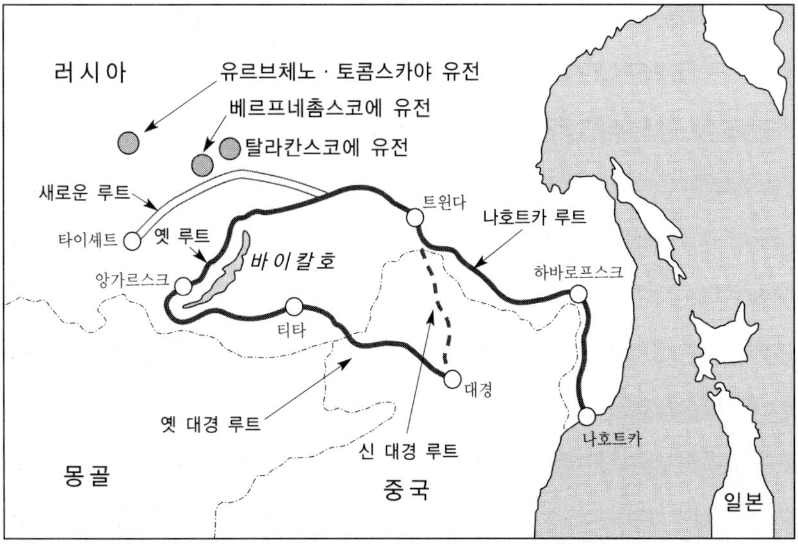

같은 달에는 러시아 국영석유 로스네프티, 민간 수르구트네프트가스, 그리고 천연가스기업 가즈프롬 등 3사가 동 시베리아 개발을 위해 기업연합을 맺는다고 전해졌다. 일본 등, 외국기업이 참가하는 데에서 나름대로의 효과를 기대한 움직임으로 받아들여졌다.

그러나 러시아의 계획과 제안은 근본적으로 정합성이 결여되어 있었다. 러시아는 우선 중국에 석유를 공급하겠다는 약속을 하고 다음으로 일본에도 손짓을 보냈다. 대경 루트로 연간 3천만 톤(하루 60만 배럴), 나호트카 루트로 연 5천만 톤을 수송할 계획이라고 밝혔는데 이 양쪽을 모두 만족시키는 석유 생산능력은 동 시베리아에는 없었고 그 가능성조차 의문이었다. 나호트카 루트만 하더라도 러시아에 그런 공급능력은 없었다.

이것을 뒷받침해주듯 2004년 3월에는 러시아 측이 파이프라인의 기점을 앙가르스크에서 북서쪽으로 5백 킬로미터 떨어진 지역인 타이셰트로 변경했다는 보도가 있었다. 아직 개발하지 않은 유전에서 가까운 지역을 선택했다는 것이 그 이유였다. 계획이 변경되자 자금 규모는 더욱 부풀어 올라 백20억 달러 규모가 될 전망이었다.

러시아의 석유사정에 대해서는 제20장 '푸틴 재선과 석유이권'에서 자세히 설명하겠지만 동 시베리아는 지금까지 러시아의 새로운 석유매장지역이 되어주기를 바라는 기대를 만족시키지 못해 왔다. 두 루트의 경합에는 실로비키와 가까운 기업 그룹과 세미야와 가까운 그룹의 대립도 보였다. 또, 나호트카 루트를 추진하려는 러시아에 대한 일본 외교의 배후에는 러 · 중 사이의 석유를 통한 관계강화를 견제하고 싶다는 미국의 후원이 있을 것이라는 의견도 나오고 있다.

'유코스 사건' 과 하원선거

이라크 문제를 놓고 석유회사 사장이 정부를 비판

2003년, 러시아 정계에서는 연말의 하원 선거를 향한 정당의 움직임이 활발해지고 있었다. 그 해 초반까지는 푸틴의 여당 통일러시아가 하원선거에서 열세에 놓여있다는 전망이 강했다. 여론조사에서, 3월부터 6월까지 공산당이 통일러시아보다 지지율이 웃돌았다. 통일러시아는 대중에게 어필하는 이데올로기도 없었고 정당으로서의 강령도 없어 지지율이 내려갔다. 경제재건이라는 표어와는 관계없이 그 혜택을 전혀 느끼지 못하는 대중의 불만이 끓어올라 공산당이 오랜만에 제1당으로 복귀하는 것이 아닌가 하는 관측이 유력해졌다.

그런 흐름을 완전히 바꾸어 놓은 것이 러시아 제2의 석유회사 유코스의 사장 미하일 호도르코프스키를 체포하는 데에 이른 유코스 사건이었다. 이것은 과거에 부정한 수단으로 국가자산을 손에 넣은 경제인들에 대한 전반적인 부정추방 캠페인으로 발전하여 서방측으로부터는 비판을 받았지만 국민들의 공감은 얻었다. 서방측에서는, 러시아정치가 통제와 강권 쪽으로 뱃머리를 돌린 것이라는 견해가 강했다.

3월 20일, 미 · 영 연합군이 이라크를 공격하기 시작했다. 양국은 국제연합 회의장에서 이라크가 대량 살상무기를 계속 보유하면서 국제연합의 사찰을 방해하고 있다고 비난하고 있었다. 국제연합의 사찰에 대해 이라크가 대량살상무기 파기를 증명해 보이지 않는다는 것을 이유로 이라크를 공격해야 한다고 주장했다. 러시아는 프랑스, 독일과 함께 강하게 반대했다. 미국과 영국은 이라크 공격을 가능하게 하는 국제연합의 새로운 결의안을 성립시키려 했지만 러시아는 안전보장이사회 상임이사국이라는 입장에서 거부권을 행사하겠다는 의도를 밝혀 미국과 영국의 계획을 무너뜨렸다. 그 결과, 미국과 영국은 국제연합을 무시한 일방적인 행동으로 이라크를 공격하는 수밖에 없었다.

러시아는 이라크와의 사이에 국제연합의 석유식료품 교환계획에 근거하여 40억 달러의 계약을 체결하고 있었다. 또 이라크와는 10년이라는 기간에 걸친 총액 4백억 달러의 경제협력 계획도 있었다고 알려졌다. 국익을 위해 미국과 영국의 이라크 공격에 반대한 것은 푸틴정권으로서는 당연한 행동이었다. 러시아 국내에서도 미국과 영국에 대한 비난의 목소리가 들끓었다.

이 때 러시아의 경제인 중에서 보기 드물게 푸틴정권의 미국에 대한 자세에 비판의 목소리를 낸 사람이 있었다. 당시 석유기업 유코스의 사장이었던 미하일 호도르코프스키였다. 4월 15일 날짜의 독일의 〈디벨트(Die welt)〉에 실은 기고에서 그는 이렇게 주장했다.

"러시아의 입장에서 실리적인 견지에서 본다면 이라크 문제로 국제연합을 중시하여 미국에 오명을 씌우는 것은 이익이 아니다."

주목을 모은 석유 부호의 움직임

이 일을 전후하여 러시아 국내에서는 호도르코프스키의 언행이 특히 주목을 모으고 있었다. 그는 4월 초, 4년 후인 2007년에 유코스 사장의 지위에서 물러나겠다고 발표했다. 그 해에 호도르코프스키는 겨우 44세, 대부분의 언론은 그가 비즈니스 세계를 떠나 정치의 길을 걸을 것이라고 전망했다. 그래서 연말의 하원선거를 앞둔 야당 각 당에 자금 원조를 하고 있다는 소문이 퍼져 나갔다.

그리고 4월 22일, 유코스는 같은 대기업 석유회사인 시브네프트와 합병에 합의했다는 사실을 발표했다. 러시아에서는 당연히 최대이며, 매장량에서도 세계 4위의 거대한 석유회사가 탄생하는 것이다. 그리고 그 이후에 합병한 새로운 기업 유코스 시브네프트는 주식 25%를 미국 석유기업 엑슨 모빌과 셰브론텍사코에 매각하기 위해 유코스가 비밀리에 교섭을 진행하고 있다는 사실도 밝혀졌다. 이라크 문제에 관하여 미국의 편을 드는 듯한 호도르코프스키의 발언에는 석유기업과의 자본제휴 움직임이 존재했다.

석유기업끼리의 이 합병은 단순한 기업합병이나 업계재편이 아니라 정치적으로 큰 의미를 갖고 있었다. 두 회사는 1998년 봄에도 합병을 생각한 적이 있었다. 이 움직임은 당시의 수상 체르노미르딘을 대통령 후보로 내세우기 위해 신흥재벌, 즉 올리가키들이 대동단결한다는 의미였지만 그 직후에 체르노미르딘이 수상직에서 해임되고 뒤이어 러시아 금융위기가 닥치면서 덧없이 무너져버렸다. 그런데 또 다시 시브네프트와의 합병을 구상했다는 것은 유코스가 세미야 그룹으로 들어간다는 사실을 의미했다. 호도르코프스키는 이전부터 베레조프스키와 친밀한 관계를 유지하고 있었지만 정치적으로는 세미야와 일정한 거리를 유지했다. 그러나 그 정치적 야망에 세미야의 후원을 첨가시키려 했다는 인상을 주었다.

호도르코프스키는 2002년에 미국 〈포브스〉 지에서 러시아 최고의 부호로 꼽히고 있었다. 소련 시절에는 공산청년동맹 콤소몰(Komsomol)에서 활동하다가 비즈니스에 몸을 던져 금융그룹 메나테프를 설립한 뒤에 석유기업 유코스의 민영화 때에 이 회사를 손에 넣었다. 이와 동시에 베레조프스키, 아브라모비치 콤비가 시브네프트를 지배 하에 두었다.

일찌감치 석유산업에 흥미를 보인 호도르코프스키는 소련이 붕괴된 이후의 러시아연료에너지성에 강력한 연줄을 만들었다고 알려졌다. 그래서 러시아연로에너지성에 개인실을 가지고 있었으며 한때는 이곳의 차관으로도 일한 적도 있었다. 그의 목표는 민영화되는 석유기업이었다. 1995년의 담보입찰 민영화에서 유코스의 주식 78%를 1억5천9백만 달러로 입수했다. 그 이후, 석유기업의 경영에 집중하여 러시아에서는 서방측 경영방식을 가장 많이 도입한 기업으로 육성했다.

올리가키에 대한 선전포고

2003년 5월 26일에 나온 어떤 보고서가 러시아 국내에 파문을 던졌다. 민족전략평의회라고 불리는 그룹이 정리한 '국가와 올리가키아'(올리가키아는 올리가키에 의한 지배체제라는 의미)라는 것인데 국내 올리가키의 움직임에 대한 경계심을 재촉하는 내용의 논문이었다.

내용은, 올리가키들의 이름을 열거하면서 그 비(非) 러시아적인 성격을 강조하는 데에 역점을 두고 있었다. 내용을 소개하면 다음과 같다.

"올리가키는 러시아 국외 지주회사의 법적인 소유자로서 러시아 국내에서는 외국투자가로서 활동하고 있다. 그리고 자신과 가족들은 대부분 러시아에 애착을 가지고 있지 않다. 그 때문에 자산을 즉시 해외로 빼돌려 국민과 국가의 번영에는 아무런 관심을 보이지 않는다.

푸틴정권 아래에서, 올리가키의 최종적인 독점화가 진행되면서 전력산업 매수, 중소석유기업 취득이 더욱 활발해졌다. 그들은 수상 카시야노프 및 대통령부 장관 볼로신에게 강한 영향력을 가지고 있으며 크렘린 안에도 대통령부 제1부장관인 수르코프 등 이해관계자를 두고 있다. 대통령 권력의 약체화가 진행되어 현재의 대통령은 옐친 시대보다 영향력이 더 약한 존재가 되어가고 있다."

그리고 다음과 같은 제안을 했다.

"국가는 그 기능을 크게 강화하여 올리가키에 의한 정치와 경제의 독점적인 지배를 저지해야 한다. 연방 및 주 수준의 행정기구는 부정부패에 휘말려 있으며 올리가키들이 많이 침투해 있다. 그렇기 때문에 믿을 수 있는 사람은 일부 정직한 주 수준의 정치가와 지방자치단체의 실력 있는 지도자, 그리고 중소기업경영자들이다. 국가가 손을 뻗는다면 그들은 싸울 준비가 되어 있다."

이 논문은 그야말로 올리가키 세력에 대한 선전포고의 의미를 담고 있었다. 민족전략평의회의 대표는 스타니슬라프 베르코프스키라는 저널리스트 출신의 평론가였다. 그 때문에 이 논문은 베르코프스키 페이퍼로 불렸는데 크렘린의 KGB출신자들, 즉 실로비키의 주문에 의해 작성되었다는 소문이 나돌았다.

유코스 관계자들 체포

유코스 사건은 2003년 6월 후반에 시작되었다. 6월 21일, 러시아 최고검찰청은 유코스 사의 안보부문 제4부 부장 알렉세이 피추긴을 체포했다. 최고검찰청의 발표에 의하면 다음과 같은 혐의였다.

"2002년 11월, 러시아의 지방통합관할구역 센터에 소속되어 있는 두 명의 인물에 대한 암살을 사주했다."

7월 2일, 인터팩스 통신은 치안기관에서 흘러나온 정보로서 유코스 사원 라미르 부르가노프가 국제수배를 당하고 있다고 보도했다. 그 혐의는 동방석유회사(BNK)의 정부보유주식 37%, 시가 총액 10억 루블 이상을 횡령했다는 것이었는데 유코스에서는 이 주식은 이미 반환했다고 주장하고 있었다.

그리고 역시 2일 저녁, 최고검찰청은 최초의 거물 체포에 손을 댔다. 호출을 받고 출두하여 심문을 받은 뒤에 체포를 당한 인물은 유코스 지배주식의 공동소유자이며 은행지주회사 메나테프의 회장이기도 했던 메나테프 그룹의 사장 플라톤 레베제프였다.

레베제프의 혐의는 아파티트라는 회사의 주식 20%를 부정한 방법으로 횡령했다는 것이었지만 순식간에 혐의가 계속 추가되어 7건 정도에 이르러버렸다.

중앙에서는 하원경제정책 · 기업위원회 부위원장인 블라디미르 유진이라는 무명의 하원의원이 레베제프를 고발한 상태였다. 선임자인 하원의원 말르이셰프가 상트페테르부르크의 부시장으로 옮겨갔기 때문에 그가 소속되어 있는 정당의 비례명부 순서에 의해 하원의원이 된 인물이다. 유진에 대해서도 소련 시절부터 KGB와 밀접한 관련이 있다는 소문이 나돌고 있었다.

유진은 그 후에도 최고검찰청에, 석유기업 시브네프트의 민영화의 합법성에 대해 조사하라는 청구를 했고 이어서 시브네프트의 주식을 압류하라고 요구했다. 또, 러시아 정부야말로 부패의 원흉이라고 비난, 수상이 그 책임을 져야 한다고 주장했다. 유진은 분명히 실로비키가 유코스를 추방하기 위해 하원으로 보낸 불씨였다.

인터넷에 공개된 전화도청기록

그 후, 인터넷상의 어떤 사이트에 기묘한 전화대화 도청기록이 등장했다. 설명에 의하면 그 대화는 7월 1일부터 2일에 걸쳐 대통령부 부장관 이고르 세친과 국영석유 로스네프티의 사장 세르게이 보그단치코프(Sergey Bogdanchikov)가 나눈 대화로 이루어져 있었다. 대화의 주요 부분은 다음과 같다.

"(세친) 알겠나? 만약 우리가 앞으로 4년 동안의 일을 생각한다면 가지고 있는 모든 것을 강화해서 움직이기 시작해야지. 그렇게 하지 않으면 약체화될 뿐이야. 선수를 치는 쪽이 승산이 커. 호도르는 벌써 하원을 매입해버렸어. 선수를 쳐서 사버린 거야. (중략)그는 녀석들을 마음대로 다룰 수 있지. 2004년부터 하원은 그의 소유물이야. 그런 일이 벌어지지 않게 하려면 지금 움직여야 돼. 지금 그를 막지 않으면 나중에 도저히 손을 쓸 수 없는 상황이 벌어질 거야."

"(보그단치코프) 알았어. 그런데 '그'는 뭐라고 하는데?"

"(세친) 모르는 척 하고 있어. '그'의 말에 의하면 보스는 이런 게임은 하지 않는다는 거야. 상상할 수 있겠지? 중요한 건 '그'가 '미라미라'를 두려워한다는 거야."

"(보그단치코프) 당신은 어떻게 생각하는데?"

"(세친) '그'에게 말했지. 보스는 내가 하겠다고. 당신은 방에 앉아 매일 두려움에 떨고 있으면 된다고. (중략) '그'는 모두 알고 있어. 교섭은 가능해. 보스 역할은 내가 하지."

대화 중에 '호도르'라고 불리는 인물은 호도르코프스키, '그'는 푸틴, '미라미라'는 미하일 미하이로비치의 약칭으로 수상 카시야노프를 가리키는 말로 받아들여졌다.

대화의 내용은, 호도르코프스키가 하원의원에게 돈을 뿌려 하원의원 대부분을 매수해버렸다고 설명하면서 지금 그 움직임을 저지하지 않으면 시기를 잃을 것이라는 위기감을 강조하고 있었다. 푸틴은 직접 연관되는 것을 싫어하기 때문에 작전에는 세친이 보스 역할을 담당하겠다는 내용이었다.

젊은 석유왕 호도르코프스키 체포

9월 2일에는 효율적 정치기금 총재이며 대통령부 장관의 개인적 고문을 담당하고 있던 그레프 파브로프스키가 올리가키를 옹호하는 논문을 발표했다. '러시아대통령의 노선에 반대하는 세력에 의한 〈하기공세(夏期攻勢)〉의 부정적인 결과에 대해'라는 논문의 요지를 정리하면 다음과 같다.

'2003년 여름에 '세르게이 푸가초프 · 이고르 세친 · 빅토르 이바노프 그룹'의 정치활동이 질적으로 새로운 단계로 접어들었다. 러시아경제와 정치의 재편을 향하여 활발한 활동을 시작했다. 그 대상에는 대통령 수준의 재편도 포함된다.

비즈니스 분야에서는 메쥬프롬뱅크, 로스네프티, 가즈프롬을 비롯한 중소기업을 끌어들이기 시작했다. 올리가키 세력에 대한 새로운 세력의 중심이 형성되었고 러시아정교회의 지지도 얻고 있다. 여름에 발생한 이 활동은 그룹이 준비하고 있는 대규모 공격의 예조다.

그 쿠데타의 목적은 우선 유코스 사건으로 경제계를 복종시키고 사기업은 인정하지만 국가관리를 강화한다. 유력한 산업(주로 석유)의 국가독점, 또는 국가지주회사화를 추진한다. 실로비키를 푸틴의 유일한 지지단체로 삼는다.'

이 논문에서 파브로프스키는 솔직하게 크렘린 내부의 실로비키에 의한 쿠데타를 경고했다. 그들은 유코스 사건을 돌파구로 삼아 경제계를 복종시키는 것으로 석유기업 등의 국가독점, 즉 재 국유화를 목표로 삼고 있다는 내용이었다.

10월 25일, 시베리아의 노보시비르스크 공항에서 급유를 기다리는 전용기에서 호도르코프스키는 검은 색 마스크차림의 연방보안국 특수요원들에게 연행되었고 모스크바로 이송, 수감되었다. 모스크바의 바스만느이 지방재판소는 같은 날 저녁에 탈세 등의 혐의를 내세운 최고검찰청의 청구를 근거로 12월 30일까지의 유치를 인정하는 결정을 내렸다.

유코스 본사는 23일에 호도르코프스키를 소환한 최고검찰청에 대해, 출장 때문에 모스크바를 떠나 있었지만 주초에는 모스크바로 돌아와 출두하겠다고 대답했다고 주장하면서 이 사건이 정치적 동기에 근거를 두고 있는 것이 틀림없다고 강조했다. 이 주장을 옹호하는 형태로 러시아의 경제단체인 산업기업가동맹은 "정부에 대한 신뢰가 손상되었다."고 성명을 발표했다.

23일에는 이에 앞서 호도르코프스키로부터 자금을 제공받았다고 알려진 정당 야블로코의 선거선전회사도 수색을 받았다. 이 문제를 놓고 야블로코의 당수 야블린스키는, "러시아에는 스탈린의 얼굴을 가진 자본주의가 탄생했다."고 주장하며 푸틴정권의 강권자세에 강한 불만을 보였다.

그리고 이 젊은 석유왕 체포 사건은 단번에 크렘린의 정변으로 발전했다. 호도르코프스키 체포에 대해 전혀 모르고 있었다는 이유에서 알렉산드르 볼로신이 대통령부 장관직을 사임하겠다는 뜻을 대통령에게 밝혔다.

유코스 사건이 크렘린에 미친 파문

대통령부 안에서 실로비키가 대폭으로 세력을 강화하고 있다는 견해가 빠른 속도로 퍼져 나갔다. 그리고 지금까지 대통령부와 관계된 적이 없는 인물의 이름이 새로운 대통령부 장관 후보로 매스컴에 언급되기 시작했다. 푸틴과 개인적으로 매우 친밀한 관계이며 1년 반 전부터 철도성 제1차관으로 일해 온 블라디미르 야쿠닌이었다. 바로 전에는 철도성의 조직이 러시아철도라는 국영회사로 변경되면서 그 제1부사장으로 직무가 바뀌어 있었다.

야쿠닌은 실로비키 측이 추천하는 대통령부 장관후보로 여겨졌다. 병역을 끝낸 1977년부터 소련 각료회의 부속 대외관계위원회의 직원으로서 근무한 경력이 있었기 때문이다. 이 대외관계위원회는 KGB대외첩보부문의 숨겨진 방패막이로 이용된 것으로 잘 알려져 있었다.

야쿠닌은 1991년부터 상트페테르부르크 대외관계위원회 의장을 담당하고 있던 푸틴과 협력하여 외국기업을 유치하는 일에 종사했다. 푸틴과는 별장이 이웃해 있는 사이로, 푸틴이 상트페테르부르크 시에서 일하던 시절의 오점으로 알려진 바터 스캔들에도 중심인물로 이름이 올라 있었다.

그러나 푸틴은 10월 31일, 언론에서 예상하던 인물 야쿠닌을 기용하지 않고 대통령부 제1부장관이었던 드미트리 메드베제프를 장관으로 승격시켰다. 푸틴이 수상으로 취임한 이후에 정부의 내무부장관 대리, 2000년의 대통령선거에서는 푸틴 진영의 선거대책본부장을 역임한, 대통령의 신뢰가 매우 두터운 측근으로, 역시 법률가 출신인 대통령부 부장관 드미트리 코자크과 함께 '상트페테르부르크 출신의 법률가들' 로 불려 왔다. 이바노프, 세친 등, KGB 출신자인 부장관들과는 달리 실로비키와 세미야 그룹의 중간에 위치해 있었다. 이것은, KGB의 색깔이 대통령부 안에서 강화되는 것을 두려워 한 푸틴이 대통령부 내부의 균형을 배려하여 온당한 인사를 실시한 것으로 받아들여졌다.

대통령부를 떠나는 볼로신의 송별 파티는 매우 성대하게 치러져 아침 5시까지 계속되었다. 푸틴도 참가하여 "자네의 (사임) 결단은 잘못된 거야."라고 미련을 보였는데 대통령부에서 단 한 명, 세친은 얼굴을 보이지 않았다.

10월 30일, 최고검찰청은 투자은행 트러스트의 구좌에 예치되어 있던 유코스의 주식 44%를 압류했다. 이 사실이 전해지자 러시아를 비롯한 유럽 각 시장에 상장되어 있던 유코스 주가는 일제히 폭락했다. 서방측 투자가들 사이에도 러시아투자에 대한 불안감이 퍼져 나갔다. 결국, 호도르코프스키는 유코스 사장직을 사임했고 후임으로는 미국 국적을 가지고 있는 러시아인 시몬 쿠케스가 취임했다. 하원선거를 전후하여 유코스와 시브네프트 두 회사의 합병도 다시 깨어져버렸다.

이런 상황 속에서 전력독점업체 통일에너지 시스템즈(UES)의 사장 츄바이스의 움직임이 주목을 모았다. 그가 소속되어 있는 경제단체 산업기업가동맹과 정당 우파세력동맹은 각각 강한 항의성명을 발표했는데 그 배후에는 츄바이스가 있었다. 대통령부 장관직을 사임한 볼로신에게는 지금까지 정부를 대표하는 형식으로 근무하고 있던 UES이사장직에 계속 머물러달라는 제안을 했고 11월 3일에는 츄바이스 자신의 UES사장직 사임에 관하여 나도는 소문에 대해 "전력독점업체의 개혁을 이루기 전에는 사임하지 않겠다."고 대답했다.

수상 카시야노프도 침묵만 지키지는 않았다. 10월 31일, 최고검찰청의 유코스 주식 압류에 대해 "개방된 시장경제 아래에서 이런 일이 발생한 것을 심히 우려하지 않을 수 없다."고 말하여 간접적으로 최고검찰청의 행동을 비판했다. 츄바이스와 카시야노프의 이런 발언과 행동은 실로비키 세력에 대한 적대의식을 분명하게 드러내고 있었다.

여당의 압승으로 끝난 2003년 하원선거

2003년 12월 7일에 치러진 러시아 하원선거는 푸틴 여당을 표방하는 통일러시아가 과반수에는 미치지 못했지만 라이벌로 여기던 공산당을 압도적으로 누르는 형식으로 승리를 거두었다. 서방측에 충격이었던 것은 우파세력동맹과 야블로코라는 개혁파 두 정당이 비례대표선거에 설정된 5%의 장벽을 넘지 못하여 비례대표 의석을 획득하는 데에 실패했다는 것이었다. 또, 극우정당인 자유민주당이 공산당과 어깨를 나란히 하는 약진을 보인 것도 러시아의 우경화 측면을 여실히 보여 주었다.

하원 4백50석의 최종적인 의석 배분은 통일러시아 2백22석, 공산당 53석,

자민당 38석, 조국 37석, 인민당 19석, 야블로코 4석, 우파세력동맹 2석, 무소속 65석, 그 외 10석이었다. 여당계열로 여겨지는 정당이 통일러시아, 자민당, 조국, 인민당 등 네 개이니까 이것만으로도 헌법을 개정하는 데에 필요한 의석수, 의석 총수의 3분의 2인 3백 석을 웃돈다.

이 중에서 주목을 받은 것이 9월에 갓 탄생한 조국이었다. 하원선거와 동시에 실시된 시장선거에서 모스크바 시장 3선을 달성한 루시코프도 과거에, 같은 이름의 조국이라는 정당을 이끌고 있었다. 이 정당은 통일러시아에 합류되었지만 이 새로운 신당 조국은 줄곧 애국, 보수를 표방하여 보수진영으로서의 색깔이 강했는데 공산당을 이탈한 경제학자 세르게이 글라지에프와 민족애국주의를 주장하는 드미트리 로고진이 중심을 이루고 있었다. 크렘린도 이 정당의 결성에 힘을 실어 주었다. 목적은 글라지에프를 영입하는 것으로 공산당 세력을 약화시킨다는 데에 있었는데 그 목적이 멋지게 성공을 거둔 것이었다.

로고진은 유럽연합(EU) 담당 대통령 특사라는 형식으로 대외활동을 했듯 푸틴과 매우 친밀한 관계이며 크렘린으로부터 자금원조도 받고 있었다. 텔레비전 등에서의 선거활동에도 많은 지원을 받아 갓 탄생한 정당이 상당한 약진을 하도록 이끌었다. 사회주의자와 국가주의자가 다수 참가해 있었고 재벌과의 관계는 거의 없었다.

글라지에프는 선거 이후에 이렇게 말했다.

"신흥재벌이 사회정의를 무시하고 사리사욕을 채우는 시대는 끝났다. 이런 재벌들을 완전히 없애버리겠다."

이것으로 보아도 유코스 사건에서 시민들 사이에 퍼져 나간 반(反) 올리가키의 기운을 최대한으로 활용한 정당이 조국이라고 말할 수 있다. 우파세력동맹의 공동의장으로 의석을 잃은 보리스 넴초프는 조국을 "위험한 파시스트 집단이며 앞으로 그들이 독단적인 행동을 일으켜 정권을 위협할 우려가 있다."고 말하면서 경계심을 보였다.

개혁파 두 정당은 당수인 넴초프와 야블린스키가 모두 의석을 잃는 등, 전략적으로 완전한 패배를 맛보았다. 선거의 흐름을 읽는 데에 뛰어난 능력을 자랑하는 우파세력동맹의 지도자 츄바이스는 크렘린의 강력한 공세 앞에서 위험을 판단하고 야블로코에게 정당연합을 맺자는 제안을 했지만 야블린스키가 응하지 않았다.

1999년의 제2차 체첸분쟁이 발발했을 때 츄바이스, 야블린스키 두 사람이 텔레비전 토론을 벌였는데 체첸진공에 반대한 야블린스키를 츄바이스가 매국노처럼 몰아세웠던 개인적인 대립이 그 때까지 꼬리를 물고 이어져 있었다. 이 두 정당에서 소선거구의 의석 6석밖에 차지하지 못하자 개혁파의 시대는 끝났다는 말까지 나왔다.

하원은 푸틴정권 1기 째에도 여당 성향이 강했는데 이번 선거에서 3분의 2의 의석을 확보하면서 정권의 입장에서는 헌법개정까지 가능해졌다. 푸틴은 2000년 2월에 대통령의 임기를 4년에서 7년으로 연장하겠다는 말을 한 적이 있다. 그 후, 대통령으로 취임하여 임기연장발언은 삼가고 있었는데 선례를 만들려는 듯 지방단체장의 임기를 그 때까지 연속 2기였던 것을 최고 4기까지 인정하는 법률을 제정했다. 이 은혜를 입은 일부 단체장들이 보답을 하려는 듯 대통령 3선을 금지한 헌법을 개정하는 작업에 나섰다.

물론 선거가 끝난 이틀 후인 9일, 푸틴은 헌법개정에 대해 "우리의 과제는 현재의 헌법을 준수하는 것이다."라고 말하여 스스로는 헌법개정을 제안할 생각이 없다는 점을 강조했다. 그러나 러시아 국내에서는 푸틴이 재선된 이후에 의회로부터 헌법개정논의가 분출될 가능성이 상당히 높다는 인식이 퍼져나갔다.

러시아 우경화를 경계하는 서방측

서방측에서는 선거가 공정하지 않았다는 비판도 나왔다. 선거감시단을 파견한 유럽안보협력기구(OSCE)와 유럽의회는 정권이 여당의 선거전을 유리한 쪽으로 끌고 가기 위해 국영미디어를 우선적으로 사용하게 했다는 등의 내용이 담긴 보고서를 발표했다. 미국무성도 그 견해를 공유한다고 인정했다.

이것은, 사실상 정권이 컨트롤할 수 있는 러시아의 3대 텔레비전을 여당의 지지율을 끌어올리기 위해 노골적으로 이용했다는 지적이었다. 전형적인 예는 11월 말, 통일러시아에 투표하라는 광고성 발언을 하는 푸틴의 인터뷰를 3대 텔레비전이 모두 방송했다는 것이다. 푸틴은 자신의 재선이 확실한 2004년 3월의 대통령선거와 하원선거가 같은 의미를 가진다는 내용을 국민에게 호소했다. 그런 한편으로, 통일러시아는 위험성이 큰 토론프로그램에의 참가를 거부하는 한편으로 비상사태장관인 쇼이그 등의 당 대표자의 행동을 텔레비전에 유난히 노출시켜 선거선전에 이용했다.

그 결과, 한 달 전에는 거의 비슷했던 통일러시아와 공산당의 차이가 순식간에 벌어지기 시작하더니 선거 결과는 통일러시아가 37%, 공산당이 12%라는 엄청난 차이를 기록했다. 단, 투표율은 전례 없이 낮은 55%였다. 투표율이 50%를 넘지 않으면 선거는 무효가 된다. 그 때문에 공산당은 투표율을 부풀린 것이 아닌가 하는 의문을 제기했다.

러시아의 우경화 문제는, 11월에 실시된 여론조사에서 이라크에서의 미군에 대한 공격에 공감을 한다는 비율이 44%를 차지한다는 데에 잘 나타나 있었다. 한편, 이라크전쟁에 대한 반대는 80%를 넘어 미국에 대한 러시아 국민의 반감은 강해졌다는 사실을 알 수 있다.

푸틴 자신은 선거결과에 대해 반드시 만족하지는 않는다는 견해를 보였다. 개혁파 정당은 의회에서 거의 사라졌고 애국주의정당이 약진하여 서방측의 러시아에 대한 시선이 더욱 냉정해졌다. 미국 의회 등에서는 러시아를 주요국정상회의(G8)에서 제외해야 한다는 목소리가 나오고 있었다.

영국의 〈가디언〉 지는 이렇게 논평했다.

"푸틴의 측근은 선거에서 승리하기 위해 도가 넘는 공작을 폈다."

푸틴이 도를 넘지 않도록 억제하기 위해 브레이크를 걸었던 예는 하원선거와 동시에 실시된 바쉬키르토스탄(Bashkortostan, Bashkiria) 공화국의 대통령 선거에서 나타났다. 3선을 노리는 현직 무르타자 라히모프의 상대로 거론된 인물이 메쥬프롬뱅크의 이사였던 세르게이 벨레멘코였다. 12월 7일의 제1회 투표에서는 라히모프가 40%대의 득표를 얻었지만 결말이 나지 않아 2주일 뒤에 결선투표를 치르기로 했다.

그런데 푸틴이 라히모프를 만나 결선투표에서의 승리를 보증하는 발언을 하더니 그 후에 벨레멘코 측은 갑자기 선거사무실을 폐쇄하고 실질적으로 선거에서 빠져버렸다. 라히모프는 아무런 힘도 들이지 않고 3선을 이루었다. 벨레멘코 측에는 충분히 역전할 수 있는 기회도 있었다고 보였던 만큼 푸틴의 간섭이 주목을 모았다.

메쥬프롬뱅크는 실로비키의 후원자로 잘 알려져 있었다. 그런 메쥬프롬뱅크가 바쉬키르토스탄 공화국을 노리는 목적은 국내 제8위의 석유기업 바시네프치의 지배권에 있는 것으로 보였다. 그런 실로비키 그룹의 정치로의 진출이 저지된 데에는 푸틴이 브레이크를 걸었을 가능성이 있었다. 대통령부에서는 실로비키의 제안에 푸틴이 자주 반발했다는 이야기도 전해졌다. 푸틴은 적어도 그 세력의 지나친 대두에 브레이크를 걸어 정권운영에서 균형을 유지하려고 노력하고 있었다.

PUTIN'S RUSSIA | 20

푸틴의 재선과 석유를 둘러싼 이권

세계를 놀라게 한 푸틴의 수상 지명

2004년 3월 14일에 실시된 대통령선거에서 푸틴은 재선에 성공했다. 71%의 득표율은 여론조사와 거의 비슷한 수준으로 지난번의 53%를 크게 웃돌았다. 푸틴의 재선은 흔들리지 않는 정세였기 때문에 대통령선거는 푸틴의 신임투표를 치르는 듯한 형식에 지나지 않았다. 정권 측에서 유일하게 걱정을 했던 부분은 투표율이 50%를 넘지 않으면 선거가 무효가 된다는 점이었는데 투표율도 65%를 기록하여 그 걱정 역시 기우로 끝났다.

2위는 공산당 계열의 하원의원 니콜라이 하리토노프, 3위는 세르게이 글라지에프, 4위는 이리나 하카마다라였다. 거물정치가는 출마를 하지 않아 푸틴과의 승부를 피한 듯한 인상이 있었다. 검찰당국이 전년도 가을, 석유기업 유코스의 사장이었던 미하일 호도르코프스키를 체포한 이후, 올리가키는 야당세력과 거리를 두고 있었다. 중앙, 지방의 행정당국은 자발적으로 푸틴의 선거를 지원하는 움직임을 보일 정도였다. 콘서트티켓을 미끼로 투표소를 찾아오게 하는 수법도 실행되었다.

처음에는 글라지에프와 하카마다의 2위 쟁탈전이 벌어질 것으로 예상되었다. 두 사람은 각각 소속되어 있는 정당 조국과 우파세력동맹의 반대를 무릅쓰고 출마하여 올리가키, 체첸의 테러, 관료의 부정부패 등을 전면에 내세워 선거운동을 전개했다.

푸틴정권은 특히 글라지에프를 경계했다. 전년도 12월의 하원선거에서는 공산당을 밀어내기위해 글라지에프에게 선거연합 조국을 조직하게 했다. 그러나 글라지에프는 하원선거에서 조국이 약진하자 정권에 등을 돌리고 대통령선거에 입후보하겠다고 선언했다. 여러 가지 방해 공작이 있었지만 그는 결국 후보자로 등록했다. 그러나 당의 지원은 얻을 수 없었다.

하카마다는 러시아에서는 보기 드문 일본계 여성으로 일본인 아버지의 가문이 무가(武家)였기 때문에 '레이디 사무라이'로 불렸다. 12월의 하원선거에서 우파세력동맹과 야블로코 등 민주개혁파 두 정당이 한꺼번에 의석을 잃고 지도자들이 전의를 상실하여 후보자 옹립까지 포기하고 있는 상황에서 그녀는 혼자 고독한 싸움에 도전했다. 하지만 유코스의 간부와 올리가키로부터 자금이 제공되었다는 소문이 마이너스로 작용했다. 그녀가 소속되어 있는 우파세력동맹은 츄바이스가 하카마다를 지지하는 데에 강력하게 반대했기 때문에 당원의 자유투표라는 형식을 띠게 되었다. 국내외의 관심은 오히려 대통령선거 전에 푸틴이 실시한 내각쇄신 작업에 향해져 있었다.

2월 24일, 푸틴은 내각을 경질한다고 발표했다. 하지만 실제로는 수상 카시야노프를 배제하는 것이 목적이었다. 수상 대행으로는 크리스텐코가 지명되었고 카시야노프는 해임을 받아들였다. 갑작스러운 일이었지만 본인 자신은 푸틴이 재선을 할 때까지만 수상직에 있겠다는 각오가 되어 있었다. 해임된 다음 날에도 카시야노프는 "2000년 1월에 푸틴과 체결한 계약이 끝났다."

는 농담 섞인 코멘트를 할 정도의 여유가 있었다. 그를 마지막으로 세미야 그룹은 정부에서 완전히 모습을 감추었다.

3월 1일, 푸틴은 주 유럽연합(EU) 대사를 담당하고 있던 각료급 인사 미하일 프라드코프를 수상으로 지명하여 전 세계를 깜짝 놀라게 했다. 아무도 수상후계자로 예상하지 못한 뜻밖의 인물이었기 때문이다.

무역 분야 출신의 새로운 수상 프라드코프

프라드코프는 1950년에 사마라 주에서 태어난 외국무역 전문가로 알려져 있었다. 대외경제관계 공단과 관청에서 근무한 뒤에 주네브의 주 관세무역에 관한 일반협정(GATT)의 러시아대표를 담당한 경력이 그런 사실을 잘 증명해 주었다. 1992년부터 97년까지 대외경제관계성 차관에서 제1차관까지 역임한 뒤에 97년 4월에 체르노미르딘 내각에서 대외무역장관으로 취임했다. 98년 5월부터 1년 동안, 손해보험회사 사장으로 일했고 99년 5월에 스테파신 내각에서 다시 무역장관으로 내각에 복귀했다. 푸틴정권 아래에서 무역성이 경제발전무역성에 흡수되자 2000년 5월에 안전보장회의 제1부서기, 2001년 3월 세무경찰장관, 2003년 3월에 주 EU대사로 이동했다.

그러나 프라드코프에게는 부정부패 혐의를 받았던 과거가 있었다. 1996년 5월, 〈이즈베스티야〉 지는, 1년 전인 95년에 대통령부 감독국과 재무성의 회계감사를 통하여 대외경제관계성 간부에 의해 49억 루블의 돈이 불법으로 사용되었다는 사실이 발각되었다고 보도했다. 당시 대외경제관계성은 외국무역기업에 수출라이센스를 발급하면서 수수료를 징수하고 있었다. 이 성의 간부들이 그 돈을 의료비, 여행비, 아파트나 별장을 구입하는 비용 등으로 사용한 증거를 검찰당국이 입수한 것이다.

이 돈의 사용처를 인정한 대부분의 서류에는 당시의 대외경제관계장관인 올레그 다비도프와 프라드코프의 서명이 있었다. 프라드코프는 이 중에서 1994년에 1억2천만 루블을 사용했다고 〈이즈베스티야〉 지는 보도했다.

그러나 다비도프, 프라드코프 두 사람에 대해서는 아무런 고발조치도 이루어지지 않았다. 검찰 측의 중요한 증인이 암으로 사망한 것과 최고검찰청 빌딩의 화재에 의해 증거자료가 소실되었다는 것이 이유였다. 그리고 1년 후인 97년 봄, 아무 일도 없었다는 듯 프라드코프는 대외무역장관으로 승진했다. 부정부패 그 자체는 러시아 관료들에게서는 흔히 볼 수 있는 사건이었지만 어쨌든 그는 모든 경력을 잃을 뻔한 위기를 잘 모면했다.

츄바이스 파와 실로비키를 연결하는 수상

부정부패 혐의가 있었는데도 불구하고 프라드코프를 대외무역장관으로 끌어올려 그를 보호해 주었을 가능성을 가진 인물로는 두 명을 꼽을 수 있었다. 당시에 대통령부 장관에서 제1부수상 겸 재무장관으로 취임한 츄바이스와 수상인 체르노미르딘이다. 그런데 이 승진이 체르노미르딘의 의향이 아니었다는 것은 이듬해에 증명되었다. 1998년 2월 체르노미르딘은 프라드코프를 이런 식으로 냉엄하게 비판했다.

"자네는 지도력이 없고 사고력도 부족해. 중요한 관청의 수장으로서는 도저히 인정할 수 없는 결점이야. 일이 잘못 되어도 상관없으니까 일단 행동으로 옮겨보게. 그렇게 하면 자네를 계속 그 자리에 앉혀야 할 것인지 해임시켜야 할 것인지 판단이 설 테니까 말이야."

결국, 프라드코프를 구해준 인물은 츄바이스였다. 옐친을 재선시키고 대통령부 장관을 역임한 츄바이스는 섭정 정치라고 불렸을 정도로 당시 러시아의 인사문제를 떡 주무르듯 마음대로 결정했다. 프라드코프는 대외경제관계성 차관시절에 여러 가지 외국무역공단의 민영화작업에 착수했는데 이 때에 민영화의 주역이었던 국가자산위원회 의장 츄바이스와 인연을 맺었다.

프라드코프에 대한 츄바이스의 신뢰는 스테파신 내각에서 이권이 있는 관청 중의 하나인 무역성을 프라드코프가 이끌었다는 것으로도 증명이 되었다. 츄바이스 파와 베레조프스키 파가 각료의 자리를 나누어 가지고 있는 이 내각에서 무역장관은 분명히 츄바이스 파가 차지한 중요한 자리였다.

프라드코프의 수상 지명에 대해 츄바이스는 이렇게 코멘트했다.

"프라드코프 같은 경험을 가진 프로는 러시아에서는 손을 꼽을 정도다. 그는 현재의 정부에 필요한 보기 드문 개성, 즉 일상에서의 실무적 행동능력과 동시에 전략적 견해를 가지고 있다."

이 말은 수상의 인사문제에 대한 츄바이스의 만족감을 잘 나타내 주었다.

프라드코프는 사실 정부에 필요한 독자적인 개성을 가지고 있었다. 푸틴 정권 아래에서 실로비키 그룹과도 손을 잡고 밀접한 관계를 구축했기 때문이다. KGB출신의 국방장관 게르세이 이바노프가 안전보장회의 서기로 일했던 시절에는 경제안전보장담당 제1부서기로 일했다. 그 후, 세무경찰장관으로서 치안기관의 수장으로도 이름을 올렸다. 그리고 프라드코프의 아들과 연방보안국 장관 파트루쉐프의 아들은 연방보안국 간부양성학교의 동급생 사이였다. 따라서 츄바이스 파와 실로비키 양쪽과의 연결고리를 가지고 있는 프라드코프의 입장이 수상으로 지명되는 결과를 초래했다고 해석할 수 있다.

3월 9일에 프라드코프가 발표한 각료명부에서는 중요한 경제 각료의 자리를 츄바이스 파가 차지했다. 부수상은 하원 제1부의장이었던 알렉산드르 쥬코프가 취임했다. 프라드코프는 미리 제1부수상으로 쥬코프를 기용하고 싶다는 뜻을 기자단에게 밝힌 상태였다. 이런 행동은 1999년 5월의 스테파신 내각이 성립되었을 당시를 연상하게 했다. 스테파신도 조각을 하기 전에 쥬코프를 제1부수상으로 기용하고 싶다는 의향을 공식적으로 밝혔기 때문이다. 그 당시에는 세미야 그룹의 반대로 실현되지 않았지만 스테파신에게 쥬코프를 기용하라고 권유한 사람은 츄바이스였다.

쥬코프는 모스크바대학 경제학부를 졸업하고 소련재무성에서 이코노미스트를 역임한 경제전문가로 잘 알려져 있었다. 91년, 미국 하버드 비즈니스 스쿨에 단기유학을 한 경험도 있다. 하버드대학과의 연결고리를 가지고 있다는 점에서 츄바이스와 공통점이 있다. 전 미국 재무장관으로 하버드대학 학장인 서머스는 일찍이 러시아의 민영화를 위해 미국 재무차관이었던 시절부터 충고를 해 주었던 츄바이스의 오랜 친구다. 쥬코프는 1993년, 하원의원에 당선된 이후, 거의 일관적으로 예산위원회에 소속되어 의회가 결정한 경제와 관련된 안을 처리해 왔다.

석유이권 확보에 나선 제2기 푸틴정권

각료의 수를 30명에서 17명으로 대폭 줄인 것은 푸틴정권의 과제로 여겨진 관청재편성 결과였다. 그리고 외무, 국방, 내무, 법무, 비상사태 등, 각 성(省)

을 대통령의 직할성으로 지정했다. 경제부문의 각 성은 대부분 재무, 경제발전 무역, 그리고 산업에너지성으로 통합되었다. 재무장관 쿠드린, 경제발전무역 장관 그레프는 바뀌지 않았지만 산업에너지장관의 자리는 부수상이었던 크리스텐코에게 주어졌다. 그들은 관청재편성 결과, 각각 새로운 부문을 담당하게 되면서 권한이 대폭으로 강화되었다.

크리스텐코는 카시야노프 내각에서 부수상으로 에너지 문제를 담당했으니까 새로운 산업에너지장관의 자리에 취임한 것은 그다지 이상한 일이 아니다. 산업에너지성 관할 아래에는 그 때까지 원자력성을 비롯한 에너지 부문 대부분이 들어가 있었다. 크리스텐코는 러시아의 에너지 부문 전반을 명실공히 총괄하는 보스로서의 지위를 손에 넣었다. 그가 직면한 중요한 과제는 유코스 문제를 처리하는 것이었다.

이 문제에 대해서는 2월 16일, 호도르코프스키의 파트너이며 이스라엘로 피신해 있던 유코스 간부 레오니드 네브즈린이, 호도르코프스키 등 유코스 관계자의 석방과 교환하여 이 회사의 주식을 정부에 양도하는 제안을 발표했다. 호도르코프스키의 구류가 연장되어 있는 상황에서의 실질적인 항복 선언이었다. 당국은 3월로 접어들어서도 유코스 간부들의 스위스 예금구좌를 동결하는 등 더욱 거세게 몰아세우고 있었다.

러시아 제2의 석유기업인 유코스의 소유권이 바뀐다는 것은 커다란 의미를 가진다. 경제계가 경계하고 있던 과거의 민영화가 다시 되돌려질 가능성이 있기 때문이다. 과거 유코스와 마찬가지로 민영화된 시브네프트를 비롯한 석유기업도 역시 소유권 쟁탈의 위협에 노출되었다. 제2기 푸틴정권은 석유이권 확보를 노리고 다시 석유기업을 지배 하에 두려는 정책을 펼 가능성이 있었다.

러시아의 석유기업을 2001년의 생산량으로 보면, 1위가 루크오일이고 이하 유코스, 수르구트네프트가스, 츄메니 석유(TNK), 타트네프치, 시브네프트, 로스네프티, 슬라브네프티, 바시네프치의 순서로 이루어져 있었다. 2002년에는 국영기업이었던 슬라브네프티가 민영화되어 국영석유기업은 로스네프티만 남았다.

경쟁 입찰 방식의 국유기업 불하

석유기업의 창설과정은 다양했다. 1991년 11월, 러시아 연료에너지성이 앞장서서 러시아 최초의 석유 콘체른 랑게파스 우라이 코가르임네프티(Langepas Urai Kogalymneft)가 등록되었고 사장으로는 소련석유가스산업성 제1차관이었던 바기트 알렉페로프(Vagit Alekperov)가 임명되었다. 이 명칭을 기억하고 있는 사람은 지금은 거의 없다. 그 후, 이 기업은 명칭을 생략하여 루크오일로 세상에 알려지게 된다.

1992년에는 연료에너지성이 다시 두 개의 석유기업을 발족시켰다. 수르구트네프트가스와 유코스였다. 같은 해 중반, 대통령령으로 석유기업을 주식회사로 만드는 정책이 시행되어 루크오일, 수르구트네프트가스, 유코스 등 3사는 49%까지 민간 소유가 인정되었다.

1993년에는 이 3사가 정식 주식회사로서 발족, 정부의 보유 주식 비율은 45%로 설정되었다. 그 밖의 석유기업은 로스네프티로서 총괄되었는데 같은 해 연말에는 이 중에서 독립석유기업으로서 분리되기를 주장하는 기업이 잇따라 그 수는 30여 개에 이르렀다.

1994년 5월에 정부는, 이런 기업들 중에서 시단코, 동방석유, 그리고 러시아와 벨로루시의 합병기업으로서 슬라브네프티를 분리시켰다. 이 중에서 현재 남아 있는 것은 슬라브네프티뿐이다. 그러나 이 중에서 정부가 육성을 하기 위해 힘을 기울인 것이 시단코이고 그 안에 체르노고르네프티 등의 지역유력석유기업이 포함되어 있어 루크오일의 뒤를 잇는 생산량을 기록하는 추세를 보였다.

같은 해 8월에, 츄메니네프체가스 등 3사를 합하여 츄메니 석유(TNK)가 발족되었다. 또 대통령 옐친은 시베리아 석유회사 창설이라는 대통령령에 서명한다. 일반적으로 정부가 결정하는 것인데 특별한 수순을 밟아 대통령령으로 시브네프트를 만든 것은 이미 보리스 베레조프스키가 대통령에게 영향력을 행사하고 있었기 때문이다.

그리고 러시아의 석유사업 역사상 가장 중요한 결정이 1995년 후반에 내려진다. 노골적으로 민간에 국유기업을 불하하는 형태를 취한 담보입찰이다. 우선 3월에 오넥심방크의 은행장 블라디미르 포타닌이 은행업계의 총의(總意)로서 주요 은행은 정부에 대해, 정부가 기업에 가지고 있는 정부 보유주식 관리권과의 교환을 조건으로 융자를 제공할 준비가 있다는 제안을 했다. 이 시기, 아직 경제혼란에서 벗어나지 않은 상태에 놓여 있던 러시아에서는 기업의 세금연체가 일반화되어 정부는 극도의 자금부족 상태에 빠져 있었다. 그런 궁핍한 상황을 타개한다는 명목으로 민간은행에서 융자를 해 주겠다는 제안이 나온 것이다.

이 제안은 받아들여졌고 정부의 민영화당국인 국가자산위원회는 정부 보유주식을 위탁관리 쪽으로 옮기는 방법으로 경쟁 입찰 방식을 채용했다. 즉, 원하는 정부 보유주식에 대해 가능하면 많은 융자금액을 제안한 기업이 낙찰을 받는다는 구조였다. 이것으로 11월에는 수르구트네프트가스의 주식 40%가 이 회사의 연금기금 관리 아래로 들어갔다. 12월에는 시단코의 지배주를 오넥심방크가 1억3천만 달러에 입수했다. 유코스 주식의 78%를 1억5천9백만 달러로 관리 하에 둔 것은 메나테프 은행의 허수아비 회사였다. 시브네프트의 주식 51%는 석유금융회사가 중심을 이루는 기업이 낙찰을 받았는데 그 중심인물은 베레조프스키와 모스크바의 석유중매업자인 로만 아브라모비치였다.

이 입찰은 허수아비 기업을 교묘하게 이용한 것으로 실질적으로는 경쟁 입찰이라고 말할 수 없었다. 관리권을 획득한 은행은 경영진으로 인맥을 투입하여 실질적인 탈취를 실행했고 그 후에 형식적인 민영화를 거쳐 이 석유기업들을 완전히 지배 하에 두었다. 그들이 융자한 금액은 현재 주식 평가액의 10분의 1정도에 지나지 않았고 은행이 융자한 자금도 정부가 은행에 맡겼던 자금이 대부분이었다.

1996년 9월에 시단코 주식의 34%를 민영화시키는 입찰이 실시되어 주목을 모았다. 이미 오넥심(Onexim)이 기업지배권을 장악하고 있었음에도 불구하고 같은 신흥재벌인 알파 에코가 도전해 왔기 때문이다. 오넥심방크는 알파의 입찰금액을 약간 웃도는 3억2천6백10만 달러로 낙찰을 받았다. 알파 측은 부정이 있었다고 항의했지만 받아들여지지 않았다. 또, 시브네프트의 주식도 19%, 15%로 나뉘어 두 차례에 걸쳐 입찰이 이루어졌는데 베레조프스키, 아브라모비치의 회사가 각각 낙찰을 받았다.

석유산업 참가에 실패한 알파 그룹은 1997년 6월에 실시된 츄메니 석유(TNK)의 주식 40%를 민영화하는 입찰에 희망을 걸었다. 그러나 이 때는 이미 8억1천만 달러를 투입해야 하는 상황으로 발전되어 있었다.

외국자본도 러시아석유산업에 참가

그 당시, 러시아 석유업계에서 화제가 된 것은 1998년 초반으로 예정되어 있던 로스네프티의 민영화였다. 앞서, 전신전화기업 스뱌지인베스트의 민영화에 참가한 국제투자가 조지 소로스도 관심을 보이는 등, 외국기업으로부터의 투자의욕도 볼 수 있었다. 호도르코프스키는 유코스가 시브네프트와 공동으로 로스네프티 민영화에 참가할 것이라는 뜻을 표명했다.

외국석유기업의 투자는 한 발 앞서, 시단코에서 실현되었다. 1997년 11월, 영국의 BP는 오넥심방크와의 사이에서 시단코 주식 10%를 5억7천1백만 달러로 매수하는 내용의 전략적 파트너십협정에 조인했다.

1998년 초에 유코스와 시브네프트가 합병하여 지주회사 유크시를 설립하는 각서에 조인했다. 조인식에는 당시의 수상 체르노미르딘을 비롯하여 베레조프스키와 관계있는 신흥재벌들이 참석했다. 그러나 3월 하순의 체르노미르딘 해임에 의해 정세가 크게 반전된다. 우선 BP는 로스네프티의 민영화작업에 참가하지 않겠다고 발표했다. 루크오일은 로스네프티 민영화작업에 참가하기 위해 가스독점업체인 가즈프롬이나 다국적기업인 로열더치셸과 손을 잡겠다고 발표를 하기는 했지만 민영화 참가에 대한 의문도 표명했다.

5월에는 러시아금융위기의 양상이 심화되는 상황에서 유크시 설립교섭을 중단한다는 발표가 나왔다. 호도르코프스키와 베레조프스키는 로스네프티 민영화에 참가하기 위해 합병을 결정했던 것이라고 밝히고 로스네프티에 대한 관심이 엷어진 이상, 합병은 의미가 없다고 설명했다. 수상 키리엔코는 이런 의견들을 받아들여 로스네프티의 민영화를 철회한다는 결정을 내렸다.

1999년 3월, 경영위기에 빠진 시단코에 대해 BP는 경영진을 투입하여 재정비를 도모했지만 헛수고로 끝났다. 5월에 모스크바 주 중재재판소는 시단코의 파산을 결정했다. 시단코의 휘하에 있던 체르노고르네프티는 아직 매력적인 유전을 보유하고 있었다. 그래서 츄메니 석유가 체르노고르네프티의 경매에 참가한다는 의향을 보이고 BP와 대립했다. 체르노고르네프티를 취득한 츄메니 석유는 같은 해 12월에 시단코에 반환하는 것으로 시단코 측과의 협정에 조인했다.

2001년이 되어 츄메니 석유와 시단코의 대립이 최종적으로 해소되었다. 츄메니 석유는 시단코 주식의 84%를 매수했고 그 결과, 포타닌의 인테로스 그룹은 시단코 주식의 44%에 대한 보상으로서 6억5천만 달러를 얻었다.

더욱 활발해진 석유이권을 둘러싼 움직임

2002년에 석유업계의 화제를 불러일으킨 것은 이미 제16장 실로비키 대 세미야에서 자세히 설명한 국영석유 슬라브네프티 민영화였다. 우선 5월, 슬라브네프티 사장의 인사문제를 둘러싸고 각각 자기 회사 출신자를 사장 후보로 내세운 시브네프트와 국영 로스네프티가 대립을 보였다. 로스네프티 측의 배후에는 세르게이 푸가초프가 지배하는 메쥬프롬뱅크가 존재했다. 그 때문에 이 민영화는 옐친 전 대통령 측근 그룹인 세미야와 푸틴의 측근 실로비키가 처음으로 공식적인 이권을 둘러싸고 대립한 케이스가 되었다.

같은 해 후반에 실시된 슬라브네프티 민영화는 처음에 정부 보유주식 중에서 20%정도를 민영화할 예정이었지만 10월, 카시야노프 수상은 대외채무변제자금이 부족하다는 이유를 들어 갑자기 정부 보유주식 75%를 모두 민영화하겠다고 발표했다. 결과적으로, 다른 입찰참가자를 다양한 수법으로 배제하고 시브네프트와 츄메니 석유의 연합이 실질적으로 아무런 경쟁이 없는 상태에서 18억6천만 달러에 낙찰을 받았다.

한편 2002년 7월, 유코스는 미국에 25만 톤의 석유를 수출했는데 이 석유는 흑해의 노보로시스크에서 3척의 탱커로 보스포루스 해협을 통과하여 지중해로 들어간 지점에서 대형 탱커로 옮겨 실어 미국 텍사스 주의 휴스턴으로 향했다. 또, 루크오일은 콜라(Kola) 반도 의 부동항인 무르만스크(Murmansk)에 미국으로 향하는 수출터미널을 건설할 계획을 발표했다.

같은 해 10월에는 미국 휴스턴에서 미 · 러 민간에너지 서미트가 개최되어 러시아 측에서 미국으로 원유를 수출할 수 있는 몇 개의 파이프라인 구상이 언급되었다. 다음 달인 11월, 루크오일, 유코스, 츄메니 석유, 시브네프트의 사장들은 서 시베리아에서 무르만스크까지의 원유 파이프라인을 공동으로 건설한다는 각서에 조인했다.

이 파이프라인의 구상에 의하면 2004년에 건설을 시작할 예정이었지만 2004년에 접어들어서도 아직 루트도 결정되지 않았다. 2003년 10월에 상트페테르부르크에서 개최된 제 2회 미 · 러 에너지 서미트에서 미국의 관심은 러시아에서의 액화천연가스 수입 쪽으로 중심이 기울어 러시아로부터의 석유 수입에 대한 관심은 저하된 인상을 주었다. 이것은 미국의 이라크 점령 통치에 원인이 있다고 여겨졌다.

2003년 6월, 츄메니 석유는 영국 BP와 절반씩 출자를 하여 지주회사 TNK · BP를 설립했다. 쌍방의 출자 총액은 68억 달러로 츄메니 석유는 실질적으로 합병이 되어 BP의 자회사가 된다는 내용이었다. 원래 양쪽은 츄메니 석유에 흡수된 석유회사 시단코를 둘러싸고 대립을 펼쳤던 경위가 있다.

BP가 시단코에 출자했기 때문에 츄메니 석유가 자산을 훔쳤다는 이유에서 법정에 고소한 사건이다.

그 때문에 BP는 파트너가 된 미하일 프리드만 등, 츄메니 석유 주주들과의 사이에 2007년 연말까지는 그들의 보유주식을 매각하게 하지 않는다는 사항을 계약에 첨부했다. BP는 시단코의 실패를 발판으로 삼아 러시아석유자원에 참가할 수 있는 교두보를 구축했다.

제 19장에서 설명한 유코스 사건은 이런 흐름 속에서 발생했다. 유코스는 미국 메이저 석유회사와의 사이에 자본제휴 교섭을 추진하고 있었다. 앞서, 츄메니 석유가 BP와의 사이에 자본제휴를 실현했기 때문에 푸틴정권은 서둘러 유코스의 간부를 추방하기에 나섰다. 미국 메이저와의 자본제휴가 이루어진 뒤에는 유코스를 공격하기 어려워지기 때문이다.

10월 25일에 사장 호도르코프스키를 체포하더니 31일에는 유코스 자회사인 동 시베리아가 보유하고 있는 광구 탈라칸스코에 유전 개발 라이센스를 거

:: 러시아의 지역별 매장량 (미국 지질조사연구소에 의함)

지 역	1993년				2000년				
	누계 생산량	발견된 매장량	미발견 매장량	%	발견된 매장량	미발견 매장량			
						육지	바다	합계	%
티만 · 페초라	2.7	9.0	4.6	5	9.8	5.7	–	5.7	7
볼가 · 우랄	41.0	21.0	2.6	3	21.2	2.5	–	2.5	3
바렌츠 해	0.0	0.1	4.0	4	0.0	–	0.3	0.3	0
서 시베리아	39.0	60.0	52.4	58	93.4	51.7	3.5	55.2	71
동 시베리아	0.0	3.0	11.3	12	2.3	2.8	–	2.8	4
북 사할린	0.7	1.4	2.8	3	1.4	0.2	2.4	2.6	3
그 외	*6.6	5.5	**9.6	11	9.4	3.4	4.9	8.3	11
합계	90.0	100.0	91.0		137.5	66.3	11.1	77.4	

• 단위 : 10억 배럴, * : 주로 북 카프카스, ** : 주로 북 카스피

두어들여 수르구트네프트가스로 이관했다. 그리고 연말에는 수르구트네프트가스, 로스네프티, 가즈프롬 등 3사가 동 시베리아 개발 기업연합을 만들었다. 같은 시절, 일본에도 나호트카의 파이프라인 건설을 전제로 동 시베리아 석유탐사사업에 참가하라는 제안이 들어왔다. 러시아에서 석유이권을 둘러싼 움직임이 다시 활발해지려는 징조를 보였다.

대폭적인 석유증산 예측

1980년대 구소련은 세계 최대의 산유국이었다. 절정을 이루었던 시기는 1987년으로 산유량이 6억2천4백20만 톤, 하루 생산량으로 환산하면 1,248만 톤에 해당한다. 이 시기에는 공산권 제국의 에너지를 충당했을 뿐 아니라 외화 수입의 절반 가까이를 원유수출로 벌어들였다. 그러나 소련 말기에는 원유생산이 급속도로 감퇴되는 경향을 보였고 소련이 붕괴된 이후에는 경제적 혼란이라는 영향도 있어서 이전의 60%정도로 생산량이 떨어졌다. 90년대 후반에는 3억 톤을 약간 웃도는 수준이 이어졌다.

이것이 다시 상승기로 전환된 것이 푸틴정권이 발족된 2000년으로 3억2천7백만 톤, 그리고 2001년에 3억4천6백만 톤, 2002년에는 3억8천만 톤의 생산량을 기록했다. 2003년에는 상승 경향에 더욱 박차를 가하여 오랜만에 4억 톤대를 회복하여 4억1천8백만 톤을 생산했다. 에너지성 당국은 2004년의 생산량을 4억3천만~4억5천만 톤에 이를 것이라고 예측했다.

2003년 8월에 러시아정부가 책정한 '2020년까지의 러시아 에너지 전략'에 의하면 2005년에 4억2천만 톤, 2010년에 4억4천5백만 톤, 2015년에 4억5천만 톤, 2020년에 4억5천만 톤이 되어 있다.

그러나 이 생산량 예측도 지난 몇 년 사이에 크게 바뀌었다.

예를 들어, 1999년에 러시아 연료에너지성이 제시한 예측에 의하면 2005년에 3억2천만 톤, 2010년에 3억3천5백만 톤, 2020년에 3억6천만 톤이었다. 하지만 2002년이 되자 에너지성(연료에너지성에서 개칭)은 2010년에 5억 톤, 2020년에 4억4천8백만 톤으로 상당히 강한 예측을 내놓았다. 민간에서도 유코스는 2002년에 마찬가지로 강한 예측을 발표했는데 이 예측에 의하면 2005년에 4억5천만 톤, 2015년에 5억5천만 톤이었다.

어쨌든 러시아의 석유생산이 몇 년 만에 강세로 전환된 것은 분명했다. 그 배후에는 러시아의 석유수출여력이 증가하고 있다는 사실을 국제적으로 각인시키려는 목적이 강했다. 러시아의 국내수요는 대체적으로 볼 때 연간 2억 톤을 약간 웃도는 정도로 추정된다. 생산량에서 국내수요를 제외한 나머지가 수출로 돌려지는 것이니까 생산량 증가분은 그대로 수출여력 증가분이 된다.

이 증산 및 증산예측의 배경에는 석유개발기술의 진전이 있었다. 소련 시

:: 러시아의 지역별 원유 · 천연가스 생산량 (2002년 실적)

지 역	원유		천연가스	
	생산량 (1000t)	비율 (%)	생산량 (100만㎥)	비율 (%)
서 시베리아	253,619.3	66.8	548,049.3	92.1
볼가	45,780.1	12.1	2,202.8	0.4
우랄	31,015.1	8.2	3,026.7	0.5
극동	2,960.3	0.78	3,221.1	0.5
동 시베리아	48.8	0.01	10.4	0.002
그 외	46,009.2	12.1	38,795.7	6.5
합계	379,432.8		595,306.0	

절에는 유전조업에 문제점이 있다는 지적이 자주 나왔다. 대표적인 문제는 수공법(水攻法)이라고 불리는 채굴기술의 남용이었다. 수공법은 유전 주위에 우물을 파서 그 우물을 통하여 대량의 물을 유전으로 주입, 유층(油層: 기름 층)에 수압을 가하는 방법으로 원유를 밀어 올리는 기술이다. 러시아 유층의 압력이 중동의 유전과 비교할 때 낮다는 것이 그 기술을 자주 사용하게 된 이유인데 소련 시절에는 중앙의 지시에 의해 증산을 서두른 끝에 수압을 너무 많이 걸어 유층의 벽이 파괴되어 물이 대량으로 뒤섞이는 사고가 끊이지 않았다. 그 때문에 본래 채굴되어야 할 석유의 30% 정도밖에 채굴하지 못한 경우도 있었다.

그런데 90년대 후반 이후, 지속적인 투자에 의해 유전의 설비기기 종류가 상당히 개선되었다. 원유가격 상승, 수출신장이 석유수입을 증가시켰고 금융

:: 러시아의 원유생산량 · 수출량의 추이 (1990-2002년)

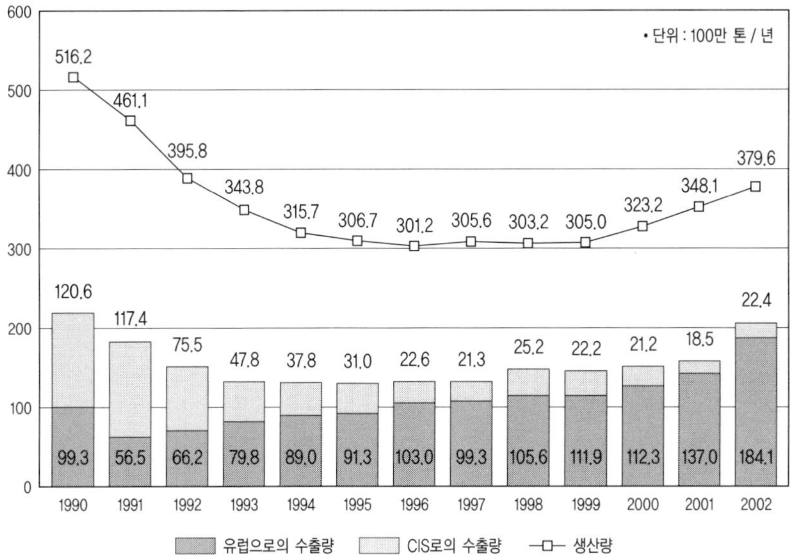

위기 이후에 루블화의 가치가 떨어진 것도 도움이 되어 국내외의 석유자재 기기를 손쉽게 조달하게 되었다.

서방측 기술의 도입 및 서방측 기술서비스기업과의 협력도 추진되었다. 유코스나 시브네프트는 서방측의 유력한 석유기술서비스기업인 슈른베르주나 핼리버턴(Halliburton) 등과 적극적으로 손을 잡고 석유개발을 실행했다. 핼리버턴은 부시정권의 부통령 체니가 2000년까지 최고경영책임자(CEO)를 담당했던 기업으로 이라크 부흥에서도 미국 부시정권으로부터 재빨리 이권을 보증 받았다고 해서 문제가 되었던 기업이다.

2003년의 이라크 전쟁 때, 러시아에서는 반대론이 일반적이었던 상황 속에서 유코스 사장이었던 호도르코프스키가 이라크 전쟁 긍정론을 주장한 이

:: 러시아 극동 · 동 시베리아의 원유생산량 전망 (100만 톤/년)

지 역	2005	2010	2015	2020
사하 공화국	2.0	2.0	10.0	12.0
이르쿠츠크	0.5	0.5	10.0	10.0
에벤키 공화국	7.5	12.5	22.5	27.5
합계	10.0	15.0	42.5	49.5

• 원전 : 러시아 과학아카데미

:: 러시아의 아시아 · 태평양으로의 원유수출량 전망 (100만 톤/년)

구 분	2005	2010	2015	2020	2025	2030
현실적 시나리오	20.0	30.0	32.0	35.0	40.1	48.0
동 시베리아	1.0	3.0	8.0	25.0	37.0	48.0
서 시베리아	19.0	27.0	24.0	10.0	3.1	0.0
낙관적 시나리오	20.0	30.0	35.0	37.0	42.0	50.0
동 시베리아	12.2	17.9	24.8	36.1	42.0	50.0
서 시베리아	7.8	12.1	10.2	0.9	0.0	0.0

• 원전 : 러시아 과학아카데미

유도 미국 기업과의 이런 밀접한 관계가 배경에 깔려 있었기 때문이다.

그래도 러시아에 앞으로 채굴이 가능한 석유 매장량이 과연 충분한가 하는 의문이 생긴다. 러시아의 석유매장량에 대해서는 서방측에도 여러 가지 견해가 있었다.

동 시베리아의 석유매장량

예를 들면, 미국 〈오일 앤드 가스 저널(OGJ)〉 지는, 2001년까지는 러시아의 원유매장량을 4백86억 배럴로 보았는데 2002년에는 이것을 6백 억 배럴, 세계의 5.7%로 상향조정했다. 그러던 것이 미국지질조사연구소(USGS)가 2000년에 발표한 수치를 보면, 러시아의 원유매장량이 1천3백75억 배럴로 OGJ의 두 배 이상이 되어 있다. 일본의 석유광업연맹은 USGS에 가까운 입장으로 러시아의 원유매장량을 1천2백 억 배럴로 독자적인 계산을 내놓았다. 그러나 어떤 것이든 확실한 근거가 없는 추정치에 지나지 않는다.

문제는 동 시베리아다. 소련에서 석유생산의 선구자가 된 것은 19세기 후반에 제정러시아 시대의 아제르바이잔의 바쿠 유전이었다. 제2차 세계대전 이후 1950~60년대에는 제2의 바쿠로서 볼가 · 우랄 유전이 중심이 되었다. 70년대에는 제3의 바쿠로서 서 시베리아 유전이 주체가 되었고, 그 다음의 제4의 바쿠로서 소련은 동 시베리아에 큰 기대를 걸었다.

그러나 소련은 동 시베리아에서 제4의 바쿠를 발견하는 데에 실패했다. 동 시베리아 지방의 대부분의 지표는 6억 년 이상 전의 지층이 직접 노출되어 있어 석유가 존재할 가능성이 거의 없다고 여겨졌다. 물론 한랭지역이기 때문에 채굴이 어렵다는 문제도 컸다.

이 동 시베리아에 대해 미국지질조사연구소는 1993년 시점에서 이미 발견한 것과 아직 발견하지 못한 것을 합하여 백43억 배럴로 러시아 매장량의 12%정도로 잡았는데 2000년의 수치에서는 이것이 51억 배럴로 러시아 매장량의 4%라고 평가를 크게 낮추었다.

2002년의 러시아 원유생산량을 지역별로 살펴보면 서 시베리아가 2억5천3백62만 톤, 볼가 지역이 4천5백78만 톤, 우랄이 3천1백2만 톤, 극동이 2백96만 톤, 동 시베리아에 이르러서는 4만8천 톤으로 전체의 0.013%밖에 되지 않는다. 극동과 동 시베리아를 합해도 약 3백만 톤으로 전체의 0.79%다. 그런데 2003년 5월의 러시아과학아카데미의 원유생산 전망에 의하면 극동 · 동 시베리아는 2005년에 천만 톤, 2010년에 천5백만 톤, 2015년에 4천2백50만 톤, 2020년에 4천9백50만 톤으로 예측되었다.

또, 아시아태평양 쪽으로의 원유수출량의 현실적인 시나리오로서 동 시베리아에서 2005년에 백만 톤, 2010년에 3백만 톤, 2015년에 8백만 톤, 2020년에 2천5백만 톤이라고 예상했다.

이처럼 러시아 측에서는 동 시베리아의 개발을 유망하게 보는 견해가 있다. 그러나 일본 등의 관심이 높아진 이후부터 갑자기 강한 예측을 내놓은 듯한 인상도 강했다. 그 현실성에 대해서는 불투명하다고 말할 수밖에 없다.

기대를 모은 사할린 개발

동 아시아와의 관계에서 가까운 장래에 비교적 전망이 있다고 여겨지는 것은 사할린 개발이다. 사할린 프로젝트는 광구 별로 사할린 1에서 시작하여 사할린 8까지 있는데 현재 개발 중인 것은 사할린 1과 사할린 2다.

사할린 1의 참가 기업은 로스네프티와 그 자회사인 사할린모르네프테가스(SMNG-Shelf) 등, 러시아 측 이외에 인도의 오일 앤드 내츄럴가스 사(ONGC), 사할린 석유개발(SODECO), 그리고 오퍼레이터를 담당하는 엑슨모빌 등이다. 대상 광구는 사할린 동쪽 해안의 차이보 등 세 개 광구다.

이 구역에서는 원유의 산업생산을 2005년 후반부터 개시할 예정이다. 제1단계에서는 원유만을 생산할 예정이다. 2003년부터 2006년 사이에 차이보 광구에서 10개의 개발유정을 굴삭할 예정으로 2003년 7월에 최초의 굴삭을 시작했다. 이것에 이어 오드부츠 광구에서 2007년부터 17개의 개발유정 굴삭을 예정하고 있다. 절정기의 원유생산은 연간 1천2백50만 톤을 전망하고 있다.

사할린 2의 참가기업은 로열더치셸, 미쓰이 물산, 미쓰비시 상사로 대상 광구는 필툰 아스토크와 룬스코에의 두 광구. 필툰 아스토크에서는 1999년 7월부터 상업생산이 시작되어 같은 해 8월에 한국에 8만 톤의 원유가 수출되었다. 원유생산 실적은 2001년이 백92만 톤, 2002년에 백37만 톤, 2003년에 백32만 톤으로 이루어져 있다. 사할린 3부터 사할린 5까지는 모두 로스네프티가 참가하여 외국과 공동으로 탐사작업을 실시하고 있는데 2004년 3월에 사할린 5에 대해 영국 BP와 총액 30억 달러의 공동개발계약에 조인했다.

러시아의 석유산업에는 석유가격이 상승해 있는 사이에 가능하면 많은 석유를 채굴하여 외국에 판매, 외화를 벌어들인다는 의식이 강하다. 여기에는 석유수출국 기구(OPEC)처럼 시장을 컨트롤한다는 의식도 없고 자원을 보존한다는 정책도 없다. 이권을 손에 넣으면 그것을 가능하면 빨리 현금화하려 한다. 따라서 이권 쟁탈이 활발해지는 것은 당연한 현상이다. 수상 프라드코프는 2004년 3월에 취임한 이후의 기자회견에서 경제정책 과제를 다음과 같이 설명했다.

"러시아의 석유에 대한 의존성을 바꾸어야 한다."

그러나 이 말은 공허하게 울려 퍼질 뿐이었다.

에필로그

이 책은 〈러시아, 어둠의 대국(1999년 출간)〉의 속편으로 쓴 것이다. 같은 해 봄까지의 러시아 정세를 전하는 내용이었지만 유감스럽게도 그 후의 러시아 대통령이 되는 푸틴에 대한 언급을 하지 못하여 줄곧 마음에 걸렸는데 이 책을 출간하는 것으로 이제야 어깨의 짐을 내려놓은 듯한 기분이 든다.

러시아는 이제 과거의 소련처럼 일상적인 신문지상에서도 그 일거수일투족이 주목을 모으는 존재는 아니지만 필자의 입장에서는 여전히 흥미 깊은 국가다. 오히려 소련 시대보다, 그리고 10년 전보다 더 분석과 추리의 감각을 자극하는 부분이 더 많다. 정보기관의 공작원이었던 푸틴이 장악하고 있는 러시아는 대외적인 정보조작 기술을 잘 터득하고 있다. 따라서 러시아의 정치, 경제, 사회정세에 관한 진실을 간파한다는 것은 매우 어려운 일이다.

이 책은 푸틴에 관하여 많은 내용을 다루었지만 그 그늘의 주역은 츄바이스라고 말할 수 있다. 러시아 개혁을 주도해 온 이 인물이야말로 필자가 러시아를 관찰하는 동안에 줄곧 중심적인 위치를 차지하고 있다. 2004년의 대통령선거 전에 이루어진 러시아내각개편에서도 츄바이스의 인맥이 그대로 남아 그 영향력이 한층 더 강화되었다는 전망도 나오고 있다. 1990년대의 민영화처럼 정권의 표면적인 무대에서 모든 것을 움직이고 있는 것은 아니지만 현 정권의 수수께끼를 푸는 열쇠는 츄바이스가 움켜쥐고 있을 것으로 여겨진다.

70%를 넘는 득표율을 얻으며 재선에 성공한 푸틴의 제국 러시아는 앞으로 어느 방향으로 흘러갈 것인가. 정권의 운명을 좌우할 수밖에 없는 것은 역시 체첸 문제다. 이것은 이라크나 팔레스티나 문제 등과 마찬가지로 테러와의

전쟁이라는 측면을 가지고 있다. 체첸 독립파의 테러는 러시아 국민의 일상생활을 위협하고 있다. 체첸공화국에는 정권에 종속된 정부가 있지만 독립파는 국제적인 지원을 얻어 테러 활동을 확대하고 있다. 여기에 푸틴정권은 힘으로 대항하는 수밖에 없는 상황에 빠져 있어 출구가 보이지 않는다.

체첸에 인접해 있는 그루지야와 아제르바이잔은 미국에 접근하는 움직임을 가속화하고 있다. 이들 남 카프카스 지역에의 미국 및 서방측의 군사 주둔도 강화될 것이다. 카스피 해에 인접한 바쿠에서 지중해의 항구 제이한까지의 원유 파이프라인이 완성되면 카프카스는 서방측에 석유를 공급하는 루트가 되어 지역분쟁에서 북대서양조약기구(NATO)가 개입하지 않을 수 없을 테고 그것은 러시아가 가장 두려워하는 상황이다. 유럽연합(EU)이나 북대서양조약기구의 확대도 겹쳐서, 러시아를 둘러싸고 있는 지정학적 정세는 푸틴정권에 이르러 더욱 냉혹해질 전망이다.

러시아가 민주주의를 후퇴시켜서라도 국내외의 난처한 상황에 대처하려 하는 자세는 충분히 이해할 수 있는 부분이다. 90년대의 러시아는 민주화에 실패했다. 대통령의 권력이 불안정했고 정권은 러시아경제를 시장경제의 궤도에 올려놓지 못했다. 그 반성에서 '관리하의 민주주의'라는 발상이 탄생했고 수직통합적인 정치지배체제 안에서 러시아경제를 띄우겠다는 목표를 내세우고 있다. 그러나 이것이 성공을 거둘 지는 아직 알 수 없는 일이다.

필자는 소련 시대부터 이미 30년 이상이나 러시아를 지켜보았는데 잊혀지지 않는 에피소드가 있다. 1981년 중반, 니혼게이자이신문의 모스크바 특파원

시절에 당시의 본사 고문이었던 엔죠지 지로(圓城寺次郎) 씨가 모스크바를 방문, 데미체프 소련 문화장관과 회담을 가졌다. 문화교류를 추진하기 위한 방문으로서 필자도 동석했는데 그 회담이 심각한 논쟁으로 전환되었다. 엔죠지 씨가 당시 소련이 전개하고 있던 아프가니스탄작전을 '부당하다'고 비판한 것이 계기였다. 소련은 79년 연말에 갑자기 아프가니스탄을 침공, 마치 현재의 이라크에서의 미국과 마찬가지로 저항세력을 상대로 전쟁을 되풀이하고 있었다. 엔죠지 씨는 "어떤 이유를 대더라도 한 나라가 다른 나라의 주권을 침략하여 군대를 보내는 것은 인정받을 수 없다."는 소박하면서도 강력한 논리로 소련의 잘못을 지적했다. 상대인 데미체프 문화장관도 정치국 직원 후보로 지도부에 이름이 올라 있는 인물이다. 그는 얼굴색을 바꾸어가며 소련의 입장을 주장, 2시간을 넘는 논쟁이 이어졌다. 필자는 옆에서 불안한 마음으로 지켜보고 있을 뿐이었다. 나중에 엔죠지 씨는 필자에게 이렇게 말했다.

"걱정하게 해서 미안하네. 하지만 나는 잠자코 있을 수 없었어. 소련을 좋아하기 때문에 그들이 그런 짓을 하는 게 안타까워 견딜 수 없었던 것일세."

또, 문화성 고관도 이렇게 말해 주었다.

"엔죠지 씨를 존경하게 되었습니다. 그는 정말 저널리스트입니다. 걱정하지 마십시오."

그 말을 듣자 불안감에 휩싸여 두 사람의 논쟁을 지켜보았던 나 자신이 수치스럽게 느껴졌다. 그리고 소련을 취재할 때에 어떻게 해야 하는 것인지 나름대로 안목이 열린 듯한 느낌이 들었다.

생각해 보면, 소련의 아프가니스탄 침공은 저항세력에 포함되어 있는 이슬람 용병 내부에서 빈 라덴을 대두시켜 테러조직 알 카에다를 창설하는 결과를 낳았다. 현재의 국제테러의 위협이 발생하게 된 원인 중의 하나는 소련의 아프가니스탄 침공이었다. 엔쵸지 씨는 이미 고인이 되었지만 지금도 생존에 있었다면 미국의 이라크 점령 통치 등을 어떻게 비판했을지 궁금해진다.

에가시라 히로시(江頭寬)

찾아보기

ㅁ

ㅇ

ㅌ

ㅍ

ㅎ

푸틴의 제국

첫판 1쇄 펴낸날 2006년 5월 1일

지은이 에가시라 히로시 | **옮긴이** 이정환 | **펴낸이** 문종현
펴낸곳 도서출판 달과소 | **출판등록** 2004년 1월 13일 제2004-6호
주소 411-380 경기도 고양시 일산구 장항동 730-1 양우로데오시티 750호
전화 031-817-1342 | **팩시밀리** 031-817-1343 | **홈페이지** www.dalgaso.co.kr
디자인 고냥새 catbird@graefikhaus.com | **찍은곳** 신우문화인쇄
ISBN 89-91223-13-3 [03840]

* 잘못된 책은 바꾸어 드립니다. * 책값은 뒤표지에 표시되어 있습니다.

러시아 남부 확대도
라트비아
벨로루시
우크라이나
드네프르강
돈강
볼가강
우랄강
아랄해
흑해
체첸
그로즈니
그루지야
트빌리시
예레반
아제르바이잔
아르메니아
바쿠
카스피해
투르크메니스
아스
터키
시리아
유프라테스강
티그리스강
이란
요르단
이라크
사우디아라비아
0
500km

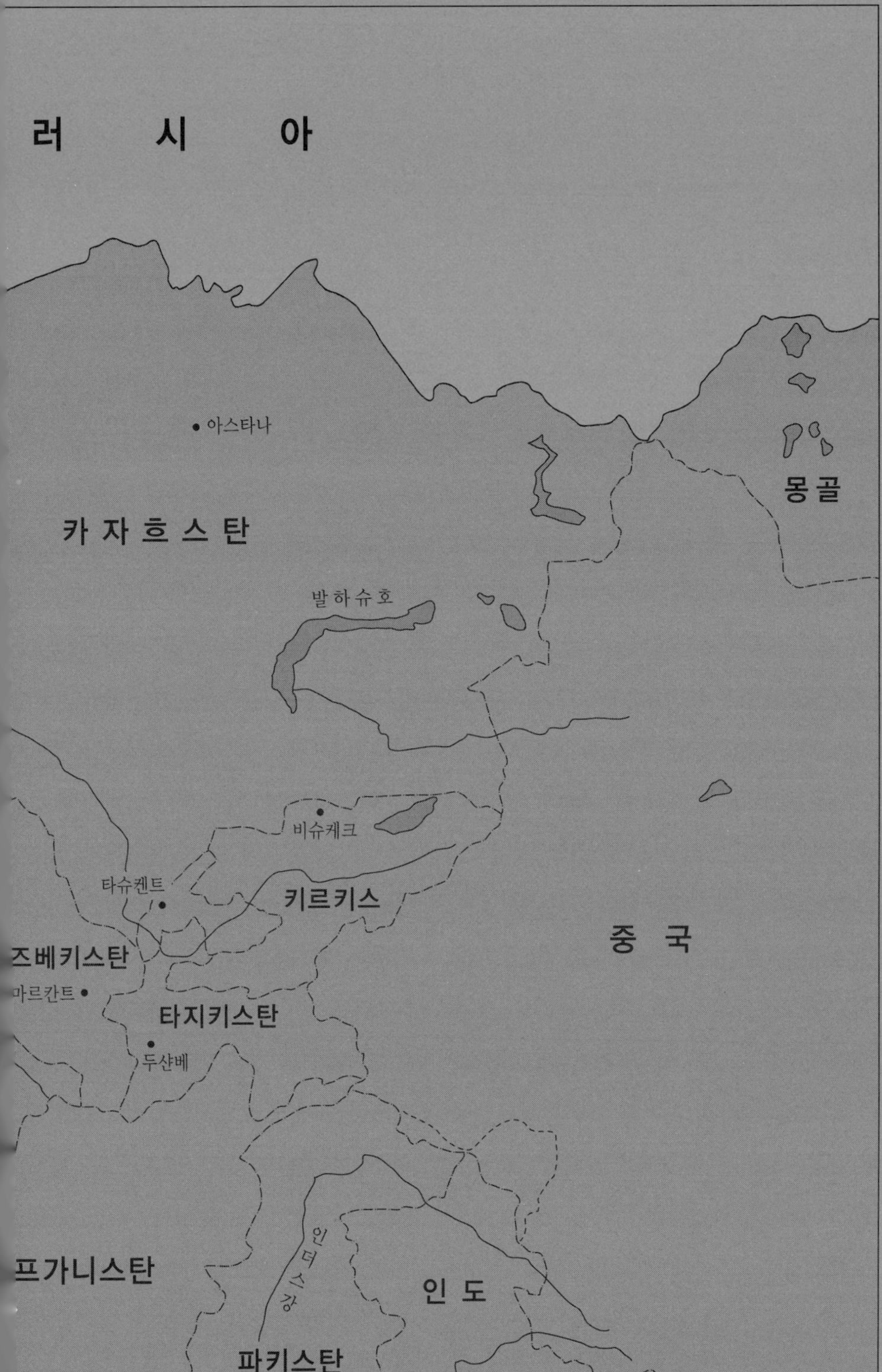

러 시 아
아스타나
몽골
카자흐스탄
발하슈호
비슈케크
타슈켄트
키르키스
중 국
즈베키스탄
마르칸트
타지키스탄
두샨베
인더스강
프가니스탄
인 도
파키스탄
네팔